2015

中国高校文学作品排行榜

小说卷·下

冰峰 主编 中国高校文学作品征集评审委员会 选编

中国出版集团
现代出版社

自　首

广西民族大学/汤锦花

1

罗庆东在派出所睡了一晚就腰痛得厉害，这事都要怪郭劲涛，要不是郭劲涛多嘴把林梅家的变故告诉刘玉芬，他也就不会昨晚回去被刘玉芬唠叨得头痛欲裂最后不得不借口说加班躲到办公室躺了一晚，虽然也没有睡着，但是至少清净。

他想着这时候刘玉芬也该出门去上班了，但他回到家里才发现刘玉芬还在家。

今天不用上班吗？罗庆东一边换鞋一边抬手看手表。

我哪有你罗大所长忙，半夜还要去加班。刘玉芬冰冷的语气正是罗庆东早就想到的。

好好的请什么假？哪里不舒服？他猜到刘玉芬是请假了。

心里不舒服。刘玉芬说话阴阳怪气，罗庆东自然懂是为什么，女人嘛，就不是讲理的生物，还是让着点好了。罗庆东换了鞋就去浴室洗脸。

你昨晚在哪里睡觉的？

所里呀。跟老郭一起的。不信你打电话去问他。罗庆东也是一筹莫展，口气好不到哪去。

没去她家里？

去了。罗庆东也是赌气，明明没去偏说去了。

我就知道。见到老情人的感觉怎么样？

你想什么呢？我就算去她家里也是去调查取证，别没事瞎找事。罗庆东把门一甩，浴室门上的玻璃也抖了一下。刘玉芬还想继续纠缠，但是看到罗庆东似乎有点火了，她便见好就收。

罗庆东看着镜子里的自己，四十出头，一晚没有刮胡子，日晒雨淋在脸上留下的痕迹，他已经真的是四十多岁的老男人了。而林梅似乎一点都不显老，要不是对她那么熟悉，他也会以为她只有三十出头。看来她应该很幸福。

只可惜以后恐怕见不到了。

想起昨天接到报案，再一次见到她，他都以为她还留在过去的时间里一直没有离开。

他也曾想过他们相遇的场景，却唯独没有想过是这样的。再见却没有一点喜悦，全是愁云惨淡。

老罗原本想利用半天休假回家睡个舒服觉再去所里，但是刘玉芬在家里，他还是决定先回所里。但是这个决定似乎又错了，“别人的事你就这么上心，儿子读书都没见你这么关心。”罗庆东的脚被刘玉芬的话卡在门边。

“案子是别人的事，但工作是自己的事。”老罗不知道这句话是自欺欺人还是骗人，他的心里现在盘桓的都是林梅忧郁的眼神，挥之不去。

所长，怎么不多休息一下，去医院看过了吗？小陆很顺口问了一句。

没事，都老毛病了。老罗说着走进自己的办公室。

尸检报告不是还没出来吗？小陆对着罗庆东的背影说。罗庆东没有回身。

我说了吧，所长跟林梅的关系肯定不一般。吴晶遮住嘴小声朝小陆说，但是她的眼睛还盯着老罗的办公室，似乎生怕他出来听到了。

你怎么知道？小陆也跟着八卦起来。

女人的直觉呀。吴晶的话让小陆有些探求八卦的心有点受阻。

少卖关子。

所长看她的眼神就不一样。

怎么不一样了？

这你就自己去想象吧，只可意会不可言传。下次一起去现场你就知道了。吴晶没有点破。

是保姆叶萍先发现死者的。死亡时间大约是昨天上午九点到十一点之间，死者额头有明显外伤，死者被发现时倒在地上，死因需等待进一步尸检报告。周雪峰的账户两天前提取过五万块钱现金，林梅和叶萍都说不知情，现在这笔钱也不翼而飞了，有入室盗窃杀人的可能。罗庆东仰头靠在椅子上回想着目前掌握的信息，他现在已经能倒背如流了。

他从桌上的文件夹里找出林梅的笔录来。为了避嫌，或者是为了不扰乱自己的判断，他特意没有自己询问林梅。

要不是发生这样的事情，他都一直不知道她过得怎么样。

叶萍九点左右出门去买菜，差不多十点四十回到家里，其间只有周雪峰和他儿子周明明在家里，但周慧峰说周明明十点左右就去她家做作业了，没有人知道十点到十点半之间有没有人去找过周雪峰，可惜小区的监控录像早就坏了，只是个摆设。叶萍十点四十回来发现周雪峰已经死了，她打电话给林梅，林梅十一点回到家里，十二点接到报警。林梅确认周雪峰死了才哭出来。林梅打电话报警。

罗庆东在脑海里梳理着周雪峰的案子，但最后只剩下林梅的影子。林梅为什么等了差不多一个小时才报警，这一个小时她在做什么。

老罗，罗庆东抬头发现是老搭档来找找他。

坐，罗庆东继续看着手上的报告，也没抬头。有什么事？

我倒是没什么事，我怕你有什么事。郭劲涛意有所指地说。罗庆东这时候才抬头看了他一眼。

少瞎说。

你呀什么事情都淡定，就是碰上林梅同学你就不淡定了。这话大概也就是从郭劲涛嘴里说出来没有什么大问题，要不然罗庆东恐怕就不是这副淡定的表情了。

好歹也是老同学，关心一下她的案子也是应该的。

你别关心过了头，关心案子是应该的，只怕你太关心林梅。郭劲涛跟罗庆东也是多年的朋友了，他没有说自己是接到刘玉芬的电话，她拜托他帮忙看着罗庆东。

知道了。是不是我家里那个给你打电话了？不是罗庆东有职业病，而是他太了解刘玉芬了。

你说她现在怎么样？

谁？

还能有谁？郭劲涛视线往老罗手里的笔录蹭了蹭。

唉——罗庆东把手搭在脑后靠在椅背上长长叹了一口气，他使劲地闭了一下眼睛，仿佛眼皮这样便可把林梅的面貌擦去。别老说她了，说说跟案子有关的事情吧。

她不就是跟案子有关的人吗？郭劲涛的话引来罗庆东瞪了他一眼。瞪我干吗？我是过来告诉你，厅里来过电话，好像是周雪峰家里的关系，我看这下你不想关心这件案子都不行咯。

郭劲涛弯腰看了一眼沉默着的罗庆东。他想看清现在罗庆东的眼神。

这个周雪峰好像家里背景还挺硬的。你说……郭劲涛本想说林梅当初是不是攀上了周雪峰这个高枝才舍弃了罗庆东这棵小草，但是话到嘴边他又吞回去了。

说什么？罗庆东以为自己刚才想林梅切断了他的听觉，还以为自己漏掉了什么。

没什么。郭劲涛还没发现罗庆东断断续续的走神。

2

郭副，我们先去书房看看。吴晶和小陆一边戴手套一边往书房走。周雪峰的尸体就是在书房被发现的，报案的人是保姆叶萍。

郭劲涛看着站在门口的林梅。

不进来吗？他倒像是主人一般邀她进来。他注意到林梅眼睛都哭肿了，但是他没有安慰，安慰的事是女人做的，而且林梅可能也不想别人安慰她。

林梅犹豫了一下还是进了屋。派出所的人给她打电话要再次查看现场时她还在犹豫要怎么面对罗庆东。见到是郭劲涛的时候她也不知该高兴还是失落。

你没有在家住了？郭劲涛扫视了一眼卧室便下了论断。卧室的衣柜还开着，房间里的窗帘没有拉开。看林梅从外面回来开门，这时候她肯定是没有心思马上上班的，应该不是从医院回来的。

嗯，搬去酒店住了。免得破坏了现场。林梅说着整理了一下耳边凌乱的头发。

怎么不去娘家住？郭劲涛只是关心地多问了一句。但是林梅好像有点迟钝了。

没事，你不想回答也没关系，我就是作为老朋友关心一句。郭劲涛才意识到自己现在是以警察的身份站在这间屋子里，而林梅是这件案子的相关人等。

回去住不太方便，房间不够。我也不想每天都被他们问。林梅的话让郭劲涛觉得她似乎在抱怨警察没有休止的询问和检查。

明明现在情绪怎么样？郭劲涛跟林梅说着话还在用视线搜罗着屋子的每个角落。见林梅没有回答，他便回头看了一眼。你儿子是叫明明吧？

嗯，还好。

这小子还蛮厉害的嘛，拿了不少奖，化学奥赛一等奖，真是你亲生的。郭劲涛见林梅没有要跟她聊的意思，他也不想尴尬。他游荡的目光发现了书柜里摆放着的周明明的胜利品和一些纪念照片。

嗯，也就那样。林梅说得好像很不在意。

有林梅这强势的母亲，周明明是不是压力特别大？郭劲涛想着自己小时候再怎么努力都得不到他爸的赞赏，现在想想周明明恐怕比他当时还要惨。

老郭，这个钥匙你先替我保管吧。也方便你们过来取证，我可能过几天就要开始上班了，也不太方便随时过来开门。林梅把一直捏在手里的钥匙递给郭劲涛。

郭劲涛犹豫了一下还是接过钥匙。那行，你需要钥匙随时找我。

郭劲涛把钥匙扔在罗庆东的桌子上时，罗庆东还没反应过来。

你的钥匙干吗扔我桌上？

这么嫌弃我的钥匙干吗？这是林梅家的钥匙。郭劲涛自己坐在了老罗对面的椅子上了。

有什么新发现没有？老罗忍不住又低眼看了钥匙一下。郭劲涛都看在眼里，他知道林梅就是罗庆东的克星，罗庆东电流再强大，一遇到林梅这个绝缘体就没法通电了。

也不算什么新发现。郭劲涛想着刚才在林梅家取证的时候，林梅接了个电话就走了，她刚走没多久，周雪峰的姐姐周慧峰便来了。从周慧峰嘴里倒是真得到了新线索。

说说看。

这个周雪峰看起来道貌岸然，没想到跟那个年轻保姆不清不楚，你说林梅怎么受得了？她那么要强的一个人，我看憋得够她受了。

你这是七姑八婆在道家长里短还是在陈述案情？说事实。老罗揉着太阳穴，他不是没睡好，而是真头痛。

那个保姆叶萍是周慧峰从她丈夫何舒文老家请来的，周慧峰说她撞见过他们的好事，但是没听林梅诉过苦她也不好戳破，昨天林梅也没有提过，我看她就是死要面子活受罪，这老毛病多少年了她还没改掉。你说林梅到底知不知道周雪峰跟叶萍的事？郭劲涛正经说了两句又忍不住八卦了。

罗庆东没有搭话，一直沉思着。

林梅当初为什么跟你黄了？郭劲涛见罗庆东没有说话便来了剂猛药提神。以前林梅跟罗庆东都快谈婚论嫁了，但是说分就分了，罗庆东也从来不提他们为什么分手。

这件事跟案子有关系吗？罗庆东站起来去饮水机接了一杯热水。他能怎么说？说自己当年喝醉了先背叛了林梅？如果不是刘玉芬骗林梅说她怀孕了把他逼上了绝路，或许他还没有勇气告诉她。

那个小保姆我看要不再审一回？

没有其他线索了吗？

嗯，在附近了解了一下情况，没什么特别发现。我看还要等尸检报告出来才能找到头绪。郭劲涛说。

他公司呢？

还没去。下午去。

你可以明天一起过来汇报。

我又没说我是来做汇报的，闲聊，闲聊一下嘛。郭劲涛在罗庆东赶人之前先溜出来了。

3

去周雪峰律所的路上，小陆忍不住多嘴问了一句罗庆东怎么不关心案情的样子。郭劲涛没有发扬他的八卦特长，他不想跟外人八卦好朋友的陈年旧事，而且还是跟下属八卦领导。

小陆转而跟吴晶说起话来。

你说谁作案的概率大点？小陆看着前方。

吴晶心里想的是林梅，但是她感觉在郭劲涛面前说这话应该谨慎一点。

我看那个小保姆嫌疑最大。想从小三转正但是希望被破灭，所以一冲动下了狠手。小陆说着他的想法。

我看不像是冲动杀人。感觉倒像是有预谋的，现场找到了物证感觉也都没什么用处。那个叶萍看起来不像是这么有心思的人，倒是林梅这个女人看起来太沉着冷静了。吴晶搓着自己的下巴。

你好像很肯定？不会又是什么女人的直觉吧？上次好像失灵了一次。小陆说话有些调侃。

你不是女人，你不会懂的。上次是因为凶手不是女人，现在嫌疑最大的就是这两个女人。林梅肯定早就发现叶萍和周雪峰暗度陈仓了，但是她忍着没有跟任何人说，也没有跟我们提起，说明她不想让我们认为她因为周雪峰出轨而杀了他。

你怎么就知道林梅知道了？

因为女人天生就是福尔摩斯呀。尤其是在自己的男人面前。吴晶还自鸣得意。

那警察怎么都是男人没几个女人？

你……吴晶被小陆说得回不上话来又气又恼。因为犯罪的人都是别人的老公。她自己都被自己突如其来冒出来的这句话逗乐了。

你们俩就别瞎琢磨了，自杀他杀都还没有定论呢，说不定也可能是猝死。你再不专心开车我们就成自杀了。郭劲涛打断了他们的话。他只是想让他们不要叽叽喳喳打断他的思路。林梅早就发现了周雪峰的事，他相信吴晶的判断。男人偷腥，就算各方面掩饰得再好，一到了床上就掩饰不了了，更何况林梅又不是单纯到没脑子的女人。假设林梅早就有所察觉，她整天面对自己的丈夫和丈夫的情人，还要假装什么事都不知道，就算他也一直都知道林梅是一个冷静得有点吓人的女人，但他还是不敢相信一个女人可以这样不动声色游刃有余，除非她一点都不爱这个男人。

小陆和吴晶在周雪峰的办公室搜查着有没有可用的证据，郭劲涛和陪同的何舒文在聊着。何舒文是周慧峰的丈夫，也是周雪峰的合伙人。

何舒文递了一根烟给郭劲涛，但是被郭劲涛拒绝了。我办案不抽烟。

周雪峰昨天有没有反常的事？郭劲涛很随意地问着，何舒文做惯了律师，警察不问就不多说，问了也不能乱说，他自然熟于此道。每个人都可能有嫌疑，他可不想说错了话害自己成为嫌疑人。

反常倒不算，他最近一两个月很少来律所，老毛病又犯了，我让他在家里休养好了再来上班。何舒文思忖片刻说，早在郭劲涛来之前他就思考过怎么跟警察说了，在家里他也叮嘱过周慧峰。

郭劲涛想起林梅和叶萍的笔录里都有提到周雪峰心脏病犯了在家养病，他也就没有再追问。

你就没去他家看过他？你最后一次见他是什么时候？郭劲涛看着吴晶和小陆在周雪峰的资料夹和书柜里搜寻着。

律所事情多，两家住得近，我老婆每天都去看他，我就每天打个电话汇报一下律所的事。何舒文不想让郭劲涛觉得自己作为亲人和合伙人对周雪峰感情淡薄。

看来做警察和律师还是有很多相似的地方，搭档生病真是件累人的事。郭劲涛想着罗庆东借口说腰痛让自己全权负责周雪峰的案子，虽然他知道罗庆东是为了避嫌。

何舒文误解了郭劲涛话里的意思。

其实雪峰对律所的事还是很关心的，律所有需要他过目的文件都是邮件给他的，需要修改的合同他也会提意见，他就是换了个地方上班。何舒文不紧不慢地说着，他不想让郭劲涛觉得自己有独占律所的嫌疑，也不想让郭劲涛觉得他急于解释。

看来周律师对工作很负责。郭劲涛附和着夸了一句。

是呀，不过人在病中总有点力不从心。昨天有一份合同差点就出了岔子，还好我又看了一遍。他居然还有一个漏洞没有发现，可能是太累了。何舒文说。

昨天他大概几点给你发的邮件？郭劲涛在笔记上又记下了一条。

大概十点半吧，客户十一点要。何舒文说。

可以麻烦你确认一下吗？郭劲涛很客气地说。何舒文带着郭劲涛回了自己办公室，在电脑上打开了邮箱查看了一下。

十点二十八分。何舒文很具体地说。郭劲涛也看到了，何舒文确实没有说谎。

那这样就差不多可以更具体确认死亡时间了。

4

尸检结果也显示大致符合，十点到十一点之间，额头伤并非致命伤，真正死因是慢性砒霜中毒，但是周雪峰家里的杯子饮水器水龙头食物都没有检测出砒霜。他额头的伤可能是他站起来想出去但是没站稳撞在书桌上了，我们从桌角上提取了跟死者吻合的血迹。现在相信已经可以确认是他杀了，而且这还是一场处心积虑的谋杀，凶手很有可能是跟死者朝夕相对的人，而且凶手还极其冷静地看着死者一天一天死去。现在我们需要找出凶手是怎么下毒的，现在市场上对砒霜买卖管理没有那么严格，叶萍要买砒霜也不难，现在砒霜也被用于治疗肿瘤癌症，像林梅这样的主治医生恐怕也不难弄到。另外根据何舒文提供的证据，我们可以缩小死亡时间为丨点二十八到十一点之间，我们需要重新确认所有人案发时间的不在场证据，还有，继续跟进周雪峰周围的人际关系，看看他是否得罪了其他人，在工作上有没有得罪什么人，他的异性关系，这些都需要进一步确认。

郭劲涛虽然在罗庆东面前一副八婆的嘴脸，但是在面对下属分析案情的时候还是有条不紊的。

这个案子你就负责跟进吧。有什么新情况汇报给我就好了。罗庆东散会了交待给郭劲涛，但是他只是想在派出所跟周雪峰的案子保持距离，下了班他也顾不上保持距离了。下了班他不是什么所长，他只是一个普通的男人。

罗庆东办公室的灯一直亮着，他已经可以下班了，但是他主动加班。

他在等林梅。他知道郭劲涛把林梅请回来问话了。

看了看表，已经六点十五了，这个郭劲涛怎么还在问。罗庆东正想着，郭劲涛便走进来了。

这是笔录。

审完了？

审完了，人也回去了，你就别担心了。郭劲涛知道这一个小时罗庆东的神经肯定都崩得跟琴弦一样。

嗯，你办事我不担心。罗庆东站起来捞起他的夹克就往外走。我先走了，你多操点心。他还想掩饰一下，但是郭劲涛知道他是急着去找林梅。

老罗，你可别犯错误让我担心啊，我这已经是操碎了心。郭劲涛还不忘提醒罗庆东。

罗庆东跑到门口远远地看到林梅的背影，她似乎在准备打的。罗庆东赶紧掏出车钥匙去开了自己的车到林梅身边停下，他早就想好了要送林梅。

上车吧，这个点打车难。罗庆东见林梅一直犹豫着还在看后面有没有的士过来，他也怕突然冒出一台的士来。

罗庆东也不用问林梅去哪，直接把她送到了她入住的酒店楼下，这自然是郭劲涛告诉他的。

罗所长，谢谢你没有嫌弃我这个嫌犯。林梅苦笑着说，警察掌握嫌犯行踪的感觉让她有点不爽。

林梅，你别多想，我就是作为朋友关心一下你。没有别的意思。你不要觉得有压力。罗庆东还在安慰林梅。

目送着林梅进了电梯，罗庆东转身回到自己的车里。刚才他还想上去看看林梅的儿子，但是林梅并没有邀请他上去坐坐，现在是特殊阶段，保持距离也对。就算是平时也该保持距离。

罗庆东脑海里还回想着刚才林梅说的话。他只是想知道为什么同样是出轨，林梅毫不犹豫地跟自己分手却忍气吞声地跟周雪峰继续生活。“因为明明。”原来孩子对女人是如此重要，他似乎才又知道林梅也是女人。

原来自己不是输给了周雪峰，而是输给了一个孩子。罗庆东不知道该高兴还是难过。回忆像杯冷咖啡，有点苦，又有点凉。

外面也冷，不过也好过在家里。刘玉芬的脸都可以把水冻成冰了。但是罗庆东还是决定回去看看，免得刘玉芬越想越乱，本来没什么事也被想出什么事来。

爸爸，妈妈一整天都不做饭，我都是吃泡面。儿子罗阳一见罗庆东就告状。

罗庆东自然知道刘玉芬为什么不做饭。他只是安抚了一下罗阳便进了卧室。

我们可以心平气和聊一下吗？罗庆东放低了姿态，他在想大丈夫能屈能伸，在自己老婆面前屈根本不算屈。

刘玉芬瞟了他一眼。

聊？你还是跟别的女人去聊吧。我算什么，没有资格跟你聊。刘玉芬憋着一肚子火，要不是她怕罗庆东在单位难做人，她都要去派出所找他了。

玉芬，我们十六年的夫妻，你还不相信我吗？

我相信你，但是我不相信你和她！刘玉芬虽然只见过林梅一次，而且当年是林梅毫不犹豫地离开了罗庆东，但是她从罗庆东朋友那里听到了很多关于林梅的事，而且她也在家里找到不少罗庆东小心翼翼藏起来的林梅的东西。那个女人在罗庆东心里是个什么位置，刘玉芬清楚得很。藏得越深，恐怕爆发起来威力越大。

看着一堆资料，郭劲涛似乎没有一点思路。再去现场看看，或许还有其他的证据。

他没敢打电话给林梅，他早就想到她肯定不会很乐意，虽然让受害人家属配合办案也是理所应当，但是好歹曾经是朋友，还是别戳她痛处吧。郭劲涛让吴晶把叶萍叫上了，除了林梅，不，或许她比林梅更了解周雪峰的日常生活，既然是慢性中毒死亡，那就应该从他的生活开始查起吧。

周雪峰在家里休养这两个月平常都做些什么事？小陆在他随时携带的笔记本上记下了问题才看了看叶萍。

他平时都是在处理工作。叶萍回答得很简单。

他的正常活动有哪些？麻烦你说得详细一点。小陆说。

那个……叶萍不知道小陆的名字，也不知道该怎么称呼他。我可以先问一下周先生是怎么死的吗？

小陆抬头看了她一眼，停下了手中的笔。这个我们暂时不方便告诉你。麻烦你先回答我的问题吧。

哦。叶萍似乎有些失落，她的目光飘荡着不知道该停留在哪里好，怎么一下子像失了魂一样。

你不方便回答吗？郭劲涛站在旁边其实一直都在观察着叶萍。

不是不是。叶萍有点慌张。周先生早上八点左右起床，起来就是处理公司的事。十点左右他会煮一杯咖啡喝，以前我给他煮过两次，但是他嫌我煮的咖啡没有他煮的好，而且还拿错了杯子，只有明明煮的他才不会嫌弃。以前明明在家里总是帮他煮咖啡的，这个暑假好像明明跟他闹别扭了，明明总是待在慧峰姐家的时间多。十一点半要准时开饭，他的胃有生物钟，吃过饭他会看半个小时新闻然后去午睡一个小时，下午他就在书房办公或者看书，平时他都会吃过晚饭七点半左右去球馆打球，但是最近在休养他没有去打球，以前明明晚上还和他一起下棋，最近这孩子老是在慧峰姐家里待到十点左右才回来。

郭劲涛安静地听完叶萍的话，周雪峰还真是林梅的丈夫，两个人都是为工作拼命的。

那最近几天基本上只有你和周雪峰在家里了？郭劲涛说，他想起林梅说过她最近有个很棘手的病人，断断续续在医院办公室睡了一个月了。

久久没有听到叶萍的回答，他抬头看了叶萍一眼，叶萍低着头不敢看他。他早就知道叶萍跟周雪峰的关系了，这么多天只有他们俩在家，恐怕做了不少事吧。

是用这个水壶烧水吗？郭劲涛看到茶几上摆着的热水壶，他虽然不懂煮咖啡的小资情调，但是还是有点常识的。他不打算马上告诉叶萍他们已经知道她和周雪峰的关系了，让她心里害怕警察知道，人在害怕和掩藏的时候更容易露出破绽。

嗯。

他喜欢用矿泉水还是自来水?

矿泉水。

郭劲涛在心里一步步排除证物，饮水机都检查过了没有问题。

他喝咖啡有固定的杯子？郭劲涛原先听到叶萍的话就想问，但是没好打断她的话。

嗯。他喝咖啡和喝茶用的杯子不一样，喝咖啡他喜欢用磨砂的玻璃杯，那只杯子好像是明明参加什么比赛赢的纪念品，喝茶他要用紫砂杯，据说那样泡的茶味道纯正一点，反正我都不懂。叶萍似乎因为自己的孤陋寡闻而显得有些卑微。

他上午是要喝咖啡的是吧？郭劲涛再一次确认，他想或许问题就出在那杯咖啡里。

嗯。

他喜欢喝什么咖啡?

就是这种。叶萍从壁橱里拿了一罐咖啡出来。

这个还没开封?

刚好喝完一罐了，那天我出门去买菜顺手把垃圾都扔了。叶萍说。

扔楼下的垃圾桶？郭劲涛虽然知道要找回那个扔掉的咖啡罐有点难，但是总还要试试。不过不是所有努力都会有回报的，垃圾桶和垃圾回收站都没找到那只咖啡罐。

嗯。

那只杯子呢？郭劲涛视线扫了一圈。

不知道，可能他们收起来了，我找找看。叶萍说着便去书房给郭劲涛找杯子。

不用麻烦你了，我们同事会找的。我打个电话给林梅就知道了，说不定是她收起来的。

但是叶萍哪里理会郭劲涛的话，她只顾着找，周雪峰的书桌柜子、书架、卧室的衣柜、梳妆台，她到处都去找了，却终于垂头丧气。

你在找什么？吴晶从厨房出来突然问了一句，叶萍似乎有点受到惊吓，她的反应让郭劲涛有些提神。

周慧峰打开周家的门，把里面的人吓到了，也吓到了她自己。周慧峰带着周明明回来收拾一些东西拿去酒店。

周明明似乎一点都不想见到叶萍，郭劲涛看到他看叶萍的眼神里充满了鄙视，林梅肯定跟周明明讲过周雪峰和叶萍的事。周明明只跟周慧峰说了一句便先下楼去了，或许是因为这个家里有他不想看到的人，他似乎迫不及待想走的样子，似乎对这个家没有什么留恋。

郭队长，还麻烦你们搜查的时候小心一点，我弟弟他讨厌自己的东西乱糟糟的，你们看完文件夹记得按顺序放回去，还有，我弟弟有洁癖，你们不要抽了烟把烟头扔在地上。周慧峰一边整理文件夹又抽了些纸准备把地上的烟头捡起来。这个烟头虽然掉在书桌下，但是位置并不隐蔽，第一次搜查的时候不可能没有看到。

不要动。郭劲涛原先还在回想着前两天搜查时的情景，他记得文件夹是小陆查看的，当时小陆还调侃了一句“律师都有强迫症”，他不可能不按顺序放的。

郭劲涛显得有点兴奋。小陆没有抽烟的习惯，虽然他抽烟，但是他不会犯这种低级错误。

5

周雪峰不可能自己喝砒霜，现在最可疑的是被扔掉的咖啡罐，但是我们目前没有找到咖啡罐也没有找到杯子。周雪峰书房发现的烟头可以确认是后来又有人回到那个书房留下的。我们还在窗户外面的墙上发现了鞋印，这个鞋印之前在周雪峰的房间发现过，这个人是顺着水管从天台下到二十一楼的，我们在天台发现了同样的脚印，他冒着这么大的危险回来很有可能是在找什么重要的东西，你说是犯罪证据还是有其他的目的？

小陆汇报完案情进展看着吴晶，他就喜欢跟吴晶讨论案情。

你们两个负责跟进叶萍的人际关系，林梅这边我来跟。郭劲涛安排了任务。

老罗，有重大发现。哈哈……郭劲涛从外面回来就跑去罗庆东办公室。

什么事这么高兴？

你听了肯定比我还高兴。郭劲涛自顾自坐下，端起罗庆东的杯子直接喝起水来。

吴晶刚打电话回来，那个叶萍，怀孕了，吴晶和小陆刚去她家问话的时候她就摸了几下肚子，还是吴晶眼力好，看来女警察比女司机靠谱多了。郭劲涛夸着吴晶。

带去检查了吗？罗庆东揉着额头若有所思。

去了，吴晶现在正送她回家。

见罗庆东半天不说话，郭劲涛在揣摩着他心里是怎么想的。他想起刘玉芬拜托他看着罗庆东，他自己也不知道现在算不算忠人所托。

叶萍怀孕我为什么要高兴？

你当然不用高兴了，又不是给你怀的。郭劲涛还在开玩笑。

难怪罗庆东要瞪他了。

叶萍怀孕说明她更加有嫌疑了，如果她想以此逼迫周雪峰离婚，你想想周雪峰能答应吗？他的身份不允许他娶一个乡下来的保姆，他肯定也不会甘心以这样的方式娶一个保姆，如果周雪峰拒绝给她名分，那她会做什么？总不能人财两空吧？她很有可能让周雪峰给钱，但是周雪峰是律师，他能不给自己留点后路吗？

这都是猜测，我们要有证据才能抓人。罗庆东说。

证据嘛，我看快有了。

什么叫快有了？

罗庆东才知道郭劲涛说的证据就是叶萍的弟弟。

自从上次在周雪峰书房里发现新证据，他们查证了以后一致认为叶萍还有帮凶，她可能要从周雪峰那里拿回什么对她不利的证据。她的帮凶应该是个男人，周慧峰说她有个弟弟在老家，根据在周雪峰书房发现的鞋印可以判断体型特征基本与她弟弟叶楠吻合，但是他们查证过，叶萍的弟弟叶楠一个星期之前从家里出发来看叶萍了，就在昨天，他又一个人去了广州。

不过还没抓到大活人，倒是来了一份也会说话的证据。

何舒文送了一支录音笔过来，说是在周雪峰的办公室保险柜里找到的，里面有叶萍和周雪峰的对话，正如郭劲涛所料，叶萍威胁周雪峰给她二十万，否则就要公开两人的关系，周雪峰倒是没那么怕，但是他爸退下来之前大小是个官，他自己不要脸家里还要脸。

罗庆东正和郭劲涛在重新分析案情，他们总觉得哪个环节出了问题。之前何舒文说周雪峰十点二十八给他发了一份邮件，但他想起来那天周雪峰没有像往常一样打电话给他确认是否收到邮件，郭劲涛也想起何舒文曾经提到过周雪峰没有注意到那份合同最后还有一条漏洞，这样看来，那份邮件很有可能不是周雪峰自己发的，而这个人为什么要多此一举，无非是为了将死亡事件延后，也就是说周雪峰在那之前已经死了。其实死于慢性中毒，当天的不在场证据本来已经显得不那么重要了，但是现在却似乎又显得重要了。

吴晶突然来敲门中断了他们的思路。

这么快就回来了？郭劲涛还没发现唯唯诺诺站在外面的叶萍。

吴晶和小陆把叶萍带去审讯室问话，郭劲涛和罗庆东则在外面看着。

你是怎么杀了周雪峰的？

拿他喝咖啡的杯子打在他的头上把他打死的。叶萍说。

吴晶和小陆对视了一眼，不仅他们发觉了不对劲，在外面看着监控视频的郭劲涛和罗庆东也觉得不对劲。

杯子呢?

我顺手扔了。

那你为什么要杀了他?

我想拿走那五万块钱被他发现了，所以我就拿起他喝咖啡用的杯子砸他的头……叶萍说着便掩面哭了起来。

叶小姐，麻烦你先不要哭了，你现在是孕妇。还是吴晶先想起来叶萍是孕妇的事实。

但叶萍虽然没有继续大哭，却还忍不住抽泣。

见叶萍激动得没有办法控制自己的情绪，小陆起身出来问郭劲涛下一步该怎么办，叶萍虽然来自首，但是她居然说周雪峰是被杯子砸死的，而且她也不像是在撒谎，如果真是这样的话，那她肯定不是凶手。

我看她很有可能是为了包庇叶楠，她看到我们在周雪峰的书房发现了叶楠留下的烟头，怕我们查到叶楠头上去，她就先来认罪。郭劲涛狠狠地吸了一嘴烟吐出来，他现在真想进去骂这个没有头脑的女人。不过想到慢性砒霜中毒，他又否决了叶楠杀人的可能。

你是不是曾经威胁周雪峰让他给你二十万？小陆又回到审讯室，他的手里拿着刚才何舒文送来的录音笔。

叶萍没有承认也没有否认。

是还是不是?

是。叶萍点了点头。

小陆打开了录音笔，叶萍第一反应便是要抢过录音笔，但是马上她又意识到这是派出所，别说她抢不到，就算抢到了又有什么意义。她像一只被拔去了翅膀的蜻蜓，想逃离，却飞不起来。

你是不是让叶楠去周雪峰的书房找过这只录音笔？吴晶在笔录上写下小陆的问题。

没有。我没有让叶楠去。叶楠没有去过他家。叶萍矢口否认，如果她能够静心想一想他们都直接提到叶楠了，肯定是有证据证明叶楠去过周雪峰的书房。

小陆没有说话，只看着叶萍。

是的，叶楠去过。叶萍无力地承认了。但是他只是去帮我找录音笔，出了事以后我就没有周家的钥匙了，所以我只能让他帮我去找。我怕你们找到录音笔就会怀疑是我，周雪峰说他可以用这段录音告我敲诈。我没有敲诈他，是他骗我……

叶楠之前还去过周家吧?

没有，真的没有。他只去过一次。你们相信我，这件事是我一个人的错。都是我的错，你们判我的罪吧。叶萍的情绪又有些失控了。

判刑是法院的事。吴晶说着看向监控。

罗庆东似乎眉头也不太舒展。

来我办公室。罗庆东说完便往自己办公室走去。

郭劲涛也随后跟进去了。

郭劲涛在心里一步步给自己解套，仿佛在做数学推演题，顺理成章地得出了答案。

叶萍从菜市场回来发现周雪峰倒在地上便给林梅打了电话，这时候是十点四十五，林梅回到家觉得有异常便报警了。菜市场离周家不远，走路也就不到十分钟，但除了菜市场的菜贩子能做个时间模糊的证明，其他没有人可以证明叶萍这段时间在做什么。但是如果死亡时间锁定在十点二十八分之前，叶萍的不在场证据就足够充分了，即使她有杀人动机，但是她没有作案时间。杀周雪峰不必亲自到场，但是发邮件得到场了吧？

郭劲涛有点垂头丧气，不是因为林梅的嫌疑增大了，而是因为他感觉自己做了那么多似乎都是在给林梅脱罪。

我看这个叶萍也不是经得起事的人。恐怕能招的不能招的她都招了。罗庆东说。

嗯。郭劲涛也不多说。

等下开个会，我们重新梳理一下案情，看是不是漏掉什么重要线索了。罗庆东说。

嗯。郭劲涛仿佛被摁了重播键。

你平常不是很多话吗？怎么这时候不想说话了？罗庆东调侃郭劲涛。

老罗，你要做好心理准备。

什么心理准备？罗庆东被郭劲涛突如其来的正儿八经搞得有点更紧张了。他心里的微澜被郭劲涛搅成了巨浪。

6

林梅从手术室出来，经过咨询台的时候护士长只使了个眼色朝她办公室看了看，林梅便意会了。走到办公室门口她做了一个深呼吸才进去。办公室只有郭劲涛一个人。本来吴晶是跟他一起来的，但是护士说林梅在做手术，这个手术要做多久谁也不知道。吴晶便随便找了几个护士想了解一下情况，但周雪峰的事在医院早就传开了，林梅在医院的人缘好，护士知道吴晶是警察，对吴晶的问题也是避重就轻能不答就不答，就算说了也感觉是为林梅脱罪，吴晶也只好先回去了。

林主任，你切个肿瘤切得还真久啊，人家一顿饭都做好了。郭劲涛看了看手表，已经过了十一点半，他等了差不多两个小时。

林梅看着他放在腿上合拢的报纸，她的办公室向来不放报纸，她想起她只保存了几张老报纸，因为上面报道了明明参加化学比赛拿了第一名的事她才收起来的，还有几张报纸是她自己发了文章在上面。

你儿子和你一样都很优秀。要是我家那小子读书也这么厉害我就不用发愁咯。郭劲涛说。孩子一读到高中就难管了。

林梅什么也没说，只伸手，郭劲涛就很识相地把报纸递给了她。他才想起她这种讨厌别人未经同意动她东西的老毛病。

一起去吃饭吗？郭劲涛说。他特地在这里等林梅就是有事想跟她说。

不了，我等下还有事。林梅拒绝了郭劲涛，她中午要带饭去酒店给明明吃。

现在还有什么事比你老公的案子更重要吗？

郭劲涛的一句话让林梅想拒绝却又不能拒绝。她发了个短信给周慧峰才跟郭劲涛走出了办公室。

郭劲涛见坐在自己对面的林梅正襟危坐，仿佛一只随时准备迎战的母狼。

你不要这样防备着搞得我也很紧张。郭劲涛说。现在是休息时间，放轻松点，跟老同学吃个饭而已。郭劲涛自己虽然这么说，但是他也有点心虚，他这算是非正式讯问，他就是想以老同学的身份让林梅放松警惕，对他说一句真话。

有件事我想了想虽然不合规矩，但我还是觉得应该告诉你。郭劲涛似乎挣扎了许久做了一个重大的决定。我们在在查证的过程中发现周雪峰跟叶萍关系不一般，而且……郭劲涛抬眼一直注视着林梅，他想看看她到底有多能沉得住气。

我知道了。

你知道？

庆东告诉我的。

老罗找过你？郭劲涛心里暗自骂了一句罗庆东，早就知道他肯定会去找林梅，但是没想到他捷足先登把事情告诉林梅了，害得他没有办法判断现在林梅脸上的失落到底是自然反应还是装出来的。

那叶萍怀孕了你知道吗？

林梅别开脸看了看窗外，转而又镇定地端起茶杯抿了一口茶，也没有回答郭劲涛的话。

周雪峰有没有跟你提过离婚的事？

没有。林梅的回答正如郭劲涛所料，周雪峰肯定不是那种会为了一粒芝麻丢掉西瓜的人。

你要是早知道周雪峰和叶萍的事会不会早就跟他离了？郭劲涛的八卦心理让林梅有点发怵，她的心跳漏了一拍，不过还好郭劲涛听不到。

我看这个案子很快就能结案了。现在已经初步可以认定叶萍是犯罪嫌疑人了，她弟弟叶楠是帮凶。郭劲涛故意这样说。

如果叶萍确定杀人罪名成立会被判多少年？林梅在心里琢磨着这个问题，她没有问郭劲涛，这个问题她不可以问郭劲涛，她可以去问何舒文。

现在的年轻人都只想着找捷径赚钱，我看叶萍起码得判个十年，说不定还会更重，周家肯定会死咬着不放，说不定周雪峰他爸还会动用关系，要是判个死刑还好，要是判个二十年三十年，到时候她出来了肯定比坐牢还惨。唉——不过话说回来，这也是她咎由自取，她要是本本分分做人就不会这样了。郭劲涛在絮絮叨叨说着，林梅望着窗外转而目不转睛地看着他。

你干吗这样看着我？郭劲涛以为林梅在怀疑他，但这明显是他自己做贼心虚了。

你不用告诉我这些，怎么判是法院的事，我不会去插手也不会去同情。林梅说的话就像一块冰。

7

林梅从酒店出来，她正要去上班。酒店离医院近，她上班也方便。

她看到罗庆东似乎一点也不奇怪。罗庆东看到她也没有一点意外。刚才来的路上他还想着怎么去前台问林梅住哪个房间，要是亮明他的警察身份肯定是不会受阻的，但是林梅知道了肯定会不高兴。或者直接打电话给她更好，但是看到周慧峰进来酒店，他想着在外面等一下她应该就会下来。出了这么大的事，她还有心思去上班，果然人再老性格也不会变。

一起吃个早餐吧，罗庆东提议。

林梅看了看手表，还有半个小时迟到，但她向来是喜欢早到的人。有什么事在这说吧。她眼里的冰冷让罗庆东又想起来以前。

陪我吃个早餐吧。我不吃早餐会胃痛。罗庆东说。

林梅的眼里已经泛起了泪光，但她别过脸去看酒店的玻璃上。

对不起，我只会切肿瘤，你要是胃有问题我也爱莫能助。林梅说。

林梅。罗庆东被林梅的话说得有点燥，他总是这么容易被林梅激怒。

罗所长，你要是没有其他事我就先去上班了。林梅收起盘桓在眼眶里的眼泪定睛看着罗庆东。见罗庆东没有说其他的话，她绕过罗庆东直接走了。

罗庆东紧锁着眉头，他不是以一个警察的身份来找林梅的，他只是想以一个男人的身份，但是若是这样，恐怕他更没有理由让林梅听他多讲一句。

林梅从病房巡视出来正要回办公室，护士长拉住她去了休息室。

你先别回办公室，有个老太太找你，好像是叶萍她妈，看她那样子是来求你的，我看你还是先在这休息吧。她走了我再来叫你。护士长嘱咐了几句才出去的。

林梅坐在休息室有点坐立不安。天花板变成了大屏幕，重播着她不想看到的那些情景，叶萍第一天来做保姆，叶萍在客厅里看着食谱学着她说过的菜，叶萍因为她的表扬高兴得像个孩子。她只比明明大八岁，她还只是个孩子。虽然她确实是破坏自己家庭的人，不过就算没有她，周雪峰也会找其他人。女人就像病毒，男人要是免疫力不好，怎么都会感染病毒的。

当初应该坚定地跟他离婚才是，也不会像现在这样进退两难了，本来是为了明明才没有离婚，却没想到现在这样反而害了明明。

她拿出手机打了个电话给周慧峰，约了她去酒店的咖啡厅见面。

你已经决定了吗？周慧峰听了林梅的决定许久才缓过神来。她从来没有想过林梅会做出这样的决定。

嗯，以后明明就麻烦你照顾了。林梅说完从包里掏出一张银行卡来。这里面有十万块定期存款，应该够明明上完大学了，如果他以后还想出国深造的话，麻烦大姐先帮他垫着。林梅觉得自己就像是一个机器人了，没有一点知觉。

你何必……他们现在还没有查到什么，说不定什么也查不到。你没有必要这样做。你让明明以后怎么……周慧峰还是不赞同林梅的决定，她试图说服林梅改变主意。

大姐，你就不要再劝我了，如果多等一天他们查出什么来就晚了。林梅也知道周慧峰的心意。

你会帮我照顾好明明的吧。林梅再一次确认，你放心。明明他怎么说都是我们周家的孩子。周慧峰用手捂着嘴和鼻子，她生怕自己哭出来。

8

有郭劲涛在，吴晶也不好先开口问。她在琢磨着郭劲涛一直不开口问，到底是看在老朋友的情分上还是他没想好怎么开始。审讯室里面一片沉寂，在外面看着的罗庆东也是沉默着。

你们想先知道我是怎么杀了他的还是我为什么要杀他？倒是林梅先开口了。

吴晶看了看郭劲涛，郭劲涛看着林梅，仿佛要看穿眼前这个女人脑子到底是什么构造。绝对不是人类的构造。

林梅紧闭着眼睛似乎终于决定怎么开始说了。

我怀疑他和小叶有问题，但是我平时都要上班不在家，所以我在家里装了针孔摄像头，我在医院用手机就可以看到家里发生的事情。他们果然有问题，而且还不是一次两次，我说要辞退小叶，周雪峰不答应，我向他提出离婚，他也不答应。所以我决定杀了他，我从医院拿了砒霜回去，拌在他的咖啡粉里。我不想在家见到他们心里不舒服，所以我经常在医院办公室睡觉。反正他每天都要喝咖啡，我不在家他也会死。

林梅的话让郭劲涛有些不寒而栗。她说的跟他们想的完全能对得上，看来真的是林梅杀了周雪峰。

我那天在上班，用手机看视频发现他已经死了，我便回去了一趟，把他喝咖啡的杯子拿走了，还有叶萍扔在楼下的咖啡罐，我本来想嫁祸给叶萍，我想她也快回来了，所以我把他正在处理的邮件发了出去。林梅说得有条不紊，这样冷静地陈述犯罪事实，也不知她对周雪峰有多恨。

她的叙述跟目前掌握的所有证据完全吻合。

你的视频有没有保存？郭劲涛说。

没有，删了。我本来准备拿来做离婚证据的，但是周雪峰拒绝离婚，留着也没用，我就都删了。林梅说。

那你的手机呢？我们可以拿去做数据恢复。吴晶说。

手机前几天被偷了。林梅说。

吴晶看了一眼郭劲涛，林梅这样子一点都不像是配合。

你这样做有没有想过你儿子以后怎么办？郭劲涛说。

郭劲涛直视着林梅，但他看不清林梅的眼神，她似乎因为痛苦而紧闭着双眼。

你为什么要来自首？郭劲涛说，眼看着就可以一箭双雕既杀了周雪峰又让叶萍做替罪羔羊。

我只是恨周雪峰，我没有说我恨叶萍，虽然一个巴掌拍不响，但如果不是周雪峰主动，叶萍也不会做这种错事。叶萍还是个好孩子，她没有错，她错就错在不应该到我们家来做保姆。林梅说。她没有说自己是因为看到叶萍的母亲才决定来自首的。

郭劲涛不自觉抬头看了一眼监控，现在罗庆东应该在外面看着吧。

罗庆东却在对小陆说话。

打电话去鉴定科催一下化验结果。

小陆领命去一边打电话去了。

怎么样？化验结果出来了没有？郭劲涛跟罗庆东想到一块去了，虽然林梅供述的与案情十分吻合，但是他们心里还有疑虑。

林梅为什么会突然来自首？罗庆东最不解的其实是这个。

可能是因为我跟她讲我们确定叶萍就是凶手。郭劲涛小心翼翼地说着，他观察着罗庆东的脸色。

你为什么要跟她讲这些？

我就是想试探她一下。如果不是这样说不定她还不会来自首，自首还可以为她减轻罪行。郭劲涛还觉得如果没有他，林梅还不会来投案自首，他是立了功。

你有没有想过，如果她不是凶手……

她如果不是凶手为什么要来自首？

如果她是凶手她为什么要等到现在才来自首？

郭劲涛被罗庆东的反问问得哑口无言。

老郭，不是我先入为主。这件事说不定真的不是林梅干的。你想想看，林梅说她是因为周雪峰出轨才杀了他的，但是她要是杀了周雪峰再来自首，那她儿子怎么办？她还有其他更好的选择，她没有必要非杀周雪峰不可，她可以选择离开周雪峰，她以前就是这么对我的，她不会因为周雪峰不愿意离婚就心软的，只有她想，她一定可以离婚。

郭劲涛更是目瞪口呆。

不用罗庆东细说，他稍动脑筋就能想清楚，只是以前没有得到罗庆东亲口证实。

如果不是她杀的，那她为什么来自首？郭劲涛还是不解。

罗庆东正在犹豫要不要告诉郭劲涛他的猜测，小陆便带着化验单进来了。

林梅来自首带来的咖啡罐和玻璃杯都验出了相同浓度的砒霜，砒霜浓度与尸检结果相符，但是与医院治疗肿瘤所用砒霜不符。

9

周明明交代犯罪事实的时候，除了罗庆东，其他人都是一副愕然。一个孩子居然因为亲眼看到父亲外遇母亲又不回家就亲手杀了自己的父亲，而且还那么冷静。他们从来没有想过这样的可能。

虽然要用雄黄制成砒霜有点复杂，但是对于一个化学天才少年来说，这应该也不是什么太难的事情吧？郭劲涛想起在周家见到的那些荣誉奖状和奖杯，证据就在他眼前，但是他一点都没有察觉。

周慧峰把明明送到门口便止住了脚步。

明明没有回头看周慧峰，他心里没有一丝犹豫。

打电话通知周慧峰带明明来看林梅的时候，罗庆东心里还有点不踏实。他还没有想好该怎么面对这个孩子。

林梅以为进来的会是周慧峰，当吴晶告诉她有人要见她时，她唯一想到的便是周慧峰。她怎么也没想到站在门口的居然是她儿子。

明明。林梅只一句话便哽住了喉。

她固守的堡垒在这片刻坍塌。

妈。我把事情都跟他们说清楚了，毒是我下的。周明明淡定地对林梅说，仿佛在说别人的事。

妈，你不要怪罗叔叔，也不要自责。这件事是我做的，不管是对还是错都应该自己来承担后果。我不后悔这样做了，就算重新来一遍，我还是会杀了他。周明明眼里的冷光让林梅有些害怕。

她知道明明恨周雪峰，当她从视频里看到明明确认周雪峰死了才安心离开的时候，她才知道明明是那么恨周雪峰，为了帮儿子掩饰罪行，她赶紧回家把所有证据都带走了。虽然她没有向任何人提起周雪峰与叶萍的事，但是明明却发现了。她想起那天她跟周雪峰摊牌要离婚，没有达成目的反而被明明撞见了。她想起前前后后所有的事，要是她能再忍气吞声一点不找周雪峰谈离婚，或许明明就不会像现在这样，要是她没有经常在医院睡觉不回家，或许明明就不会像现在这样。

但是她现在自责又有什么用？什么都不能挽回了。

小陆一个人在感慨着真相如此出人意料，他没发现吴晶面色凝重。

你说这个天才少年也真是太匪夷所思了，那么冷静地看着他老子慢慢中毒死亡，现在到了这里还这么冷静，这一家人都是非人类吧？这小子要不是他妈来自首恐怕他都不会主动承认是他下毒的吧？小陆的话惹得吴晶白了他一眼，但他还未察觉吴晶为什么要白他。

罗庆东双手环抱着目不转睛地看着监控，郭劲涛注意到他一直保持着这个姿势没有动过。

罗庆东也听到了小陆的话，他说的没错，或许林梅没有来自首，明明是不会主动承认犯罪事实的。一个做母亲的竭尽全力想要保护孩子，孩子也会不顾一切保护母亲。或者说明明并不是完全为了保护林梅，只是因为周雪峰推了他一把，所以他向林梅倾斜了。他想起昨天回家时儿子说的话。

爸，你要是敢欺负我妈，我可是会帮我妈的。

他突然有点羡慕刘玉芬，虽然他确实没有爱过她，但是他的儿子是真的爱她。

王子不是他（节选）

浙江传媒学院/简　白

1

亦可目送统计学老师沉沉地踩着下课铃声离开教室。她注意到，这个被同学们私底下叫作“竹竿儿”的人，出门时，又回过头使劲扫了一眼他那些正与周公相会的弟子，脸上婆娑着一种“烂泥扶不上墙”的表情。亦可合上笔帽，伸手捅了捅旁边的雅芝——这可爱的大姐大嘴角竟淌出了口水——她想笑又忍住了。从梦里挣扎出来的睡美人没一点不好意思，还懵懵懂懂嘟囔着：

“这么快就下课了。”

亦可无奈地叹了口气，开始整理书包，不停催促雅芝快一点，好去校门口的小餐馆美餐。她们早习惯了用这种“仪式”来犒劳一周的劳碌。

二人刚从座位上站起，一个小个子男生忽然冲上讲台，拿起麦克风示意大家暂且留步。亦可和已经睡意全无的雅芝对视了一下，只好又坐了下来，心里猜测着他会说些什么。此男属于班上不很引人注目的一类，学习成绩平淡无奇，也无音乐绘画的特长，学生会班委会更没有他的份，这样的人总不会来传达教务处的什么条令吧？教室里怨声载道。谁料，男生接下来说出的一番话，却石破天惊，让所有在场的同学为之侧目。

“耽误大家一点时间，”男生清了清嗓子，“今天是‘520’告白日，我想当着所有同学的面，向我的女神欧阳——”说到这里，声音顿了顿，眼睛看向下面某处，“表白！”

起初，同学们像被点了穴，脖颈仰得长长的，眼巴巴地观望。不过才一瞬，又好像注射了兴奋剂，疯了似的嚣叫。

亦可这才记起了这个特殊的“日子”，打从结束了那段恋情，她将这类带有敏感字眼的节日都在心里过滤了。她看到大家鼓着掌，满教室寻找小个子男生心中的“女神”。而处于关注焦点的女孩，低垂着下巴，半捂着脸颊，几乎要钻到桌子底下了，可是起哄的人群哪里肯放过她，硬生生把她捞出来，又众星捧月地簇拥着上了讲台。欧阳本来是班里的活跃分子，此时却满脸绯红，像旧小说里要出嫁的小家碧玉一样。小个子男生一扫往日的羞怯，在众人的欢呼声中，大胆拉住她的手，举着一枚银质手镯，单脚跪地，仰起脸，一字一句地说：

“欧阳！我暗恋你很久了，每次和你一起玩儿，甚至跟你说句话都很开心，你愿意和我在一起吗？”

声音洪亮，多情。

讲台下的男女生比台上的主人公还兴奋，纷纷拿出手机狂拍。哄闹声、嬉笑声、手机快门声叠加交错，吸引来外班好些同学堵在教室门口看热闹。欧阳红着脸看了一眼跪地的男生，不知是被同学们激动的叫喊蒙住了心智，抑或是早在心里喜欢上了这个称她为女神的男生，矜持却也不失勇敢地冲他点了点头。在此起彼伏的“亲一个”“亲一个”的轰笑声中，被胜利冲昏了头脑的男生得寸进尺，站起来很绅士地抱住了欧阳，然后在她脸上印上深深的一吻。

亦可觉得那两个人都快烧成了炽热的炭球，她看到那个男生眼里似乎有晶莹的泪花在闪烁，而女生的泪水干脆溢出了眼角。她大脑里出现了短暂的空白，不明白这究竟怎么回事。前后不过十分钟的时间，两个不相干的人便这么轻易地结成了幸福的一对，且是那么地煽情和难以自持。她心里既诧异又裹挟了些不舒服。这么想着，她听到旁边传来一阵低低的啜泣，扭过头时，发现向来对什么事都很无所谓的雅芝，正偷偷地抹着眼泪。

“你怎么哭了？”亦可没注意场合就大叫起来。

哪知这一声引来不少“蓦然回首”，前排几个同学同时扭过头望向她俩。

“喊什么呀你，”雅芝急忙擦干泪滴，恼怒地拍了一下亦可的手，“就不让人家感动一回吗？”

亦可吐了吐舌头，瞥了一眼讲台上的男孩，几乎笑倒在了桌子上。她这边笑，惹得雅芝越发恼怒了。亦可也不去管她，又看了一眼那群祝贺的同学，拉着她的手从教室后门出来了。在走道里，她听得两个女生小声议论着，一个说，那个男生平日里看起来傻乎乎的，没想到这么浪漫这么爷们儿。另一个说，假如她是欧阳，肯定也会感动得一塌糊涂，束手就擒了。

一路上两人的心情都有些莫名的低落，竟忘了去赴那个“仪式”，没有向校门口走，而是不约而同地返向她们的214宿舍。

亦可前脚刚踏进门，便见敷着面膜握着手机的琼露冲到了面前。

“亦可，听说你们一班有人告白?!”

这个寝室，也就四个女孩，学的都是会计专业，却不在一个班。亦可和雅芝在一班，琼露和此时正看韩剧的甜甜在二班。

“大白天的，敷什么面膜啊。”亦可没回答问题，却嫌恶地看了她一眼，“想吓死谁?”

“我最最亲爱的可儿，”琼露抓住了她的手，“你们班是不是真有人告白了？是不是‘山无棱、天地合，才敢与君绝’啊?”

亦可拨开那只手：“奇了怪了，十分钟前的消息你怎么知道这么快?”

“亲，不知道这是新媒体自媒体时代吗？信不信，再过十几分钟，都成校园头条了。”琼露反觉得她有些大惊小怪，“是你们班有人发微信上了呀，这下明白了吧?”

经她一提醒，亦可和雅芝同时掏出手机，果然，班里的“表白事件”早被刷爆了，到处都是小个子男生和欧阳在一起的消息，附着各种美化过的不同角度的照片，以及煽情的文字，男女主人公的动作和表情堪比前不久爆红的《来自星星的你》。亦可笑着看了一眼正专注于手机的雅芝，对琼露耳语道：

“知道吗？雅芝姐刚刚还哭了呢。”

“真的吗？什么样儿?”琼露一下蹦起来。

亦可用嘴唇无声地说出两个字“女神”，两个人瞬间笑作一团。

“姐本是个多情的人。”雅芝知道她们在笑谁，淡定地摸了摸自己的下巴，“你们这些俗人不会懂。”

亦可和琼露笑得更欢了。

沉醉在韩剧里的甜甜被惊扰了，摘下耳机，疑惑地看着她们，“你们笑什么呀”。亦可添油加醋给她讲了故事的来龙去脉，甜甜马上爆出一阵足以穿透整个宿舍楼的尖叫。她一把甩掉就要在头上生根长叶的耳机，疯了似的抓起手机，手指在屏幕上舞蹈般跳跃。一气呵成的动作，让三个人都看傻了眼。

亦可暗自为甜甜的那部手机捏了把汗。

这时，她听得琼露重重叹了口气，幽幽地自言自语：“唉，我怎么就没有个浪漫的男友呢。”

2

早晨，亦可还没有起床，睡意朦胧中听得雅芝像被什么事逼迫着急急地爬起来了，她瞥了一眼，置之不理，继续昏天暗地地睡，没料到雅芝却硬是挨个把她们都唤醒了。亦可赖在床上不想动，这可是周末，按照惯例，她们一定得睡到自然醒才会磨磨蹭蹭起床，可这个自称“姐”的家伙却硬是不让妹妹们享受了——莫非今天太阳打西边出来了？

“都不准睡懒觉了！”雅芝把寝室当作了舞台，站在地上挥舞着双手，开始了精彩的演讲。“美女们，我们已经浪费了昨日美好的‘520’，绝对不可以浪费今天的‘521’，你们难道忘记了，我们是住在象征爱情的‘214’啊，大好的时光怎么可以浪费在床上？谁说没有男朋友就不可以过情人节了？快让我们行动起来，出去嗨一整天，让那些恋爱中的男女嫉妒去吧！”说完，又义愤填膺地挥了挥手。

亦可憋不住率先大笑起来。

而琼露和甜甜，再一次露出了尖酸刻薄的嘴脸，一唱一和地开起了雅芝的玩笑来。雅芝才不管她们怎么嘲笑，以大姐大的身份强迫众人下床，洗漱穿衣。琼露虽在这上面花的时间多一点，却也比平时快了许多。

9 点多，几个人都收拾妥当，她们决定第一站先去公园。

“521”不过一个简单的数字组合，应该没有什么意义，巧合在今天也仅仅一个普通的星期六，这样的日子一年至少有五十二个，但现在，因为大姐大的一番慷慨陈词和几个女孩的嬉闹，突然生出了特别的味道，几乎有些节日的喜气洋洋了。然而今天毕竟没了昨天的暧昧氛围，公园门口也早没了兜售玫瑰的商贩，想象中鲜艳娇嫩、温柔可人的玫瑰早已杳无音信。

“去哪里买一束玫瑰呢？”雅芝显得很失落。

“我说我的姐啊，”亦可睁圆了双眼，“你有没有搞错，莫非你真把今天当情人节了？即使你买了花，别人也根本不会羡慕你，说不定会认为你是一个超级大傻瓜。”

“我就是要买，都别拦着我啊！”雅芝故意大着嗓门说。

几个女生笑得花枝乱颤。

亦可却记起了一件事。

上高中时，刚刚工作的哥哥为了给女朋友一个惊喜，在花店订了一大捧玫瑰，偏偏那天他被头儿发落去另一个城市出差，没办法亲自去送，哥哥只得让她代劳，电话里千叮咛万嘱咐的。那天她抱着九十九朵玫瑰赶向哥哥指定的地点，巨大的花束几乎挤歪了她瘦弱的身体，让她的脸也成了其中的一朵。后来她停下来站在街边歇息，尽管她朴实的装扮与怀中艳丽的玫瑰极不相称，却还是吸引了一些情侣的目光，她发现有的女孩甚至因为男友给自己送的花太少而眉头紧皱，面露不悦。那一刻，她心中不禁有些许雀跃，听到了虚荣心渐渐膨胀起来的声音。

笑够了，她们径直向碰碰车走去。

亦可和琼露坐在一起，甜甜和雅芝选择了另一辆车。琼露这样的大美女简直太出众了，一进场便吸引了众多眼球，一些男生争相将车开过来碰撞她们的车，亦可惊得哇哇大叫，又笑又怕像疯子一样。琼露一开始还假装淡定，后来也抛弃矜持叫喊起来。碰碰车停下来的时候两人惊魂未定，头发横七竖八地抗议着。雅芝用手机抓拍了这个永恒的瞬间，扬言要发到校园网上去，琼露激动得跳脚，起来跟她抢手机。

几个人正打闹着，亦可听得自己的手机震动起来。她看着那个号码，一下愣住了，她早将它删除了，可记忆还是毫不留情地将一些过去的情节揪了出来——全是有关她高中时的男友奕的。往事历历，不堪回首。现在，他应该被称作前男友吧。她不知道该不该接。不接的话显得自己小气，接的话又该说些什么呢？她正踌躇，站在她身边的甜甜以近乎光的速度替她按下了接听键。

亦可没法再犹豫了："喂——"

"你在干吗？怎么这么久才接电话？"对方说。

亦可很是受不了他这种语调。分开都这么久了，怎么还颐指气使的？

"请问你有事吗？"她忍着满心的不悦答道。

"没事就不能给你打电话？"手机那头的他不满地说，"你那边怎么这么吵？在外面吧，和你的新男友？"

"我和谁在一起跟你有关系吗？我的事不用你操心，以后别再给我打电话了。"亦可最终爆发，狠狠地挂灭了他的声音。

几个姐妹都知道亦可这段痛苦的往事和那个让她痛苦的人，大家心照不宣，也不去安慰她，安慰只能使她更痛苦。亦可也努力克制，当什么事都不曾发生过，青着脸跟在她们后面。

她们向七彩摩天轮走去。

毕竟是被这么一个突如其来的电话惊扰了，坐在摩天轮上的亦可烦躁不安，想哭又努力忍住。座椅渐渐升向了天际，她看向窗外，下面的人慢慢变小，成了一只只花花绿绿的蠕动的"蚂蚁"，翻滚的白云渐渐向她靠近，似乎一伸手就可以触碰得到。

脑海里倏地跳出一个词：白云苍狗。

高中时她和他阴差阳错地成了同桌。日久生情，两个人暗里在一起了。某天他们手牵手一同回家的画面恰巧被同学看见，因为她一直以来都成绩优异，而奕也长得很帅，他们的恋情被迅速曝光，引起了不少同学的羡妒，这让亦可暗地里一度很得意。有一个时期，奕在她心里无论哪个方面都是最好的。但后来，她的闺密瑾听说了这事后，皱了皱眉说，本来应该祝福你，可你是我最好的朋友，有些话我就不能不说了。她问瑾想说什么。记得当时瑾一脸的担忧，她说，或许是我杞人忧天，我只是劝你不要迷失自己，不忘初心。亦可听得半懂不懂，也没有深究，只是笑嘻嘻地说记住了，心里全然没当回事。

和奕相处时间久了，亦可慢慢发现他并不如自己想象的那般完美，非但如此，他身上还有许多与她性格相悖的地方，比如脾气暴躁，控制欲极强。她说话做事稍不顺他的心，他就冷冰冰地对她不理不睬。然而她还是顺从着他，对他言听计从，在他面前唯唯诺诺，颇有些讨好的感觉。亦可因此失掉了很多朋友。她开始理解了瑾的话，明白了“不忘初心”是多么严肃的字眼。她也终于知道了，自己一直以来的退让不过是无谓的努力，她救不了他，也救不了自己。终于有一天，她决定放弃两年的感情，投入高三紧张的复习中。奕很难接受这仓促的了断，不停逼问她到底是什么原因，甚至说出了一些让她难以忍受的话。她理解他的激动，却不想作任何解释，不愿和他藕断丝连。亦可知道，一切都不可能回到从前了，就像一个人不可能两次踏进同一条河流。她隐藏在生活狭小的缝隙里，想尽办法逼迫自己忘了这件事。那阵子，她每晚总是做着同样的梦：奕用一把大锁，决绝地把她锁进了一个黑暗的房间，她想逃离却毫无头绪。她的神经只绷紧了一件事——好好学习，远离这个环境，远离他。报完志愿那天，亦可终于长舒了一口气。

“好了，别再为那个男权至上的家伙伤心了。”雅芝拉了她一下，像是要把她从往事里拉出来，“快看看下面那个男孩帅不帅？”说着伸手指了指地面上一个黑色小点。

亦可有些感激，忍不住朝下看去，可她无法判定那小黑点是不是个男生。“可是，姐，我们离地面这么远，你怎么知道他是个男孩啊？”

“我当然知道了。”

“难不成你的眼睛是望远镜？我怎么看不清？”

“你整天心不在焉，陷在往事里不能自拔，能看清什么呢？”雅芝的表情有一瞬的凝重，亦可再仔细分辨时，她又恢复了那副玩笑的表情，“看你这傻乎乎的样子。”

亦可笑起来。

甜甜和琼露正忙着拿手机玩自拍，琼露嫌甜甜拍照技术差，不停指点着，像是听到了雅芝的话，两只手机同时聚到亦可脸旁，亦可赶忙用胳膊去遮自己的脸，空气凝滞一秒，然后在她们的笑声中蔓延。亦可在欢声笑语里，似乎抓住了未来生活的一些碎片——细密的，舒展的，像糖一样甜蜜。真想一直这么下去。

在公园里一直玩到下午五点，她们觉得有些累了，兴冲冲奔向一家餐馆。据说这里的最大特色是帅哥服务生多，帅气的服务生会在送餐过后和顾客击掌。几个人坐定点餐，同时察看四周的布置。桌上摆着鲜花，悠扬的小提琴声与饭菜的香气交汇。甜甜陶醉地趴在桌上，非说自己累了要睡觉。琼露一进餐厅就交叠起双腿，优雅地坐着，眼角的余光却到处乱飞，寻找帅哥的出没。四个人商定等帅哥上菜的时候，一定要拿到他的联系方式。

然而，谁也没想到，给她们上菜的是个女的。几个女孩急得差点喷血，但还是不忘吃前拍照秀一番。雅芝最积极，她试图把自己和一桌佳肴一同框在屏幕里。“姐，你还是别把菜跟你放在一起了。”琼露瞥了她一眼，“别人看着不好吃了怎么办。”亦可拼命忍住才没把夹进嘴里的虾仁喷出来。雅芝用无比幽怨的眼神扫了琼露一眼，转眼就将目光定格在了面前精致的沙拉上。几个人也不管有没有帅哥该不该矜持了，胡吃海喝，转眼将所有的菜一扫而光。

吃过后，她们索性一不做二不休，找了家物美价廉的KTV唱歌去了，美其名曰“消食”。甜甜自创一首“没有男朋友也过得很快活”，尽管翻来覆去就这么一句词，她却唱得如痴如醉。亦可选了一首蔡依林的《倒带》：

我在幸福的门外
却一直都进不来
你累积给的伤害我是真的很难释怀
终于看开爱回不来

她把这首歌唱给一个人。

亦可手里握着啤酒，在昏暗的房间里，看见了往昔生活的一些片段连缀成一幕幕黑白电影，无论结局是喜或悲，都不能不在她心里泛起波澜。

她猛地灌下一口酒。过去的，都过去吧。

3

“午餐你们不用想了，”琼露擦着面霜，轻描淡写地说，“本姑娘带你们去，我男朋友要来。”

这是两周后的一个周末。

其时，几个人正商量着早餐，不，应该是午餐去哪里吃。吃饭的心愿是一致的，究竟去什么地方却各是各的表情。甜甜故做痛苦状，冥思苦想，似乎是脑汁都绞尽了，也想不出来，索性倒在了床上，“哎呀，还是不去吃了，让我睡死在床上吧”。亦可忍不住白了她一眼，正要挖苦几句，却听得琼露的手机惊心动魄地响了起来，几个人不由得都把目光聚向她。琼露本来正在检点摆得满床都是的衣物，听到电话响，拿起来躲到一边接去了。那真是个漫长的电话，好在亦可她们也早习惯了她的作派，懒得去理她。

后来，就听到琼露“轰”地抛出了这颗炸弹，惊得每个人都目瞪口呆。

对于琼露，亦可一直觉得有些难以琢磨。她们也算是知心朋友，但两个人的性格和生活习惯却不尽相同，偶尔甚至会产生一些摩擦。

琼露来自沿海城市，皮肤白皙，鼻梁上嵌着一双充满了葡萄汁的大眼睛，俏俏的鼻子在小脸盘上占据了一个相当正确的位置，身材匀称，凹凸有致，穿衣服也是时尚时尚最时尚，给人的第一印象是美，第二印象是很美，于是琼露成了校园里不折不扣的女神。亦可觉得自己长得也不算难看，高高瘦瘦，配上漂亮衣服也会让人多看几眼，但她的瘦不同于琼露，她是干瘪的，仿佛骨架上罩了层皮，和琼露站在一起就逊色多了。琼露不光会穿衣打扮，也会保养皮肤，有时，亦可看着她桌子上挤得满满的瓶瓶罐罐，实在心悸不已，毕竟自己每日的护肤品也就是那瓶芦荟洗面奶。别看琼露在寝室里蓬头垢面，桌上床上总是一片狼藉又懒得收拾，毫无形象可言，但每次出门她都要从柜子里把所有的衣服拿出来，一一摆开，一件一件试穿。有时候上大课，几个班的同学聚在一起，琼露会让她帮着占个座。记得有一次，亦可足足替她守了四十五分钟空座，其间不知抵挡了多少人觊觎的目光，直到她觉得实在太作孽要把自己的座位让出去时，琼露才款款到来，抱歉地告诉她自己是因为换衣服太久了才迟到的，一边还埋怨着：“我的衣服怎么那么多呀。”亦可哭笑不得，满心的愤怒化成了嘴边深深的叹气。

在不认识的人面前，琼露是冷艳的，有种拒人于千里之外的优越感。她近视又不愿意戴眼镜，常常看不清熟人，给人的感觉是傲娇而不可接近，别人打招呼她也不理不睬。但这不仅不影响她的好人缘，还让她有了更多的朋友，想认识她的人除了被她的美丽吸引，更重要的是陶醉于她周身散发出的神秘。而一旦和琼露混熟，她内在的活泼开朗甚至一点点逗比，都能让人彻底抛弃距离感，缴械投降。于是校园里无论男的女的，甚至半男不女的，她都可以尽快跟人家熟络起来。这就是琼露的能耐。何况如今已是大二，琼露已成为本校电台的名主持，见嘉宾录节目什么的，牵挂她的人自然就更多了。甜甜曾经不无夸张地说，追求琼露的男生可以从学校南门排到北门，这还不说那些平日献殷勤的。

亦可一想起这些就有点愤愤不平。

“喂，大美女，你有没有搞错？”甜甜半天反应过来，“怎么忽然有了男朋友？”

“忽然？”琼露轻轻一笑，“这么说也没错。”

“不对吧？”甜甜说，“我怎么觉得你是蓄谋已久、冰冻三尺非一日之寒呢。”

“又不是看韩剧，这是生活呀，傻瓜。”

琼露得意地又一笑。

亦可和雅芝对视一秒，彼此从对方眼睛里读到了怀疑和惊讶共存的神情。她又看向一脸自得的琼露，心底腾起一股无名火，瞧她那美滋滋的样子！男朋友这种生物能“忽然”出来吗？若不是你藏得太深，不愿与我们分享这秘密，我们才不会关心呢。亦可突然被自己这明火执仗的嫉妒惊住。琼露平日里虽有些浮夸，对她们却都极好，有人送给她的花或者零碎的小东西，她都带回来分给她们。

不知何时，妒忌之火已经彻底燎原。

“这就是生活？简直比韩剧还要狗血淋头。”甜甜举双手一惊一咋地喊道。

说罢，她像匹受了惊的战马，迅速跑进洗手间，迅速找到要穿的衣服，然后迅速把自己装备好。好像在她的世界里，琼露那个突然冒出的男朋友无关紧要，有人请吃饭才是最最要紧的大事。

闲话少说，当三个人收拾妥当随着琼露走进一家饭店，坐到她男朋友面前时，亦可不由倒抽了一口冷气。她脑子里跳出了一句话，想象和现实的落差有时是天上地下的。说实话，她实在不敢恭维琼露的这位男朋友，人看着倒是老实，可未免也太普通了吧？这样的“男朋友”放到茫茫人海中完全可以忽略不计。不过，吃饭的地方倒是很高档。手机蓦地一响，是甜甜从桌子底下偷偷给她发来的微信：挺有诚意的，加十分。亦可弯了弯嘴角，看她一眼，也在桌子底下回复了一个笑脸。

琼露毫不做作，挽起了男生的手：“这是我男朋友国庆，在B城上大学，特意来看我的。”又把她们介绍给国庆：“这是我的室友，亦可，甜甜，雅芝，雅芝可是我们的大姐哦。”

几个人碰了杯，算作打招呼。

“想起来了，”亦可看向琼露，“每天晚上给你打电话的就是他吧？”

“是的。”琼露笑着点点头。

亦可又把目光转向国庆：“你还好吧，每天听她说到两点没关系吗？琼露简直是话痨，我们仨基本是伴着她的说话声入睡的。我悄悄告诉你，这个女生后来不打电话我们都睡不着。”

男生呵呵一笑，故作神秘地回答亦可：“我也偷偷跟你说，我都是把手机放在一边然后睡觉。”把几个人逗得前仰后合。

琼露假装生气，拧国庆的耳朵。

甜甜咳嗽了两声，像教导主任一样拍拍桌子：“注意影响，注意影响。”

“韩剧里那些卿卿我我的剧情，你不也看得津津有味吗？虚伪的女人。”琼露哼了一声，又对她男朋友说，“国庆，我跟你说的没错吧，她们仨一个比一个奇葩。”

“哎哎哎，”雅芝冲她翻了个白眼，“别在帅哥面前埋汰我们，我们刚来的时候可是大大的良民，在你的耳濡目染之下，居然沧海桑田成了这副模样，真是好伤感。”国庆赶紧笑着摆手：“不敢当不敢当，离‘帅哥’还差得远。”

几个人看着雅芝的装模作样和国庆用力解释的样子都笑起来，唯独琼露撇了撇嘴，一副不在意的样子，自顾自切着面前精致美味的牛排，国庆赶紧端过她的盘子，认真地说：“我来。”看得亦可红了脸，筷子飘浮在半空中不知该停落在哪里。可是琼露突然尖叫起来：“你还会不会切啊！”几个人都惊得看向她，只见琼露从国庆手里夺过切得凌乱的牛排，自己动起手来，国庆单手挠着头，尴尬地摆摆手：“我和同学聚餐都是街边大排档，不吃这些东西的。”又招呼她们：“你们吃啊，想吃啥再点，我有钱。”雅芝和甜甜点点头，微笑着默不作声。琼露冷哼一声，脸上写满了不悦和不耐。亦可心里不舒服极了，低着头鼓捣着碟子里的冰激凌，只想快点吃完。

这顿煎熬的午餐总算结束，国庆搂着别扭的琼露约会去了，甜甜去超市买零食，亦可和雅芝慢慢往宿舍走，一路聊着琼露和国庆的事。

两个人都很疑惑，为什么之前不听琼露提起她男朋友呢？亦可记得自己曾多次询问琼露每夜和她聊天的是不是男友，但她总说那边是一个朋友。虽然国庆有些犯傻，蠢蠢笨笨，老实巴交的，但看得出来，他很珍惜琼露。她们决定今晚狠狠盘问琼露，罪名是她竟敢隐瞒这么重大的事情。在女生宿舍，室友谈恋爱是可以和总统大选相提并论的要闻。

只是一直等到晚上十点，琼露才回到宿舍。她一进门就嚷嚷着“累死了”“累死了”，看都不看她们一眼，轰地扑倒在床上，扬言要做长在床上的一朵花。

“幸福的花儿，你男朋友呢？”亦可赶紧问。

琼露懒洋洋地回了声：“明天得上课，没时间陪他，我让他回去了。”

“走了呀？”

“对，他把我送回来就走了。”

“这么晚你竟然让他走了？”亦可有点惊讶，“B 城不近呀，不会不安全吧？”

“放心，他一个大男生，能有什么事呢。”琼露有点不耐烦了。

亦可心里便有些不高兴。

雅芝抚弄着她的仙人掌，有点狡黠地问琼露：“今天都去哪玩儿了？”

“电影院，摩天轮，逛街，还吃了大餐。”琼露有气无力地回答。

半晌，琼露像是记起了什么，从床上跳起来拉过手包，准确地从里面拿出一个精致的首饰盒，打开。紫色丝绒上静静躺着一条银质手链，在灯光映照下，上面的玫瑰吊坠闪耀着夺目的光芒。

“这是他给我买的手链。”

雅芝和甜甜连连赞叹。

“可他这个人也太无趣了，满脑子就只有花钱。”琼露皱起了精致的眉头。雅芝笑了，说了些什么安慰她。

亦可只扫了一眼，一言不发地上床睡觉。

4

周一像往常一样乏善可陈。到了周二，不，准确地说是周二的下午，气氛却为之一变。一般来说，下午的课总是很烦人，最能引人入睡，老师讲得无趣，学生自然在犯困，浑浑噩噩的局面总能让老师们的脸上浮现出和统计老师一样的“恨铁不成钢”的表情。然而每到周二下午，随着英语老师陈易的出现，课堂上便呈现出一派欣欣向荣的景象，春回大地一般。亦可当然能感觉到这强烈的反差，她望着讲台上帅气睿智的陈易，有一瞬间甚至想，若是此人把所有的课程都大包大揽，那她们又该是怎样一种享受呢？

陈易二十五六岁，英文名叫nick。或许是因为他和学生的年纪差不多，没有传说中的“代沟”，大家都很喜欢他。因为是下午前两节的课，他总是想方设法不让大家打瞌睡，让课堂多一点笑声和生机。他用特别欢快的声调，大笑着讲他过去和现在的事情，有些当然是子虚乌有，可大家还是爱听的不得了。比如他说起有一次同事的下巴掉了，他轻轻一推就给安了上去。还有一次，他一个同学病得厉害，大家都以为没治了，结果他随意扎了一针，同学就又活蹦乱跳安然无恙了。听得同学们都开心地前仰后合，对这个魅力无限的老师赞赏有加。

亦可有一种感觉，她身旁的雅芝尤为喜欢陈易，甚至近乎——爱他。上英语课的时候，雅芝一改“睡美人”作风，总是抢着和他互动，恨不得每个问题都由自己回答。而作为陈易的课代表，雅芝很是负责，每次都早早去教室擦干净黑板，收好大家的作业，再帮陈易送到办公室去。

记得“520”那天晚上，雅芝好像很累，手里还捏着本书就睡着了。听到雅芝轻微的鼾声，亦可耸了耸肩，轻轻帮她脱掉外套，盖好了被子。她突然吃惊地发现，雅芝的眼角竟淌着泪水。亦可起初有些惊慌，以为是自己的动作弄疼了雅芝，可雅芝又呢喃了一声，声音含混不清，好像在喊什么人。亦可听不真切，她猜度着这个让雅芝牵挂不已的人是谁，一边偷笑着用手机拍下了雅芝的睡颜。她本想让琼露和甜甜也看看，担心打扰到她，又打消了这个念头。

第二天，亦可好奇地问雅芝做了什么梦，哭得那么认真。雅芝很惊讶，哭？真的吗？我都不知道自己哭是什么样子，快给我说说。亦可翻出手机里的照片，递给她。雅芝拿着手机，面露娇羞，哎呀，原来本姑娘流泪的样子这么美，简直是古典女神啊。亦可没空理会她的矫情，重重捏了一下她的脸，揶揄道，你该不会梦见自己的男神了吧？快快从实招来！雅芝脸上难得地飞起一朵红云，她压低了声音说，我真做了个梦，一个男人向我求婚，漫天都是飘落的玫瑰花瓣，我穿一袭白裙，他在我面前举着戒指，整个世界只有我和他，感动得我泪流满面。知道他是谁吗？你肯定猜不到，打死你都猜不出来。亦可开着玩笑，总不会就是咱们英语老师陈易吧。雅芝竟立刻变了脸色，瞪着眼直愣愣地看了她老半天，才点点头，这你都知道，咱俩不会是一个妈生的吧？亦可激动地跺脚，真的是他吗？雅芝有些害羞地笑了，没错，是他。亦可笑得停不下来，姐，你这个梦是咱财经学院多少少女的心啊！雅芝叹口气说，多情应笑我。这个梦只许你知道，不要对任何人说。

此时，站在讲台上的陈易口若悬河，滔滔不绝，他戴一副无框眼镜，穿着很正式的西装。第一次给她们上课时，他就郑重地说，他之所以穿得这么正式，也是对学生的尊重。只是现在，亦可觉得陈易虽努力作出一种轻松的样子，看上去却很疲惫，说话也带了浓重的鼻音。

她猜测着，他是不是生病了？

“他肯定感冒了。”还没等她急切地告诉雅芝，对方便贴着她的耳朵小声说了一句，脸上是满满的焦虑和忧心。

亦可故意逗她：“忘了他是个神医吗？他永远那么活力四射，永远都是为别人治病，又怎么会生病呢？”

“那是他说笑话，该生病时还得生。”雅芝哼了一声。

“让我来瞧瞧你的心，一定疼坏了吧？”亦可狡黠地一笑。

“去去去，没大没小的。”

曾经看过一条微博，说每个女生寝室都有这么四个人：第一个是貌美如花型，寝室门面就靠她，天天有男生献殷勤，其他人跟着沾光；第二个是女汉子型，抓得了老鼠，干得过流氓，行走江湖保护大家全靠她；第三个是贤妻良母型，上得厅堂，下得厨房，打扫得了宿舍；最后一个则是凑数的。亦可对号入座，在她们214寝室，琼露当之无愧是貌美如花型，而她自己则属于贤妻良母型，甜甜自诩为是凑数的，那么，雅芝毫无疑问是第二种，女汉子型。

像亦可一样，雅芝也来自北方，生活在一个百度地图搜不到的小村庄里，住着“墙上贴满白色瓷砖的冬暖夏凉的平房，有个种满鲜花的小院”，当然这是雅芝自己的描述，甜甜对此的评价是“好浪漫哦”。也许北方姑娘都有些豪气，开学第一天，雅芝自己扛着行李，手抱一盆总不见开花的仙人掌——据说这是她的吉祥物，轻轻松松穿过层层拥堵的人群，走进宿舍。把当时寝室里其他三人及她们的家长都怔住了。雅芝把东西放在地上，笑着和她们打招呼，嘿，我叫雅芝。她黝黑的皮肤把牙齿映衬得洁白发亮，圆脸上写满了憨厚与真诚，外面的阳光斜斜照进来，给她披上了一层柔和的外衣，就像圣母的光辉，亦可那时起就对雅芝有了深深的好感。家长们对雅芝的独立赞不绝口，纷纷请求她以后多关照自己的女儿，雅芝热情地答应，从此成了宿舍的“大姐大”。事实上雅芝确实很照顾她们，给饮水机换水、打蟑螂这些事从来都是她身体力行，俨然一个“女汉子”。亦可她们三个不能不心甘情愿地称呼雅芝为“姐”，尽管她并不是年龄最大的。

雅芝生得并不美，还有些发胖。大一时，她的装扮总有一种高中生未褪尽的感觉，若不是琼露极力阻拦，她很可能每天穿着肥大的校服上下课还觉得理所当然——学生不就应该穿校服吗？其实亦可知道，雅芝只是不愿花钱装饰自己而已，她不像她们几个一样舍得花钱，常被一些漂亮的衣服和精致的小物件缭乱了眼，不顾后果地买下，她买东西总是斟酌再三。和她们比起来，雅芝节俭得近乎吝啬。

可某天雅芝神秘地消失了三个小时，回来后她满头的乱发就成了性感的大波浪。甜甜以为雅芝戴了假发，不由得狠拽了一把。雅芝疼得龇牙咧嘴，捂着头大叫，疼！你出手怎么这么狠毒呀，你以为我戴的是发套？这是真的头发好不好？甜甜逗她，哎哟，这还是我姐吗？美女你好。雅芝一把搂住她，爱妃，这么快就不认识朕了？琼露楚楚可怜地看着雅芝，陛下，你是要转型了吗？你变成了软妹子，以后谁来保护我们呢。雅芝故作庄重地说，放心，我还是你们的大姐。亦可摸摸她的大波浪，心如明镜：雅芝不会无缘无故花重金烫头发的，一定是为了那个她喜欢的人。

整节英语课，雅芝都坐立不安，亦可一直用眼角的余光瞥她，心里暗笑不止。好不容易等到下课铃响起，雅芝没象往常那样立刻把收上来的作业给陈易送去，反而拉着她往宿舍跑。

“你拉我回宿舍干吗？”亦可有些不解。

“你现在对我有特别的用处。”

“哇！原来你一直在利用我。快说，你到底有什么企图？”

“你不是带来好多药吗？快把感冒药给我。”

亦可恍然大悟，回到宿舍，赶紧手忙脚乱地找。妈妈心疼她，每到开学的时候，总要给她带一些常用药。但带上了也没什么用，她几乎没怎么患过病，这些药就成了抽屉里的闲置品。没想到，现在却派上了用场。

拿了药，雅芝便往宿舍外面跑。

“怎么连个谢字都没有。”亦可也冲出宿舍，跟在她后面跑。

“你跟着我干啥？”雅芝停下来看她。

“你还没告诉我，怎么感谢我？”亦可也觉得自己跟着没道理，随口说道。

“怎么谢你？姐姐赏你一个吻吧？”雅芝笑道。

“吻？”亦可摆摆手，“现在你的梦里人陈老师最需要，你还是留给他吧。”

“你真傻，咱们老师都快结婚了。”雅芝捏了捏她的脸，“那天我去他办公室交作业，无意中看到了他的戒指。我问他什么时候能吃到喜糖，他说快了，新年的时候吧。我一直想等我那盆仙人掌开了花，就送给他。”

“什么，真的吗？”亦可觉得突然，很是吃惊。

雅芝攥紧了手里的药，默默地点了点头。

“你难过吗？”

亦可忽然冒出了这么一句，马上又后悔了。

“什么难不难过的，我祝福他。”雅芝的目光望向远处，若有所思。

“可是雅芝，如果我是你的话，一定去努力，争取……”

雅芝打断了亦可：“老师的女朋友很优秀，剑桥大学硕士毕业，而且很快就从国外回来了，而我只是一个普通的大二女生，这世界这么大，总有些人是过客……况且他是老师，我是学生，这是一条永远跨不过的鸿沟。再说，哈哈，我们差五岁呢，有代沟不是？”

雅芝的笑容里有深色的阴影，慢慢融化在初夏的暖意里。亦可有些感动。

好像是怕雅芝伤疼了似的，亦可一伸手将她拥在怀里。雅芝愣了一下，也紧紧抱住了她。她们在校园的林荫道上拥抱着，亦可忽然发现来往的人都盯着她俩，露出好奇的神情，立马松了手。两个人疯了似的大笑。

5

生活有时会出现惊人的相似，或者说，生活在不停地轮回更替，这一段生活是上一段生活的重复，甚至连某些细节都一模一样。但终归会有些不同，这些不同大概就是它的神秘之处。比如这个周末，琼露那个叫国庆的土豪男友又一次从B城赶来，两人又一次去约会，直到晚上十点宿舍门禁前一秒，琼露才回到宿舍。一进门就叫嚣“好累啊好累啊”，躺在床上一动不动。

亦可把目光从手里的书中收回：“琼露，你又把男朋友打发走了？”

“嗯，”琼露懒洋洋地应答，“不然要让他留下来吗？都陪了他一整天了，我还有好多事要忙。”

“你可真是个狠心的女人！”亦可半开玩笑。

琼露瞟了她一眼，还是懒洋洋的：“谁心软谁去留他呀。”

亦可本来想说什么，却被雅芝打断了。

“哎，亲爱的花儿，我们早就想审问你一回了。为什么之前不告诉我们你有男朋友？每次问你都神秘兮兮的，莫非怕被我们抢走？”

“其实我也不知道他算不算男朋友。”琼露若有所思地说，“高中我们认识，关系一直很好，他很细心，我有什么事都会跟他分享。我没想到后来他跟我表白，捧着那么漂亮的花——他家里很有钱，所以他买得起——我说不清我的感觉，可能有一点虚荣心作怪吧，我答应了他。可是在一起后却总感觉哪里不对，所以就没告诉你们。说了，会产生误会，以为我们真要天长地久白头偕老的。爱情这种东西，需要慎重，需要彼此的感觉。对了，你们谁要是对他有感觉的话，就告诉我。”

“哎？你说什么？”亦可惊得几乎说不出话来了。

“我说我也不知道他算不算男朋友，你们谁有感觉我可以转让。”琼露不耐烦地将她的意思又重复了一遍。

“你怎么能说出这种话？”亦可几乎有些愤怒了，“啪——”合上了书。

琼露冷冷地看着她：“我怎么就不能这样说？”

“你这叫不负责任！你不把他当男朋友看，为什么又让他大老远一趟趟跑来而不去制止？为什么要表现得那么亲密？就算想另外找一个，也得明明白白告诉他吧！”

“我不负责任？我怎么不负责任啦？”琼露猛地从床上弹起，“我刚才已经说了，我不知道他算不算男朋友，就是说我还判断不准。我对他还没有强烈的感觉，没到山盟海誓的地步。既然没有这种感觉，那我为什么就不能再有个男朋友啦？你这么关心他、替他说话，那我让给你好啦！”

暗流涌动，气氛紧张得让人窒息。

“好了好了！”雅芝看出了不对劲，急忙拦着，“都来看一下，明天姐穿这件衣服怎样？”

“雅芝，别再当和事佬了！既然话都说开了，不如说个痛快。”亦可心里的怒火在噼噼啪啪地燃烧，再也憋不住了，从嘴里汹涌喷发：“琼露你莫名其妙！我凭啥要看上他？我只是看不起你这种态度！国庆对你那么好，一次次大老远跑来看你，请你吃饭，看电影，给你买东西。你居然还有这种想法！长得漂亮，就能随意玩弄人家的感情？”

“玩弄？”琼露也是针锋相对，“你敢说你以前和那个高中男朋友就不是玩弄？分手说得那么干脆，你就高尚了吗？”

“我没说我高尚，可我至少对待感情比你认真负责!”

说完，她瞥了琼露一眼，一甩门向楼下跑去，大门在沉寂的走廊发出闷钝的响声，生生将她们分割成两个世界。

宿舍楼前空无一人，只有不知名的小虫正唧唧地叫唤。满天的星斗茂密地垂下来，似乎探手可摘。亦可找了个台阶坐下，任眼泪无声地奔涌。过了一会儿，她感到身旁多了一个人，亦可不抬头也能感觉到是谁。因为雅芝的出现，她更感到莫名的委屈，眼泪也更加不争气地汹涌起来。雅芝叹了口气，伸手给她抹去眼泪，语气里满含怜惜：

“真没想到，事情会搞到这么糟。你俩都太冲动了。”

“姐，你说是不是很不值得?”亦可止住抽泣。

“其实我和你的想法一样，”雅芝叹了口气，“我也觉得琼露有些过分，可你要知道，世上没有两片绝对相同的树叶，更不可能有两个绝对相同的人。你认为这样可能对，别人可能恰恰认为不对。这就是矛盾，是大千世界和芸芸众生。对爱情的看法更是各不相同，比如琼露，她和我们的看法就不一样。只不过，你直率地说了出来，而我没有。但我想，你说出来不一定就是你对。”

“我怎么就不对了?”亦可侧着脸问。

“因为看问题的角度不同，你认为对，琼露不是认为不对吗?”

“我不懂。”

“慢慢你就懂了。”

“感情这事真麻烦，剪不断，理还乱呀。”

“谁说不是呢，”雅芝抚着她的肩，“所以也要理解琼露，可能，她正处于你说的这种状态。”

亦可怔了一怔，忽然觉得雅芝说得不无道理，不满和委屈瞬时烟消云散。“哎，姐，你怎么懂这么多，是不是得改口叫你思想家哲学家。”

“那当然，也不看看姐是谁。”雅芝得意地捏了捏下巴上无形的“胡须”。

亦可扑哧笑出声来。“行了行了，看你那小人得志的样儿。”

又说了一会儿，直到宿管阿姨打着哈欠出来撵她们回去睡觉。

回了宿舍，亦可本想直接爬上自己的床位，但还是管不了自己，硬生生瞥了瞥琼露的床铺，却只看到一个冷漠的后背。甜甜朝她们努了努嘴，指着琼露悄声说，“哭啦，刚睡下”。亦可的心情本来好了许多，听她这一说，又沉重起来。她没吱声，走进洗手间洗掉脸上的泪痕，轻手轻脚地上床休息了。可躺下好久，始终睡不着。越到深夜，越觉出下铺的琼露辗转反侧的动静大。有那么一阵子，亦可怕琼露察觉出自己的失眠，强忍着身子不动弹，但时间长了实在憋不住。两人心照不宣，一夜无眠。

第二天，亦可顶着浓重的黑眼圈去教室上课，一副哈欠连天的样子。眼睛盯着投影上老师出的题目，脑子里却翻腾着昨晚的事。她还是想不通琼露对国庆，或者说对爱情的态度。而在另一个教室里的琼露，又会想些什么呢？亦可有些不明白，怎么好好的会搞成了这样？一早起来，她和琼露谁也没理谁，好像她们之间没一点瓜葛，风马牛不相及。这让她感叹女生间的友谊不过薄薄一张纸，经不起半点风吹草动。

“亦可，”女老师的声音冷不防地从讲台上飞下来，“你解答一下这道题。”

亦可怔了怔，暗叫倒霉，但还是硬着头皮站了起来。她根本不知道老师说的是哪道题。她看到周围一张张脸一道道目光一起聚向她，好像在说，你不是万年第一的学霸嘛，怎么突然连一道简单得不能再简单的题都答不上来？她从那些目光里读出了某些叫幸灾乐祸的东西。亦可支支吾吾，一脸窘迫，恨不能脚下裂道地缝钻进去。老师一脸不悦，几乎要挥手让她坐下了，这个节骨眼上，雅芝悄声传来了答案，这才将她从困境中解救出来。

终于熬到了放学，亦可跟着雅芝往宿舍里走，快进宿舍楼时，她脑子里忽然蹦出一个想法。

“我想搬出去!”

“为什么?!”雅芝显得异常激动，“你走了只剩我们三个了，多无聊啊！我不让你搬!”

“姐，我和琼露这么一吵，一时半会儿肯定不会和解，再住在一起有多尴尬？你也看到了，我自己根本不在状态，”亦可认真地看着雅芝，“何况我俩不和，你和甜甜也开心不起来，既然谁心里都不痛快，还不如我搬出去，对大家都好。”

“你有没有想过，你不搬出去，你们还有可能和好，你若是搬走，恐怕就没机会了。”

“分开冷静一下，也好。”亦可固执地说。

“你真的要离开，我也没办法。可是你想过吗，你搬走了，我就不能常常看见你了。”

“又不是生离死别，”亦可笑笑，“你可以来我的新寝室看我啊。”

雅芝没再说话，良久，她重重地叹了口气。

“看来真是说服不了你了。”

2015. 07. 10 于浙江

逃出大山

浙江传媒学院/蔡奕扬

村子的西北角落的大树下有几间简单的土坯房，里面住着四口人——男人、男人的母亲、桂花和桂花的儿子。

儿子是桂花和那个男人生的，来到这的第一年怀上的。

和过去的每一个晚上一样，从地里回来的男人吃完饭逗了会儿子就上床睡觉，男人的母亲照例在睡前把孩子抱走，然后顺手锁上了门。

桂花躺在床上，背后的男人呼吸逐渐均匀，不一会就打起了呼噜。

白亮亮的月光从不规则的窗口照进室内，慢慢地从地板挪上了床，照在桂花那双没合过眼的晶亮的黑眼睛里。

不知道过了多久，桂花身后的男人翻了个身嘟嘟囔囔地说了几句梦话，窗外的公鸡打了个鸣，然后一切又回归安静。

桂花轻轻地掀开被子，时候到了，她要逃。

桂花把手伸进门板的空隙，在这里五年的农务劳作把桂花的手臂锻炼得很有力，卸下这破旧的门板简直轻而易举。

桂花把卸下的门板倚在墙边上，她冰凉的手不自觉地发抖。

院子的大黄狗不知道为何吠了一声，桂花觉得全身的血液都冻结了，全身上下隐隐地抽痛，她掐着门板一动不动。

男人依旧在睡梦中，呼噜声一声接着一声。

桂花不敢回头，她咽了口唾沫，抖着脚往外走，每一步都像踩在刀尖上，桂花有些头晕，怎么平时三两步就走到的大门这次这么远？

拴在院子的大黄狗看见桂花走了出来，摇着尾巴扑上来。桂花赶紧拍拍大黄狗的头，安抚它。

桂花一边抱着大黄狗一边回头看，今晚的月色很好，屋外一片光亮，树影笼罩着有些破旧的房子，桂花透过没了门板的房门，可以看见屋内的男人露在被子外边的脚。

桂花摸了摸大黄狗的背，眼睛亮闪闪的。她放开大黄狗，示意它不要出声，然后迈着步子小心翼翼地离开这里。

每走一步，桂花都能感受到自己的心跳，一蹦一蹦的特别有力气，她感觉自己的手脚逐渐地有了热度，血液在全身快速地流淌。

男人的家在村子的西北角落，桂花不敢往村口走，因为村子里家家户户都养着狗，如果惊动了这些狗……桂花不敢往下想，只觉得背上一阵阵的疼。

桂花不是这个村子的人，也不是从别的村子嫁到这里的姑娘，她是被人贩子卖到这儿的。五年前，她才十七岁，只有初中文化的她跟着同村的小姐妹们外出打工，临出门前，她娘拉着她的手一遍遍地嘱咐她，没赚到多少钱也没关系，过年记得回来，谁也不曾想到，这一走，那个家却是回不去了。

桂花当然逃过，刚到这个村的姑娘都逃过，可是没有一个逃出去。这是一个很落后的山村，隐藏在层层叠叠的山林里，村里家家养着狗，村里家家都买过媳妇，这些个人家像是一个团结无比的联盟，不仅看着自家新买的媳妇，也帮着村里人看着其他新媳妇。

桂花逃，可这是一片不讲道理的山，密密层层地围着村庄，无论从哪个方向出逃都逃脱不了，她刚刚跑到出山口就被成群围剿的村民截住，男人拽着她的头发将她弄回了家，在众目睽睽之下一顿暴打，活生生将她的腿打断了，背上全是纵横交错的血印子，一条条都可见肉。然后，男人扒光了她的衣服，把她关进了房内。房内什么东西都没有，只有一床破被子。男人白天下地干活，晚上就来地窖里强奸她。

赤身裸体的她生活在狭小阴暗的世界里，面对墙壁，痛哭，挣扎。一年后她生了个孩子，才被放出来。放出来时，她已经有些精神恍惚了，只觉得外面的阳光亮得刺眼。

桂花生的是个男孩，健健康康的男孩。男人和他的母亲高兴坏了，对孩子极好，连带着对桂花也好了一点，至少粗暴的泄欲少了些。

男人家家境不好，说是家里的积蓄都拿去买桂花了，但是他们对孩子是十分地好，男人的母亲更是一刻不歇地抱着孩子，生怕有个闪失。

婴孩的面容软糯可爱，那一双大眼睛就像一汪泉眼，水润得不行，人见人夸。但是，桂花怕这个孩子，每次看到他桂花都会止不住地颤抖，她又想起以前每一个被折磨的晚上，野蛮的男人匍匐在她身上蛮横地发泄、残忍地暴打。

这个人人夸赞的婴儿是桂花的亲血肉，是桂花怀胎十月生下的一块肉，桂花心里也是满心的疼爱，但他又像是一根刺，无时无刻不在挑起桂花的伤口。

村里年年都有新的姑娘被买进来替代那些受不了折磨疯了或者死了的姑娘，每个姑娘都没有逃出去，没有逃出去的姑娘都会被毒打，像桂花一样。

桂花的心开始有了一点点的松动。

桂花怕极了挨打，听着村里传来的姑娘凄厉的哭喊声桂花就会一阵头晕，仿佛那沾了盐水的粗麻绳是抽在自己身上。

桂花也见过村里其他被买来的姑娘，那些姑娘大都屈服了，有的是因为打怕了，还有的是因为舍不得孩子。

村里还有另一些不愿意留下来的姑娘，桂花是不能见的，日子久了也见不着了——不是死了就是疯了，但总归逃不出一个死。在没有被卖到这儿之前，都是一个个活生生的生命，现在被四五个大汉抬着出去，埋在后山，盖着厚厚的一层土，没有棺材也没有墓碑。

身前是不讲道理密密麻麻的大山，身后是团结一致经验丰富的村民，桂花觉得自己就是蜘蛛网上虫，只能待在这里，一直到死。

桂花的儿子转眼就两岁了，这时候的小孩子会讲一些话，也会到处跑跑跳跳了，小孩子喜欢黏着桂花，围在她身边叽叽喳喳地叫妈妈。一声声叫得桂花心都化了，对他也没有了开始的害怕。

男人这两年也松了对桂花的监视，他跟桂花说只要桂花跟他好好过日子他就不会再对桂花做粗暴的事情，他还说当初买桂花来也是迫不得已，父亲死得早，他家就他一个儿子，他要肩负起传宗接代的重任，但是家里穷，村里也穷，没有姑娘愿意嫁，这才从人贩子手里买了桂花。

男人的母亲对桂花也是极好，桂花生孩子的时候没照顾好，常常会腹痛，男人的母亲也不让桂花做太重的活，只是让她在家里料理家务、喂喂鸡鸭，农忙的时候到地里帮帮忙。

如果这是你情我愿组合的家庭，那这样也挺好。

桂花在这个挺好的家里又过了一年，这样的生活平淡安静，只要她不跑就不会挨打，就不会死。

桂花差一点就妥协了，差一点就对着男人的母亲喊出那声妈。这所有的差一点都因为小莲的出现，回到了起点。

小莲是村里大柱新买的媳妇，在这之前大柱已经买过两个媳妇了，都死了。小莲也逃，被抓回来后一阵毒打，大柱手狠，小莲疼得昏过去好几回，鲜血一口一口吐在门口的大青石板上，刷也刷不掉。

听村里人说小莲是个文化人，知书达理又细皮嫩肉的，指不定是个城里姑娘。城里姑娘倔强，又是吃惯了好的用惯了好的，怕是难留下。不过多打几次就好了，大柱有手段，村里人也有经验，卖到村里的姑娘没一个跑得了。

小莲也确实是倔，一共跑了五次，每一次都被抓回来，每一次都是一阵暴打，等伤好得差不多了，她又跑，那韧劲就像地里的韭菜，割了一茬长一茬。到后来，大柱连吃的也不多给她，脱光了她的衣服把她绑在屋子里。

屋子里阴暗无光，只有一扇小小的窗，小莲每天都趴在窗口，睁着亮晶晶的大眼看着外面的白云蓝天。

桂花见过小莲两次，第一次是小莲刚被卖到村里，那时的她脸蛋红扑扑的，眼睛大而有神，眼里虽然有恐惧但更多是不妥协的光芒。

第二次见到小莲是在她死后，她的头发乱糟糟的，两边的颧骨高高鼓起，身上也是青一块紫一块，但是嘴角确实微微翘起。她是被大柱活活打死的，在小莲最后一次被抓住的时候，大柱没控制住手。

那也是桂花第一次看见尸体，怕得不敢多看一眼。

如果安分一点，就不会死，就能好好地生活。男人的母亲搂着小孙子，似是无意地念叨。

小莲嘴角细微的、像是解放了的笑容像一颗随时都会爆炸的炸弹埋进了桂花的心里。那是一种无法言语的执着，即使知道前方无路，即使知道是飞蛾扑火也要勇往直前，她们本来就不属于这里，是那些贪婪的人贩子、淳朴的野蛮的村民强行把她们留在这里。

那一晚，桂花做了一个梦，梦里的桂花才十六岁，正站在桂花树上摇桂花，桂花金色的雨滴纷纷落下，都落在站在树下的妈妈身上。

“桂花，小心点别摔着。”梦里的妈妈对桂花喊。

妈妈将洗干净的桂花和面粉、糯米粉和在一起，加入清水和砂糖，搅拌均匀后上笼蒸，白色的水汽伴着桂花的清香飘满小小的厨房，桂花毛手毛脚地掀开蒸笼盖，不小心被蒸汽灼伤了皮肤。

“你个小馋猫，快让我看看有没有事。”妈妈拉着桂花的手用清水缓缓地冲洗。

桂花不知道为什么眼睛就红了，泪珠子一颗一颗止不住地流。

“怎么了？疼？不哭不哭，妈妈在这里，妈妈抱抱。”妈妈伸手抱着桂花，她的怀抱温暖得像冬日里的小火炉。

然后，桂花就醒了，不知怎的，她的手竟真的有些灼疼。

桂花松动的心又坚固起来，她不能妥协，她怎能妥协？千里之外，她的妈妈还在等着她回家，她还有一个妈妈在等着她呀！为什么我要在这里好好生活？我本来就不属于这里！

桂花变得更听话了，除了带带孩子，还主动给在地里干活的男人送吃的，村里人都夸男人有本事，收服了桂花。

桂花每次都会趁这个时候偷偷地观察地形，桂花在心里告诉自己这次必须要逃出去，为了等她回家的妈妈，也为了村里其他无辜的姑娘。

村里的逃过姑娘都见识过这片密密麻麻的大山，都感受过那种前路不知在哪的迷茫无措，所以逃过一次的姑娘很少再逃第二次，她们有些人认了命，有些人逼疯了自己。

村里被买来的姑娘都有一颗绝望的心，桂花也是，然而小莲却点起了桂花这颗心里唯一的希望。她要逃，她一定要逃，如果连她们自己都放弃了，那还会有谁能救她们?

小莲埋在桂花心里的炸弹，因为这把火彻底炸了。要么逃，要么死，决不妥协，桂花的心烧成一片火海。

她要回去见妈妈，她要去讨回自己的自由，她也要让村里的这些姐妹知道——不要屈服这本不属于自己的命运，就算她救不了这些姐妹，她也要让她们知道只要不放弃，就还有希望。

又是整整一年，这一年桂花无比听话，起初男人和男人的母亲也有怀疑，故意设了个陷阱，但是桂花没有逃，她知道时间还没有到，她做的准备还不够多。

桂花开始对儿子表示亲近，虽然他不是她愿意生下来的，但毕竟是她的孩子，桂花已经抱定了注意，这一次逃走，要么出去，要么死！

桂花趁闲暇的时候将干粮屑一点一点地缝进衣服内，她知道这些东西很少，但好歹能撑一会儿。

桂花规划了整整一年，终于熬到了现在。

桂花现在已经翻过一座山了，前面还是看不见尽头的大山，原本深蓝色的夜空已经开始褪色了，过不了多久，男人的母亲就该起床了。

桂花的两腿酸软，汗止不住地流，因为一整夜没有吃东西，桂花饿得犯恶心，她很想休息，但是她不敢，因为她知道只要她稍微放松，村里的狗就会追上来。当年的小莲最远翻过了两座山，还是被追上来。

桂花不知道男人会不会死命地追，但她知道村里的人一定会往死里追，有一必定会有二，有二肯定会有三，桂花要是逃走了肯定会有下一个逃走的，村里人不会让桂花坏了规矩。

这个道理桂花懂，村里人一定也懂，所以桂花不能休息。

这就是村里人为什么这么团结的原因，也是桂花为什么抱着必死的决心一定要逃的原因之一。

桂花一刻不歇地逃，她不敢吃缝在衣服口袋里的干粮屑，那是她的救命稻草，她也不知道自己会在这山里转悠到什么时候，所以她不敢吃那些干粮。饿了就随手抓一把野草往嘴里塞，也顾不得能不能吃，野草的味道逼得桂花呕吐不止，但桂花别无选择。

晚上来了，桂花不敢生火，怕火光和烟雾暴露自己的身份，她甚至不敢找个山洞避避风，怕留下气味。晚上的山里露水重温度低，桂花只穿着一件衣服，抖得嘴唇发紫。她听说涂了泥巴狗就嗅不出自己的味道，她就往身上涂满了泥，满头满脸都是。

桂花不敢休息太久，就算是在晚上，她只要一闭眼就能听到犬吠，仿佛看见那一大群村民已经举着火把牵着狗追了上来，为首的男人手里还拿着麻绳和碗口粗的棍子。

只要一被吓醒，桂花就开始赶路，她不走小路，哪里树多就往哪里钻。她也不知道自己该往哪里走，但是只要逃得出去，哪里都无所谓。

桂花也不清楚自己到底过了几天，只知道自己不停地走，不停地跑，只要有一点点风吹草动她就没命地往前跑。泥水顺着额头滑到嘴里，她也已经没感觉了，她的脑袋里一片空白，甚至想不起她为什么在这里，只知道她要一直往前走。

又是一次日出，桂花的眼窝深陷，嘴唇干裂脱皮，带着的那点干粮屑早已经吃完，在这山里的几天，桂花仿佛老了十岁。

她或许就要死在这里了，不过还好，没被抓住，桂花坐了下来，这一回她完全没有了力气，死在这儿也好了，只是看不见妈妈了，也吃不到妈妈做的桂花糕，还是有些遗憾。

都说人如果有心愿未了，死后会变成鬼，那她会不会变成鬼回去见妈妈呢？桂花倚在树干上，合上了眼。

这时，一道光晃了过去，桂花吃力地张开眼——是光！是车子！是路！是水泥马路！

桂花不知哪里生出了的力气，连滚带爬地滚下去，她颤颤巍巍地伸出手放在冰凉粗糙的水泥地上，脱水的身体竟有了可以流的眼泪。

桂花慢慢地抬起脚，慢慢地踩上水泥马路，每一步都十分小心，怕这是个梦一不小心就碎了。

桂花踩在水泥马路上，缓慢而郑重地张开双臂，阳光在眼前，大山在身后，脚下的路通往前方。

香　火

重庆师范大学/榆　溪

七月，南方的天空高远而辽阔，蓝天白云相得益彰，高高的苍穹像一顶广阔无边的帽子稳稳地戴在外物的头上，阳光像一个如火的青年，健康、壮美，透过薄薄的云层照射下来，如果不站在太阳底下暴晒，触目所及的天空倒给人一种温暖之意。这样的天气，本该是万物欣欣向荣的季节，可万物又自有其自身的变数，这其中变数最大的首当其冲应该是人。

方顺一家就是赶上这最大变数的一家。

七月是农作物生长的季节，也是收获的季节。比如说南方的水稻、玉米、南瓜等正处于成长的关键时刻，而土豆、辣椒、大豆则到了收获的季节。其实，农家除了春节，其余的都是农忙季节。三月土地翻新种土豆，四月种玉米，五月除草，六月插秧施肥，七月就逐步进入了收获的季节。最先熟的是土豆，彭家岭的人家可谓家家有土地，户户种土豆。其实土豆在这里的价格并不高，但土豆高产，它除了可以做人餐桌上的下饭菜以外，还可以作为饲养猪牛的原料，庄稼人嘛，哪家又能没喂养着几头牲畜呢。

七月开挖土豆时，南方正是太阳浓烈的时候，但习惯了依赖土地而生活的庄稼人却是不怕热的，他们一天的时间几乎都用在了地里，而土地呢又是三两家地相邻着，所以七月的土地里又像镇上的赶集日一样热闹。通常男人们提上一小铜壶茶背上背篓就来了，如果恰巧碰着某一邻家的男人也在地里的话，就可以席地坐在土豆沟上，喝会儿茶，将就抽上一杆子烟，东西南北地闲扯着。如果遇不到，茶水也不会寂寞，一个晌午都会在地里头，总会有个口渴的时候。而女人们呢则是东家长西家短地絮聒着，彼此交换着她们对上一个人承诺过就此烂在肚子里绝不外传的秘密，她们在动嘴皮子的时候，手也没有闲着，而是极其麻利地挥舞着，不是扯去杂草就是理顺豆藤，她们永远不会有男人那样的闲适。等她们把这些细枝末节整理好后，就开始叫唤自家的男人开工了，这时两个女人像是相互攀比似的责怪起自家的男人懒筋犯了，接着就是一堆碎碎叨叨的数落，男人们对此也并不恼，他们了解自己的女人，你越是理她她越是得劲，所以他们会慢条斯理地拍掉烟筒里的烟灰后才开始起身。

故事就发生在这样的中午。

彭三嫂正在弯腰整理与玉米纠缠在一起的豆藤时，彭三哥光着半边被太阳晒得黑黝黝的膀子，坐在一堆清理出来的杂草上抽着一杆老叶子烟，正津津有味地咂摸着嘴，不时从嘴里吐出一两口烟雾，看他此刻享受的神情倒像个坐在云雾上闭目休憩的仙人呢。彭三嫂看着他这副样子既想嗔怪又想取笑，三嫂刚张开嘴想要说点什么的时候，张兰高喇叭炮似的声音就传了过来："郭习飞、郭习飞……"张兰还没走进玉米地就高声喊上了彭三嫂的名。彭三嫂听到声音后抬头，顺便理了理散落在脸上的碎发，看见是张兰，便笑骂道："大老远的你号什么号，走近点说。"

对于彭三嫂的笑骂，张兰只是嘻嘻地乐和着笑两声，这个矮矮胖胖的短发女人总是那么快乐，她发声时总是有那么一种不可被忽视的气场。不管是和谁说话，她的声音永远是最大的，有时甚至震得整个村子都笼罩在她的余音里。她的声音洪亮而尖细，只要她一开口，就像报晓的公鸡似的伸着长长的脖子将全身的力量都往喉咙处使，也许是太过用力的缘故，她的脸总是涨得红红的，短发也会随着她的声音一颤一颤地有节奏地律动着，所以她有了全村都公认的外号，叫张喇叭。村里人只要提到她时都会用喇叭来代替，由于这个绰号之于她又太过形象，而她面对人们的取乐也只是回以腼腆的笑意，所以张喇叭被渐渐地用在了她家的人和事上，只要是和她家有关联的人和事都会在前面加上喇叭这个修饰语：她家的牛就叫张喇叭家的牛；她家的地就叫张喇叭家的地；她家的男人就叫张喇叭家的汉子。总之，喇叭成了她家的专属。

张兰一走近气都还没喘匀就迫不及待地开口了："三嫂，你听说了吗？方顺家的被抓了。"彭三嫂在听到张兰的话后周身的骨肉忍不住颤了颤，她显然是被这个消息吓到了，老半天张着的嘴都忘了要闭上。一旁原本还悠闲抽烟的彭三哥也受惊般腾地一下子从草堆上站了起来，面上满是怀疑的神色，"怎么会？他家不是搬到桥边去了吗？难道有人从中作梗？"彭三哥在初初的震惊过后问出了心里的不解。彭三嫂这时也一脸苍白地问："她家不是一家人住在那里吗？以前这么凶险的时候都能躲过，这次怎么就给遇上了呢？你是听谁说的？莫不是说的是别家，你听错了？"彭三哥也一脸期待地看着张兰，张兰从他们的神情就知道他们并不相信自己，顿时狠狠地拍了拍大腿就叫喊开来："哎哟，三嫂呀，我就是骗谁还能骗你不成？再说这种事要不是真的谁敢到处乱传？再说了就算我当时听错了，别家的我怎么不说？偏偏要说成是他家的？我们住在下寨是不知道啊，人家上寨的人都跟着去看来了，就是今天早上的事情，去看回来的人说引下来的还是个带把儿的，都成形了。"说完用双眼紧紧地盯着彭三嫂，害怕她还不相信似的。张兰都这样有理有据地说了，三嫂心中的最后一根藤蔓也就跟着断了，哪里还能不相信，在张兰的注视下，三嫂沉重地吐出一口浊气，然后低下头来看着地上乱爬的蚂蚁叹息似的低吟一句："真是可惜了！"

张兰吸了口气，看来彭三嫂是相信自己了，要不然她还想着得再找点别的什么话来说服她呢。和彭三嫂再聊了几句方顺家被抓的细节，越说到后来彭三嫂越是心不在焉，张兰也理解彭三嫂的失常，对彭三嫂她也做不了什么，推说火上还放着锅，怕冒干了，就走了。

张兰走后，彭三嫂陷入了长久的沉默。她此时的内心可谓是五味杂陈，她的脸色是如此苍白，神情是如此肃穆而绝望，深陷的双眸溢满忧伤，仿佛被抓引下儿子的女人是她而不是方顺家的，正在经历重大苦难打击的人是她。所以三嫂此时内心是颤抖的，被恐惧填满的，明明身处七月的阳光底下，她却感到周身一阵又一阵的阴冷袭来。

其实三嫂是该如此的。因为她知道没有儿子的苦楚，她也在这上面吃过没有儿子的亏，那种亲身经历过的苦直到现在回忆起来周身的肉都还隐隐地痛着。所以就算她不同情方顺家的女人，但她可怜那个还没出生就被流掉的孩子，如果是个女儿她还不觉得有什么，但听说是个儿子她就可怜得心都跟着疼了。她比谁都知道在这个地方如果没有儿子会被人骂得头都抬不起来，流言的杀伤力就像是慢刀割肉，那种悲苦她曾经体验过，一辈子也忘不了。

三嫂这一生在生育上流过多少眼泪只有她自己最清楚。刚和丈夫结婚的头三年，她们并没有生下一儿半女，那三年是她活得最不像个人的三年。

那时因为没有孩子，她们并未分家，她除了要承担地里家里的活计外，还得承受别人指桑骂槐的屈辱。首先最大的压力是来自婆婆，三嫂是个孤儿，靠头上的姐姐拉扯长大，嫁给彭三哥只是机缘巧合，三嫂知道婆婆其实是不喜欢她的。她属意的儿媳妇是她娘家的侄女，是彭三哥不愿意，执意要娶她，这让婆婆在娘家那头丢了面子，三嫂觉得这点上确实是亏欠了她，所以通常都会选择忍耐。但这个中年丧夫愤世嫉俗的女人冷酷得只需要一个眼神就会让她害怕得抖上一抖，更别说是言辞的指责了。为了面子好看，婆婆当人不会提着她的名字骂，她的言行只会让三嫂连抬个头都会觉得自己是罪人，她会时常拉了大嫂家的两个孩子当着她的面在饭桌上数落："来来，多吃点，吃了回去就告诉你妈在我这儿吃过了，我们是舍得的人家，不要像有些人，即使是想给她吃，她也没人来吃的。"孩子们通常会含了一口饭后抬起头来向三嫂露出一个得意的笑容，那意思很明显，就是她没人来吃。除了婆婆，更难对付的是两个小姑子，比起婆婆明里暗里的迂回，两个小姑则是更为直接的行动，比如她们时常在地里偷懒，活全让三嫂一个人干，她们还会扯上一根狗尾巴草，在三嫂的屁股上面抽打，把她当作牲口；在饭桌上时，三嫂的筷子往往是刚伸进盘子立马就会被另一双筷子蛮横地拍开；有时她刚晾晒好的衣服，转眼上面就会沾满稀泥。而大嫂呢，虽然不会用语言明目张胆地欺负她，但也从不会给她好脸子看，通常她来的时候眼睛往她那儿一斜，屁股一扭就进家门了，好像她是个脏东西似的，入不得她的正眼一样。那时候彭三哥在煤矿挖煤，经常是早出晚归的，回来后累得倒在床上便睡。丈夫虽然关心她，但一个地地道道的农人丈夫只知道埋头苦干，甜言蜜语，细语温存往往是缺乏的，所以在遭受这些折磨之后，她只能背过人去偷偷地抹眼泪。在受不了的时候，三嫂也曾幻想着搬出去独过，但一般分家的话都是由老人开口的，她没那个胆子去挑战世俗的权威。到时候众口铄金，别人才不会管你内部有什么样的矛盾，人家看到的只是你这个嫁来了三年未为夫家生下一儿半女的事实，现在竟然敢嫌弃夫家搬出去，她深深地明白这样做只会给本就不堪的生活加上一层霜，让丈夫为难，她怕她承受不了这样的后果。

他们去医院检查也是一件至今为止想起来还在耿耿于怀的事情。她记不大清他们事后说那话时她当时是什么样的心情，毕竟时隔那么多年了，但她觉得那应该是要比现在复杂得多，她到现在偶尔想起那话时都会感到一阵阵冰冷，人冷心也冷。她听到那话是在长女的满月宴上，酒酣胆热之际，彭强举着半碗酒站了起来，边吆喝着边得意地对一旁抱着孩子的她说道："三嫂，你们现在也算是有儿的人了，记得你和三哥去医院检查那会儿，我们兄弟几个还给三哥出主意来着，说是如果检查出来怪三嫂你的话，就让三哥离了重娶，如果是怪三哥的话，就让他瞒着你。"说罢，便哈哈大笑地吞完碗里剩余的酒。三嫂记得她当时的第一反应是偏头看向桌边陪酒的丈夫，他当时满脸通红，显然是有些醉了，他踉跄地举起酒碗向彭强敬酒，眉眼处尽是笑意，对于三嫂的注视，恍若未察觉般。

生下长女只是破了她是只不下蛋鸡的谣言，虽然长女的出生让她遂心地和丈夫从那个家里分了出来，但她的命运并未因此由所改善。连续生下三个女儿后，其间还因为身体的原因小产过两次，她就越发体验到了生活的不易。在没有生下儿子的那段时间，她甚至不敢出门，不敢和别人交谈，因为不管开头谈的是什么，话锋一转别人说的永远是提醒她得赶紧生个儿子。她知道和她说这些话的人也许并没有多大的恶意，人家只是再次点明了现实而已，甚至可以说算是好心，但她却是受不了这样的现实。她以前听过一些骂人家没有儿子的话，什么绝种户、烂瓦窑、没根的、断香火的……那可都不是什么好话啊！她也在现实中见过，有一家在连续生下四个女儿之后，那家的男人就跑去跟丈母娘发火了，那语气可谓是大不敬的，那男人骂丈母娘，气得他丈母娘当时就昏了过去。还有一家的男人也是没有儿子，公然在外面养着小女人而对家里全然不管不顾，这些活生生的例子三嫂见得实在是太多了，也听得太多了。所以三嫂也会时常担心，虽然到现在为止自家的男人并没有表现出什么不满，但以后呢，以后的事情谁又说得清楚？

因为前期身体伤得实在是太坏了，在怀现在的儿子时，三嫂几乎是在靠药养着，一天三顿，每顿一大碗草药，一天一针保胎针，打到屁股都凹陷出了一个大坑，除此，还请了不少先生算过命，跳过神，就连祖坟都挖了不少个，家里但凡有点值钱的东西都用在了请先生上，三嫂觉得只要是能顺利地生下一个儿子，这些都是值得的，应该花的。在生下儿子后，三嫂一条命也就去了半条，双腿严重的风湿，一变天就会痛，动不动就会头晕目眩，时常半夜被胃痛弄醒，还有坐月子时吃食不讲究，好多东西现在只要碰到就拉肚子……但即便这样了，彭三嫂也是不悔的。正因为有了儿子，这个家才真正像个家，自家的男人在别人面前脊背也才能硬得起来。方顺家的遭遇使她再一次想起了自己以前跌过的跟头，虽然方顺家的女人并不为她所喜欢，但在为生儿子这件事情上，同为世俗所诟病的两个女人，她对此是充满同情和痛心的。

在彭家岭，给三嫂心里刻上烙痕最深的就数俩人，一个是张兰，一个就是方顺家的女人左秀。彭三嫂属于那种温和婉约，性子慢吞吞的，一般这种人，情绪都很稳定，没有大爱也不会有大恨，为人处世实在刻板。但偏偏就有这样两个人让一向没有什么主意的三嫂周到地思虑了一回。先说张兰吧，张兰是三嫂眼里彭家岭过得最幸福的女人，用三嫂的话说，张喇叭肯定是上辈子烧了高香，这辈子才会受神灵庇佑。张兰在三嫂眼里总是活得那么无忧无虑，活得那么随心所欲，不管什么时候，不管是做什么说什么她都能那样幸福，她就像一个永不落山的太阳，拥有源源不断的热气，最关键的，她的脊背从来都是那样地硬。

张喇叭小自己两岁，还晚自己一年嫁过来，可她来的第二年初就生下了一个儿子，接着第二个也是儿子，而相较她呢，来了三年连怀都没能怀上，这不能不让她打心底里羡慕。再说张喇叭的婆婆对她可算是厚爱，自从她生下儿子后，就让她着手当了家，她在这一带的媳妇中间可谓是过得最风生水起的一个。而她的男人呢，虽然不怎么爱说话，性子是闷了点，但她男人对她好啊，她说什么她男人就听什么。虽然一些男人对此表示看不惯，说他缺乏阳刚气，一个大男人总听女人的话算是什么事？对此说法，大多数女人则是嗤之以鼻，她们才不管男人眼里的男人是个什么样的，在她们心里，只有懂得疼老婆和听老婆话的男人那才是个真男人，彭家岭的女人眼中都有一个理想型的男人，那就是张喇叭的男人。她们无数次幻想过自己就是张喇叭，可以挺起腰杆过日子，可以去拥有那样的男人，而不用像现在这样活得憋屈。但也有爱背后嚼人舌根的，说张喇叭简直像个男人，没有女人味，说她家的男人活像个老阴司，是一堆死了没及时埋掉的烂肉。而往往说这些话的女人，大多数是唯男人是从的，她们在家里没有地位，没有发言权，男人对她们是非打即骂，她们存在的唯一意义只是为了劳动和生孩子，除此她们在男人眼里没有任何多余的价值。

彭三嫂对张喇叭有着自己的见解，她认为也许就是张喇叭太过男人的性格，对什么事情都能一笑置之，她也才会过得像现在这样如此地幸福。其实吧，人在人家，那家又能没点糟心的事情呢？三嫂对张喇叭的感情很是单纯，说白了就是赤裸裸的羡慕，但她的羡慕又只是在生儿子这件事情上，她对张喇叭能拥有那样的男人并不羡慕，因为自家的男人也是一个好男人，这点她无须羡慕别人家的。再者，三嫂认为能否生儿子那是个人的命数，而命数早就被注定好了的。老天爷想让你好呢，你就好，它要是给你使坏呢，就要像自己这样要经历千辛万苦才能生下儿子，还有更不好的就像方顺家的那样。也许就是张喇叭的命数比较好，老天爷就让她一下子生了两个儿子，张喇叭只是声音大了点，但她着实是个好人，这些想法一天天地在三嫂的脑子里固定下来，越发使她觉着为了下辈子好过一点，这辈子一定要多做好事，多积善行，这样的念头也使得她更加不喜欢方顺家的。

方顺家的女人左秀，瘦瘦的，个子并不高，但她的瘦将她的身材衬托得很是立体，远远地看去倒给人一种她原本很高的感觉。她的眼睛很小，两边的颧骨却很高，再加上那双仅仅向上抿着的厚嘴唇，所以她的五官并不是很美。

事实上，她的为人在三嫂眼里就像她的长相一样，很不能入人的眼。她嫁给方顺时，进门刚刚三个月就和婆婆对骂上了，每次吵架都说要分家，不想给他家全家老少当牛做马，几次大吵过后，方顺的母亲实在是招架不住，给她分了家。她连续生下了六个女儿，但她却从未认真照看过其中的一个，她的六个孩子除了老大有名字之外，其余的就按出生的顺序排，老二、老三、老四、老五、老六地叫着。当孩子生病发烧时，别人家早就求医问药去了，可她只是随便用块帕子蘸了热水给孩子擦一下身体，被子一盖就再不管了，而她孩子的生命力却也顽强，竟一个不落地存活了下来。家里穷，不可能供得起所有的孩子上学，于是她就给孩子们看手相，告诉孩子们要是谁的手指长，谁就是读书的料，手指短的一般都读不了书，除了老大老三其余的孩子不得不因为自己的手指短而留在在家里，对她的谬论还深信不疑。

孩子多自然吃得就多，做母亲的谁不希望自己的孩子吃得饱饱的。但她全然不是这样，但凡是家里有点油水的汤菜一般都要先进她的碗，孩子们是沾不了多少荤腥的。偶尔有几个余钱的时候，从集市上称来些许饼干，也从来没有孩子们的份。她把剩余的量藏在屋后的竹林里，后来被村里的狗拖去吃了，为此她还骂遍了村里所有人家的狗，人们这也才知晓她的壮举。而她只要过得有点不顺心，她就会指着方顺的鼻子骂，骂他是窝囊废，是穷鬼，是悖时倒运的……骂着骂着，她会骂他妈，骂他家的祖宗，即使这时方顺的母亲早已入土多年，但只要她开骂，方顺的妈就不可避免地被点上一次名。方顺呢，为了孩子也是个忍得气的，她骂的时候他该做什么就做什么，过往的经验让他明白，只要不还嘴，她骂没力气了就不骂了，否则的话除了大干一架，没有什么更好的解决办法，为了不给别人看笑话，他还是决定忍耐。

最让人津津有味的还是她和计生委抗争的故事。听说她在怀第六个孩子的时候，被计生委的抓住了，按照国家规定，她属于超生好几个的类型了，因此她肚子里的这个是不被政策允许生下来的。恰逢那次来抓她的三个人全是男的，刚开始他们想温柔地对待她，轮流给她做着各项思想工作，希望她能觉悟，积极配合她们的工作。但直到三个男人好话歹话全说了一遍，说得口干舌燥耐心用尽之时她还是不为所动，而且还一屁股坐到地上撒泼要赖起来，于是他们决定放弃君子动口不动手的原则想要亲自上前去押解她。面对三个男人明显的意图，没想到这次她倒是顺从地站了起来，这让三个男人同时舒了一口气，以为看到了希望。只是轻松没多久，却在下一刻被她自导自演的一出大戏吓得脸红心跳，任凭三个东奔西走做了大半辈子计划生育工作也算是见过大风大浪的中年男人，也一时没了主意，这简直大大超出了他们对于女人的认知，事后他们甚至有点怀疑当时站在他们面前的到底是不是一个人。原因是在她站起来的瞬间，她以极其快速精准的手法脱掉了自己下身的裤子，就这么赤条条坦荡荡地迎视着三个男人的目光，三个工作者谁也没想到她竟会来这么一招，顿时臊得放开了她，并同时转过身去大声呵斥她赶紧把裤子穿上，而她如愿地利用这三个工作者的不知所措快速地钻进玉米林，从而保住了她的第六个孩子。

生下第六个女儿后，她迫切地想要生一个儿子，但计划生育又很紧张，怎么办？思来想去，办法终于是被想出来了，那就是举家搬迁，搬到哪里？当然不会是大城市，是搬去山里，远离人烟的地方，她立志要在那里生下一个儿子后再雄赳赳气昂昂地回来。

桥边，那的确是个远离人烟的地方。桥边四面全是山，山上长满高大的松树和低矮的灌木丛，能去那里的人，不是一些放牛的调皮孩子，就是一些上山打野味的闲人，平常的人一般不会去那个地方。人们嫌那个地方瘆得慌，树木荫翳没有生机不说，据说以前那里还是人家扔死孩子的地方，听老辈的人们讲，那里晚上还能听到小孩子的哭声呢，吓得一般胆小的人都不敢往那里钻。不过，现在那里死孩子到没有，一些深坑地洞倒是不少见。那些洞口有的是垂直的，有的是横向的，有的是以前人们挖煤留下的，那些洞口现在还遗留着大量的碎煤屑，时日久了，洞口被蕨草和灌木丛遮得严严实实的，要不仔细看的话，还真不知道那里有个洞。还有一些洞连老一辈的人也不知道是做什么留下的，那些洞口都是垂直的，没有人知道那些洞到底有多深，曾经有人用一根长竹竿去试了一下，结果竹竿直直地掉了下去，好半天才听到底部传来细细的回音。所以大人们一般都会看好自己的小孩，不让他们到那些山头上去，害怕会发生事故。

后来林业局的规划了块地方，用来种草药，所以那几座山头比较平缓的地带都用来种了草药，现在那里还散落着一些不知名的草药。而草药种好后总要有人来管理看护，邓老者就是这个管理草药的人。邓老者来后，随草药一起完工的还有邓老者以后要居住的房子，那是一件用土砖砌成的瓦房，不大，但只住邓老者一个人是足够了。

邓老者全名邓兴全，五十多岁，方块脸，个子不高，有点罗圈腿，走起路来一颤一颤的，看着有点像跛脚。他具体来自哪里，彭家岭的人并不是很清楚，只听说他是被自己的儿子媳妇给赶出来的，现在到处给人家看门赚点小钱糊口。但这些都只是彭家岭一些好事者的听说，至于事实是怎样的，没有人去真正考据过。因为邓兴全平时为人和善谦逊，所以彭家岭无论男女老少在提到他时都习惯用邓老者来称呼他，渐渐地人们也就淡忘了他的全名。

邓老者在桥边看了三年的药，三年间他除了赶集日出来采购一些生活用品之外，很少和彭家岭的人往来。但即便是在这样封闭的情况下，桥边还是传出了许多耸人听闻的故事，每一件都在彭家岭引起了不小的沸腾，每一件都让彭家岭对桥边的敬畏又加深了一分。

先来说说邓老者看见蟒蛇的事吧，它可是导致邓老者离开桥边的最直接原因之一。据邓老者事后回忆说，那天晚上他和往常一样在外面用凉水冲洗好脚后就准备关门睡觉了，但不知为何，当他走到床边时没由来地心口突然一阵慌乱，他说就算是打死他他也想不到会发生那样的事情，他还以为是太累的缘故，因为白天锄了一天的草。他边在心里暗骂自己老骨头不中用边褪去身上的外套，当他正准备弯腰吹灯的时候，却听到头顶传来了嗞嗞的声响，他还以为是耗子之类的，等抬头向上看时，却被猛地吓得跌倒在地上，一条大蛇像扭麻花辫似的盘桓在房梁上，正居高临下朝他兴奋地吐着芯子，他当时以为自己完了，会死在那里，但那条蛇除了吐芯子外似乎并没有多余的动作，最后他还是强撑着一口气手脚并用地爬了出来，一路叫喊着向彭家岭的人家户跑去。

当晚听到这个消息的彭家岭的男人们举着棍子和手电筒就浩浩荡荡地朝着桥边出发了，准备去会一会那条吓得邓老者失魂落魄的大蛇。胆大的在路上商量说，要去把它捉来炖肉吃，是鬼是神，吃到肚子里最后也只是一泡屎。迷信的则是摇摇头，心里想，他只是碍于情面地去看看，他可不参与这些人的打杀，以免以后遭报应。可无论怎样想，这些都只是还未看见蛇时的幻想，现实是当一行人到达桥边邓老者的住处时，只见房门开着被山风吹得咯吱咯吱地响，屋里的煤油灯已经熄灭了。等众人举好棍子做好攻击的姿势将手电筒射向房梁时，哪里有蛇的半边影子，别说是蛇，房梁上连蛛网尘灰都没有，除了房梁就是房梁，不死心的众人翻找了家里的每一寸地方，连屋前屋后的草丛也不放过，但就是没有看到哪里有蛇。于是众人便合计了，大晚上的，邓老者不会那么无聊，给众人唱一出空城计，再说桥边本来就是个是非之地，神神鬼鬼的谁知道都有些什么。最后大家抱着宁可信其有，不可信其无的心态帮邓老者请了先生，轰轰烈烈地在桥边安了一次神。

不过事情并没有结束，蟒蛇的余温刚刚消散没几天，邓老者又为人们带来了更加骇人的消息。自从看到蟒蛇过后，邓老者就在没有安宁了，如他坐在屋里时，很多次都听到外面有人在叫他的名字，而当他开门出来看时，又什么声音都没有了。更让人害怕的是，每逢半夜醒来，他总是能听到婴儿的啼哭，随后是妇女的歌声。几次三番下来，邓老者终于是受不了了，人也消瘦了一大圈，逢人便说有鬼要来索他的命了，彭家岭的人除了劝说他放宽心些，冤有头债有主，就算是鬼他也不会随便找人麻烦之类的，就再也帮不了他一些实质性的忙了。几天后，邓老者收拾行囊离开了，桥边再没人敢去了，因为没有人看管，药材也没能继续种下去，那里就这样又荒芜了下来。

邓老者去了哪里，彭家岭的人们并不是很清楚。有人说他回去了老家；有人说他去了别处继续给人看门；也有人说他可能活不了多久，毕竟是被鬼盯上了；邓老者的离开就像他的到来一样给人们留下了一个迷雾，但从没有人真的想要上前去把这迷雾解开。自邓老者离开了，彭家岭的人们流传出这样一句顺口溜，并世代地相传着：桥边有条大蛇，它一会儿变成女人唱歌，一会儿变成小孩哭闹，那蛇一定是妖精变成的，专门等在那里勾人的魂。

就是这样一个令人闻风丧胆的桥边，方顺家居然要搬到那里去，听说了这件事的人们明面上虽然不说些什么，但心底早就替方顺家害怕了几百回了。当然，这些人里，同情的有，等着看好戏幸灾乐祸的也大有人在，反正又不是让他们去，反正他们已经有儿子了，所以他们也没必要真的去害怕什么，等着看结果就是。而同情的呢，则是怜悯方顺和那几个孩子，比起左秀，人们觉得方顺和那几个孩子是值得可怜的。人们在私底下悄悄议论说，连桥边也敢去，方顺家这次怕是要不生儿子不回头了，人们还在讨论方顺家到底要生到第几个才会生一个儿子出来时，没想到，他家才搬去半年就被计生委的盯上并引了产，而且还是个已经成形的儿子，这不能不让人们感到震惊。

至于第七个被引产的是儿子还是女儿，其实彭家岭的人们并没有谁真的亲眼看见过，他们是从左秀一次又一次辱骂计生委的话中坚定不移地相信那一定是个儿子，要不然她都生了这么多个女儿了，也没见她对谁上过心。

彭家岭的人提起左秀，大多是不屑的，甚至是厌恶，因为在他们看来，她为人妻没有为人妻的样子，为人母也没有为人母的样子，做人还那么歇斯底里，这不能不让这些骨子里充满道德感的人们厌恶。三嫂虽然也讨厌左秀，但她的感情要淡得多，别人做人是什么样的，她管不着，也不想管，但为人母亲的，连自己的孩子都不管，这点她很不认同，虽然生的都是女儿，但那好歹是自己身上掉下的肉，再艰难也得好好养着，不能让人看了笑话。作为女人，她太能知道女人生育的痛苦，分娩的痛苦，她更明白生不出儿子要承受的压力。她现在虽然是有儿子了，但儿子并不能分担她身体的疼痛，所以她不能像一嫁进门就连生了两个儿子的张兰一样笑得那样轻松惬意。她知道现在的左秀就像以前的自己，甚至比自己还要惨上好几倍，但不管怎么惨，都已经这样了，就更要好好教养女儿，将来她长大了知事了也才不会怪你，别人不把你当回事，自己家的还能不当回事吗?

三嫂还在胡思乱想时，彭三哥的声音却从土的另一头传了过来，他让三嫂赶紧收拾，看样子天是要下雨了。三嫂这时才重新抬起头来看天空，先前那么鲜明的太阳此时已被一朵朵的乌云笼罩着，蜻蜓成群结队低低地飞过庄稼地，蚊子也多了起来，这才多大一会儿工夫，大地就呈现出一片晦暗，这是要变天的节奏啊!果然，七月的天说变就变，三嫂拖着两条沉重的腿，急忙去捡散落在地里的土豆，也许雨一会儿就要下了，她得快点。

失　独

中国矿业大学/王磊斌

日已落尽西山，天边残留着泛红的余晖，像极了母亲的脸，是那般无与伦比的安详……

他刚从外头回来，一进门便看到桌上又摆满了丰盛的菜肴，可这丰盛却重复着日复一日的单调与悲伤，唯独一个精致的蛋糕特别了这个特别的日子。他坐在沙发上，游离的目光聚焦到了正在厨房里忙碌的老伴身上，他向那头说道：“喂，老太婆，等会儿邻居家的阿斌也过来吃饭哦，今天不是咱儿子的生日嘛，阿斌与小楠从小玩到大，亲如兄弟，我想小楠肯定也希望阿斌今天能过来一起给他过生日吧。”

他的老伴回道：“阿斌能过来啊，真好，小楠肯定高兴，哦，对了，老头儿，阿斌与小楠一样，最爱喝雪菲丽了，家里也没备着，趁现在阿斌还没到，你出去买一趟呗!”

他慢悠悠地站起来，“好嘞，我的这把老骨头哟早晚得让你差使得散了架的，走啦”。

他打开门正巧看到阿斌从不远处向家里走来，他马上关上门，走到阿斌跟前悄悄地说：“阿斌，我今天早上吩咐你的都记住了吗?”

“记住了，叔，您就放心吧。”阿斌自信满满地说道。

“那封信带着吧?”

“带着呢，不能忘。”

“信上的字迹模仿得咋样?”

“差不离吧，应该瞒得过去。对了，叔，等会我进入阿楠的房间时你得挡着点哦，不然就暴露了。”

“嗯嗯，我会看着点的，真有突发情况我也会想办法拖住你婶子的，你放心吧。还有啊，那本相册不是在小楠房间的床头柜里就是在枕头下面，你好好找找哦。”

“嗯，好的。咦，叔，您这是要上哪去啊?”

“哦，我就到对面的超市买些饮料，马上就回，你先进去吧，陪你李婶说说话，她好久没出门了，唉……”他叹了口气就步履蹒跚地朝着超市走去。

阿斌按下了门铃，是李婶开的门。当李婶看到眼前的阿斌时，时间凝固了，阿斌分明也看得出李婶的眼眶里泛着泪光，阿斌知道，如果阿楠还在，也应该像自己一样，俨然是一个大小伙子了。

阿斌首先打破了这份宁静，“婶，我来了……”

李婶马上回过神来，“哦，阿斌，阿斌来了啊，来来，快进来坐。”

“嗯嗯，嘿嘿。”阿斌憨笑着，进门后在沙发上坐了下来，他看到桌上摆满了丰盛的饭菜，还突兀着一个精致的蛋糕，他沉默着，不知该说些什么了。

李婶笑着说道：“阿斌啊，你可好久没来了哦。”

阿斌环视着屋内的一切，是那么熟悉，“是啊，婶子，我是好久没来了。前段时间一直在准备考研，现在考完了，可以休息一阵子了。”

“好样的，都考研究生了，好好读，将来一定有出息!”

“婶，还没出结果呢，未必能考上呢?”

“肯定能的，打小学起你的成绩就好，每次和你妈妈去开家长会，你妈妈总被老师表扬，说你争气，而我可怕见到你们老师了，谁叫我们家小楠不爱学习，尽知道玩了……”李婶说到这，突然哽咽了一下，眼睛落到了小楠房间的房门上。

阿斌马上接了话茬，“婶子啊，可不能这么说，阿楠的体育棒极了，小学、初中的运动会上他一个人就为我们班级争取了好多分数呢，可了不起了，我就只能给他递递水，捶捶背，嘿嘿……”

李婶听了，微笑了一番。也正在这时，王伯伯开门进来了，手里提着好多罐雪菲丽。阿斌看到这种久违的饮料，似见到一位故人一般，心里头抽剥出了无限感伤的思绪。

“阿斌，来了哦！咱们开饭吧。”王伯伯招手示意阿斌坐到饭桌前，挨着自己。李婶进厨房去拿碗筷了，他叹了口气向阿斌说道：“唉，一桌子都是小楠爱吃的，你婶每天都做呢……”阿斌呆呆地看着这些菜，也叹了一口气。

李婶出来了，将碗筷一一摆好，三个人却是四个碗，四双筷，阿斌知道多出的一副是给阿楠的，早上王伯伯跟他说过，李婶一直以为阿楠还活着，所以每次吃饭都给阿楠备下了碗筷。李婶摆放好碗筷之后，又将家里每个房间的电视打开了，王伯伯低着头望着忙碌的老伴沉沉地叹了口气。阿斌也理解李婶那么做是害怕空气突然凝滞，世界突然没了动静，李婶太恐惧无声了，总觉着有了点声响就有了点人气，心里头也就多了一份依靠，是啊，沉溺在悲伤中的李婶也只能靠这外界的纷繁与杂乱去冲淡其内心的胡思与乱想了。

“好啦，今天是我们家小楠的生日，首先我们给小楠的生日蛋糕上点起蜡烛。”李婶高兴地说着。

王伯伯点好了蜡烛，李婶又说道：“好，我们一起给小楠唱生日歌吧！”

三个人整齐地唱起了生日歌，只有李婶唱得最为响亮。

歌唱完了，李婶帮阿楠吹灭了蜡烛。这时的空气都是凝重的。

动筷了，李婶时不时夹些菜放到给阿楠准备的那个空碗里，说道：“多吃些，今天你生日呢，你看你好兄弟阿斌也来了呢！多吃些，别尽想着玩了！”阿斌只是低着头默默地看着，他突然觉得咀嚼在口中的饭菜是那么地苦涩，就连喝进肚的汤都觉得是混进李婶伤心的眼泪了。三个人，就这样在电视的嘈杂声里，在一种沉重又怪异的氛围中，吃完了饭。

这时，王伯伯向阿斌示意了一下，阿斌明白了，准备伺机行动。阿斌帮着李婶收拾着碗筷，心里想起了早上王伯伯对他说的话，据王伯伯说，李婶每天吃完饭洗好碗筷之后就会到阿楠的房间里拿出阿楠的相册慢慢地翻阅，一遍又一遍地讲述着每一张照片的故事，王伯伯也是每天不厌其烦假装饶有兴致地听着，这种悲伤，让阿斌的心里有一种说不出的苦涩，也因此早上听了王伯伯的讲述，他就答应下来了，他觉得为了阿楠应该去做些什么了。

李婶进厨房洗碗了，趁着这段间隙，阿斌按照王伯伯的指示偷偷潜进阿楠的房间。当阿斌打开阿楠房间的房门时，他呆住了，那么多年了，依旧是多年前他来时的陈设，房间里的每一方每一寸都没有沾染时光凋敝下的灰尘，阿楠的被枕还有阳光晒过的温存与香味，电脑旁的那盘仙人掌还是当初他送给阿楠的生日礼物，如今依旧青翠着，橱柜里的衣物散发着刚被涤洗过的清香，当阿斌在寻找相册时心里依旧被眼前的这一幕幕震撼着，终于他在枕头下找到了相册，急忙地翻到最后一页，将事先准备好的信封夹在了里面，然后就悄悄地走出房间，和王伯伯若无其事地坐在沙发上看着电视。

李婶洗好碗了，热情地盛了四碗自己熬制的桂圆汤让阿斌和老伴喝，阿斌知道其中有一碗是留给他那死去的兄弟阿楠的。李婶喝了一会儿便起身到阿楠的房里拿出了相册，李婶对阿斌说：“阿斌啊，今天你来了，我给你看看咱家的阿楠从小到大的照片，给你讲讲他那些搞笑的事情。”李婶露出了久违的笑容，但阿斌知道那笑容并不是真的开心。李婶就坐在阿斌和她老伴中间，一页页地翻阅阿楠的相册，一张张地讲着其中的故事，阿斌也很耐心地听着，不时地配合着李婶笑着，可是他的心却越发地沉重，是啊，阿楠真的是离开了他们，许久，许久，他的这位好兄弟啊，在天上可否知道他的母亲是多么地思念他啊，想着想着阿斌总是走神，眼眶里的泪也情不自禁地一下涌来，还好戴了一副眼镜，也就没那么地明显了。

相册在不知不觉中已被李婶翻阅到了尾声，他的老伴和阿斌也莫名地紧张了起来，这时候的阿斌已经听不进李婶所讲的故事了，心里一直揣测着李婶看到这封信后会是怎样的情形，是号啕大哭后的幡然醒悟呢，还是无比愤怒后的悲痛欲绝？他努力逼着自己往好的方面想，可是思维总提醒着他做好最坏的打算，纠结在这一刻几乎操碎了他的心。最后一页还是如期来临了，李婶也看到了这个信封，她拆开信，一张照片，一张信纸，信纸上的字迹让李婶的泪一下子流了下来。阿斌看到这，心也止不住地难受，扭头望向窗外的星空，王伯伯也抽泣了起来，是的，今晚的泪真的太矫情了，阿斌望着夜空的星星，想起了阿楠，他心里想着："阿楠啊，对不起，我冒充了你，但是我是多么希望此刻在天堂的你能感受到你母亲对你的无比思念，如果苍天有情，你就告请一个片刻的假期，随着流星陨落到这里，坐在你母亲的身边，为她抹去悲伤的眼泪吧。"阿斌想着想着泪竟顺着脸颊滑了下来。

还好这时的李婶认真地读着信。信是阿斌写的，按照王伯伯的要求，要模仿阿楠的笔迹，写得格外用心，所以通篇的每一字每一句都牢牢地记在了阿斌的心里。信是这样的。

亲爱的妈妈：

您还好吗？

我是您的儿阿楠啊，好多年没那么痛快地喊出这一称呼了，请允许我在这里多喊您几声，好吗？妈妈，妈妈，亲爱的妈妈啊……

妈妈，你的两鬓又增添了许多白发，你的额头又显出了几条皱纹，亲爱的妈妈啊，儿在时就让您无比操心，儿不在时仍让你无比忧心，是我这个做儿子的不孝啊！孩儿至今还懊悔着在我离开这个世界的前一晚，不明事理的我还抱怨您因忙于工作而忘记了我的生日，我将您带给我的礼物狠狠地摔在了地上，对不起，我亲爱的妈妈，那时的我真的太不懂事了，伤透了您的心，其实我知道，在这个世界上最疼爱我的便是您啊。是您忍受了分娩的巨痛将我带到这个美丽的世界上。爸爸曾经跟我说过，您在年轻时是最爱干净的，但自从有了我，您无怨无悔地给我擦屎把尿。做了母亲，您几乎把所有的爱像决了口的河水全都灌注到了我的身上。

我的痛与甜，我的冷与暖，我的泪与笑，都牵动着您身上的每一处神经，每一根毛发。您在繁重的工作之余还要悉心地照料我，我学习成绩的每一次波动都会引发您整夜整夜的失眠。就是因为我，让您苍老了无数，让您操碎了身心。亲爱的妈妈，儿在另一个世界里一切安好，儿懂事了，无比牵挂着您，而如今看到您为我过度伤心，面容憔悴，形容枯槁，打乱了您原本一切正常的生活，儿真的安不下心来，儿对不起您和父亲，儿如今想报答您们的恩情却已无路可寻，我懊悔当初自己在的时候没能带给您更多的快乐与幸福，如今反而因我的离去，让您痛苦万分。亲爱的妈妈，开心起来，好吗？亲爱的妈妈，读完这封信，振作起来，快乐地活下去，好吗？儿不想再看到您如此的失魂落魄，儿好想看到您发自内心的欢笑，只要您笑了，儿在另一个世界里就会幸福，就会快乐，所以亲爱的妈妈，就当为了您的儿，请你快走出这一片悲伤阴郁的沼泽，请您再一次面向生活道一句春暖花开，好吗？

您的儿　小楠

李婶看完了信，抽出信纸中夹杂着的一张照片，这是她年轻时的照片，照片里的她笑得是那么灿烂，照片的背后还写着一行字：亲爱的妈妈，多笑笑。李婶忍不住大哭了起来，她就这样抱着阿楠的相册，还有那封信，哭了许久，许久，而阿斌和王伯伯就在一旁静静地守着，她的泪早已哭干了，但还是嘶哑地抽泣着。李婶那晚整整哭了一宿，一直哭到筋疲力尽了就倒在沙发上瞪着眼看着天花板，大概休息了三天，李婶突然跟王伯伯说，她要去上班了，她那天早上做了早餐，在桌上只放了两副碗筷，阿楠的那份撤了，以后也就永远地贮藏在了记忆里。如今李婶是每个周日走进阿楠的房间打扫一番，然后翻阅一次相册，王伯伯跟阿斌说，她都是笑着看的。

瞧，今早阿斌去买早饭，又买了他最爱吃的豆浆和油条。李婶也正好出门买菜，看见阿斌手里的油条又不住唠叨起来：“阿斌啊，油条多吃不好！电视上说油条里面掺杂了啥化学物质，吃了会导致啥……”

阿斌一听头又炸了，马上向李婶说：“嗯嗯，好的，李婶，以后不吃了不吃了，我上学去啦，李婶，再见，再见……”

李婶回了一句：“瞧这熊孩子！”阿斌在转头的一瞬间看到李婶露出了发自内心的笑容，他想李婶的笑容在天上的阿楠应该能看到吧……

守　候

太原理工大学/刘　函

冬天来得有点早，人们似乎还未走出秋的深情，便已被冬天紧紧揽入怀中。树木喘不过气儿，早已在咳嗽中抖落了叶子；路旁、田垄上那些花儿、草儿也蜷缩了起来。啊，这些小东西就有点娇贵柔弱。倒是那些庄稼，虽停止了生长，却苍翠依然。这不，林老汉家里那几亩小麦生得旺盛。或许是周围太过衰败，这绿色就显得格外惹眼，给人希望。

年末了，忙活了一年的老人，终于有了盼头，离家出走十年的儿子要回来了！十年了！也不知道他在外面干什么了。人老了，也不图别的，仅是希望一家人可以生活在一起，毕竟已是半截入土的人了，以后的日子谁又说得准儿呢？老汉有些愤懑，索性坐在田垄上。掏出旱烟袋，“吧嗒吧嗒”地抽起了烟，烟圈儿缓缓飘上，在他的头顶盘桓、升腾，散了，聚了，散了……老人默默捧起一抔黄土，这陪了他一辈子的东西，到最后也成了他一点依靠了。

“老林——老林——”这听了一辈子的声音，总是喘来喘去的，也就是在喊他吃饭的时候才会这么响耳。老林看了看日头，也是该回家了。夕阳余晖把老人的影子拉得细长，冬日的旷野下，老人的身影越来越小，直至消失在那座土木结构的房屋前。

这是几间土木结构的小房子。屋内陈设极其简陋，一张木桌子，桌上的饭菜也是极其简单，一道咸菜，一碟麻辣剁椒。林老汉就喜欢这样，吃着辣椒蘸馍觉着过瘾，对此还有一套自己的说法：辣椒为辛，醋为酸，馍为甜，和着一块吃才有滋味。毕竟是当过老师的，说话也就一套一套的。当然，人老了，话也就多了，十年的等待，渐渐形成了“餐桌例会”，主题是儿子归来。

“老林啊，孩子说是年底回来，这眼瞅着也快到了，咱们也该准备准备了。十年了，也不知道他是怎么过来的……”林大妈说着说着，又哽咽起来了，喘得越发厉害了。

“呃……”林老汉不断地轻拍着老伴的后背，一时也没了话语。老婆子身体不好，今年冬干，也没下点儿雪，这哮喘也越发严重了，说不准……他不敢再往下想，“不都说了吗，是年底回来，这才十一月份，你急什么啊！等都等了十年了，还在乎这点时间？你还是先省省心吧！”

“你这说的是什么话呀！我能不着急吗？十年了，也不知道都遭了什么罪，你不心疼我这当妈的能不心疼了吗？”老伴儿抽泣起来，瘦削的双肩不停地抖动着。

林老汉心里也不是个滋味。就这么一个儿子，那年走得匆忙，说是出去打工。多少年来也就这么点音讯，说是要回来，可这一说一等候就是十年！今天，他虽则这般安慰老伴，可是心里毕竟有些忐忑——能回来吗？他近乎绝望了。就这样俩人唠叨了半天，也没唠叨出什么结果。望着厨房里老伴忙碌而苍老的身影，老汉又拿出了烟锅，在烟雾缭绕中寻思着，还有近两个月呢，着什么急呀！想到这儿，他的心儿也就有了些许的放宽。人啊，就是这样，嘴上说的大多不是心里想的，心里想的也未必是手上做的。林老汉都不敢相信，什么时候他竟成了这样的人。

这样的话题几乎没有间断过。林大妈心里却早有了想法，腊月二十，正好有年集，她可以去筹备点儿。当妈的，哪能不为孩子多考虑呢？

一眨眼，到了腊月二十。不巧的是，这一天大早迎来了第一场降雪。雪下得有点不是时候，可这人心里要是有了高兴的事，即便走在风雪交加的路上，也觉着这样的天气里赶集还是蛮有意思的，心里竟然热乎乎的，浑身热血涌动，精神抖擞！

一会儿工夫她就到集市了。乡村的年集比平常繁荣多了，人多货全，热闹非凡。摆摊儿的小贩铆足了劲儿吆喝着，赶集的人们走走停停，讨价还价，说说笑笑。笼子里的鸡鸭也不时啼叫，或喜或悲，似乎心思满满的。林大妈自然是欢喜的，她是鼓足了腰包来的，为了儿子嘛，做什么都值得。

先买衣服吧。“便宜了！便宜了！”此时的大妈可不想图便宜，她可是给儿子买的，岂能将就？自然会买些像样的，好的！终于到了一家衣服店，她左挑挑右拣拣，像是在挑女婿，生怕会误了一辈子。可她忘了，她都不清楚儿子身高多少，穿多大衣服，可这似乎没多大关系，“我的心里有把尺子”。当然，她没有这样对店主说。对了，还有帽子，她记得儿子那时候特别喜欢帽子，戴上它就可以扮警察，就可以打坏人，孩子的思想就是这样单纯。她笑了笑，给儿子挑了顶帽子。还有各类小吃，一些小玩意儿，她已经忘了，儿子已不是十年前那个小伙了。或许，在她心里孩子永远都是那样长不大。

买了这些自然是不够的，她还要亲手为儿子烧一桌好菜。十年前的情形赫然在目，她早早起床，摊了煎饼，熬了粥。那时候家里很穷，摊煎饼的鸡蛋是借的，粥熬得稀稠合适，异常喷香。现在日子好了，更重要的是儿子也要回来了！先买些肉，孩子在外面奔波，也不知累成啥样了。还有青菜，虽说家里种了一些，可种类单调一些，也是要买一些。蘑菇炒青菜，那小子小时候就爱吃这个；还有大盘鸡，青椒肉丝。对了，还要准备一条鱼，这个季节，鱼也算是罕物了。是不是应该做碗煎汤面？回家的孩子总是要吃了面，才算入乡。入乡，那也得理发，也不知道家里那套理发工具还能用吗？回家可得好好收拾收拾。还有什么呢？穿的、吃的都有了。啊，对，还得备点儿酒，孩子已是大人了！她的大脑在急速运转着，像那些雪花一样，虽然纷纷扬扬，最终都有一个确切的归宿。

快乐的时间总是短暂的。她吃力地拎着置办得稳稳妥妥的东西，笑眯眯地，不知不觉中，就已经回到家了。

“我回来了，你不知道，今天集市可大了……我给儿子买了好多东西，你看，这是帽子，他那时候就一直想要个……”她不住地唠叨给老汉听。

林老汉此刻正坐在凳子上想儿子，看见老伴这样，他又来了点气，“他要是回来，我非好好揍他一顿不可！看他还敢不敢忘了这个家。”

“你呀，就是嘴硬。儿子回来你还能真动手，再说了，你也不看看自己的年纪！”大妈说笑道。

“你看我敢不敢。”嘴上虽这么说道，老汉心里那点气也就消了。

“你敢，你敢，行了吧！不跟你说了，我得把这些东西给儿子放好。放哪儿呢——”林大妈边找地儿，边想着怎么好好犒劳儿子。

“妈——”

莫不是听岔了，她没有应声，继续找地方。

“妈——我回来了，您儿子回来了！”

这是真的吗，一切来得那么突然，还未来得及反应，就硬生生地摆在你面前。她不敢出声，怕这是一个梦，刚一张嘴就会醒来。她呆呆站着，手里的东西也不知道放下。她的手，她的脑，她身体的每一个细胞都似缺氧，这是真的吗？是真的吗？

“妈，儿子不孝让您二老受苦了！”一声哀伤。

许久，她缓缓转过身去，是的，这个男的就跪在她的面前。黝黑的脸颊，黑乎乎的胡碴让他的脸显得格外疲倦、苍老。如果不是眼泪流下，根本看不出那双深陷的眼睛还在动。这是她的孩子，是她日思夜想的孩子！

“儿啊!”这么多年的期盼，梦中千万遍地呼唤，此刻她终于喊了出来。顾不得手里的东西掉了一地，她粗糙的手抚摸着他粗糙的脸颊，就像两块梧桐树皮，相互摩挲。

“这么多年你都去哪儿呢？为什么不跟我们联系呢？我就怕哪天再也见不到你了……”

儿子哭了，娘儿俩紧紧拥抱着，痛哭着，却没有发现身后——刚才还在叫嚷着要揍人的——老人，早已泪流满面。混浊的泪水沿着那张爬满皱纹的脸庞肆意流淌。

“这次回来就不走了吧？”林大妈小心问道。

“不，不，走了!”不知是因为激动还是什么，本来很坚决的话儿，有点语无伦次。

“不走就好，不走就好!”母亲都是不会在意这个语气的，因为她的心早给了她答案。

“快，快起来，看妈给你买了什么，这是……那是……”儿子早已哭成了泪人，他根本不能直视他的母亲。“啊，你看我都糊涂了，你肯定还没吃饭吧，快先歇着，妈给你做饭去。”说着，林大妈兴冲冲走了，一阵风似的。

天很快暗了下来。屋子里，灯光有点昏暗，似乎在酝酿什么。父子俩面对面坐着，谁也不知道说些什么。

“爸!”“儿子!”几乎同时开口，“您先说!”

“呃，这么多年你也不常给家里打个电话，在外面忙什么呢?”老人猛吸了一口烟在腹腔里转了一圈又吐了出来，幽幽地问道。

“没，没干什么，我能干什么呀？就是打打零工，干干体力活。”儿子顿了顿又说道，“就想以后一直待在家里，好好陪陪你们!”

“回来好，回来好！好好陪陪你妈!”老人说道，“那个你，你……”

“爸，您先坐着，我去帮帮我妈!”没等老汉话说完，儿子就大步走向厨房。

“这臭小子!”老人沉思着，总感觉哪儿有点不对劲儿，可又说不准，算了，回来就好!

饭很是丰盛，儿子吃得香，父母看着心里也欢喜。吃完饭，母亲拉着儿子的手，想说点什么，儿子急忙抽出手：“我还是先去收拾收拾吧!”

“不急，不急，我好久都没跟你说会儿话了，咱们就这样坐着，说会儿话!”母亲乞求似的说道。

“嗯，那好吧!”儿子应声坐下，目光却一直闪烁着，他也不知道，这一切被老父亲看在眼里记在了心里。

腊月的日子总是过得飞快，忙忙碌碌中，这一年就快结束了。可谁又知道，老天爷上了年纪，也会发困，闹出点儿动静。不管怎么说，这年还是过完了，老人们看起来也是高兴的。

初二早上，吃完饭，儿子迟疑了许久最终还是张口说话了："爸、妈，我想出去再闯闯！"

沉默，死一样的沉默。"你不是说不出去了吗？怎么忽然又——"母亲困惑地问道。

"我不能一直待在家里啊！"

"孩子，你听我说，我跟你爸也岁数大了，在家里吧，能陪我们一天算一天吧！"母亲总是柔弱的。父亲绷着脸不说话，只是不停地抽烟，好像怕什么会出来一样。

"妈，有些事你不懂，我必须走！"说着儿子便别过脸去，身体微微发抖。他要怎么说，他能怎么说？

母亲见状，只是悄悄抹泪。

终于，父亲深吸了一口烟："是因为这个吗？"他从兜里掏出半张已被揉得发皱的报纸，纸张有点发黄了。

"这是？"母亲拿过纸，"啊！"的一声，便愣住了。那半张报纸掉落到儿子面前，正对着儿子。是惊讶，还是难过，或是解脱，终于不用隐瞒什么了。

"对不起，妈，我这次回来是向你们告别的！"儿子停了一下，"我犯法了，我打伤了人，这几年一直在逃，现在，我不能在这儿待下去了，我对不起你们……"

简直是晴天霹雳！这，就是她等待十年的结果。她的身体在抖，她的心碎了，慌乱的脚步开始朝着某个方向移动。

"你给我走，我没有你这个儿子！你怎么能干这种事啊！"一件东西砸到儿子身上，那是她买的衣服，又一件砸过来，那是一顶帽子，又一件……母亲歇斯底里般喊道，"我怎么可以喂养这样的人！"

父亲的眼神黯然，他早就觉得，儿子的眼神、语气、行为很异常。可当事实摆在面前，他依然无法接受。

沉寂吞噬着整个屋子，希望的破灭该是怎样一件痛苦的事。一种巨大的无助吞没了母亲，慢慢地她身体酥软下来，骨骼正在熔化似的，一转身，她就摔倒了，眼睛大睁——我到底是为了什么？

"妈——妈——"这是她最后听到的话。继而，是一片慌乱。

待一切落定已是黄昏时分，林老汉坐在门槛上抽着烟，望着远方。两个月前，他们还满心欢喜等儿子回来，可现在却成了这样，要他怎么去相信，怎么办？老伴此刻躺在床上，身体直直的，不说什么，只是无力地看着天花板。儿子抱头蹲着，他是犯了罪的，他能说些什么。夕阳如血，门口那棵老树多么孤独，它已掉光了叶子，如今光秃秃地站在残雪中。一只鸟雀，高高低低地飞着，起了又落，落了又起。

老人转过身正好碰上儿子的目光。以前，他从未如此静静地看过儿子，儿子长大了，他的眼睛多么像自己。而儿子的目光也定格在父亲脸上，眼前的人儿苍老了许多，这一辈子他默默承受了多少，而自己欠他的也太多了。他们看着彼此，时间一秒一秒地流逝着。

林老汉默默拿过剃刀，来到儿子面前，小心翼翼地、一刀一刀给儿子剃着头发，每次刀落，他都祈祷儿子的罪行可以减轻。剃完了头发，站在他面前的儿子显得那么小，那么懂事，就像小时候那样喊着要抱抱那样。他终于抱住了儿子，他多么想这样一直抱着儿子。

夜幕带走了阳光，警车也缓缓开走。两个老人依靠着坐在老树下望着远方，悄无声息的，悄无声息的，黑暗包裹了他们。

日子总是不等人的，草绿了大地，雪又轻轻将它掩过。一晃一年就过去了。

“爸，我出来了！”白雪覆盖的坟头，中年人静静跪着，天这么冷映得他的光头更加显眼。不知谁说过，头发落了，罪也就没了。

老妇人默默地坐在坟前，轻轻说道：“老伴啊，你看见了吗？儿子回来了，再也不走了。”

雪渐渐地大了，掩埋了行人的脚印，淹没了年末的喧闹。大地白茫茫一片，一切都显得那么宁静、圣洁。

新年的钟声响了，咚——咚——

无疾而终

福州大学/吴 昊

下游的人们找到陆凌的尸体时，已经是他失踪的第四天。

昨天稀稀拉拉地下了场雨，潮湿的空气里本就一股隐隐约约的酸腐味，陆凌刚被抬上岸，浓烈的尸臭味顿时冲散了人群。两股窒息的气味交织在一起，着实令人作呕。陆凌的娘已经有些疯癫了，她来回抚摸着儿子的尸身，嘴里反复念叨着："我要我孩儿，我要我孩儿。"说话还是跟平常一样，但是眼睛里的光已经涣散了。陆凌他爸回手就是一巴掌，听的人都觉得疼，但是陆凌的娘还是没有灵醒过来。

陆凉站在他爸后面，看着湿漉漉躺在地上的他哥，这是他第一次如此近距离地接触死亡，心里的惶恐盖过了悲哀，偏偏他哥以最丑陋的死相摆在他面前。陆凌的脸已经被泡得没有了人样，陆凉不由自主地想起了胀破的死猪皮，就像过年挂在天花板上冻硬的猪头。

"根生，根生！不好了！"村长大老远就高声叫着，刚下过雨的河岸还是有些泥泞，他就滑稽地一蹦一跳。"滚！小兔崽子看什么！净绊人腿！"村长冲着几个顽劣的孩子吼着，看热闹的人也就知趣地散了。村长看着那些人慢慢离去，这才蹲在陆凌他爸面前，右手搭在他肩上："根生，不好了。那孩子家根本不认，非说他家孩子没去游过泳！这可咋办哪！"陆根生回头看了一眼陆凌，一只绿头苍蝇落在陆凌头发间的水草上，他想伸手拂去，但是无力的手说什么也抬不起来。"老天爷！你这可叫我咋活啊！"河水也被陆根生的声音惊到了，一只蜻蜓仓促地在水面上轻轻一点，就泛起一圈不规则的涟漪来。

陆凌还没有结婚，按照惯例是不用准备葬礼的，直接埋了就行。屋里几个女人在开导陆凌的娘，她们说尽好话，但是她还是没有好转的迹象。卧室里人们正在给陆凌擦洗，然后穿寿衣，陆凉冷冷瞥了一眼，然后一声不吭出去了。

“哎！陆凉！你哥，死了！”斜对门的傻子这时候抱了个破碗也出来了，陆凉没好气地瞪了他一眼。但是他蓦然想起傻子是没有情感的，傻子不懂幸灾乐祸，不懂悲伤难过，他心里只有快乐。“死了就死了，死了好！”陆凉蹲在地上，看着路面上的烂砖头，砖头上面结着一层黛色的青苔。“哎，陆凉，你哥死了，你就应该哭，应该悲伤，你咋还说这话！”傻子一屁股坐在地上，直直地看着陆凉，陆凉一把把他提起来，在他身子底下铺了几片树叶，才让他坐下。“哼，从我再进这个家门，他都是咋样对我的！我不说瞎话，村里人都有眼睛，大家都知道。”傻子立马就不说话了，他知道尽管他是傻子，但是有些话还是不能乱讲的。

头上传来一阵震耳欲聋的轰鸣声，傻子伸直了脖子看着高铁桥上飞逝而过的高铁，口水就从嘴角均匀地流下来。陆凉拾起一片树叶给他擦了，然后转过头看着高铁桥墩上印刷的五颜六色的广告。“傻子，你还记得这里以前是什么吗?”傻子哈哈大笑：“你说错了，我不是傻子，我还记得哩！这里以前是一大片苞谷地！”陆凉心里感叹傻子的记性，傻子虽然傻，但是记性是极厉害的。“傻子，你知道吗？我就是在这里被拐卖的。”陆凉看着那几株萋萋的野草出神。傻子一下子来了兴致，赶紧凑到陆凉跟前：“你说啥？你就是在这里被拐走的？这么惊险！”“那天我爸我妈下地还没回来，我跟我哥捉迷藏，我就蹲在苞谷地里，结果被人贩子抱走了。当年离开家时还是苞谷地，如今已经是高铁了。”“你被抱到哪里去了？那谁养活你呢?”陆凉这时脸上才清晰地浮现出悲哀来：“傻子，你相信人是有心的吗?”“你说这话就是傻子，这人没了心，还有得活吗！早就死了！”“傻子，我说的心不是心脏，是人的心意心念。我养父说人是不能控制自己的心的，喜欢就是喜欢，不喜欢就是不喜欢。”傻子根本没有关注他的话，只是一个劲儿地问：“养父？你最后到哪里了？他们对你好不好，得是天天欺负你？电视上都这么演。”陆凉摇摇头：“我养父母都是城里的大学教授，学历见识都很高，只是年纪大了没有孩子，就收养了我。他们待我很好，我在城里过得很滋润。”“哦，你被卖到城里了，那大学教授是个啥？听说这回你考上大学了，啥是个大学呢?”陆凉赌气地没有接他的话茬，自顾自地说：“养父教育我，心里要向善，才能做好事，当个善良的人。我哥下水救一个孩子丢了命，但是那孩子家死活不认。现在我哥睡在那里，有谁可怜！”傻子霍地站起来，昂然说：“谁说没人可怜陆凌哥！我就可怜我陆凌哥，村里人见我是傻子，都欺负我，学我说话学我走路。只有陆凌哥见了我，问我吃了没有，家里有人没有，他在门口吃饭见了我，总要掰半个馍给我。他现在人走了，但是我傻子这辈子都可怜他，记得他！不管他救的是不是好人，我都记得他是个好人！”陆凉眼眶一红，抚摸着傻子的肩膀：“傻子，你不傻，你有心哩!”

陆凉站在陆凌面前，陆凌已经穿好了臃肿的寿衣，脸上遮着一块干净的手帕。陆凉看着陆凌紧握的右拳，想着他哥临死前拼命想活下去的挣扎，不由得心中一酸。陆凌下个礼拜天就要结婚了，这回他是去庙里求神去了，不用想都是去求神保佑他婚姻幸福的，在回来路上看到河里有个孩子喊救命，二话不说就跳了进去，结果把孩子推上岸后自己沉了下去，然后就失踪了四天。陆凉伸手去掰陆凌的手，好让他的尸体看起来安详一点，刚费力掰开，一个绿色的手串从他手里落下。陆凉小心地捡起来，这应该是被和尚开过光的，晶莹剔透。这应该是给他未婚妻的，陆凉小心地捡起来，吹了吹上面的灰。上面还刻着字，陆凉按顺序看去，心里不由得一惊，上面清楚地刻着：陆凉前途似锦。

这回他考上大学，给家里挣足了面子，这是村里几百年来第一个真正意义上的大学生。陆凉没想到陆凌去庙里，不是为了自己的婚事，而是为了他这个考上大学的弟弟，陆凉本以为这串手串是给他陆月姐的。陆月自幼就跟陆凌玩得来，两个人下礼拜准备结婚，没想到陆凌现在已经僵硬地躺在这里。陆凉的眼泪扑簌簌地落下，他想起小时候陆凌背着他上山上树，骑着自行车在地里嬉闹，如今再也不会有这个人了。这个家里再也不会有这个人的咳嗽声，再不会有他下地回来的洗漱声。没想到被陆凌冷落了这么多年，现在才体会到他哥对他的爱，陆凉颤抖着拉着他哥的手，上面全是坚硬的老茧。“哥！你是我哥啊！”陆凉握紧了手串，趴在陆凌身上哭着：“你咋不早说啊！让我恨了你那么久！”

陆根生抽着烟坐在后院里，他不停息地抽着，吐出的烟圈幻化成各种迷离的图案。陆凉的娘睡了，安静得没有一丝声音，她还没有醒转，只是疯癫地累了。陆凉手里握着陆凌留给他的手串，无言地坐在客厅里。“凉。”陆根生没有回头，沙哑着声音叫着陆凉，陆凉没有答应，只是抬头看着他爸的脊背。“凉，你专心念你的书，家里的事不用你操心，听见了没有？”陆凉静静地说：“我不想念了。”陆根生腾地站起，怒视着陆凉：“我都说了，家里有我你不用操心，你哥也埋了。念你的书!”“正是因为我考上这大学，我哥才死的，我要是考不上，他就不会去庙里。”陆根生口气软下来：“凉，要走的人，你留不住。老天爷要收人，谁能挡住?”“我要是当初不回来，就不会有这么多事！各过各的，哪能弄成现在这样!”陆凉低下头，用力抓着头发。陆根生狠狠扔掉烟头，对着陆凉吼着：“狗东西！你不想回来？由不得你！你哥现在没了，你要是没回来，我跟你妈还有活路吗！没良心的!”陆凉抬起头，不甘示弱：“我要是不回来，哪里有这么多事！我哥也不可能死！我安安心心在那边过，我哥平平安安地结婚，为啥现在成了这样!”陆根生脱下布鞋就对着陆凉砸了过去：“狗东西！城里好，你就死在城里！你忘了你是谁？你是农村的孩子，是土地的子女！我把你丢了这么多年，你以为我和你妈就睡过安心觉？我俩哪一天不在想你？你还有没有良心了！”

陆凉不再说话，他也不知道该说些什么，他只是记得他被养父母收养后，还是对村里的家有印象的。“爸，妈，你俩明明知道我对以前的家有记忆，咋还对我这么好，你俩不怕有一天我闹着要回去？”陆凉长大后，就喜欢跟养父母讨论一些现实的事情。养父咽干净嘴里的东西，放下筷子：“凉，我跟你讲过，人是不能改变自己的心的。就像你，你怎能忘记你以前的家呢，你怎能放下对以前的感情呢？我跟你妈也不能改变自己的心，虽然我们很想留住你一辈子，但是要是我们真那样做了，就对不起你的亲生父母了，我们良心过不去。”养母微微一笑：“凉，现在你长大了，也不太需要大人在你身边了。别人只有一个父母，你却有两个，你就比别人幸福。我们什么也不求，就是将来有空多看看我们，不然我们想你了，会跑去看你的！”“爸，妈，要是有一天我的亲生父母来接我回家了，你们会不会不舍得？”养父扶了扶眼镜：“凉，如果你亲生父母来接你，我们当然会高高兴兴地一起吃顿饭，好好讲一讲这么多年来你的故事，然后和和气气地送你回家。我们虽然不舍得，但是你长大了，想我们了就回来看看我们。”

那时候陆凉还在备战中考，炎热的夏天，班主任突然通知他家里出了事，让他赶紧去他养父母的大学。陆凉跑到养父母的办公室里，里面已经围了一圈人，他着急地推开人群，只见一对乡下人打扮的夫妇跪在养父母面前，怎么也拉不起来。“爸，妈，这是怎么了？”陆凉心里有些害怕，声音都有些颤抖。那对乡下夫妇一起仔细看着陆凉，突然就像弹簧一样起立，然后扑到陆凉面前。“凉啊！爸妈可算找到你了，我孩儿受苦了！”那农妇悲痛的哭声让所有人心里都是一酸，陆凉被抱得喘不过气来，他推开乡下夫妇，走到养父母面前：“爸，妈，这是出什么事了？”养父气得涨红了脸：“凉，你亲生爸妈来接你了。”陆凉一时间有些迷惘，尽管他心里事先已经彩排好了无数次见了亲生父母的场景，但是真的身临其境，他却有些胆怯了。陆根生夫妇看着陆凉无动于衷，心里又气又有些悲哀。陆凉的娘突然跳起来扑向陆凉的养母，伸手就去抓，陆凉和养父赶紧抢上拦住。陆凉的娘疯了一样，她嘶叫着：“臭婊子！你给我孩子吃了什么药，让他现在六亲不认！你是不是威胁我孩子了，你是不是！还我孩子来！”养父已经气到了极点，他强行把陆凉推到陆根生怀里：“你的孩子，我们不是不给你，你们为啥要这么羞辱我！”陆凉被陆根生铁钳一样的手抓着，根本挣脱不开。陆凉的娘一看立马停止了大闹，安静得异常快，让人惊讶一秒钟前她还是癫狂的状态。“还我们的孩子是天经地义，但是你得给我们赔偿。”陆凉的娘做出了个伸手的动作。养母拢了拢头发，气得声音都颤抖了：“我们给你养了这么多年的孩子，你们现在这样来要孩子，让我们以后没法做人，我们要给你什么赔偿！”陆根生忍耐不住：“这么多年来，我们找不到自己的孩子，你们难道不给精神损失？我们孩子不知道有没有被你们虐待，难道也没有赔偿？”“大家都是明眼人，他现在长得这么高这么壮，你能说我有虐待他？”“我们不管，你们知识分子我们玩不过，我们不认你们说的，拿钱就是了！不然我们报警了！拐卖儿童的下场，你们知识分子比我们懂法。”

临走前，陆凉哭红了眼：“爸，你不是说我们会高高兴兴地一起吃饭，然后和和气气地送我走吗？怎么变成这样了？”养父养母擦了擦眼睛：“凉，人心难测啊！我们想那样，但是他们不想啊，我们也没办法啊！”养父母最后给了陆根生夫妇一笔钱，不但按照陆根生夫妇的要求给了所谓的赔偿，还特意给陆凉拿了一笔生活费。“他在城里生活惯了，刚回去还不太适应，给他拿点生活费，不要让他受苦。”陆凉的娘这时不紧不慢地说：“到底是知识分子，就是比我们想得周到！”

陆凉不情愿地回到了记忆中的家，一进门，一个跟他很像的小伙子在后院劈柴。“哥！”陆凉脱口而出，十几年没见，长得倒是越来越像了，陆凉见了陆凌后心里才涌上激动，十几年没见，陆凌已经长得很魁梧了。陆凌只是抬头瞄了一眼陆凉，没有吭声，继续劈着柴，只是抡斧头的劲陡然变大，柴火就咯吱咯吱别扭地响着。陆根生有些尴尬，他冲着陆凌叫：“凌！凉回来了！”陆凌依旧自顾自劈着柴，没有吭一声。“这小子！凉回来了，你就这样子？当哥的！”陆凌还是没有说话，把斧头甩在地上就出去了，陆凉一怔，呆呆地看着深深插进土里的斧头。

“他离家十几年，自己一个人在城里享福，家里的江山都是我一个人打下的，凭什么分他一份！况且我后年就准备结婚，又要聘礼又要盖房，手头本身就紧，他现在回来，不是要我的命吗！赶紧让他回去！”陆凉在门外听到了陆凌的声音，心里一阵难过，没想到自己最想念的哥哥，居然说出了这样的话，十几年而已，他的心居然变成了这样，他也知道了为什么他回家他哥一直不待见他。“凌，凉这么多年在外头，过得怎么样只有他知道，他受了多少苦大家都知道，毕竟没有亲人。他是男孩，家产肯定有他一份。这回凉回来，给你解决了多少困难，他城里的大人给了很多钱，够你结婚了。你想想，凉念书念得好，将来上了大学，工作了分配到城里，能给你帮多少忙！你想过没有！将来我跟你妈不用你管，你过你的日子，我们有凉哩！”陆凌半晌没有说话，最后嘟囔着：“反正我就看他不顺眼，他必须走！”陆凉在门外听得气苦，他又想起临走时养父说的话，在心里哭着：“爸，你说得对，人心难测啊，我回来他们都把我当工具，到底有谁爱我呀！我回来这么久，受了这么多气，没有一个人问我这么多年过得好不好，一个都没有！”

每当想起这些时，陆凉都会想着养父母现在怎么样，有没有像他一样，也在想念着他。他学着陆根生点了一根烟，坐在房顶上，看着清亮的月牙。他想起小时候他和陆凌一起自己做梯子，就是为了能摘月亮，如今月亮依旧挂在天上，还在放着皎洁的银光，只是少了那个人。“凉!”陆根生在后院里叫着。陆凉赶紧灭了烟，大口哈了几口气，冲淡嘴里的烟味。“我在房上，咋了?”陆根生摸黑爬上房，坐在陆凉身边，也无言地抬头看着月亮。“爸，你说人心是啥样的?”陆凉看着一下子老了很多的陆根生，突然发问。陆根生的皱纹被月光照得发白。“人心是啥？人心就是咱家欠陆月家一分钱聘礼，他们家就不嫁女儿！人心就是咱家出了这么大的事，陆月家也没人来看看！人心就是你哥为救人没了命，人家还不承认，现在睡在地下，只有咱几个亲人偷偷地哭!”陆凉低下头：“我陆月姐没来看看?”“哼，现在不但不来看，聘礼都不想还了！这就是人心！凉，以后记清了！不要当个傻好人，你妈现在那个样，你哥现在没了，你再不能有啥闪失了，你再有个啥事爸就不活了。”

进站口到了开学季就显得格外拥挤，陆凉背着大包小包，费力地扭头看了看，陆根生夫妇就在远处看着他，他娘还没有好转，眼神都聚焦不住他，卫生室的老大夫说治不好了，受的刺激太大了。陆凉被人潮向前拥着，他又看了一眼父母，然后咬咬牙，坚定地向着面前的人海走去，远处，人海是灰色的。

火车上空调开得有点冷，陆凉脸贴在玻璃窗上有点冷，他缩了缩身子，依旧靠在车厢上，听着附近几个民工打扮的人高谈阔论。他们先是谈论国家大事，一会儿是打日本，一会儿是先打美国，陆凉心里不由得好笑，这最底层的言语，却也有趣得紧。“哎，老张，你娃啥时候结婚呢！到时候别忘了叫我啊!”陆凉顺着声音看去，是一个戴着毛线帽子的男人。那老张先是摆摆手，然后苦大仇深地说：“好我的汪兄弟！我娃结婚还能不叫你？现在我都快急死了!”那汪兄弟错愕地看着老张：“咋了，还急死了?”“聘礼一把拿不出来，人家就是不订婚！这你说能不把我急死？娃现在就等着结婚呢!”汪兄弟叹了口气：“唉，现在孩子结婚花销太大了，聘礼一分钱不能少！又要装修房子，又要买家具，将来办个婚礼，还剩几个钱！真是把咱都要榨干了，将来有了孙子还得带孩子，这一辈子哪里是个头啊!”老张还没开口，他们对面的那个抽烟的直接开了口：“老张，不是我说你！咱农村娃娃找对象，就要找城里的！人家不缺钱，又有背景，将来对娃娃前途也好。你找个农村的，农村人有几个钱？聘礼都是狮子大开口，就是明摆了坑你!”老张连连叹息：“唉！刘哥！娃没文化，没念书，咋找城里的对象！人家咋能看上一个文盲!”那刘哥诧异了一下：“我说老张，你现在干啥去?”“我还能干啥！跟你打工呀!”“这不就对了，你把娃娃带上一起打工，不就进了城吗？田里劳动一辈子，能有啥出息？娃娃年轻着就应该出来见见世面，将来兴许就留在城里了。咱没念上书，只能靠打工走进城里啊!”那汪兄弟摆摆手：“刘哥，就算咱强行留在城里，那活得还不如村里！谁不想进城？主要是咱没文化，没法落脚，只能靠着一兜蛮劲下苦。最后荒废了孩子，也没落下多少钱！老了浑身都是病，还是孩子的累赘，最后还不是自己可怜自己。”刘哥也唏嘘几声，向后靠了靠：“这男孩年轻就要多出来，女孩可千万不敢出来。出来就完了。”“咋了？女孩还不能出去了？”“你们是不知道，我们村只要是出去的女娃，回来一次就抱个孩子，那在外头能干啥好事！”“哎呀！这像什么话！出去打工还抱上孩子了？”汪兄弟大吃一惊。“你们是不知道，女娃出去就学坏了，女娃软，也不知道啥。让人家一哄就上钩了，然后就干些丢人的事！上回我有个工友说，他去城中村的按摩店里找了个小姐，那才多大！不骗你们，名字我都记得，那姑娘叫陆月，今年才二十二！”老张一脸的不相信：“又不是你去的，你是听人家说的，那人就是吹吹牛而已，你还相信了！”“哎，你还别不信，我工友说，那姑娘眉毛下面有个胎记，这就不会有错了吧！”陆凉听得心惊，陆月的右眼皮上就长着一个胎记，她一直待在城里打工，没想到今天在火车上，听到了她的下落。陆月每年过年才回来一次，回来穿得花枝招展的，陆凉还以为她在城里真的闯出了事业，没想到陆月在做这羞耻的勾当。汪兄弟戏谑地问刘哥：“刘哥，你没去按摩吧！哈哈！”老张也跟着哈哈大笑，刘哥立马红了脸：“我咋能干那事哩！”

陌生的城市，这里的一草一木都跟家里不一样，陆凉看着天上形状奇特的云朵，心里又想起了故乡。舍友进门时也是大包小包，但是身后跟着一大堆家人，陆凉坐在书桌前静静地看书，想到自己一个人来学校，心里很不是滋味。“同学，今天你们就是舍友了，要在一起睡四年，你们以后要好好相处。”舍友的妈妈对着陆凉笑着说，陆凉礼节性地点点头。“我跟他出去一下，宿舍就麻烦你打扫一下可以吗？”陆凉冷冷地说：“宿舍既然是四个人的，就应该四个人打扫，怎么能麻烦我一个人打扫呢？”舍友的妈妈显然没料到陆凉会如此回答，她呆立在原地，一时也被陆凉噎住了。陆凉说完，又坐在书桌前，继续看着书，不再搭理一屋惊愕的人。舍友赶紧把他妈妈推出去，又把其他人半推半搡拉出去，然后重重地关上门。陆凉心安理得地看着还在颤动的门把手，墙上的玻璃在微微翕动。

下午出去吃饭时，陆凉刚走到楼下，迎面走来一个穿着讲究的女孩，陆凉心里一阵鄙夷：“真是丑人多作怪！长得难看还穿成这样！”女孩刚和他擦肩而过，就尖叫一声蹲下去，陆凉被吓了一下，回头看去，应该是楼上向下扔了一包垃圾，正好砸中了她的头。女孩捂着头，血从指缝渗出来，她抬起头，恳求地看着陆凉：“同学，我受伤了，你能带我去一下医务室吗？”陆凉刚伸出手，看到手腕上陆凌留给他的手串，心里一阵迷惘，最后还是缩回了手，自顾自扭头走了。女孩半天还没反应过来，不明白他伸出手又离开是什么意思。“同学，你怎么了？”一个男生骑着电动车停在女孩旁边，陆凉没有管他俩在说什么，继续往食堂走。走出几步，那男孩骑着电动载着女孩去了医务室，陆凉看着他俩的身影渐渐融化在暮色里，半晌都没有回过神来。

一定是还没有习惯这里的生活，吃完晚饭，写了几张字帖，肚子就有些不舒服，后来根本坚持不住，只好赶紧跑到医务室挂吊瓶。躺在强烈的消毒水味的床上，陆凉眼睛直直看着下落的药水，隔壁的隔间里传来了打电话的声音。“爸！我今天受伤了，你过来看看我！”是一个嗲声嗲气的女声，陆凉心想真是冤家路窄，这声音就是刚才那个女孩。“嗯嗯，有个没素质的乱扔东西把我砸到了，更可气的是一个男生见死不救！幸好有个学长带我来了医务室，你快过来看看我！我不管，你必须过来！”陆凉拉起被子盖住头，生怕被发现，一边听着隔壁的对话。“学长你叫什么呀？今天太谢谢你了，我叫楚云端。”“没事没事，刚好我有车，我叫张景波。”“哎哟，学长真是好人，比那个男生好多了！”张景波笑了笑，并没有接话。陆凉默默抚摸着手串，想起了陆凌，又想起了养父。他心里突然有些空落落的：“养父教育我做个好人，结果抚养了我那么多年，最后被我爸妈来了那么一下，我哥做好人最后白白丢了命，陆月姐在城里还给他戴帽子，这就是好人的好报？”

一阵疾风掠过，陆凉盖着薄被子也能感觉到。“我女儿怎么了！”一个浑厚的中年男声清晰地覆盖了整个医务室。“爸！你可来了！我今天快没了命！多亏这位学长，不然你今天就见不到你宝贝女儿了！”陆凉在被子里冷笑一声，鄙夷着楚云端的撒娇，他又盖紧了被子，生怕被楚云端认出来。“这位同学，今天很感谢你！”张景波礼貌地回答：“叔叔，没事的，这是我应该做的！”“嗯嗯，确实不容易，现在社会有勇气救人的，都值得我尊敬！大学生就应该有这样的风貌！社会风气才能慢慢改变。”

陆凉坐在书桌前写完了字帖，原来楚云端她爸是个局长，怪不得讲话那么不一般，在被子里蒙了那么久，头昏脑涨，现在感觉好多了。有人轻轻地敲门，陆凉打开门，一个女孩怯生生地看着他。陆凉看着那女孩，她提着一个大袋子。“同学，需要零食吗？”说话声音很小，刚说完她就涨红了脸。陆凉淡淡地说：“不需要。”伸手就要关门，刚来宿舍就有好几拨人来推销，这些上门推销的总要说半天，搞得陆凉很烦。“同学，我是新生来兼职的，你真的不要吗？”“不要不要！说过了，我不要！”陆凉伸手就关上了门，烦闷地坐下，字帖也看不下去了。他发了一会儿呆，出去在楼道里转悠，走到里侧的楼梯口，一个瘦小的黑影坐在那里，吓了陆凉一跳，陆凉看去，原来是刚才那个推销的女孩。“你怎么坐在这里，吓人一跳！”女孩苦涩地看着他，指了指身边的袋子，陆凉看着，袋子还是满的。“我没卖出去一个，今晚还是没有工资。”“你们这个有工资?”“嗯嗯，帮店里卖，按照卖出去的量给提成，没有卖出去就没有工资。”陆凉心里不是滋味：“你为什么干这个?明知道收效很差。”“勤工俭学，家里条件不好，能来上大学已经不容易了。”陆凉想到同样命运的自己，他摸了摸口袋：“我买点吧。”女孩眼睛突然亮了：“谢谢了，你真是好人!”陆凉边掏钱边嘟囔着：“我不是好人，也不想做好人。”女孩奇怪地看着他：“为什么?”这句话就像一柄大锤一样击打在陆凉心里，他扭过头，看着路灯：“是啊，为什么?可我心里有很多苦啊!”“能给我说说吗?也许我能理解你嘞。”

下雨了，蒙蒙的细雨被路灯照耀，就像万千条银针一样。陆凉倚在栏杆上，落魄地说：“你不懂，你不会懂的。”“你不说出来，怎么知道我懂不懂。”“有些东西，我只知道它是对的，但是我的经历却摆明它是错的，我现在很困惑。”“是对的永远是对的，只能说明你的经历还是太少了，就像天上的星星，永远都是亮的，只是偶尔会被云遮住而已。”陆凉回头看了一下女孩，饶有兴味地问她：“你叫什么?怎么知道这么多?”“我叫许月蓉，你呢?”“陆凉，悲凉的凉。”“那也可以是清凉的凉啊!”陆凉被她逗乐，笑了一下。“下雨了，你带伞了吗?”陆凉看着下大了的雨。“没有，刚才来的时候还没有下雨，我还以为不会下雨，结果现在就下雨了。”“看来有些东西，你还是不知道啊!我有伞，你先拿着吧!”许月蓉不好意思地笑了一下，跟着陆凉去了他宿舍拿了伞。“你电话多少?将来好还你伞。”许月蓉记了陆凉的电话，乖巧地说声再见就走了，陆凉把她送到门口，看着她的背影被夜色吞噬。

陆凉背着书包站在辅导员办公室外，里面满满地都是让他爸从家里寄来的特产。辅导员正在跟几个学生谈话，不时传来会心的笑声，下午的太阳还是有些毒，陆凉的后背已经湿透。但是辅导员的谈话分明没有结束的意思，陆凉看看表，他已经站了四十分钟，他也不敢离开，生怕耽搁了时间。阳光均匀地铺在对面的玻璃幕墙上，强烈的反射光狠狠地照着他，让他热得难耐。“今天我求人如此低三下四，将来一定要混出名堂!不能忘记求人的卑贱!”他在心里发誓。辅导员的谈话终于结束了，陆凉连忙擦了擦两颊的汗，生怕还有别人找辅导员，赶紧冲到办公室里。“哎哟，陆凉，你怎么来了。”陆凉赶紧鞠躬：“辅导员您好，我来看看您，感谢您对我的照顾。”“坐坐坐!来来来，我还没跟你交流过呢!”陆凉谨慎地坐下，保持着规矩的坐姿。“刚才是你们的学长学姐来看我，现在都事业有成了!希望你将来也能胜利凯旋来看我!”陆凉连忙答应：“等我将来有了出息，肯定不会忘记您的。”“这次来有什么事吗?”“那个这次我想入党，您看能不能……主要是成绩不太好，但是我以后肯定会努力的!”辅导员看了看他的样子，笑了笑：“那你可要好好加油啊！”陆凉趁机拉开书包，把东西掏出来放在桌子上。“辅导员，这是我们家的特产，这次特意给您从家里带来的，让您尝尝我们家的味道！”“哎呀，这是干什么呀！”陆凉怕他拒绝，赶紧说：“这只是特产，家里大人听我说您对我很照顾，我一个外地学生这么远来学校，辅导员这么照顾我，心里很感激，这只是一点谢意。将来我有了出息，肯定会给您带更好的东西！”辅导员也不好拒绝了，他看着那些特产：“那就谢谢陆凉啦！我等你将来事业有成，给我的礼物呦！”陆凉赶紧赔笑，那一瞬间，他都觉得自己的笑很难看。“最近过得怎么样呢？来这边习惯不习惯？”陆凉不假思索：“最近还可以，挺习惯的，这边的气候和饭食都挺符合我的。”“上了大学，你有什么感触呢？说来看看。”陆凉突然有些语塞，他迟疑了一下，这才缓缓地回答：“上了大学，感觉整个人都变了，感觉成熟了许多。但是偶尔也有些恍惚，有时觉得自己以前太幼稚，有时却觉得以前最朴实。现在觉得自己长大了，可以像大人一样办事了，但是有时候却又有说不上来的感觉。”“什么感觉呢？总会形容上来的。”陆凉想了想：“就是失去以前的自己后，对现在的自己很厌恶。反正感觉自己偏偏变成了自己最不喜欢的人，而且毫无办法。”辅导员轻轻地笑了：“那就做最好的自己！这样会比较轻松！只要自己觉得对得起自己，那就足够了！”

许月蓉到陆凉的宿舍还伞的时候，陆凉还没有回来，她看到陆凉的桌子上乱糟糟的，并没有一本书。都是些传单和广告单，再就是一些废纸果壳。陆凉刚进门，喘了一口气，就看到了许月蓉。“咦，这不是许月蓉吗？你怎么来了？”“我来给你送伞，不想麻烦你，就直接送过来了。”陆凉不好意思地说：“哪里麻烦了，你打个电话我自己去取就好了。”许月蓉没有说话，看着他的桌子，陆凉也看到自己脏乱的桌面，有些尴尬：“啊，这个最近比较忙，东西有点多，让你见笑了。”许月蓉直直地看着陆凉，陆凉看着她明亮的眸子，半晌说不出话来。

“呦，陆凉，了不起啊，这么快就有人送伞来啦？”陆凉把许月蓉送出去，刚进宿舍门，舍友就凑上来起哄。陆凉红了脸：“哪里哪里，都是误会。”“跟人家对视那么久，我们可都在场啊，这回你赖不掉了吧！老实交代。”陆凉打个哈哈搪塞过去，看着自己的桌面，若有所思。整晚的梦里，都是许月蓉的眼睛，陆凉翻来覆去，可就是无法躲过那难以言表的眼神。他只好坐起身，晚上宿舍的空气原来是不一样的，只是他从来没在半夜醒来过。

楚云端接到陆凉的情书时，嗤之以鼻地看都不看，直接扔进了垃圾桶，当她知道了那个对她见死不救的男生叫陆凉时，她就狠狠地记住了这个名字。张景波在她身边看书，不时勾勾画画。“喂！有人要挖你墙角，你居然还在看书？”张景波看了一眼靠在他身上的楚云端，楚云端正在涂指甲油。“谁？”“你说这人是不是有病，就是开学见死不救的那个男生！他这是在想什么！”“这确实让人难以理解，他在想什么？”张景波想半天也想不破陆凉的思维。“那你准备怎么办？”张景波想了想：“反正你又不会喜欢上他，他只是碰钉子而已，我怕什么，他这样只会加深你对他的厌恶而已。”楚云端用手指了指张景波的头：“你这傻子！成天就知道学习学习！也不陪陪我，我要你这个男朋友干什么！”“你也不想想，我家很普通，你爸是局长，我只有好好学习，将来混出了名堂，才能配得上你，不然人家肯定说我想揪着龙尾巴上天。”楚云端推了他一把：“你在说我吗？你在骂我不思进取吗？我就是凭我爸怎么了，你为什么将来不能靠我爸！我爸就在那里摆着，谁敢说什么！”“云端，有些事不是你想的那样，那是你爸，你是女孩无所谓，我是男的，得有自己的事业。不然会被人家耻笑的。”“哼，那你将来混得比我爸还强，肯定就会忘了我吧，你有在乎过我吗？现在有人都要挖你墙角了，你居然无动于衷，我在你心里到底算什么？你心里到底有没有我！”张景波也来了气：“你真是小姐脾气！我一天没有我的事了吗，怎么能说到就到呢！开学那天你受伤，你叫你爸你爸就得立马来看你，你爸没有自己的公事吗！成天为了这个破事吵来吵去，你有意思吗！”楚云端霍地站起来，指着张景波：“好，今天你说出这样的话！你给我记住！我一天就是想你，想让你永远陪在我身边，你的心里有的是什么？只有自己的前途，只有自己的学习。你跟学习谈恋爱去吧！”“这里还是学校，学习还是第一位的，学习不好就算谈一百个女朋友也没有人看得起你！将来公司招人看的是成绩，不是女朋友，更不是女朋友的爸爸！”楚云端咆哮着：“好！那你不要看我！永远不要看我！现在就分手，分手！我偏偏跟那个见死不救的在一起，我让你记住！你比那个陆凉还该死，还滚蛋！原来你才是见死不救！”“你又来你的小姐脾气，真是被宠坏了！什么事都要按照你的意愿来，你想怎么样就怎么样吧！”

陆凉接到许月蓉的电话后，来到了学校的湖边，今晚没有月亮，也没有星星。水面黑洞洞的，反射着微弱的路灯的光。陆凉坐在许月蓉身边，看不清她脸上的表情。“你怎么来了？”许月蓉没有看他。“不是你叫我来的吗？”“原来我叫你来，你是会来的啊！”陆凉沉默着，听到她淡淡的声音，却听不出她的喜怒哀乐。“你，真的喜欢楚云端吗？”陆凉低下头，没有说话。“她是我们班的，今天很高调地说你是他男朋友了，这是真的吗？”陆凉眼睛一亮，纵使在黑夜里，这个消息也让他精神一振。“你，真的很喜欢她吗？”陆凉突然有些噎住，欲言又止。“原来人的心，有时候真的不值一提。算了吧！”许月蓉冷清地说着，就要站起身。“其实我，无法改变自己的心，只是现在，有些事我无可奈何。”许月蓉回过头看着他：“那你的心是什么呢？我以为我很懂你，结果今天，我不懂了。”“我想做一个好人，但是我身上的故事却让我对好人失去了希冀。我想自己奋斗改变命运，结果我身边的人都靠抱大腿，比我过得好。我喜欢的人，她不能给我一个改变命运的平台。而我不喜欢的人，我却要强迫自己去喜欢。”许月蓉冷笑一声：“借口！借口！你是大学生了，还在讲笑话！”陆凉拉住她，许月蓉拍开他的手。“月蓉，你听我说，我心里憋着很多话。你不是不懂，只是我……”“只是你怎么了，说来看看。”“只是我很无奈！我从小被拐卖到城里，养父母对我很好，他们教育我要做一个好人，好人肯定会有好报的。人是不能改变自己的心的，所以心里要有善良。结果我亲生父母接我回家时，对我养父母做了不该做的事，我就觉得好人原来是这样的下场！后来我回家被我哥冷落，我一直很恨他，我考上大学他给我去拜神，回来路上救一个孩子丢了命，最后那孩子家还不承认，而他的未婚妻在城里的按摩店当小姐，我要是当了好人，我哥还能闭眼吗！我哥冷落了我，我却不知道他心里一直有我这个弟弟，我已经越来越不懂人心了，为什么人心那么险恶，又那么酸楚。”许月蓉听着也默然了，她低着头：“我以为我的命已经够苦了，结果你的人生比我还可怜。”“我以前在城里过着优渥的日子，回到农村我很不习惯，现在上了大学，就是我再次改变自己的机会。我不想失去它，我拼命读书，但是还是没及格。而我的舍友，我认识的人们，他们不思进取，成天打游戏，晚睡，不上课。但是他们跟老师搞好了关系，最后还是过了。我就发现，原来世界不是我想的那样，奋斗的人还是可能一无所有。我不明白为什么上了大学，我有这么多的事不明白，我才发现这个世界多么难以理解。”“那你喜欢的人呢?”许月蓉看着他，陆凉看着湖水，零星的路灯倒影，在微微摇曳。“我心里喜欢着一个女孩，她能听我心里的苦，我能感觉到她能懂我。人生不就是这样吗，找一个能听你说话，能懂你的人才是完满。可是我……”“可是你依然放不下自己想改变命运的决定，想找一个有背景有家室的女孩，而不是一个懂你的普通家庭女孩。”“月蓉，你是懂我的，你知道我的无奈。”“你现在知道人心是什么了吗?”陆凉看着许月蓉，许月蓉落寞地说：“人心就是爱，人确实是不能改变自己的心的，因为人不能不爱。就像你说的，你养父对你讲人心，因为他放不下对你的爱。你亲生父母做的事，一定是有什么爱的东西，你哥心里有你，还是对你的爱。而你喜欢的人，也是你的爱。”一丝风吹来，许月蓉的头发被拂起，陆凉看着许月蓉：“是啊，楚云端没有你好看，没有你懂我，没有你值得我喜欢。但是我，还是放不下我的未来，那里有我无尽的爱。”“未来是要靠真才实学的，这不用我多说。大学里还是学习是第一位的，其余都是空的，虽然现在大学生的风貌有些消极，但是如果你真的爱你的未来，你还是奋斗起来吧。上次去你宿舍，看到你整天发传单，搞推销，偏偏忘记了学习，我很失落。希望你有个好未来，我会忘了你的。我很喜欢你，但是现在，我的心里很难过，因为爱破碎了。”“月蓉!”陆凉叫着远去的许月蓉，但是许月蓉并没有再回头。

楚云端坐在陆凉的书桌前，看着他摆放整齐的书，陆凉的舍友全部出去了，因为他们都受不了这个乖戾的女孩。“陆凉，你以后别把你女朋友带回来了，她来了我们很不方便。”陆凉每次都连声道歉，但是楚云端总要没事自己就来，陆凉说了好多次都无济于事。“你听你舍友说什么呀？宿舍是你们四个人的，凭什么他们不让我进?”“他们是男的，你一个女的经常来他们不方便，而且说出去不好看。”陆凉在叠被子，楚云端抚摸着书的侧棱：“那有什么？你是我男朋友还是我说出去的，有人说什么吗?”“哎呀，云端，有些事不是你想的那样，你咋说着不听呢!”“我就是不听，你把我怎么样？那你休了我呀!”陆凉被她逗笑了，他叹息一声，坐在凳子上，把楚云端放在他腿上。“摆了这么多书，你都有看吗？话说你不是经常兼职吗，怎么现在不干了?”陆凉迟疑了片刻，看着整齐的桌面发呆。“呦，有了女朋友一下子发奋了?”楚云端故意笑他，陆凉也咧嘴笑了一下，只是感觉嘴有点干。

其实楚云端还是很可爱的，除去她的公主病，为人还是挺随和的，但是只要公主病来了，那就谁也没辙了。陆凉渐渐开始真的喜欢上了楚云端，尽管之前是冲着他爸的原因强迫自己，但是日久生情这句话真不是假的。楚云端每天都黏在他身边，有说有笑，说不出的开心。原来开心也有很多种，这还是跟着楚云端才发现的，以前他哪里有快乐过呢！虽然楚云端并不知道陆凉给她写情书的动机，陆凉也不知道见死不救后楚云端答应他的原因。有些事情还是不知道的好，心照不宣才是相处的技巧。

这学期新开了一门课，陆凉照例是不去的，他得用这时间补作业，欠了好几科的作业，今天攒到一起要交。下午放学后舍友回来说，那科老师让他去一下办公室，解释一下没上课的原因。陆凉已经习以为常，也没有一丝紧张，而是早已想好了理由。无非是头疼发烧之类的，跨进老师办公室前，他连表情都模拟好了。“凉?”陆凉一惊，抬头一看，这老师居然是他的养父。“爸!”陆凉眼里又惊又喜，又愁又苦，“你咋来了!”养父也是很激动，脸上的肌肉都在抽搐着，他上前抱着陆凉，抚摸着他的脸。“我辞了上个学校的职务，在那边因为那事没脸待了，就到这个学校来了。你也考到这个学校了？太好了，太好了！又能见到我孩子了。”陆凉突然感觉自己心里有太多的委屈，但是他哭不出来。“坐下坐下！赶紧给爸讲讲你这几年怎么样!”“爸，全没了！全没了!”陆凉低下头哭着，养父诧异地扶起他的头：“咋了！给爸说，发生啥事了?”“家里出了事，我哥死了，我妈疯了，我现在也变了!”养父沉默了，一直拍着陆凉的肩膀。“凉，不管发生什么，人总要往前看。你还有明天要过，哪有时间停留在今天?”“爸，你说要我当个好人，可是你错了！你养了我这么多年，最后落的来到这里重新安家。我哥为救一个落水的孩子丢了命，结果人家还不认。我还当什么好人!”养父抽了几张纸擦了擦陆凉的眼泪：“凉，时间是验证者，时间还没有评判，你倒急什么！历史上那些大奸大恶的人，哪个逃得了人们的批判？那些忠义之士，哪个有被遗忘?”陆凉没有说话，紧紧抱着养父痛哭：“爸，我不知道你们跟我一样一样，我每天都在想你跟我妈。”

最近楚云端怎么也联系不上，陆凉问了她舍友也是没有消息，最新一期的党员名单出来了，但是陆凉并没有找到自己的名字。他正准备给辅导员打电话时，辅导员先打了过来。“喂，陆凉，这次党员没有你，因为你学业达不到要求，那你就明年吧!”辅导员淡淡地说，陆凉心里一阵冰冷，听到辅导员的回复后，他唯唯诺诺几声后挂了电话。送特产就是因为自己学习不行，平时自己对学习也有些不上心，才求辅导员能不能想想办法把自己提上去，很明显辅导员并没有帮忙。上面的名单都是班里成绩靠前的，尽管成绩靠前，但是品行却很难让陆凉信服。陆凉感觉到深深的挫败感，无助又孤独。想起自己那天受的罪，那么热，辅导员的笑容和接受了特产，一度让他充满了自信。“陆凉，楼下有人找你。”上楼的同学给他传话，陆凉心情不好地走下楼，却看到玻璃门外，陆月站在那里。

他审视着陆月，久久没有挪步，陆月依旧穿着花枝招展的衣服。透视的纱网上衣，红色的短裙，画着妖艳的浓妆。陆月左右旁顾，陆凉隔着玻璃门站在她背后，不少目光被陆月吸引，也看到了她背后的陆凉。陆月突然回头，看到了一动不动的陆凉，那一刻时间仿佛都停止了，两人相互对望着，隔着一道透明的玻璃门。陆月看着陆凉，眼泪就好看地聚集在眼眶里。陆凉看着陆月，本就心情不好的他，立马落入了另一个谷底，他的眼神变得冷峻起来。

“凉。”陆月推开门走进来，叫了一声陆凉。“你还有脸叫我?”陆月呆了一下，伸手去摸陆凉的头，陆凉一把把她手拍开。“不要动我，我嫌脏。”“你是不是听谁说啥了？你说这话啥意思?”“自己干的事自己清楚，只要对得起死人就行了。”“凉，姐有姐的苦，姐的苦说不出口啊!”“我哥苦不苦？不要找我了，我不想见你。你走吧，不要叫我同学看见了影响我。”陆月拿出一个信封：“凉，这是你家的聘礼，我爸妈不想还，姐现在攒够了给你。姐被爸妈锁在家里看不了你哥，你哥没了，姐都快活不下去了。”陆月说着就蹲在地上哭起来，陆凉心里有些心疼起陆月来，看到她骨瘦如柴，脸色也不太对劲，画那么浓的妆就是为了遮住脸色。“凉，姐把钱给你了，以后姐也不知道自己的人生是咋样。你要好好活，将来找个好女孩，不要找姐这样的。”陆凉也蹲下来，拢好陆月的头发：“姐，你说得对，每个人都有各自的苦，都是说不出口的苦啊！姐，我能理解你了。”

陆凉把信封放到自己柜子里，重重地锁好，他也不知道今后陆月的明天是什么样的，他也不知道自己的明天是什么样的了。许月蓉突然打来电话，看到来电显示，陆凉心里一阵恍惚，好久没有见过许月蓉了，但是在梦里，偶尔能梦到那个女孩，也许她就永远待在自己心里最深处了吧。“喂，陆凉，楚云端她爸出事了，好像被调查了，云端已经被隔离了，你最近小心一些。”陆凉还没有说话，许月蓉已经挂了电话，陆凉呆呆地把手机放在耳边良久，半晌都不知道自己该怎么办。为什么事情突然攒在一起了，先是党员落选，又是陆月来，现在楚云端又出事，陆凉感觉自己已经彻底完了。想方设法向辅导员套近乎，结果并没有结果，费尽心机拉下脸面追到楚云端，就是为了她爸是局长，如今她爸出了事。最痛心的是，自己拒绝了真心喜欢的许月蓉，选择了自己不喜欢的楚云端，结果在岁月的前进中，自己刚开始真心喜欢上楚云端，而现在她却出了事。陆凉狠狠砸着桌子，手上一阵潮红。

下午陆凉去了养父的新家，养母在做饭，这熟悉的生活让陆凉又想起了以前的日子，以前是多么惬意啊！“凉，你的电话响了。”陆凉心头一紧，生怕是调查他的电话，但是上面清晰地显示着是他爸打来的。“喂，爸，咋了？”“凉，赶紧回来，你妈快不行了！”陆根生已经有了哭腔，陆凉感觉自己再也承受不住，眼泪哗哗地涌出，电话里还能听到他妈发疯一样的嘶叫。陆凉放下电话，养父母看到他的样子，赶紧上前问他：“凉，咋了？出啥事了？”“我妈快不行了，我得赶紧回去。”陆凉感觉自己说话都快没了劲，浑身轻飘飘的。“我们跟你一起去，他爸，赶紧订机票！”养母赶紧扶着陆凉坐下，陆凉就像中了魔，半晌都哭不出来。养母反复拍着他的背，安慰着他。“全没了！全没了！”陆凉陡然哭了出来，他死命拽紧自己的头发，养父母赶紧拦住他。陆凉泪眼看着养父母：“爸，妈，我咋什么都没有了！我抱了那么大的希望，为啥最后啥都没了！”

陆根生看到陆凉身边的养父母，脸色一下子就黯淡下去，陆凉的娘已经不再嘶叫，但是浑身被自己抓得稀烂。陆凉看着她，眼泪就垂了下来，他伸手拉着他娘的手，颤抖得说不出话来。养父母也沉重地看着她，她闭着眼睛，剧烈地呼吸着，边呼吸边咳着。“妈，我回来了。凉回来了，你看看凉。”陆凉的娘突然睁开了眼睛，眼神里涣散的光重新聚集在了一起。陆根生一看是回光返照，赶紧把她扶起来灌了几口参汤。陆凉的娘看着陆凉，恢复了正常：“凉，你回来了。妈咋感觉浑身这么轻哩？”陆凉大颗大颗的眼泪掉在被子上，没有说话。她突然看到了陆凉身后的养父母，一下子爬起来，跪在他俩面前，不断地磕头。“我不是人！我不是人！你俩给我养了这么多年的孩子，没叫他受一丝罪，我没有报答你俩，反而讹你俩钱，我不该那么对你俩啊！”养父母赶紧扶起陆凉的娘，陆凉的娘不断地哭着:“我只是想给我大儿子要些结婚用的钱,没想到造孽来的钱还没用上,就把他折了啊!老天是惩罚我啊,我造孽要来了钱,就叫我孩儿救人丢了命。我不该啊!”“都过去了,钱还不是为了孩子。”养父安慰着她,陆凉的娘用力抓着养母的手腕:“你俩是好人,大好人啊,我不是人,我做这亏心事,老天爷缠不过我,把我孩儿收走了。得不偿失啊!”陆根生紧紧搂着妻子,小声地哭着。

“凉,我孩儿将来一定要做个好人,不敢做昧良心的事啊,你看看,妈做了缺德事,现在家里变成啥样子了!”陆凉紧紧抱着他妈:“妈,我知道了!我知道了!我现在才知道了,我要做个好人,不能对不起自己的心!我投机取巧,不思进取,跟人要心机,如今也是得不偿失啊!凉知道错了,凉知道错了。”陆凉的娘被陆凉抱得太紧,剧烈咳嗽了几声,陆凉把她放在床上,拉着她的手。“凉,我孩儿以后要像你哥一样,本本分分,勤勤恳恳的,不敢妄想一步登天。当个好人,多做好事,对得起自己的心。遇到一个好姑娘,就跟她好好过日子,不敢再像妈一样,不敢有邪心。”陆凉哽咽着听着,他娘就静静地不说话了,然后突然咳地停不下来,最后咳出了血,就不再动弹了。陆凉抱着她大哭:“妈,我记得了!我记得了!你回来!你快回来呀!”

陆凉的娘就埋在陆凌旁边,陆凌还没有墓碑,但是坟前总有一些白花,偶尔还有焚烧纸钱的灰烬。陆凉手里捏着手串,坐在两座坟前。已经是隆冬,土冻得梆硬,那白花的花瓣就在冷风里轻微地摇曳,跟着那灰烬一起寂寥着。

拯救失落的童话王国

湖南涉外经济学院/刘　鑫

暗黑色的银河在天际中闪耀，梦境中的丁丁睡得很香，嘴唇抿了起来，这个夜晚也许不是普通的，注定要发生一些奇妙的事情，风吹动树叶的声音沙沙地响着。

不知道过了多久后，丁丁感觉自己醒了，睁开眼睛后的他看到了一个景色优美的小镇，他感慨道："这里多么像童话世界啊，好美。"这时一辆南瓜马车从他身后驶过，笨重如大红钟的南瓜斗篷在马车上看起来是那么轻盈，里面坐着一个如公主般的小女孩，女孩甜甜地笑着，嘴角浅浅的弧度勾起两个迷人的酒窝，淡黄色的卷发披落在她的白裙上，一切都是如此地唯美。

正在丁丁看得入神时，一个很小的矮人走到丁丁旁边，看了看丁丁一眼说："请问你是童话少年吗？"丁丁感到很奇怪，说："我不知道什么是童话少年，但我喜欢看童话故事。我小时候经常喜欢听妈妈讲童话故事，如卖火柴的小女孩、月亮船等。"他用一种快乐的语气说着，仿佛又回到了妈妈讲童话故事的那个时候，妈妈在慈祥地笑着，用手轻轻地抚摸着他的后脑勺，丁丁听着听着就睡了起来，渐渐地沉入甜蜜的梦乡。

小矮人说道："那就没错了，你就是我们要找的童话少年。"听他的口气仿佛自己就是他们要寻找了很久的人一样。

丁丁感到很奇怪，眼前的这个是一个老人了，为什么还和自己差不多高，并且在刚刚来的路上，他看到的都是看着一些如小孩子的老人，这让他感到很奇怪，他在南瓜马车上看到了，丁丁向周围扫了一眼，发现这里的人都是和小矮人老人差不多高，这里究竟是发生什么了。

老人带丁丁来到了童话小屋，那是一个很美很精致的小房子，周围种满了各种颜色的花草，洋溢着芳香迷人的气息。

丁丁看见屋里已经坐了几个矮矮的老人，老人说，你们也看见了，我们童话王国的人无论老小都一样高，这是因为童话王国被一个撒小旦的吞梦者给诅咒了，他给我们童话王国下了魔咒，他的目的是破坏整个童话王国。

欢迎你来到童话王国，不过这次你不是在这里玩，而是成为拯救童话王国的勇士，童话王国的未来就靠你了，老人说着眼睛里流出了泪水。

魔王撒小旦一步步地破坏着童话王国，他先用一种神秘的药，使童话王国中的人不能生长，永远停留在童年时期，然后制造了一大批坏蛋来残害童话王国的居民，他想让原本和谐的童话王国成为他的统治地，这就是他的愿望。

孩子啊，事情不是你想象的那么简单，整个过程有很多的困难，你需要用自己的智慧去化解与拯救童话世界。

丁丁，你是第一个到来的童话少年，现在，这个重要的任务就交给你了，你可以去执行自己的任务了。

任务，什么任务，丁丁抓着头疑惑着。老人说，你的任务是帮助我们童话王国打败魔王撒小旦，但紧紧凭我们自身的力量是不够的，唯一的方法就是收集七彩之星，用它们来镶入远古的召唤器，召唤出童话大王来打败撒小旦。

童话大王一直以来是我们童话王国的守护神，但后来有一天，童话王国中的一位小人背叛的童话王国，投靠了给予他很多利益的魔王撒小旦，他帮助撒小旦破坏了远古召唤器，致使镶入远古召唤器中的七彩之星散落在世界的各个角落里，因此我们童话王国失去了童话大王的庇护。所以我们要再度收集七彩之星。

丁丁听完后，愤怒地说道："好可恶的小人，竟然为了一己之私而破坏这么美好的童话世界。那么我该去哪里寻找七彩之星呢?"

老人说："七彩之星分别为暗之星、梦之星、水之星、火之星、爱之星、光之星、月之星，它们分别散落在暗之国度、梦之国度、水之国度、火之国度、爱之国度、光之国度和月之国度里。"

只有从它们的国王手中才能得到七彩之星的相应部分。

丁丁点点头说，"我记住了。"

根据老人的嘱咐，丁丁来到了暗之国度，这是一个很奇妙的国度，他大白天走在街上看不见一个人，大家都大门紧闭，难道这里发生了什么？

好不容易丁丁才碰见一个人，他赶紧走向前去问道："叔叔，这里怎么大白天没人啊。"他的话让中年人感到很奇怪，中年人犹豫了一会儿，说道："小朋友，你不是我们国度的人吧。”丁丁点了点头。

中年人继续说道：“我们国度的人都是白天睡觉晚上工作的，我是上白班的，哎呀，不说了，困死了。”说着中年人就走了。丁丁追问道：“叔叔你去哪儿啊?”

中年人回复了一句，回家睡觉去了。

丁丁感慨道：“这里的人真奇怪，昼夜颠倒了吧。”丁丁走了一段很长的路，感到很累了，他找了一个地方休息起来，渐渐地他睡着了，等到他醒来的时候，天色已经昏暗了下来，快到晚上了，这时他听见家家户户开门的声音，街上的行人渐渐地多了起来。

大家都燃起了火把和灯光，开始工作起来。

突然间，几个卫兵找到了丁丁，说国王要见你。丁丁还不知道是怎么回事，他才到这里不久，国王怎么就知道他了。

原来他今天下午碰见的那个中年人知道他不是暗之国度的人，便把他的情况告诉了国王，国王很好奇，便想去找丁丁了解情况，丁丁说，“这也正好，我也想问国王要暗之星”。

丁丁跟着卫兵们走过了一条又一条街道，他们来到了国王的宫殿。国王问丁丁：“小朋友，你为什么要来我们暗之国度。”丁丁不假思索地说道：“我想要收集七彩之星帮助童话王国打败魔王撒小旦。”

国王点了点头，说：“这个情况我知道，我可以给你暗之星，但你要帮我解决一个问题。”丁丁听说国王答应给他暗之星了，他高兴地点头说：“什么问题，我一定帮您解决。”

国王说：“相信你也看见了，我们国家的百姓都是白天睡觉，晚上工作的习惯，但这样不仅影响了大家的健康，而且需要大量的能源去做灯光照明，浪费着我们国家大量的资源，并且晚上看不清楚东西，很多马车经常相撞，发生交通事故，也有时，人们照亮的火把不小心把山给烧了，这种情况非常严重。你如果能够让百姓们养成白天工作，晚上睡觉的习惯，那么我就将暗之星给你。”

丁丁疑惑了，说道：“你不是国王吗？直接颁布一条命令就可以了，何必这么麻烦呢?”

国王说：“我们这是一个民主的国度，我不能颁布强制性的命令，所以需要用其他的办法。”

丁丁点点头说：“好吧，给我一些时间。”国王同意了，命令侍婢给丁丁安排一间房间，并且负责好他每天的食物。

丁丁开始到街上去劝说那些百姓，说晚上工作的各种坏处，但根本没有效果。

后来丁丁想到了陈胜吴广起义时的方法，他也听国王说这里的百姓很相信神，并且服从神的意志。

白天里，当大家都在睡觉的时候，丁丁叫国王派一些人化装成狼的样子，在街上大号，说白天不能睡觉，晚上睡觉的人才会得到神的祝福，并且让人在百姓们最喜欢吃的食物里塞上纸条，也宣传同样的内容，渐渐地次数多了起来，大家也就信了起来，很多人也开始养成晚上睡觉白天工作的习惯，这些人身体状况也好了很多，他们以为自己真的得到了神的祝福，是神让他们拥有的健康的身体，这种消息一传十、十传百地传了下去，一个月后，暗之国度里的所有人都养成了白天工作、晚上睡觉的习惯。

国王对此非常满意，高兴地将暗之星交给了丁丁，并且要挽留丁丁做他的谋士，但被丁丁婉言拒绝了，因为丁丁还有更重要的任务。国王对丁丁说："你是我们暗之国度的英雄。"

听说丁丁下一步要去梦之国度，国王派卫兵将丁丁送到了暗之国度和梦之国度的交界线。

人最脆弱的地方是在梦境中，梦中发生的事情若是好事，我们倒也可以一笑置之，若是坏事，那么其令我们产生的恐惧程度往往要大于现实。现实不同于梦境，因为你不知道梦境中的事情在现实中何时会发生，在梦之国度里的人，都生活在梦境中，只有真诚、善良、美好的人才能逃出梦境，得到梦之国度的最高荣誉，并且能够像梦之国王提一个要求，国王必须满足他，逃不出梦境的人就会一直生活在虚幻的梦境中，这就是梦之国度。

丁丁不知道自己怎样才能找到梦之国度的国王，他一进入梦之国度，自己就仿佛进入了一场梦，在这场梦里，他化身成了一名富豪。在这样的世界里，有一个很独特的规则，每个人都有自己的特定时间，在这段时间里，他们可以去其他人家里偷东西来丰富自己的家境，这样是不犯法的，在这里，没有人去工作，一切都靠偷。

丁丁每天都能够看见有人来他家里偷东西，这是合法的，他无法去阻止，但每当轮到丁丁自己可以去偷的时候，他却不去，他认为那是不好的行为。于是他眼睁睁地看着自己家里的东西被一件件偷光，最后他也成了一个穷人，吃了上顿没有下顿。

于是实在饿得不行的他出去乞讨，这时的那些富人知道自己的财富来之不易，他们懂得了保护自己的财产，于是他们请了门丁看家护院，丁丁去乞讨的时候，被他们打了出来。

丁丁感慨道："人的丑恶与自私是相互影响造成的。"丁丁饿得昏了过去。

当丁丁昏过去再醒来时，他已经在梦之国度的国王宫殿里了，国王高兴地对他说，你是一名正直、勇敢、善良的孩子，你已经通过我们的测试了，这是奖给你的梦之星，丁丁高兴地接过梦之星。

接着，丁丁来到了水之国度。

这又是一个怎样的国度呢？丁丁通过打听才知道到，这里的人视水为神圣之物，但又因为他们过度浪费，使得可用的自然之水越来越少，他们为了争夺河流而发生暴力冲突，流血的事件不断地发生，因为河流为部分有背景的人士所把持，他们以此来劳役其他的百姓，弄得百姓们苦不堪言，国王也治理了这种现象，但屡禁不止，也很无奈。

国王听说丁丁要水之星后，说道："你如果能够改善我们国家这种混乱的局面，我们就给你水之星。"

丁丁同意了，他想："既然大家所需要的是水，那么只要能够发现更多的水就可以了。"丁丁在水了国度里逛了一圈，发现大家取水的地方都是有河的地方，难道他们不会自己凿井取水吗？他想起了自己的爷爷在自家的门口挖水井，喝着水井中的水，他感觉是那样地清凉、甘甜、美好。

丁丁这样一想，便找到了解决问题的办法。他告诉了国王凿井取水的办法，果然全国各地出现了大量的水井，这时大家用水也不需要到河流边上去了，整个国家的用水的矛盾也解决了，国王便按照约定，将水之星给了丁丁。

离开了水之国度后，丁丁便来到了火之国度，他感到全身一阵发热，汗水直流，这是哪儿啊，怎么温度这么高，这里到处都是火焰。

丁丁在辗转中，来到了火之国度的国王宫殿，这里环境虽然好了很多，但还是能够感觉到热浪的气息。

国王说："小朋友，你说你要火之星，除非你帮助我们消除这些火焰的威胁。"丁丁说："我怎么可能有那么大的本事。"

国王说："要解除这漫山遍野的火焰也不是没有办法，用冰岛中的寒冰扇就能够熄灭这些自然之火，可是冰岛里诱惑重重，不能抵抗诱惑的人就会在诱惑中丧生，火之国已经招募了很多勇士去取寒冰扇，但都无一人生还，于是用寒冰扇灭火成为了一个困难的方法，小朋友，你有信心吗？"

丁丁听完后，心里哆嗦了一下，但还是咬咬牙答应了。他想起了爸爸妈妈跟他所说的话，丁丁啊，要做一个勇敢的人，是啊，要做一个坚强、勇敢的孩子，用你的力量去保护世界。

丁丁按照国王的指引，来到了冰岛。

走了那么远的路程后，丁丁感到自己有些饿了，这时他看见了路旁有一份美味的食物，他看着流起了口水，他不由自主地走到了食物前，他伸起了手，但想了想又收回了手。这时他听见旁边有人在呼救，他回头一看，一个迷路的小女孩映入了他的眼中。

他走了过去，扶起了女孩。女孩很感激，女孩同时告诉他，那份食物不能吃，那是一种诱惑的假象，吃了的人会中毒而亡的。

女孩说："我也是来寻找寒冰扇的，因为拿到寒冰扇的人能够得到国王的奖励，我家里很穷，所以要来寻找寒冰扇。"丁丁说，"那我们一起去寻找吧"。女孩点了点头。

在纯真的童心前，他们一起抵抗住了重重诱惑，最后顺利地拿到了寒冰扇，也成功了拿到了火之星。

当他们用寒冰扇扑灭了火之星的火焰后，也就打通了火之国度通往爱之国度的道路。丁丁来到了爱之国度。

他想这是一个爱的国度，你们这里的人一定很有爱啊，是一幅和谐融洽的局面。但其实结果不然，这里的很多人为了一点琐事而大打出手。

丁丁从爱之国王那里了解道："这个国家的爱之水被偷走了，原先这里的人都是和谐友爱的，但自从失去爱之水后，他们就变了，变得残暴和不近人情。"

爱之水是爱之国度的神圣之物，是存放在国家安全中心里的一杯水，是爱之国度千年爱情与智慧的结晶。

国王通过调查发现，偷走爱情之水的人就在一个村子里，丁丁你去这个村子里找出那个小偷吧，当你帮我们找回了爱之水时，我就将爱之星给你。

丁丁同意了，根据国王所说的，拥有爱之水的人必定极富爱心，丁丁就打算用他的这个特点找出那个人。

丁丁一连几天在那个村子里徘徊都没有什么线索，后来他想了一个好的办法，他装昏，他在街上走着走着假装突然昏了过去，他眯着眼睛看周围走过的人群，没有人过来扶他，他们都因为爱之水的失去而变得冷漠了，直到他感觉一双温暖的手扶起了他，他看到了一张陌生而又年轻的面孔。

周围马上拥出来很多卫兵抓住了那个年轻男子，经过审讯，他就是偷走爱之水的人。你为什么要偷走爱之水？

年轻的男子说："因为恨，曾经周围的人都说我没有爱，不懂爱，没有人喜欢我。好吧，我要证明给大家看，我偷走了爱之水，现在就我一个人有爱了，看那些人还有什么资格说我。"男子没有内疚的表情，反而轻松地笑了起来。

国王很高兴，爱之国度又重新找回了爱之水，丁丁也得到了爱之心，充满爱心的人们一直送丁丁来到了光之国度的国土上才依依不舍地离开。

这时他听见了厮杀声，一打听才知道现在光之国和月之国正在打仗，两国的矛盾很突出。

丁丁走到了光之国度，询问光之星，但国王不给他，后来他又走到了月之国度，询问月之星，国王也不给他。

光之国王说，除非丁丁能够让光之国度和月之国度的关系变好，变得和平起来。

丁丁了解了两国冲突的根源，光之国的光之粮食产量很高，于是月之国度花了大量金币买了光之粮食的种子，但回去种植后，发现产量并不高，于是猜测是光之国骗了他们，其实不是，是他们自己太懒惰了，不懂得经常施水浇肥，致使产量不高的。

于是丁丁给光之国王出了一个主意，说你们主动帮他们一下，暗地派一些人帮他们施水浇肥，退一步海阔天空。

光之国王将信将疑地这样做了，几个月后，月之国的光之粮食产量越来越高，他们也感到很奇怪，后来调查才知道，是光之国暗中帮助了他们，真的是他们自己太懒惰了，他们很感动，同时也很惭愧，他们送来了大量的金币和礼物向光之国道歉，于是两国的关系越来越好，丁丁也同时得到了光之星和月之星。

收集七彩之星后，丁丁带着他们返回了童话王国，用七彩之星召唤出了传说中的童话大王，童话大王轻松地打败了魔王撒小旦，于是童话世界又恢复了往日的和平与安宁。

童话老人对丁丁说："谢谢你拯救了我们童话王国，你在这里多玩一会儿吧。"丁丁笑着说："不了，我应该回去了，要不然我妈妈会担心的。"在一个梦过后，丁丁回到了现实世界，带着甜蜜幸福的笑容。

在梦里，他拯救了一个失落的童话王国，他是一个多么伟大的孩子啊！

旅　鸟

北京师范大学/何　向

父女俩面对面坐着，两人的视野被酽茶的白色热气冲得氤氲。她终于无须再像年少时那般胆怯。父亲头已斑白，旧军装威严仍在。他呷了一口茶说："是我。"

1

被母亲从睡梦中叫醒，迷迷糊糊地睁开双眼，看到大大小小的迷彩包摆了一地时，晏阳腾地一下就恼怒了："搬家为什么又不提前告诉我!"

坐在绿色卡车上，窗外从灰色的水泥变成蓝色的长空，一群不知何名的鸟结阵而过。一路的奔波，晏阳始终保持着同样的表情：额头在双眉之间打成深深的结，双唇抿成一条缝。她将一只胳膊架在车窗边，头发被窜进车内的风撩起，她眯着眼睛，看电线杆一根接一根飞逝而去。无人事先通知她，然后在某个启明星尚且明亮的清晨被毫无征兆地叫醒，连目的地是哪里都不知道就跟着行李挤上车已经是第三次发生了。昨晚跟女伴从防化连菜地里偷来的那几根黄瓜，被她藏在了两人回家路上的一个小仓库里；今天本应该去参加学校的期末典礼——现在无疑全都报废了。

每到这种时候晏阳就恨透了她那个一年四季穿着同一身绿皮的父亲。

很小的时候，晏阳同母亲住在遥远的乡下，父亲在她的记忆里像是一年只飞回一次的候鸟，每次她刚刚熟悉了他手掌的烟草气味和下巴胡碴的刺人时，他就又飞走了。后来父亲的工作每隔两三年就会调动一次，她与母亲只得跟着他一次又一次地迁徙。很多回当她终于适应了新环境，能够与新结交的伙伴自在地玩耍，她对快乐假期的想象总会被清晨母亲匆忙收拾行李的声音生硬切断。

远处传来鸟群凛冽的叫声。

2

黄昏时分他们到达了目的地。背靠山峦的营区，以训练场为界，这一边是家属区。晏阳的新家在二楼，拥有了自己的一间小屋子使她暗淡的心情明亮了一些。她走到阳台的窗边，推开窗，伸手摸到了外面法国梧桐树的叶子。

假期结束后初三的课程很紧，能够看着窗外树叶发呆的时间不多。

九月的一个傍晚，晚霞烧红了整片天空。晏阳推着车子从家属楼下的侧门挤了进来。那个空了几天的哨岗今天有了人。树影下一个高高瘦瘦的战士，笔直地站在大石墩上，一张还带着些稚气的脸。风淡淡地吹着，她突然看到，那个小小的哨岗边上，不知何时竟开了一小丛紫茉莉，霞辉里摇摆着纤细的腰肢，像是受了某种媚惑。晏阳想起自己很久没有拿紫茉莉花籽涂指甲了。

将自行车停在了楼道里，晏阳悄悄地走了回去。风变大了，身上红白相间的校服鼓胀起来。她在石墩的边上蹲下，一颗一颗地摘着那罂粟一般的种子。在摘下第十颗以后，晏阳无意间从指缝里漏下了一颗。于是她稍稍侧转身，将那颗遗落的捡起，塞进校服口袋里，随即抬头看了那个哨兵一眼，又飞快地收回了目光，低下眼睛说道："你是新来的吧？"可是并没有等他回答，晏阳逃也似的跑掉了。在微凉的风中，她的双颊烫极了。

一口气跑回家里，趴到床上，晏阳感到自己的心脏里好像开进了一辆重型坦克，随时有可能不受控制地转动履带从自己的体内一路碾压出来。

"你那兜里装了什么啊，都染衣服上了。"晚饭的时候，母亲指着她的衣服说。她"呀"地叫了一声，才想起那时采的紫茉莉籽被自己慌慌张张地揣在兜里，一直忘记拿出来。看着深深浅浅黑紫的印迹，掏出了那一捧支离破碎的残渣，晏阳开始有点后悔自己刚才轻率的举止。

那天晚上她怎么都不能投入自己的作业中。一道简单的数学题，她解了一个小时都没做出来，最后干脆放弃了。她关上灯，歪着头面对窗外看了一会儿，然后走到衣柜镜子前脱下了校服。她的皮肤很白，是那种珠圆玉润的颜色，借着几分月光，可以看到她小鹿似的颈上还布着一层细细的绒毛，双肩线条柔和，像溪流一样。肩头小小的、圆圆的，正是惹人怜爱的形状。越过平滑、似有若无的一双锁骨，胸口正有节奏地起起伏伏，乳白色的棉质内衣软软的，上面开放着一朵朵浅粉色的玫瑰，镶着不起眼的蕾丝花边。背过手，只一下，内衣的搭扣便开了。晏阳第一次这样观察着自己。她看见自己的小腹光滑紧实，腰肢饱满而又纤细，阴影里被染上了一种紫色。这时，一股从未有过的透明暖流从脚缝、指尖涌向了她。她伸出了手掌，轻轻地摸索，想在空气中抓住它，终于又一无所获。

换过睡衣后，晏阳端着一杯凉白开站在阳台的窗前。楼道外，路灯的颜色昏黄，模棱两可。梧桐树静默地立在街口，它的树冠很大，叶子在9月依旧浓密，每片都像是一只手，要挡住晏阳的视线。可晏阳还是穿过了这层层叠叠的屏障，执着地看到了那站在石墩上的绿色的小人儿。哨兵的头顶上有一只不大的白炽灯，发出苍白又闪闪烁烁的光，一只飞蛾扑扑棱棱地撞了过去。他双手安分地放在双腿边上，十指合拢，偶尔会微微踮脚。裤边的线笔直，整整洁洁。夜色给了晏阳最佳的保护，她不必担心他会看见她了。她的目光渐渐从别的地方定格在了他的脸上。这真是一张年轻的脸，看上去也不过只有十七八的样子。眉毛半掩在宽大的绿色帽檐下，是浓而黑的。一双眼睛显得有些严肃，嘴唇也是紧闭着的，很是坚毅。晏阳站在窗前看了一大段时间，当她转身回房间时，手里的水已经变得更凉了。

这个晚上晏阳做了一个浮在空气里的梦。在一片通红的黄昏里她坐在梧桐树的最高处，看见那个绿色的人儿从很远的地方走了过来，一朵胭脂般的紫茉莉开放在了他的眼睛里，穿过了他的眼眶，落在了她的胸口。

3

早上她起得比往常迟了一点，胡乱地扒了两口饭就风一般地跑下楼去。又一次地推着车路过窄门时，她踟蹰了一下，朝着那个站了一夜岗的小伙子微笑道："辛苦了！"哨兵显然没有料到，贴着裤边的手晃动了一下，然后目光稍稍地向她这边移动了一下。

这天放学回来时换了一个脸黑黑圆圆的站岗。晏阳看着石墩边的那丛紫茉莉还在自顾自地开着，陡然想起了昨晚的那个模模糊糊、让人不明白的梦，她不由得低着头加快了脚步。

写完了所有作业之后，晏阳走下楼，在大院里漫无目的地晃了一圈。月亮高高地挂在天上，夜里的松柏、灌木像是一头头小兽，直要向她身上扑。身后传来一阵紧锣密鼓的跑步声，是士兵们在夜训五公里。

躺回床上，盯着天花板上的一只小虫子不停地从东爬到西，又从南爬到北，晏阳起身坐回到书桌前，拧开了台灯。

夜深了，四处的房门都紧闭着，活像一个个死掉了的嘴巴。初秋的晚上，楼外响着寂寥的风声，树叶哗哗的，只有她的这盏小台灯还在固执地亮着一团光。正是这夜里的一团跳跃着的火。

第二天的白天似乎被某个躲藏在暗处的人故意拉长。晏阳坐在教室里心不在焉，体育课也只是坐在操场边的看台上，百无聊赖地看着男孩子们为了一个球追来追去、吵吵嚷嚷。

好不容易挨到了放学的时间。骑在自行车上的晏阳怀疑自己的心脏可能出了毛病。她同时觉得这天的书包格外沉重，路也格外曲折难走。等到她拐了最后一个弯，看见了那扇窄窄的侧门时，额头上布满了一层细细的汗珠，后背也湿了一点。她放慢了车速。她幻想如果自己有一双可以透视的眼睛，一定会看见自己的左肺上透了一个洞，使得喘气带着呼呼的声音。她这样胡思乱想着，全然忘记了要在进门前的适当位置下车。她回过神来的时候已经晚了，车子的前轮已经轧到了铁门的栏杆上。她脑子里闪过“糟了”两字，然后就整个人失去了重心，毫无办法地摔了下去。

哨兵来到她身边时，她已经从地上站了起来，拍打着裤子上的尘土。他帮她扶起了那辆满是委屈的车子，开口说：“你没事吧？”

声音以波的形式，准确地击碎了空气的阻隔，来到了她的脑中。一种古老和神秘的力量扼住了晏阳的喉，使她无法张口。她眼睛直直地站在那里，终于在这个距离看清了他的眉眼细节。

“你是双眼皮啊！”

下午6点10分的太阳、刚刚掉了第一片半黄叶子的梧桐树、吱吱呀呀叫着的窄门同时浮到了她的眼球上。在所有扭曲变形了的景物里，那一丛角落里的紫茉莉开得太过耀眼，散发出一股令人窒息的香气。

晏阳的脸上烧着了两片火，灼热的感觉一直蔓延到了胃部。

“嗯。你也是双眼皮。”他说。

“……谢谢你帮我扶车子。”

“嗯。没事。我看你也是天天从这放学回家吧，怎么还会摔倒呢？”

“……”

……

哨兵没有再说话，退回到了石墩上。一个眼熟的阿姨提着包进来了，她不敢再说什么，只得推着车子走了。当她将车子停到了楼道里锁好，听见那阿姨一步步地走上了四楼，钥匙插进了门里，接着是进屋后啪的锁门声，那股不可抗拒的力量又在她的身体里升起来了。这只无形的手在推着她迈开脚步。

几乎是电光火石的一瞬间，晏阳从包里拽出来一张纸，两只小爪子飞快地转动着将它叠成了一个长方形。她捏着这小纸块，咬了咬唇，转身又朝着那哨岗走了回去。

她什么话也没说，把它塞到了哨兵的手里。

他眼里有几分惊恐，嘴角抽动了一下，迅速地将纸条装进了裤兜里。

那之后的一个小时里，她浑身无比轻松，一种持续的亢奋捕获了她。

“你好！站夜岗辛苦了。我是一号楼一单元201的晏阳，可以跟你交个朋友吗？我向你发誓我绝对不会告诉别人。”

这是她在纸上写的字，她昨夜失眠的产物。她飞红了脸，反复念叨着自己的这两句话，有一点得意，并激动地想象着他会怎么样回复她。阳台上，夜晚的风一天凉似一天，她全然不觉。

明天早上我出门时他一定会回复我的。她想。

早晨，当她推着车子，满心期待地走过哨岗时，哨兵却没有看她一眼，甚至任何的表情变化都没有。他笔直地、一动不动地站在那里，仿佛没有她这个人的存在。难道他没有看见吗？

这一天的时光在一片断断续续的写写画画中被她敷衍过去。

晚上，晏阳盖着被子躺着，天花板上今天没有虫子。

无比安静的夜里，剥去了白日里的喧嚣，剥去了凭空生出的想象，晏阳意识到可能是自己犯了一个错误。在每个哨岗边上立着的牌子上都会赫然地写道：哨兵神圣不可侵犯。这是她从小就看惯、记牢了的。虽然没有侵犯他，可是自己的行为又算什么呢？她翻了几回身，在隐隐约约的叹气声中睡去。

第二天的下午，她埋着头从外面走进窄门。哨兵从一侧快步地走向了她，将一个纸团丢在了她的车筐里。怔住了片刻之后，晏阳感觉自己明白了那张看似面无表情的脸上的所有意味。

那张纸上只写了一句六个字的话：

“你好，我是吴浩。”

4

“你家乡是一个什么样的地方？”

“每天在被子里写字不会被检查的人发现吗？”

……

白色的纸条在房间里飞舞着，晏阳像在夜的梦里一样，坐在了高高的半空中。

那天以后，每当是他值班，他们总要在她推车子的那个动作里，迅速地交换一下紧握在手心里的秘密。那些话语往往平淡无奇，却有着一份闪烁其词的魔法，让晏阳在想起每日的黄昏时，脸上身上都泛起一层旁人不易察觉的潮红。

认为根本不会有人注意到他们之间的这种交往，她的胆子渐渐大了起来。再放学，她便会站在离哨兵大约两米的地方，同他简单地说上几句话。哨兵却总是显得很紧张，生怕会有什么人突然出现。

纸条们继续在紫茉莉开放的傍晚相见，又在娇红的花朵合上时挥手作别。

某个周五回家后晏阳得知父亲跟战友去外面会餐了。吃过晚饭，她对母亲说要去散散步就轻松地溜了出来。走在楼道里她理了理头发，用舌头润了润嘴巴。

很多年后，晏阳坐在日渐衰老了的父亲面前谈起了这往事。“是我”、“是我”、“是我”……当她质问曾经的种种，父亲毫不在乎的样子和经年不变的语气模糊了她的眼睛，而她无论如何努力也无法再记起夜幕降临时她与哨兵都说过什么。只有那股欢愉感觉还清晰地潮一样蔓延在皮肤上。

那个晚上，野花旁，树影娑娑。看见哨兵时，微风浅浅地吹进了她的头发里，她的眼睛因为喜悦弯成了两道好看的小月亮。

她摘下身旁的紫茉莉和几颗黑色的花种，向他靠近了一点：“小时候我总拿它染指甲，可好看了。”

“那怎么现在不涂了？”他向她的花靠近了一点。

“现在长大了，不臭美了。”

她抿着嘴微笑起来，向上抬头，撞进了他的眼睛里，看见了一个绯红的自己在闪烁。

“我给你涂吧！”她嬉笑。

“不行，那怎么行。我给你涂还差不多。”他正色拒绝着。

“就涂一只手，让我涂吧，让涂吧。”

“……”

“就这一次，真的。真的！”她眼巴巴。

“……好吧。”他认输了。

想来定是一幅极美的画面。晏阳沉在回忆的月色里，两个小小的人影倒映在她杯中。可是一切都回不来了。

他们并肩坐在粗大的法桐下，路灯昏黄的光线从叶间的缝隙漏了出来，照着两张微红的年轻的脸。晏阳看着紫色的液体在指尖上快乐地流泻。

又过了好一会儿他们才起身沿着林荫道向家属楼走去，那时月亮已经完全升起来了。

后面的事清晰起来。父亲的身影出现在了对面的路灯下，那异常严厉的声音降临在她的耳边的时候她完全没有准备，她还跟他说着某个笑话或是学校里的趣闻。

“晏阳！回家！”

张着嘴笑了一半的表情就那样僵在了脸上。她从来没有见过父亲的那种表情。他的眼睛瞪着像一对大而鼓的黄色铜铃，他的牙是用力地咬着的，两颊因为愤怒而剧烈地向内紧缩。父亲没再多说一个字，他从他们两人之间疾步而去，只留下一片令人战栗的空气。漆黑一团的天上，白而冷的月光照得大地明晃晃。

她的心跳快极了，没有敢再多看哨兵一眼。晏阳的脑子一下子就被父亲的那句话、那张脸掏走了。她感到坏了，一切都不可挽回了。或许只是偶遇了吃完饭回家的父亲？还是，父亲是特意出来找她的……对于接下来要发生的事她一无所知，无从想象。只能浑身颤抖着转身朝家走去。

父亲在她的前面咚咚地上着楼梯，那声音正在在她头顶正上方一毫米处敲击着她。楼道里的灯不知道什么时候坏的，周围黑压压，无数只手从她看不见的地方伸向了她。

回家以后，她像是一个等待判刑结果的囚徒，低着头，在房间里坐立不安。隔着门，她听不到父亲与母亲在说什么，纷乱的猜测一个接一个地堵在了她的脑袋里，又在她的四肢、肠胃里撞来撞去。她的嘴巴因为紧张和焦虑呈现出一种病态的白。晏阳从衣柜的镜子里看见了自己，发丝微乱，眼睛里布满了恐惧。她走过去把衣柜的门合上了。

这一夜格外漫长。父亲并没有像她想象的那样，敲响她的房门或者高声喝令她过去。像什么都没有发生，就连母亲也没有说任何一句与哨兵相关联的话。但是晏阳确信父亲和母亲已经全部知道了，她写过的纸条、说过话，还有潮红的脸颊以及晚霞里暧昧不明的笑，一切的一切，他们肯定都知道了。他们知道了却不说，也不来训斥她，这使得她更加忐忑，更加羞耻。

碎一些，再碎一些。晏阳的双手不可抑制地发抖。

早上起来后父亲已经不在了，母亲说他去厦门参加一个培训，要半个月后才回来。

“明年6月就中考了，好好念书，收收你的玩心。你爸那么忙，平时没空管你，可别再让人替你操心了。”

“嗯。”

晏阳答应着看向窗外，梧桐树的叶子越落越多，萧索寂寥的秋季大约也真的来临了。

5

第二天哨岗里不见了哨兵的身影。接替的兵略微有些胖，直视着前方，没有注意到拐角处转身离开的晏阳。

日子行云一样，晏阳再也没有见到过那个叫吴浩的哨兵。

月夜的故事像是一场光怪陆离的梦，梦醒了，没有人真实地来过。她重重跌回清醒的世界。

再过几天我恐怕就会忘记他了。因为人都是这样容易忘记的。她想。

6

盛夏的午后，太阳的余烬依然炙热地烤着陆地上的一切，它金色的光芒将硕大的营区照得晃人眼目。蔷薇色的晚风吹进晏阳的头发，她将一只胳膊架在阳台栏杆上，静默地看着母亲将最后一包行李打上了结。

她们一起忙里忙外用了三天才把住了两年多的家收拾彻底。父亲此时已在新家等他们过去了。小时候她说当兵的父亲是旅鸟，没想到如今她也成了这样一种秋来夏去的鸟，听凭季节的召唤，却无法自己决定停驻的地方。

最后一次侧身过窄门，只是不经意地一瞥，她看见那丛角落里的紫茉莉竟不知何日起又开始绽放了。胭脂一般的颜色，招摇着美丽的身姿。晏阳的眼睛被这红色刺到了，沙沙地疼。

残阳如血，梧桐树一棵接一棵从她的面前飞逝而过，曾经熟悉的一切都在迅速地缩小、远去，最终化成了一个模糊的背影、抓不住的黑点。

在休息站时候晏阳跟母亲说起了那段压在心中已久的过往。过去这么久了，母亲应该不会再责怪自己了吧？她鼓起勇气问起了哨兵后来的去向。

“他早已经复员回家了。”母亲说，“等见着你爸了你可别提这个。你爸还不是怕你弄出什么难看的事才……之前那个付政委的女儿……跟他的警务员……后来……院里……不都知道了……”

晏阳的脑子像是灌了铅，母亲的话她听得断断续续，几个字进去、几个字出来。那些似乎与她有关，又似乎与她毫无关联。记忆像巨大冰川的水流从她的身体中间穿过，白色的漫天飞舞的纸片、昏昏沉沉的灯泡、飞虫、紫色的液体、绿色的身影……

没关系。再过几天我就会忘记的。

记忆深处的那朵紫茉莉，在夕阳逐步退去的天空下，她看见它不断变暗、变暗、变暗——一直到在黑暗中模糊不清。她在这时转身离去，跟上了前方的母亲。

黄昏已逝，山头上罩满了月光，灰色的鸟群逆向飞行，是原野尽头唯一的景色。

朋　友

西北大学/刘佳辰

（一）

孟白放下手里沉重的帆布袋，细细的汗水渗下来，沿浮着一层薄油的脸滚落，一滴，又一滴，缓慢试探，滚落。他后悔早上起来后没有先冲个澡，哪怕是最简单的那种，他不该对自己还抱有一丝一毫的自信，他已经到了这个年纪，过去紧致的皮肤如今沙袋般有让人厌恶的软腻手感，曾经平坦结实的腹部也失去支撑力，上半身稍不留神就会弯曲下来，像个萎靡的收尸人，尤其是酗酒和不健康生活习惯引起的脱发，那些稀疏的茸茸的婴儿一样的头发，被他用来掩盖从头顶那里蔓延开的荒芜，欲盖弥彰的做法，他明白，但是他是老师，在学生面前要尽力掩盖要克制，掩盖所有可能让他们的大惊小怪勃然喷发的自身的“小过失”，建立一种似是而非的亲近。

这个年纪，已经是这个年纪了，孟白默默想着，他心里闪过一道亮光，这个年纪。他想到了邹言，邹言神采奕奕的脸庞，热情之下藏着取之不尽的，自信。他没有。他思忖再三，用胖手指按了门铃，门铃陷进去又弹起来，第三次。终于，门开了。

矮胖的妇女倚在门框上。一半警惕，一半不屑，最让孟白难以忍受的是她那股发自内心的强大的没来由的自信。自信，只有在自以为可凌驾的事物前才能自然产生的情绪，现在盘踞在这个冬瓜脸女人脸上，这让孟白分外失落，他的头里面嗡嗡作响，他能感觉到自己的头发，他昨晚应该早点休息，那么今早就不会贪睡那十几分钟，有瞬间他想用仅余的，过去几十年积攒下的现在仅余的掌控力，告诉她：”不好意思，找错了。”接着合上门，然后那个冬瓜脸上半睡半醒的凌厉双眼就不会再来折磨自己。

但是他忽然间想起邹言，邹言。他觉得心里堵胀，为自己的神经过敏感到难堪。他必须做完，做完这件事，还必须是漂亮地完成。他拿起连自己都厌烦了的职业式温柔腔调说：“您好，我是市体院的老师，您的女儿欧阳瑞秋在体育上有过人天赋，我们不希望任何一个有天赋的种子选手流失，这于您于我们……都是一个损失——”都是损失，他不知道这个有过人天赋的孩子和她的母亲会有什么损失，谁清楚呢，也许那不是损失。他摸了摸自己的手腕。从其他角度上来说，投入这样注定要以竞技为目的的圈子，也许欧阳最终会力压众人，独占翘楚，也许永远只能眼巴巴地望着。也许她会像邹言，也许她会像孟白。谁也说不准，所以现在就提损失，未免操之过急。

但天赋选手的母亲放下了那半警惕，现在在她套叠的双下巴之上那张脸上只剩骄傲及自信了，她侧了侧身，用天赋选手母亲的姿态。现在决定权在她。客人在沙发上坐下，她拿捉摸不定的眼神打量他，思忖着要不要相信一个油头油脸的中年人。

孟白合拢双掌，身体微微前倾，尽量把控住身体附近那片领域的空气场，然后直入话题：“我们是在你女儿学校运动会视频上看到她的，她……”

“哦，对，那段视频在市里电视台上滚动播放，周一周五晚上，周六周日中午，她在那次排球比赛里很出色，但是那次她的手腕状态不太好，前一天她摔了一次……本来……”

“是的，因为表现出色。”他舔舔发干的嘴唇，秋风让他的嘴干得像烈日下翻卷开的鱼鳞。“因为出色，所以我们想让她进入市里的训练队伍，成为专业运动员，将来条件允许可以参加更大型的比赛，可以让她……”

“瑞秋的条件，我更希望她成为一个……一个模特，这行不容易，但是哪一行又不是在冒险呢？不是吗？”

他仍旧身体前倾，认真地听这个女人蛮横的插话，不时点头回应，但他十分累，十分累，他想马上冲回家躺进沙发里睡着，把这件橡皮糖一样的事扔给别人，他很想休息休息，没人会阻拦他，但是他不允许自己离开这儿，这个女人蛮横，高高在上的自信还是存留在自己脑海里，他必须摁灭它，否则一刻不得安宁。有一瞬间他觉得自己毫不必要的尊敬言行是一种卑躬屈膝的乞求，乞求上天收回这种自信，或者它自动熄灭，多幼稚，四十岁的人，固执得像个老小孩，像只小长毛狗一样地讨要自己的那种虚荣心的做法多幼稚。

“我们是政府下辖，市里唯一的专业运动员培养基地，我们可以让她——如果她可以在训练中发挥到最好状态的话——可以让她参加国际化比赛，这是其他任何团队无法比拟的。同样是冒险，我会选择风险更小的那一个。”

一种垂死的虚荣心。

这回她微微低下头沉默了，似乎在考虑。他抽空挪动了身子用手支着左边脸颊。太阳恰好在沙发后方洒下近在咫尺的暖光。

“瑞秋，瑞秋，下来，给客人倒茶水，快点!”她那把大嗓门直直戳进了孟白的耳膜。

约摸一分钟，咚咚咚的下楼声，那个小运动员出现了，她没有遗传母亲的冬瓜脸。脸蛋几乎是平淡无奇，塌鼻子下面的薄嘴唇倔强地向上弯起，孟白看到她那双修长的腿，想起她在场上自由娴熟地移动，他不由想起了曾经的自己，心缓慢而猛烈地抽动，血开始快速回流，精神微微出窍。他搓了搓有些麻木的粗糙手掌。那女孩走了过来，端着沏好的茶。与其说是落落大方，不如说是闲散随意更贴切些。她迟疑地望了孟白一眼，用她那双单眼皮眼睛，然后点点头。茶叶放得太多了，孟白只勉强喝了一口。她想在沙发上坐下，她妈妈轻轻而又坚决地推了推她的肩膀，她又磨蹭着“咚咚”上楼去了。

“老师，我想请问，您在市体育队任教多久了?”她转动戒指，半个身子倚在沙发扶手上，和孟白闲聊。

“从二十二岁起，二十年。”从那件事之后起。他摸了摸手腕。

“呃……”她挪动被紧身上衣裹得枝节毕现的肥胖身子，“您也是运动员吗?”

“曾经是……是的，直到二十二岁起开始干这行，帮助寻找新的更有天赋的运动员，输入新血液。”从二十二岁起，谁听了心里不犯疑惑呢?从年轻的精力旺盛的运动员退居二线，仅仅才二十二岁，他脑里又开始嗡嗡作响，他不想再继续这扰人的对话，但是妇人，天才母亲，却越发有兴趣，如同发现了鲜嫩汁水的知了，扎进去，吮个够。他揉揉沉重的眼皮，做了个暂时停止对话的动作，“抱歉，洗手间的位置在……”

“上楼左拐，第二个房间就是。”

他用冷水洗了个脸，哗哗的水声让他冷静。镜子里的人即将，甚至已经过早地老态龙钟，在这个谁也逃不过的年纪里。这没什么好大惊小怪的，但是孟白又想到邹言的脸，火焰般耀动在眼前，没有被时间碾压过的脸，整洁清瘦，还有那双骨节漂亮的手，用它来掂起球，接受学生的仰慕目光。他们俩是同龄人，是曾经暗自相较量的同伴，是在雄心烈烈年龄之上建立起友谊的知音，是朋友。也是他今天仍不自量力地拿来不断比较的对象。他拿手抚平眼泡，那里装过酒精、女人的细腰、逃脱未成。

“喂，老师。”

他转过身，小运动员、种子选手靠在门框上，很像她妈妈，但是她那张没长开的麦色脸庞、又平又瘦的身子有一种潜在的张力。她闲散随意，不懂礼貌，她听过了太多赞扬。

孟白站直身子，看着她，并不打算搭理她，这种孩子你需要把她好好晾晾。小女孩有点拿不准主意，是该接着刚才的腔调还是识时务地在这个老古板面前换换语气。但她只犹豫了一小会儿，很快她又放松了下来，靠在门框上，肩膀一高一低。她有恃无恐。

孟白冲她点点头，不由自主地不卑不亢起来，为她那点有恃无恐，为她那点稀有的天赋。他弄干了手上的水，青春期的孩子，他只需要劝动她的母亲，然后全部事情，包括这孩子的训练都会交给邹言，那本来就是该邹言做的事情，自己一向只负责发现选手。邹言的魅力足以对付这个孩子，现在孟白只觉得累，从身体最低处、最深部、最隐秘的地方开始。他又要去劝说那位母亲，她窝在大沙发里就像冷藏室里的冻肉。

“老师，我很想加入你们。”

孟白转过身，脸上有些疑惑。欧阳站直了身子，两条长胳膊规规矩矩地放在短裙两侧。孟白点点头。

“真的。”她忙又补上了一句。

带上门出来后，孟白又回到了安静的阳光里，秋天的阳光没有什么效力，他拉拉衣领，前挡风玻璃那儿乱塞着一沓广告单。他倒在驾驶座上，手心出汗，他闭上眼休息了好一会儿。欧阳瑞秋急匆匆跑过来，他把那只伐木工人才用的那种大帆布包落在她家里了。他摇下车窗，太阳重重压在眼皮上，这是他的一天。那孩子营养不良的头发泛浅褐色，他说了谢谢，然后发动车子离开。

（二）

混浊可见的风刮起了脆黄的树叶，整个中午，城市似乎睡着了，叫卖声也漫不经心，早上的霾倒是全上升到空中盖住云层。邹言挪动脚尖踩着快烂掉的梧桐落叶，看着孟白发来的信息，那上面说，他已经说服了欧阳的母亲，接下来她的训练就交给他了。

多少年了，自从他几度快忘记具体日期的那天之后，他们一直这样分工。孟白来寻找并说服有潜力的年轻人加入体育队，他来负责训练。二十年了，他自己也是老员工，但他仍能感到内心的火焰，不灭的火焰，支撑着这个自己精心维护的身体不能松懈，不能力不从心，他也做到了。但是这么久以来他也不敢去试探孟白，不管怎么说，所有试探和错误的关照都会引起不必要的误会，他们是多年的老朋友了，他们曾经在这个寒冷城市被深雪拥衾的时节并肩散步，从傍晚到午夜，他记得自己和妻子离婚一周后那天晚上喝醉的时候，孟白曾经用粗糙的手掌握住自己冰冷的双手，他们之间不用说太多。

邹言拦了一辆出租车直奔学校，他要接待欧阳和她的母亲，然后安排下午的训练，他一直十分忙，最近队里人员调动，几个熟手都去了外市，新教练还未确定，他一直想找孟白暂时帮忙，度过这个时期。孟白每天双手插进上衣口袋，时不时会在训练场外游走，邹言从身边包围着的一大圈学生中费力抬头看他，总是搜寻不到他的眼睛，他步履缓慢表情松弛，不搜寻可能性学员时就无所事事，不在乎任何关于自己的流言蜚语。也许可以暂时让他来帮忙，让他忙起来，让流言不攻自破。

对付完下午的工作，邹言出发去孟白的单人公寓，房间里凌乱拥挤几乎无处下脚，孟白满不在乎，他稍微整理了一半长沙发空出来让邹言坐。他总能让邹言觉得身处自由，不必拘束中。但是邹言劝不动他，这个日渐发福的好朋友想也没想直接拒绝了。

“不”

“为什么?”邹言不让步，“你愿意一直听别人的闲话？该变一变了。”

“我不想变成和某某某们都一模一样。”孟白嘟嘟囔囔地说。

“你是排球运动员，曾经比谁都有天赋。”

“然后呢?”

“重回球场，做你注定要做的事，哪怕只是做个老师教教学生呢，你不觉得曾经的热情由自身蔓延传承到学生身上吗?”

“我不想借由别人延续自己，也不想逆来顺受地接受上天的安排，若无其事地照你说的那么活下去。别高高在上，那么自信。干好你自己的工作就行了邹言。”

邹言挥挥手，他有四十岁人该有的自制力，但现在他的自制力正在决堤边缘。他们过去是排球场上最合拍的搭档，但是那件事发生了，然后他们俩这套黄金档节目至此停播二十年了，邹言渴望和孟白再次合作：“我知道你手腕上的问题……但是你再试试，我们再耐心地试试，说不定……”邹言几乎在乞求了，在最放心的老朋友面前，他使尽能想到的方法。

“出去!”孟白大声嘶吼，像只发怒的公狮，鬃毛竖立。

邹言合上门，这次的不欢而散久久占领心上，但也仅仅是一小块领地。他和孟白不一样，他单身，但是他曾经结过婚，他生气，但怒火很快就消散。他不像孟白一样把自己关在小圈子里，他时常和学生们聚会，那些打排球的男孩女孩才十五六岁个头就快要超过自己，他站在他们之间像是站在茂盛葱绿的树林里，稀稀疏疏的阳光碎块随意打在脸上，自己的心也跟着年轻起来。他有时和孟白谈烦心事，孟白皱着眉头，把耳朵侧过来，有些惺忪的双眼盯着前方低处，几乎一眨也不眨，十分认真地倾听，有时说到一半，他会觉得心里底部隐约升腾起一种轻松，不仅是因为倒出苦水，也有一种感慨，感慨相比起孟白来说岁月没有从自己这里拿走太多，他有时觉得自己是贪婪的人。

次日，孟白又游荡在训练场外。孟白拿眼睛偷瞟，他正在不厌其烦地为学生做手部纠错，不厌其烦。他看见孟白过来，故意抬高嗓门，他感到一种放肆的隐秘的宣泄与快乐。孟白只游荡了一小会儿，很快就消失不见了。邹言注意到那个新来的叫欧阳的女孩一直盯着孟白的背影，直到他慢腾腾地从西边拐角处消失。

晚上邹言等在和孟白常去的酒吧，他们刚经过争吵，彼此间还点不自然，脸部不放松，像年轻时那样故作姿态。孟白不时地转动手腕，湿冷的空气让他很难受，他要先离开了，闷闷不乐地来，又闷闷不乐地离开。邹言想起了白天时自己放肆的低级趣味的快乐，想到孟白年轻时候的样子，孟白抛下了年轻时的自己先走一步，犹如盛夏末的蝉褪下空空的躯壳。而他，邹言，他还要在必然要来临的事物降临之前沾沾自喜一会儿。

邹言回家时没有开自己的车，他喝了很多酒，侍应生轻轻摇醒了他，帮他叫到了夜间运营的出租车。邹言看到午夜未谢的灯火一抹一抹，混淆不清地后退，后退，陷在车后的绝对安静之中。所有空虚感像是冰冷空旷的午夜街道，而他自己能真正握在手里的，真的放心短暂栖息的，真的予以托付快乐、烦恼及自私的，只有孟白一个人。

（三）

孟白回家后戴上了一只厚厚的护腕，明天可能有雨，他手腕里又开始犯疼，那种阴冷的疼痛，如同把关节泡进冰冷冬夜里的沼泽地，那种疼让他无法再碰排球，他的天赋，他的引以为傲的长腿，都不顶什么用。他想到欧阳瑞秋，想到邹言，想到新生的希望和自己原先为自己规划的将来。规划？多讽刺，他怎么没把二十年前的意外规划进去，那个狂欢后的夜晚，在冰冻的湖边晕倒，被漫天大雪包裹，从此手腕无法承重，诠释自作孽不可活。就算再拿所有睿智的谚语来忠告自己也没用了，一个手腕无法承重的排球运动员，一个作践自己的废物，就算再当教练又能怎么样呢，就这样若无其事地生活下去？

孟白躲在阴暗的角落里，双手的食指抵住嘴唇，为什么不干脆离开呢？他只能仗着这点最后的稀薄企望，他逃不开这点企望的追捕。

他把二十年前让自己一举成名的那场比赛的刻录光碟倒退至中部。拿奖杯的孟白，和邹言击掌，回应所有人的赞许。事情发生之前的二十岁运动员。光碟被放过太多次了，开始断续卡住，他明天要拿去再刻录一次。

孟白刻录完光碟，经过那个运动场，一个球滚落到脚边，瑞秋跑了过来，用玩世不恭的语气说："请帮忙扔过来，老师。"她现在知道自己是干吗的了，大部分时间无所事事的边缘人。孟白把球扔给她，她拿了球并不返回场地，直直走了过来，她牙齿干净，小麦色皮肤光滑健康。她问孟白要烟，孟白没搭理她。她接着说道："老师，你骗了我。"她眯了眯小男孩一样的单眼皮眼睛，她长大之后保准能拿这双眼睛征服一打人。"我本以为老师您是教练，所以我才来的。"她笑了，孟白想她在用不成熟的开玩笑语气，这是个和颓废发福的中年人开的安全玩笑。

她又像上次那样站得直直的，表情严肃地说："真的。"

这个说风就是雨的丫头，疯头疯脑的丫头。

太阳光让人昏昏欲睡，孟白靠在场外围网上，欧阳蹲了下来，小心地按摩脚腕。

"训练强度比我想象的大。"她翻了翻白眼，故作轻松地试探着说。

当然。孟白在心里说，他又想起年轻时的自己，和这个姑娘待在一起总让他想到过去的自己：他在跑，他在揉脚腕，他在撕扯自己的衣裳，因为狂喜而吼叫。

"我知道，这是个陷阱。"她望着前方。"不管谁说得多天花乱坠我都确信无疑，反正我总要自己负担这一切。"她摊开手："不管是哪个老师还是我父母，描述起这些体制的时候，都遮遮掩掩含混不清，他们心虚了，所以一直在掩盖。掩盖就是内部空虚。"她站了起来："但我喜欢冒险，你呢？"她盯着孟白。孟白感到脸上泛起毛毛的触感，欧阳的话多少有些藏不住的愤世嫉俗、小题大做，但不得不承认这孩子感情细腻，在某些方面上甚至所言非虚。

"当然，我也是，但是我更喜欢探险，探险少了鲁莽，多了可能性。"他想起他和自己的天赋、和自己的未来、和邹言的关系，一切都更像是一场探险。比冒险安全，比生活本身困难。

孟白约了邹言出来，他们双手插进大衣口袋，用了三个小时散步，走尽了快二十站路。一言不发的三个小时。晚上两人在孟白家里喝醉了。醉醺醺倒在沙发上，奇怪的肃穆，然后孟白开始怪叫，用手背使劲蹭邹言的脸，像过去一样。他们躺下来开始聊天，藏起最隐晦的自己留着咀嚼，毫无保留地拿出快乐，牢骚和想入非非。孟白看着邹言的脸，兴致勃勃的聊天间隙，如果他觉得尴尬就用手握拳装作拳击一样碰邹言的脸来放松气氛。他们用力地笑，一切没有什么不对的。他们自信，他们嫉妒，他们分享，他们保留，唯一不变的是绝对的友情，这是绝对的友情，孟白心里有一种声音在告诉他自己。这种绝对恰好是相对的，传统意义上的绝对是不存在的，在友情里尤其如此，因为在我们相互遇见时就带着各自曾受过的伤疤和印记。在我们未带着伤疤时，我们太过年幼，尚没有爱的能力，但当这种能力降临，我们同时也带上了各种可见不可见的伤疤，从里面涌出自卑嫉妒无法自拔。所以忠诚却又隐隐背叛，信任却又隐隐怀疑。伤口不时微微作痛，提醒自己，在脑中起着无法察觉的作用，暗中发生着。

（四）

邹言在晨曦初现时动身离开孟白家。昨天的话还留在嘴角耳畔，他感觉得到热情退却后的呼吸紧张。他蹲下来看孟白的睡脸，他拿掌心握住他的手腕，他一度灵活的手腕现在壮得像个樵夫。曾经在孟白身上，他失去过自信，到如今，他又把自信一点点找了回来。可是孟白，这个曾拿着奖杯激动地把他的胸撞得生疼的朋友，现在瞳孔里的火焰居然熄灭了，他想帮孟白重新点燃火焰，那样他就不再闷闷不乐，郁郁寡欢。他想，可他明白自己无能为力。

他给孟白盖上一条厚毯子，找毯子的时候，他看见孟白保留着的那些光碟，那是些比赛视频刻录碟，都是孟白自己费心弄的。上面贴着日期：2月8日，5月6日，8月25日，10月23日，还有12月20日。12月20日，新年前夕，如果孟白撑过了那个寒冷的湖边之夜，他就有望带领整个队伍在两个月后的国际性比赛里夺魁，那么可能现在那个奖杯就不会在自己家而骄傲地矗立在孟白那个如今尽是浮灰的橱柜里。邹言轻轻活动了手腕，把碟片小心放回原处，合上门，开车离开。

很快，空气里浮着冬季的味道，第一场大雪光顾了整个城市，傍晚时分，天上泛着微熙的光亮，快到新年了，邹言照例精心为孟白寄出了生日礼物，他还在寄去的棋盘上附了一张纸："随时奉陪。邹言。"就在这个傍晚，他收到孟白的短信，孟白约他来河边。他到达的时候，孟白正坐在冰封的湖边，兔毛围巾结结实实地裹住下半张脸。那儿是他曾昏倒的地方，与理想未来失之交臂的地方。

"我们家祖辈都是农村人。"孟白露出来的一点脸蛋被刀子般的冷风吹成红色，邹言注意到他脚边放着渔具，这种天气，渔具没什么用处。

"我知道，那些城里人现在都在家里睡着了，我来这儿之前整个城睡得像个婴儿一样。"

孟白发出爽朗的笑声。

他想起他们一起来到这个城市的场景，就是这样的一个冬天，整个城市像个熟睡中的婴儿，还没有想好要不要接受这两个高大淳朴的农村孩子。

他们一起来这儿。邹言在心里想，双手仍放在暖和的衣兜里。他们一起来这儿，就得，必须得一起离开，一起，谁也不抛下谁。他攥了攥手。

“上次我来钓鱼。”孟白语气轻松。“就在这里，偏挑在这里，这个倒过血霉的地方，鱼钩穿进了我手背，我的手动弹不得，我想打电话给你，可发现根本腾不开手。”孟白又大笑起来。

邹言站在那儿，站了好一会儿，直到他感到手心的暖流一浪一浪地扑上来。他走过去，拿住了孟白的粗手腕，把温暖均匀地传给那里。

孟白的笑容越发像将衰老的人：“要等至少两个月才可以钓鱼。我喜欢探险，你呢?”

“随时奉陪。”

黄金时代（节选）

湖州师范学院/陈　洁

一

黄金是珍贵的，有一个时代也是珍贵的。因为过去，因为珍贵，我们给这个时代取个名字，就叫作黄金时代。

这个时代，它永远地存在于我的记忆之中，不曾幻灭也不曾消亡，像一棵藤蔓，只能一日又一日地将我缠紧，可遗憾的是我终不能再切身体会。如果让我回去，我会毫不犹豫，哪怕被重新浇铸。是黄金就不会怕火炼。我只是怕再没有这场大火让我回到烈焰之中，这样注定悲凄。

这个时代是我的，但其实不是我的。我妄想着据它为己有，我在我的世界里已然据它为己有。它曾属于过我，我就心满意足。我不怕付出多少，在那个时代里，我一无所有。我穷得叮当响却看见满壁黄金。

二

七碗觉得，如果自己的家不是那些排房中的一间，如果自己不叫七碗，如果自己的爷爷奶奶爸爸妈妈都不是自己的爷爷奶奶爸爸妈妈，也许时代就会给她另一个时代。多么可笑，她很快就想通，如果自己的家不是那些排房中的一间，如果自己不叫七碗，如果自己的爷爷奶奶爸爸妈妈都不是自己的爷爷奶奶爸爸妈妈，就不会有自己，也就是说就不会有七碗。时代也不会给她另一个时代，因为时代本身就是另一个时代。后来七碗常常庆幸，自己的家是那些排房中的一间，自己就叫七碗，而自己的爷爷奶奶爸爸妈妈也都是自己的爷爷奶奶爸爸妈妈，因为时代给她的是一个黄金时代。七碗觉得做七碗是这个世界上最好的一件事情，而别人，统统没有这个荣幸。

三

排房是那种老的排房。一大片的房子连在一起，墙壁紧挨着墙壁，阳台紧挨着阳台，屋顶紧挨着屋顶。连瓦片也是一起绵延的，阳光照下来就是辉煌的一抹色。阳台紧挨着阳台的意思，就是说站在这一家的阳台，便能看到另一家的阳台，中间只隔着一堵矮墙。只要翻过这堵矮墙，便可以到邻居家的阳台上去，进而可以到达他的家里。七碗觉得这样的方式才是和善友好的吧。一户一户的炒菜声和米饭香都能够听到、能够闻到，这才足够令人感到安心和舒适。也许这样一个地方才更像是一片归属地，而不是一个孤岛。七碗喜欢这样的感觉，尽管七碗家与邻居家并不时常往来，七碗也并不喜欢她的邻居家。七碗小时候还常常看见邻居家的那个老头总是靠着门坐在小凳子上，一坐就是老半天，没人知道他在想什么，也没有人知道他想干什么。那时候七碗大约已经拥有对于死的概念，这一点在一个七八十来岁的小孩身上显得怪异而恐怖。可能说出来所有人都不能相信的是，只有七碗觉得那个老头是在等死。那个老头他活了大半辈子，能做的事儿都做了，不能做的事儿他现在也做不了。那么他一整日一整日地坐在那里，除了等死还能是在干什么呢。

老头坐着的凳子靠着的那扇门上，已掉了些木漆，白色的油漆写着“有事请联系有宝”，后面大概是个电话号码。后来隔壁那个有宝大叔逗七碗，就问她“我名字的普通话到底是什么”。因为镇上的人都讲土话，“有宝”会在土话中被念成“叶宝”，七碗听大家都这么叫，“叶宝”、“叶宝”，七碗也这么叫，并且认为他就叫“叶宝”，甚至把他的“王”姓也省去了，这时候七碗却说“有宝”，还很大声地喊了出来，很得意的样子。有宝有些意外，掏出一支烟点上，吸一口，喷了口烟，然后摸着七碗的头说：“这小姑娘聪明。竟然这都能分辨出来，也没人叫过我有宝呀。小姑娘聪明。”有宝的大嗓门夸得七碗心里美滋滋的，街上的很多人都听到了。七碗当然不会告诉有宝自己是从他家老头常靠着的那扇门上看到的。只是七碗长到二十一岁的时候还不知有宝和那个老头什么关系，只知道他们是一家人。

后来那个老头真的死了，七碗也去隔壁凑了热闹。这应该是七碗第一次看大一个沉睡着的、再也不会动的人。她走过那道写着“有事请联系有宝”的门，走到里面去，简陋的屋子里搭了块简陋的木板。那个老头现在就躺在这上面，他是平躺的，躺得很平很平，真的是很平，一张白色的床单盖在他的身上。七碗只有在晚上一个人睡觉特别害怕的时候才会这样躺着，用被子把自己闷得严严实实。但是七碗觉得他并不害怕，他胆子应该是很大，因为奶奶说过通往阴曹地府的路很黑，七碗从来不敢一个人待在很黑的地方哪怕一会儿。木板的尽头点着一盏长明灯，火光闪闪烁烁，显得羸弱不堪。七碗那个时候还并不知道那盏灯可以为他照亮黄泉路。

七碗扭过头去问奶奶，为什么要点那盏灯，奶奶说人死了么都要点的，七碗问为什么呢，奶奶说嗯，都要点的。七碗不再问了，奶奶回答总是答得答非所问。七碗听到屋里的哭声，纷繁热闹，很多很多的人来来回回走动。七碗愣愣地站在那里，不知道该往哪儿去。她盯着那块简陋的木板和木板上白布单盖着的人儿，以及木板尽头那盏闪闪烁烁的长明灯发呆，看久了便越觉得灯光之微弱摇晃。她就这样看了许久，然后白布单被掀起一角，她透过那一角看到了那个老头，死去的老头。和活着时究竟是有些不一样，她看到他一动不动地躺在那里，脸色很暗，眼睛紧闭，没有一丝的笑容。七碗那个时候并不觉得害怕。然后白布单又盖上了，被人向上扯了扯，盖过了头顶，露出了老头的一双脚。七碗发现之后，也许是自以为大声地喊起来，可是没有人理会她。老头的脚就这么露在那里，哭声一直在那里响着。老头的老太太哭得最厉害，扯着白布单扑在老头的身上一边拍他一边哇哇大哭："你怎么就这么去了呀！老头子……老头子……你怎么走了呀！老头子啊……老头子哎……"最后一个"哎"字拖了长音，七碗听着她的声音一下子上去，达到顶高点，又转了个弯下来，带着哭音开始也带着哭音收尾，一口气好像要回不过来卡在那里，真是难受。气氛这时候开始变得骚动悲痛起来，就像是洪水开了闸，自然一泻千里，一瞬间哭声一齐地涌上来"爸爸呀……爸爸呀……"七碗竟也开始有一种想哭的感觉。老太太瘸腿，哭完之后便一手拄着拐杖一手抹着鼻涕眼泪一瘸一拐地向屋内走去。

七碗转过头走出门外，外面丧乐队的锣鼓声热闹得很。七碗在一大片敲锣打鼓的人之中找到爷爷，爷爷正在奋力地吹一个大喇叭，两腮鼓鼓的，眼睛瞪着前方。七碗挨着爷爷在长凳上坐下，觉得无比安心。就像一碗粥终于找到了一只汤匙一般，快乐得有些匪夷所思。

过了两天，七碗看到隔壁家的老太太在和奶奶聊天，似乎聊得很开心的样子，两个人都有点笑得合不拢嘴。七碗觉得很奇怪，为什么她刚死了老头子还可以这么开心。后来七碗问奶奶，奶奶说："她才不难过。她家老头得病之后，她早巴不得他死了，嫌他碍手碍脚。你看她家老头也就每天坐在门口，那么长的时候，她什么时候出来看过他陪过他啊。也是嫌丢人！"七碗说："可是那天在她家看到她哭得很伤心呀。"

"那是装的。"奶奶说，然后七碗后来一直很讨厌那个老太太，尽管她有时候也会笑着和七碗打招呼。七碗也很想不通奶奶为什么还要和这么坏的老太太聊天。

四

七碗觉得那个老头有点像以前这个小镇街上的一个神经病了。那时候七碗家旁边的乡镇府刚拆，还没有在那块地上造高楼和新房子，每天傍晚，七碗站在阳台上，眼光穿过乡镇府废墟之上的空地，就能看到对面的一幢楼里，从不知第几层糊着旧报纸、斜拉着半边窗帘的窗户里飘过来的眼睛。那个神经病总是很喜欢站在窗边，在傍晚时分，一站就能站很久，从太阳高照到太阳渐渐地西沉下去直至淹没，他都可以就这样一直站着。这个世界上总是很少有事情去惊动一个神经病的，因为他所能够表达的情绪与情感真是少之又少。他站在窗边的时候大多数时间都在往这边看，他时常能够看到七碗。他有时候还会朝七碗挥手，并大声地呼喊："喂——喂——喂——"当然这也是常有的事。七碗有时候也会朝他回应："嘿——嘿——嘿——"被奶奶看见，奶奶就会严肃地告诉七碗："不要去理这种神经病。神经病都是坏人，认得你了，就会把你抓走。"七碗就怯怯地闭了口，也不挥手了。然后神经病就挥得更起劲了，也喊得更大声了："喂——喂——喂——"好像是在埋怨七碗为什么不理他。七碗这时候也开始感到一种莫名的厌恶，她随着奶奶进了房间，也没有再回头瞥一眼。

只是等七碗长大之后，才明白一个人作为"异类"可以生活得有多么孤独。而孤独，真的是一种太过可怕的东西。只有它可以慢慢地，杀人于无形。

只是那个时候七碗年纪尚小，小得有些残忍，因而没有办法让自己的心里涌上真正的悲悯。后来神经病还是照常站在窗口向七碗这边挥手，也还是会呼喊，只是七碗在阳台上看见，也不会再去理他了。七碗总是想起奶奶的话，然后毫不留情地转身向屋里走去。其实更多时候，七碗是在街上遇到他，那个神经病，他就像隔壁家死掉的那个老头那样坐在家门口靠门的小凳子上，整日整日地坐着。只是他和那个老头有些不同——那老头之前是个修鞋匠。只是在老头快要死掉的那段日子里，找他修鞋的人就已经很少了。那个时候他才和这个神经病有些相像，整日整日地坐在门口发呆，日头升上去，日头落下来，与他们都毫无关联，因为他们都浑然不觉，眼神都是一样的浑浊。他们在一天之中会做的可以动的事情，恐怕就是早上出门和傍晚进门了。他们的生命正在以一种令人意想不到的速度被损耗着，如夜色暗下来。可这一过程在他们眼中却是可想而知的有多漫长。虽然在老头没有快要死掉的那段日子里，找他修鞋的人也不多，但七碗好歹有时能听到隔壁叮叮咚咚的声音。这声音时快时慢，有时候好听有时候又不好听。七碗其实一直很想自己能够穿坏一双鞋，然后让他去修。以至于七碗后来在老头死了之后时常懊恼自己没有真的这么做。因为七碗看到老头死的时候老头的修鞋摊还摆在门口，只是没有了老头坐在上面。

现在老头死了，神经病还坐在那里。七碗走过他家门口的时候，神经病是不会常和她打招呼的，他只是吸着鼻涕愣愣发呆，有时候看她一眼，这让七碗感到毛骨悚然，于是七碗就会加快脚步。很难得的时候七碗会壮着胆子白他一眼，这时候神经病也会白回来，或者对七碗做个鬼脸，七碗就会跳着脚走开。这些事情令七碗现在想起来总隐隐感觉有些不安，可那个时候，七碗觉得欺负弱者是天经地义，而被强者欺负也是理所当然。她早已将那个神经病归为弱者那一类，将自己归为相对于神经病的强者那一类。虽然这一种想法在她长大之后早已被彻底颠覆，但那个时候到底是小孩子。小孩子，干什么都总归是无罪的。所以也许可以从某种角度来说，小孩子也就是神经病。可是七碗在还是小孩子的时候，就认为自己比那个神经病高级一等。其实换作其他任何一个正常人都会认为的，也许还包括非正常人。

神经病家里还有一个女人，七碗总是看见她在敞开了大门的屋子里忙碌。七碗不知道那个女人是神经病的谁，妻子还是嫂子，抑或姐姐。因为年轻，也不觉得是神经病的娘。但到底是什么，七碗也不知道。她只是经常看到那个女人在屋里来来回回地忙碌，从神经病的身边走来走去，但不会去理睬他。所以后来七碗觉得，那肯定不是神经病的娘，可若是妻子，总归是不大现实的事。那就当是嫂子吧，只是七碗从未看见过神经病的哥哥。那可能就是姐姐，姐姐拖着病弟弟，太惨的情节与故事，七碗不愿去想。奶奶说那是一个伶仃的人家。伶仃，听着就叮当作响少得可怜。

后来七碗再走过那个神经病的家门口，走过那个神经病常常靠着坐着的门前时，发现神经病不见了。七碗也不是一下子就发现的，她那时已经很久没有去关注他，只是那一天突然想起来而转头望了一眼。当七碗发现神经病不在而只有那个女人在的时候有一些些错愕，转而产生了一些些失落。她赶忙跑回家对奶奶喊："奶奶奶奶！那个神经病不在门口坐着。"奶奶转过来应一句，稍稍低下点头，眼睛从老花镜里看出来："哦。"七碗又急急地说："可是他今天也没有在窗口呀！他去哪里了?"奶奶说："他都死了几天了。"七碗有些不信："怎么会死呢? 我怎么不知道? 他家没有办丧事呀。"奶奶又转过头来说："神经病吗，死了就埋掉了咯。办什么丧事。"七碗还想问点什么，却又不知该问点什么。奶奶转回头去继续忙手里的活计，七碗有些失魂落魄。也许令七碗难过的并不是因为那个神经病死了，而是因为他死了，七碗却不知道，是因为他死了，却没有办丧事。七碗又走了出去，走到那个神经病的家门口，怔怔地望着里面发呆。那个女人还在那里忙碌，她也看见了七碗，回过头看了她几次，又自顾自地忙了起来。七碗看着那个女人，看了许久。没有人会相信这户人家家里真的死了人。

后来七碗有时会感到失落。走过那条路时不能再白那个神经病一眼作为一种强者对弱者的欺凌，站在阳台上也不能再听到他的呼喊然后牢记奶奶的教诲转身走进房间了。七碗这才明白，自己难过的不是因为别的其他，而是这个神经病的死本身，以及他的死带来的别的其他。只是七碗觉得，在神经病死的时候她感到了难过而在老头死的时候她却没有感到难过。这一点多少令她心里失衡得慌。

五

七碗并不知道自己为什么要叫七碗，以前很小的时候她觉得名字就是被规定的，因此她总是非常愤愤不平地抱怨为什么别人有一个那么好听的名字自己却只能叫七碗。有一次和小伙伴一起回家，一个叔叔走过来摸了摸小伙伴的头说："你叫什么名字呀?"小伙伴说："绿怡。"叔叔笑了笑，又摸摸她的头说："绿怡，很好听的名字。"这时七碗觉得叔叔肯定也会问她，但她等不及了，于是仰起头说："我叫七碗!"叔叔说："噢。"七碗又仰了仰头更加大声地说："我叫七碗!"叔叔说："噢，小朋友们快回家吧。"七碗嘟着嘴回去了。七碗觉得叔叔不喜欢自己肯定是因为自己的名字不好听。因为她觉得自己明明比小伙伴可爱。

后来七碗知道了，原来名字是爷爷奶奶爸爸妈妈起的。于是七碗很生气地问爷爷奶奶自己为什么要叫七碗呢。奶奶说因为家里以前开馄饨店，你一个人就吃七碗，真的可能吃哦，我说不行了不行了，不能让你吃了，会把你吃坏的，你妈就站在旁边说："让她去吃！吃死了再生一个。"结果后来你吃了那么多也没事，我们也就叫你七碗了。七碗说，噢，心里想着原来自己的名字还有这样一段光荣史呀，于是便也开心起来，想想别人的名字真是娇气。尽管现在自己也吃不下七碗了。

噢，以前家里开馄饨店的时候呀！于是那段日子就在七碗眼前像馄饨一样一个一个地滚过去，最后再被一个一个吞进肚里。

馄饨店是被七碗搞砸的，奶奶总是这么说。七碗问为什么，奶奶说我和你爷爷开馄饨店的时候做的馄饨可好吃了，客人都多得坐不下。后来有了你，又要抱你又要做馄饨的，哪里顾得过来，做的馄饨也就越来越不好吃了，要么就是皮太厚了，要么就是馅太少了，要么就是包得不好看。七碗不相信，总觉得爷爷奶奶是在骗她。皮太厚了可以擀薄啊，馅包少了可以加多呀，至于好不好看的问题，馄饨包出来也就是一个馄饨样，和馄饨吃起来也就是一个馄饨味一样。怎么会就这样馄饨店没了呢。奶奶还说七碗你以前没事情做，就喜欢搞我的调味盒，用勺子把盐兜到放味精的格子里，又把味精兜到放盐的格子里去。就这样兜来兜去兜来兜去，然后还把它们撒在桌子上，这样我还怎么烧馄饨呀。这样说起来七碗倒是有些印象。自己坐在客人吃饭的桌子上，晃着两条腿，旁边放着一个调味盒，七碗拿个小勺子把味精和盐兜来兜去。可她不会去欺负糖，不知道为什么。大概是因为她知道奶奶煮馄饨不用白糖。有时候她还把盐倒在桌子上，再一粒一粒地装回去，奶奶也不生气。奶奶在煮馄饨，回头对七碗说："咬碗碗，把盐拿过来。"七碗就拿过去，奶奶问哪个是盐，七碗也说不出来，就说"在一起，你自己挑出来吧"。奶奶就拨开味精，挑一些长得像盐的放进锅里。爷爷可能会说七碗："啊也！啧啧啧，你在干吗呀！"所以七碗也不敢在爷爷面前玩。有时奶奶煮完馄饨了，就和七碗一起玩。奶奶说"你那样要同盐和味精混在一道的"。然后奶奶拿块毛巾放桌上摊好，用勺子盛一勺盐放毛巾一边，再盛一勺味精放毛巾另一头，然后用勺子把毛巾一头的盐盛起来放进味精格子里，再把毛巾另一头的味精盛起来放进盐格子里，告诉七碗你要这样玩，然后七碗就一直这样玩，后来奶奶说："你怎么还是把盐和味精混在一起?"但是奶奶不责备七碗，七碗常常说奶奶我要玩，奶奶就把调味盒给七碗，说一句"我在煮馄饨"。

如果日子一直这样，也算是盛世了吧。

七碗经常给店里的老头剥蚕豆。店里多得是老头，而这些老头们也多是常客。他们经常起了个大早，冬天也不例外，然后冒着蒙蒙的天赶来店里，叫二两烧酒，叫碟蚕豆，有时候也会多叫一碟花生米，那也是难得的事。然后就坐在店里，呷一口烧酒，口里嗒嗒味，再嚼一粒蚕豆，很享受的样子。等天色更亮些，人多了，他们就开始聊天，侃东侃西的，一只筷子蘸着烧酒比画得唾沫横飞的，大有一壶酒指点江山的气魄。有时爷爷也和他们一起侃。七碗坐在旁边帮老头们剥蚕豆，剥得快了，老头会大喊："慢慢慢慢点！哎——慢一点咬囡，剥多了吃不完的。"有时候老头也会把一颗蚕豆分两瓣，给七碗吃一瓣，眼里是心疼的神色。七碗嚼一嚼，就把蚕豆咽肚里了，老头看着，就说："你怎么不嗒嗒滋味呢。"然后看着看着，就感觉眼泪快要掉下来了。

店里还有一个常来的老头，不舍得买酒，就自己带瓶酒来，放在爷爷那儿，每天来店里，点一碟蚕豆，要爷爷把他的酒拿出来倒二两。倒之前他总把酒瓶举高凑在自己的鼻子跟前看很久，看看是不是少了，然后才放心地倒。爷爷说他那是最蹩脚的酒。

这些七碗都还想得起来。七碗想不起来的是，小时候奶奶因为要开馄饨店，就把七碗放进摇篮里，然后把摇篮吊在天花板上，底下趴一只大黄狗，日夜守着，就怕七碗被人偷走。七碗觉得很好笑，问奶奶，那篮子吊在天花板上你们怎么抱我呢，又怎么把我放上去呢？奶奶说嗯，就是把你放摇篮吊在天花板上底下大黄狗看着。七碗又问那大黄狗后来去哪了，我怎么从来没有看见过它？奶奶说大黄狗可乖了，你睡觉的时候它就趴在下面守着你，一声不吭的，一趴能趴很久，有人来了它就叫，真乖。七碗便不再问了，奶奶总是答非所问。七碗觉得大黄狗就是神话一样的存在。但是后来似乎是爷爷告诉她，大黄狗真的是有的，只是七碗不是被盛在摇篮里吊在天花板上的，而是放在小床里，大黄狗就趴在旁边。七碗一直都不太相信，大概是因为没有看见过大黄狗的缘故，七碗宁愿相信大黄狗和那些美丽的神话传说一样，是爷爷奶奶随口编了哄小孩子的，这样七碗就不会难过了。真的大黄狗会死，假的就不会。

六

爷爷奶奶的馄饨店后来不久真的关了。但是七碗早就忘记了它是如何一点一点走向死亡最终消失不见的。这么多日夜沉淀下来的馄饨香、蚕豆香和烧酒香，一寸一寸地融进过往不见的岁月河流，融进那些老去蜕皮的肌肤，再也不能追回。没有什么可以不朽。

后来吃饭的时候，爷爷奶奶常给七碗讲馄饨店的故事。除了那个烧酒老头之外，七碗大致也记不得几个了。奶奶说那时候有人来店里吃馄饨，总是放很多辣椒酱，但是不把汤喝掉，七碗问为什么，奶奶就说放辣椒酱馄饨好吃，但是汤辣呀！这样就很浪费，你爷爷可是舍不得的。所以他就规定以后来店里吃馄饨放了辣椒酱的就一定要吃完，汤也喝掉。有一次一个小伙子来店里吃馄饨，放了很多辣椒酱，你爷爷非要叫他把汤都喝掉，他不喝，你爷爷站那把人一唬，他也就喝了，呛得他眼泪直流，说是以后再也不来吃馄饨了。但是之后他还是来吃，说我们家馄饨好吃，只是不敢放太多辣椒酱了。我们家馄饨是好吃呀。只是后来要忙着管你，也就没心思做馄饨了，你还要玩调味盒，馄饨也不好吃了，生意就越来越差了。七碗想奶奶怎么又来了，好像是自己把馄饨店弄倒闭了一样的。可是自己不是总是很乖地在自己的小床里睡觉的吗？

爷爷有时候也会讲其他的故事，不知是别人家真的发生的还是自己编的，不过七碗觉得爷爷是编不出这么绘声绘色的故事，邻里间的笑话事总是最适合祖辈们用来给孙辈们讲故事的。爷爷说那时候有个傻子一样的人，那个时候大约是个傻子疯子辈出的时代，那傻子去别人家买馄饨吃，要一毛两分钱，他呢，就给一毛一分钱，然后说“噢，算了算了，一分铜钿，算了算了，否要紧的。否客气否客气！”爷爷说这句话的时候，头向一边歪一点，手里的筷子朝着身体斜后方的空气挥两下，脸上是一副大无畏的不屑神色，活脱脱一个傻子世界里的正常人在嘲弄傻子的样子。然后他说后来傻子去买东西，还是这样，人家就不高兴卖给他了。然后他就不乐意了，朝人家馄饨摊吐口水，边走边说："嘿！没见过这么做生意个！送上门的生意不要！"然后一步三回头地咒骂着走了，还要狠狠地吐上几口口水。人家也都懒得搭理他。后来过几天他又来了，这次是觍着脸皮讨好地要去吃馄饨，倒是给足了一毛二，人家也就卖给他了。这样几次下来之后，他又开始给一毛一，然后嘻嘻嘻笑笑说："覅客气覅客气，一分铜钿，否要紧否要紧，算了算了。"人家就又不高兴把馄饨卖给他了呀。以后管他给一毛一一毛二还是一毛三，人家都不卖，他就又不乐意了，在人家门口站着，一有人进来吃馄饨他就吐口口水，骂一句："呸！孙子！孙子做馄饨！"人家也就拿他当个笑话。七碗就问了，我怎么从没看见过他，他怎么从来不来我家买馄饨呀？爷爷说呸！他个孙子也敢叫我孙子？七碗又问那个人现在怎么样了呀？爷爷说我怎么知道，随他去好了，管他干吗。七碗那时候觉得这个人很好笑，长大了才觉出那是个活生生的阿 Q，只是世上要是没几个阿 Q，这人生倒也着实苦闷。就像要是没有那个傻子一样的买馄饨的人，很多时候七碗也就无事可想，无事可想也就不会觉得人生还有这可乐之处。虽然七碗始终也没见过这个人。这一点倒令她很苦闷，因为一个傻子在一个小地方的地位往往是同一个伟人一样的，大家都想要见一面，凑个热闹看上一眼。也正如之前的那个神经病一样，大家不仅要看，还要说。只是看得多了也就见怪不怪了，傻子也被当成正常人了。

奶奶也对七碗讲了个故事，七碗知道这是真的，因为故事讲的就是七碗呀。奶奶说七碗顶小的时候可爱吃葱了，那时候家里来客人吃馄饨，七碗看奶奶给他们的葱放得多了，就闹不开心，非要自己有更多的葱，奶奶就只好给七碗的馄饨里加葱。有时候七碗没有在吃馄饨，但是看到有客人来吃馄饨，七碗就非吵着也要吃，还要更多的葱，奶奶就只好也给七碗烧一碗，奶奶总是拿七碗没办法的，谁叫七碗是小七碗呢。然后再来一个客人，七碗就又要吃，还不许奶奶给客人多放葱。于是客人就喊："嫂子，你这葱可是越放越少了。"听到这里七碗想，自己怎么那么能吃呢，就不会被撑死吗？后来七碗突然不爱吃葱了，就不让奶奶往自己碗里放葱，而是要奶奶多往客人碗里放葱，奶奶就不给七碗碗里放葱了，只对七碗说吃葱会变聪明，七碗就连忙又开始吃起了葱，但是有时候也会把葱挑出来，直到后来七碗觉得自己没有变聪明，也没有相信奶奶说的没有变聪明是因为把葱挑出来了的原因，而是认为奶奶骗了自己，这才又不吃葱了，以后也不吃了。七碗问然后呢，奶奶说然后什么，然后没了啊。七碗说好吧。七碗觉得这个故事一点也不好笑，不就是自己吃葱不吃葱的故事嘛。七碗缠着奶奶要奶奶讲一个更有趣的故事，奶奶想了一下说，没有了。

白云卷和她的九九

华南师范大学/陈晓泓

一

沿街叫卖的豆腐花吵醒了白云卷。

白云卷皱皱眉，蜷缩在薄薄的空调被里，意图回到未完的梦里，阳光不乐意，似磨人的小孩，不休不止地纠缠着她。南方七月的早晨，阳光锋利，穿过玻璃窗明晃晃的。窗外的叫卖声也是一把尖刀，时不时地往梦里划上一划，梦境被肢解成破碎的西瓜块。

白云卷嘟囔了一声，埋怨丈夫班桥又把窗户和窗帘打开了，她耷拉着脑袋，赤着脚去扯窗帘。手刚碰到帘子，就听到楼下有微弱的婴儿的啼哭，夹杂在街市的嘈杂里。白云卷听到这哭声的感觉，如小时候被调皮的同学放一粒冰块到背上，一个激灵。顷刻，她睡意全无。

她探头一看，孩子和那个女人果然在下面。

白云卷急吼吼地去洗手间洗漱，随手在衣橱抽出一条连衣裙，匆忙一套，边走边拉后背的链子。

二楼已有几个批发药剂的客户，林乔在清点药品，班桥的姐夫在对账。

林乔眼尖，笑着调侃："卷姐，不是说不喜欢这材质的裙子吗，又穿？"

白云卷这才发现裙子是欧根纱的，上次跟楼下的女孩子们讨论衣服时，嫌弃这种材质不舒服，林乔也在一旁。

白云卷说："都买了，不穿浪费。"她低头发现脚上穿着休闲鞋，风格不搭，"噌噌噌"回到楼上，换上一对红色高跟凉鞋，下楼梯前顿了一下。再下来时，白云卷踩着同往日一样优雅的步伐，慢吞吞的，同三楼那只向来从容不迫的花猫一样。

白云卷踩着高跟鞋腾云驾雾地赶到一楼，几个小姑娘早已在在岗位上，正耐心地给顾客介绍药品。阿静和希文在中药区，此时没顾客，见到白云卷说了声“卷姐早”，神色犹豫，欲言又止的。

白云卷知道孩子就在街对面。对面是“阿华服饰”，卖中老年服装，还没开门。白云卷见小姑娘们没开口，倒了杯水，说：“阿静你去帮我买份早餐，油条要刚出锅的。”

药店里的营业员都是十八九岁的小姑娘，终是藏不住心事。希文磨磨蹭蹭地过来说：“卷姐，那个女人抱了孩子在门口，一早就来了。”

小姑娘们一早憋着的事情，终于有人把这一袋鼓胀的欲言又止捅破，此时八卦好奇的刺探都哗啦啦往白云卷身上跑。三四个小姑娘在跟顾客说这话，视线却齐刷刷地聚向后台的茶水桌。

美仪在货架后探头接口道：“伊（她）想入店内，给老姨赶出去了。”

白云卷偏过头，目光越过货架，果然见到婆婆拄着拐杖，气势凛凛地镇守朝七街玻璃门窗，一头白发镶着金色晨光，神圣不可冒犯。

这药店叫仁德堂，在云起镇七街，也在云起镇右街。云起镇街道的格局简单粗暴，一街到十街并排，垂直于左右街。俯瞰就是十条平行直线被两条横线垂直截断。左街和右街中间是条溪。班桥家的房子是四层小楼，就在七街和右街垂直的交界处，两面临街，是旺铺地段。

白云卷给店面装修的时候把朝向七街和左街的两面都装上大玻璃橱窗和玻璃门。亮晶晶的药柜和装潢，使得它在老态龙钟的右街这边鹤立鸡群。以小溪为界，右街这边大多几十年的四层骑楼，作为铺面的一楼还是原先斑驳红木门，灰突突的货架，都是饱经风霜的老人，“仁德堂”此番倒像个外来的时尚水嫩女子，惊艳了七街和右街。

这番装修自此扭转了这家药店的命运，跟右街那头的两家连锁药店三足鼎立了。曾经这家药店，面对七街的是长期关闭的斑驳暗红木门，面对右街更低调，是面爬着苔藓的墙，墙边立着两棵芒果树。很多人已经忘记这里曾是老字号的药店，它停业太久了。

白云卷心不在焉地吃了一根油条，食不知味味同嚼蜡，就不吃了。她又心不在焉地把豆浆喝完，眼光漫不经心地扫向七街，看似无意的眼光，其实如同柜台扫条形码扫描仪，精准而有目的。

老太拄着那根有些年纪的红木拐杖，如老宅石狮盘在那里，后背看似平静，前面实则龇牙咧嘴。白云卷甚是恼火，却不能发作，摸出手机一阵乱按，发了个信息给班桥说：九九被放在门口，你妈不让进！

那孩子还没有取名，小名叫九九。

白云卷知道出去把九九接回来，势必会跟婆婆吵起来。

“家和万事兴，做生意，要以和为贵，和气生财，不要跟她一般见识……”白云卷心里不断地给自己找出各种不出去接九九的理由。她想上三楼客厅看电视，等着班桥回来劝说他妈。

经过二楼时，姐夫说：“那个女人来了?”这疑问语气问的显然不是那个女人来了这件事，问的是白云卷要怎么处理。

“看阿妈那架势就知没戏。”白云卷神色如常，语气却夹了隐忍的怒气。

二

十点多，地球的自转改变了苍穹上太阳的位置。利箭般的日光，利落地插在七街和右街的青石块上。点点金光跳跃在滑溜溜的石板上，晃得人上眼皮耷拉着，不敢抬眼直视大街。

白云卷看着屏幕，心不在焉，终于按捺不住，在探头窗口一看，只见到婴儿车一角，九九被挡住了，似乎已经哭尽了气力，安静了。白云卷又气又急，这么热的天，那女人真是块木头，也不晓得把九九挪去阴凉地儿。

白云卷沉不住气，决定现在就把九九接回来。

拉开玻璃门，一股热气瞬间纠缠上白云卷，烈火般的灼热。店里几台空调都开着，此时形成巨大反差，每个毛孔似乎都紧张而痛苦地叫嚣着。

白云卷想，这热，九九怎么搁得住。

那个女人已经不见了。婴儿车孤零零地撇在华姨家门口，如被一条遗弃的小狗，落寞委屈地蹲在街边。

华姨见到她，使了个眼色，意思是孩子放她家门口不合适。九九已经哭得没有气力，只能偶尔发出一两声微弱的哽咽。

婆婆板脸站在门口的石柱边，白云卷劝她：“这么热，您进去歇着吧。”

老太说：“休想将那个妓女的孩子弄回家！不干不净的！”

白云卷走过去把婴儿车拉过来，老太机警地盯着白云卷。

白云卷说：“这么热，想烙死伊（她）吗！”

老太哼了一声，不说话，拄着拐杖杵在朝七街的门，意思不言而喻，就是不让进。

白云卷急促地“唉”了一声，不满而无奈。她把婴儿车推去朝向右街的门口，打开玻璃门，期待店里饱满地迫不及待地逃逸出来的凉气舔走九九额头的汗水。

九九只会喊人，不会说话，看到白云卷口齿不清地喊，“妈……咪”，口水涎在胸前脖挂的龙猫上，灰乎乎黏稠稠，发出一股馊臭味儿。白云卷轻轻地叹口气，从婴儿车的储物格拿出一个干净的脖挂给九九换上，打了个小小的蝴蝶结，九九毛茸茸的后脑勺就出现了只线条的小蝶，振翅欲飞。

店里几个小姑娘虽在工作，眼睛都时不时往门外扫。阿静机灵，趁着手上没活儿，给白云卷递来一包湿纸巾。白云卷抹掉九九脸上的邋遢痕迹，用大拇指摩挲了一下她滑溜溜的脸蛋，冲着九九扯出个笑脸，又伸手从储物格拿出一个奶瓶。

白云卷熟练地冲了奶粉，摇匀，用手背试了温度。奶嘴刚塞进九九的口里，小家伙立刻狼吞虎咽地吸起来，吞咽的声音响亮急促。

白云卷说：“九九，该戒奶了。”

九九没理她，抓住奶瓶死命地吸，憋得一脸通红。

九九挡在门口终究不是个事儿，碍着顾客进门。药店朝七街和右街，各有一个门，右街经过的人习惯从这个门进。白云卷把九九挪到离门一米的地方，拉了个接线板，让林乔去楼上搬下来个空调扇，对着九九吹。

七月，这个北回归线穿过的小镇，如同被烤蔫的番茄，困乏疲软。街道上光溜溜的青石板被日光舔得发光发热，只恨不能拔腿逃亡。溪边的杨柳垂头丧气地扯回被热气荡走的丝条儿。一溪水，被正午的日头烤得异常疲惫，烤得连脸上的皱纹都折得有气无力。

白云卷在厨房择菜，思量着班桥回来，要怎么劝，才能得到老太同意。

班桥和白云卷是高中恋人，大学恋人。大学毕业后，班桥回到小镇的一所高中当体育老师，白云卷在市区人民医院当医生，结婚两年，聚少离多，也没有儿女，老太不很满。

白云卷自是知道婆婆心思，思来想去，想到了做生意。这地段好！白云卷是个心细也会打算盘的女人。云起镇是个人气很旺的镇，周边几个小镇大采买都往这里来，附近几条街都是服装店、小吃店、肉菜市场、水果批发，大超市和大商场等，来往人多，开店合适。

白云卷跟婆婆说，我辞工开店，一楼装修一番，还是做药品这行，您看好不好？

白云卷忙，一个月才回来两三次。老太退休前是护士，知道医生这行业的辛苦，不易。当然，更重要的是，老太觉得女人更应该照顾家庭，她自己虽做不到，但是她希望媳妇做到。在家里开药店，怎么都顾得上家庭，老太没反对。

班桥家一楼曾是老字号药店，叫“李氏”草药房。十来年前，小镇陆续冒出大参林，立方药业两家大连锁药房，在这种夹缝中，“李氏”像是面皮爬满褶皱的老太太跟水灵灵的小姑娘选美，连上台 PK 都不用，自惭形秽，安静地消匿了。

白云卷跟娘家和亲友借了一大笔钱，装修店面，印发传单，搞得煞是回事。

老太太说嫌弃，说，花里胡哨的，浪费钱。

白云卷说，做服务行业，形象可是最基本的，大方得体，顾客看着也舒服，人家舒服才会有心来光顾。“仁德堂”不仅装修得体舒服，还聘了五个伶俐水灵的小姑娘和一个帅气小伙。老药店枯木逢春，一夜间抽出几根嫩芽，绿意盎然生机勃勃。

白云卷坚持不懈地开展免费赠药免费测血糖等活动。邻近的老头老太早晨会过来测测血糖，顺便买点常用药。也有少妇买完早点，经过仁德堂，连买带送地拎走几包儿童冲剂。

从新顾客变成老顾客，云起镇上和四邻八乡的人们，总算记住了这家药店。

仁德堂一楼零售，二楼批发药材和药剂。两年时间，药店的生意渐入正轨，一个月的销售额总达几十万。街坊邻里都说这是时来运转，财气旺不可当。偶尔也有人酸溜溜地说，谁知这运气能撑多长时间，要知物极必反呢！

白云卷热心，大方，做事周全，回头客多。过了六年，已还清债务，把一楼店面又装修一番，作为起居的三楼也花了近百万装修费。

班桥的同事跟班桥说：“你教学生打一辈子的篮球，工资都不如白云卷几年赚的。我们真心羡慕你讨得这样生好（漂亮），还能干的老婆。”

外人羡慕班桥有出得厅堂入得厨房的老婆，但是班桥的母亲可不是这么想的。

白云卷三十二岁，结婚八年还没生个崽。白云卷不是肚皮没动静，她流产已经流了几次，宫寒，孩子住不稳，白云卷自己是医生，懂一些，知道很难如愿。

老太少不了怨言怨语，偶尔使使脸色。传宗接代最要紧，赚钱什么的显然是次要的。人家羡慕她媳妇儿好，老太就跟隔壁佟老太说：“好什么好，母鸡不下蛋能叫母鸡吗?”

佟老太管不住舌头，跟其他老太嚼舌根。难听的话比好听的话更讨喜，叫人颠三倒四地学舌，四邻都知道了白云卷是不下蛋的母鸡。

太难听了！白云卷心头气愤，但是跟将近七十多的老太计较，怎么计较呢，少不了吵架。和气生财是白云卷的准则。白云卷跟班桥抱怨，偶尔拿班桥撒气，但是在老太面前，始终忍住，守着媳妇的分寸。

老太并不罢休，人家说老小孩，说的就是她这样的。老太年轻时晓理，老了反而跟小孩儿一样耍脾气，胡闹，给白云卷找碴儿。早晨四邻八里的老太老头过来测血糖，她跟着人家凑热闹，非要店里的小姑娘给她测，不排队。

后面排着队的老太和老头就不乐意了，人家说："这店是你家的，你什么时候测都行，非得跟我们抢？"

阿静劝她："老姨，您回店里歇着，等下给您测。"

老太把头扭向一边："哼！等下还是早晨吗！我就要现在测血糖。"

阿静说："除了现在，您指定其他任意时间，要测多少次，都行，我们定将这活给您做精细妥当咯。"

老太不干："欺负我一个老太婆！我是老板他娘，你们也敢这样欺负我。"

儿子下班一进门，她就气呼呼地告状："你媳妇越来越不像话，教她们欺负我，连血糖都不让测！"

白云卷听小姑娘的小报告，无奈地笑了，并不作计较。

老太越来越小孩儿脾气，这种破事儿时不时就来一次，表面上还是和和气气。白云卷已经习惯了老太绵里藏针的敌意。

三

白云卷的妹妹白云舒，放暑假，过来找白云卷陪逛街，看到九九在门口，笑着说："不是说送回去了吗？怎么又抱回来了？"

白云舒蹲下逗了九九一会儿，伸手抱起来，想进店里。

老太着急了，急促地嚷嚷："妓女的孩子，我家不要。"似女巫阴险的诅咒，尖锐刻薄。她带了怨恨的话匣子一打开，就刹不住车了，开始碎碎念："我造了什么孽！这家，这名声都让你们败光了……"

街边经过的人用猎奇而八卦的目光探究这一老，一少，一幼。

白云舒抱着九九，血气一下冲到脸上，双颊红得似大公鸡的冠。她窘迫又气愤，气愤得连话都说不囫囵，结结巴巴地顶回去："谁，谁败家了！委屈的人，是我姐，是我姐！"店里的小姑娘们慌忙出来劝架。

声音飘上二楼厨房的窗口，白云卷听见妹妹的声音，眼泪珠子般弹进洗菜盆，藏进水里，找不到踪迹，就如她的委屈，一向都是存在却无形可抓的。

白云卷确实委屈。

去年九月，来了个人，问有没有守宫。

阿静问："卷姐，守宫是什么，咱店有吗？"

守宫是晒干的壁虎，极少人买，自然没进货。白云卷说："我们店没有，这味药极少有卖的。"

那个人急得带了点哭腔："怎么办！我跑了很多家大药店了，都说没有这药。"白云卷见那人焦急，便道："这味药很少人用，药店基本不卖的，你要多少，我今晚帮你跟药商报货，明晚你来取。"

那个人高兴地道谢，转身却有点犹豫，问："那要多少钱?"

白云卷自是知道他的顾虑，笑着说："没卖过，我也不知。放心，不会趁火打劫的，你买的不多，我们也不卖，按进货价给你，邻里乡亲的，算卖你个人情。"

那人千恩万谢地走了。

林伯正在药店收废品，拎着几个纸药箱正往门外扔，忍不住赞道："老板娘你真是识做人，又有仁心，谁娶你这媳妇有福气，有福气啊!"林伯常也受白云卷的"小恩小惠"，例如白云卷会邀请路过的林伯进来喝几杯茶，偶尔送些常用药给他等。

老太太在一旁，鼻孔和喉咙同时运作，发出了一个"哼"的音调，短短一"哼"，"哼"出了一室的尴尬。

林伯会看脸色，也知道白云卷家的一些事，自然晓得老太太的"哼"背后是什么。过了十来天，林伯悄悄问白云卷想不想抱养个孩子，他在邻镇云落镇的一家饭店收废品，留意到隔壁旅馆的老板跟人说，亲戚家生了小孩，养不起，想找个条件好的人家收养。

白云卷有点心动，一说，班桥也同意。

老太太说，只能抱个女孩，男孙是要延续香火的，必须是自家血脉。班桥有个三个姐姐，父亲去世了，他是家里唯一的男丁。

白云卷去了小旅馆，见到了襁褓中的九九。九九皱巴巴的，打着哈欠，说不上可爱。她打哈欠露出粉红的牙床，新生儿的纯净勾出了白云卷的母性。白云卷摸摸婴儿小小个的手指头，想到自己的孩子都夭折母腹内。她想着想着眼底就冒出一点晶莹的水光。

她跟这孩子有缘分。白云卷说："那现在起她就是我宝宝了，既然是九月初九生的，就叫她九九吧。正经名字等长大些再取。"用闽南语说"九九"跟"狗狗"是同音的。当地人若是宠溺孩子，常会叫小孩"狗崽"。白云卷叫"九九"时，无端就飘出些宠爱亲昵的味儿。

老板说："我表妹产后不便，一切事情，我来代转。"

白云卷说："给您添麻烦。不过见见孩子的生父母的，表示谢意，总归更妥当些。而且有些事也该说清楚的。"

老板说："不瞒您说，他们家穷，说家里破落，不想让您过去。孩子她妈连奶水都没有，孩子已经寄养在我这儿了，喝了我一个星期的奶粉了，我这也是看表妹可怜，帮衬着。”

白云卷犹豫了一下，说：“既然不便，您转告他们，可以来看孩子，但不能讨回去。”

老板欢欢喜喜地答应了，拍着胸脯保证说：“绝对不会讨回去的。”

老板跟白云卷悄声说：“他家户口本上的空缺，要留着给带把儿的小子呢。这孩子就因为是女孩子才送走的。”

白云卷想到老太一直叨叨念念的“男孙”，心里默默地叹气。这地方的人，费尽心思都想生得能“延续香火”的男孩儿。

白云卷从老板的话里听出了弦外之音，体贴周到地封了个大红包给孩子的“亲生父母”，还送了海参、花胶等补品给九九的生母，说对伤口恢复好。当然，旅馆老板也得了个红包。

白云卷也给林伯一封利市，说图个吉利。林伯没收。

四

九九刚来的时候，皱巴巴的一小团，丑不溜丢的，好不容易养开了，有点小妞儿的模样。

老太一直以老眼昏花怕磕着碰着孩子为由，从不搭手帮忙照顾九九，九九在的地方，她就躲开。

白云卷毫无经验，经常手忙脚乱。好在白云卷自己是个医生，儿童常用药在店里随手可得，应付得来，但大多时候，九九感冒发烧，白云卷还是不放心，坚持带她去市医院看儿科医生。生病这类事她还顶得住，其他场面白云卷时常撑不住。大事小事都闹心，例如九九刚来时，还未满月，小小一团，骨骼都没长好，比瓷器还脆弱，怎么托着都怕碰坏她。左手该放哪儿，右手该托哪儿呢？老太太不吭声，白云卷只得打电话问正在海南旅游的母亲。

九九呕奶，九九不喝奶，九九拉稀等是小事但又不是小事的事儿，折腾得白云卷欲哭无泪。

九九半夜啼哭，班桥睡得一塌糊涂，白云卷忙得一塌糊涂。老太太敲着卧室门埋怨：“还想当妈，连个孩子都带不好，存心不让人睡觉的……”

九九白天也莫名其妙地哭。这奶刚喝过，尿片也干净，穿着也适宜，不厚不薄，为什么还哭呢？白云卷查阅了一堆育婴书，终于看到有的书说婴儿在缺乏安全感的时候会哭。九九哭，白云卷就抱抱她，果然有好转。白云卷就几乎双手不离开九九了，时常混得一身奶香味和婴儿的屎尿味。

白云卷的困境她妈妈是知道的，时常过来做“技术指导”，但是也有顾不上的时候。冬天，寒风夹着小雨的时候，九九偏偏拉稀，脏兮兮的，白云卷要给她洗澡，可是这么软绵绵一小团，得来个人搭把手。

班桥在上班。

老太说：“我一把老骨头，都顾不上自己了，别找我。”

白云卷只得喊上来希文和阿静，都是没有经验的小姑娘，宝宝小胳膊小腿儿，抓哪里都觉得不合适。三个人手忙脚乱地给九九洗完个澡，大叹不容易。谁知道九九还是因为几个人动作太慢，着凉了，又折腾一宿。

白云卷隔天只得打电话跟亲娘求救，她黑着眼圈开车去医院，让白云卷妈抱着九九。

九九给白云卷带来委屈也带来欢乐，笑声和泪水交织相随。九九能认人了，能玩耍了，能自己坐立了，能呀呀喊人了……白云卷慢慢地有了做妈的感觉，酸甜苦辣都是搅浑在一个碗里的，人生如此，当妈也不外如此。

八个月的九九喊出第一声“妈”的时候，白云卷笑靥如花，眼底也翻出一朵泪花。

九九长开了是个很可爱的宝宝，她开始知道玩，就不安分了。

小朋友们在门口坐摇摇车玩，她听到音乐声，也要驾着学步车去凑热闹。

七八个月大的九九，已经能有玩耍的能力和对外界的好奇心，用专业点的话来说，就是婴儿已经获得了“客体永恒性”，能记得东西，能自娱自乐了。

有一回，她在学步车里，摇摇晃晃地蹭到右街的玻璃橱窗那里，“呀呀”地叫喊，指的是让人给玩她摇摇车。店里闲着的希文就取出个游戏币，扔进摇摇车的窟窿，喜羊羊和灰太狼的摇摇车就唱着歌摇啊摇。九九欢乐地叫喊起来，还拍手和着。她喜欢看着摇摇车闪着五颜六色的灯唱歌，但她毕竟太小，不能抱进摇摇车。希文把她推到玻璃橱窗边，让她自己乐着。

白云卷跟客户谈完生意，转身就看到九九涎着口水“呀呀”地叫喊，赶紧给她擦掉那亮晶晶的口水丝儿，一边宠溺地亲亲她的小额头。

老太看不过眼，说：“这么小就样样由着她惯着她，长大了还得了。这么小懂什么，就给她玩摇摇车，一次两块钱呢，败家!”

白云卷无奈地辩驳：“摇摇车是我们自家经营的，那个币投下去，还是回到我们自己店里啊。再说小孩子懂得什么叫惯着，她刚晓得玩，应该让她多活动，多关注外界。”

老太不乐意了：“摇摇车耗电的，电费不用钱!”

老太总爱折腾点这个，折腾点那个，来表示对九九的不欢迎，她似乎对九九有着与生俱来的敌意。她从来没亲近过九九，更不用说抱九九。九九开始学叫人，妈咪，爸爸，姐姐，姨，哥……都学会了，就是不会喊“阿嫲”。

七月，距离去年九月已将近一年。白云卷觉得这十个月似乎过得很漫长，也很快速。

她跟班桥说：“都说女儿是妈妈的贴心小棉袄，我觉得她现在就已经是小棉袄了，有时候我甚至觉得，有没有自己的亲生孩子都无所谓。亲手养大的孩子也亲。”

班桥说：“九九固然好，我也疼惜她，但是没有生个自己的孩子，总觉不踏实，再说阿妈那关也过不了。”

白云卷知道，孩子身上没有“李家血脉”，芥蒂总会存在的。

五

没有高贵的“李家血脉”的九九，不料却还流着“低贱”的血。

也就在七月的一个早晨，药店在做免费测血糖的活动时，来了几个民警。

民警问：“谁是白云卷?”

阿静赶紧去楼上报信说：“卷姐，来了警察，找你的。”

白云卷把九九交给阿静，嘱咐她看好宝宝，自己下楼了。

民警问：“你是不是买了个孩子?”

白云卷觉得有误会，说：“去年抱养了一个，但不是买的。”

民警说：“你是不是给了人家钱了?”

白云卷有点愕然，知道出问题了。

“介绍的人说孩子的生母家穷，我给了个红包，给她产后休养补身体。”

民警说：“这就对了，一时半会儿说不清，你带上孩子跟我们走一趟。”

七街和右街交界的“仁德堂”是旺铺地，人气旺，看热闹，聊八卦的人气就更旺。众目睽睽，白云卷坐着警车走了。

“仁德堂的老板娘被警察带走了，肯定犯事儿了。”

“听说她买了个小孩。”

“听说现在贩卖儿童判断可重了。”

“缺德呐，怎么能这样呢，自己生不了，就买别人的，也不想想被偷孩子的父母，会多凄惨。”

“……”

街头的一堆闲言闲语是夏日突然掉下的冰雹，砸得老太头昏眼花。老太气得发抖，年老的她和年老的拐杖都站不住，只得靠在石柱上，差点晕过去。阿静赶紧把她搀进店里，打电话把正在上课的“老板”喊回来。

班桥从学校奔回来，一进门，老太就开始控诉媳妇的不是。

“还不是因为不会生！现在好了，犯罪了。买的？不是说抱养的吗？……”呶呶不休，没完没了。

班桥话没听完就赶紧冲向派出所。对面阿华姨说，人家说贩卖儿童判得很重。他满脑子颠来倒去都是“贩卖儿童会判得很重”。

派出所的民警说白云卷涉嫌买卖儿童，但是从口供来看存在一些问题，还没弄清楚。没弄清楚之前，亲子鉴定结果没出来之前，白云卷需要在看守所待着，不能出去。

班桥找到了在派出所上班的同学，去探情况。同学回来说：“这孩子，是个妓女生的。看情况也不算贩卖，你老婆不知情，估计不用担罪。”

班桥回家就跟老妈说：“云卷没犯罪，那孩子是个妓女生的，具体还没搞清楚，但是阿卷应该没事。”

这头班桥正开心白云卷没罪，那头老太太却是听得一声平地惊雷，血压噌噌噌地飙升。

老太说：“晕，天旋地转的，扶我一把。”

班桥和小姑娘们赶紧搀她回房。阿静拿血压计一量，赶紧给她掰了几粒降压药。

老太躺在床上哼哼：“我们李家做了什么孽，给妓女养孩子。自己不会生就算了，给别人养孩子，还是个妓女的孩子。妓女不就是鸡吗，不干不净的，能生出什么好货色……”

老太太一折腾，邻里又有了茶余饭后的谈资。流言蜚语有强大的魔力，能扇阴风点鬼火，两三天这件事就在小镇搞得沸沸扬扬，成了一锅沸腾不休的开水。

六

在看守所，白云卷看到了九九的亲妈，一个画着浓妆、打扮艳丽的女人，或者说女孩儿。九九的亲妈才十七岁，雨季年华，皮肤水灵灵的，长得挺好看，就是晕开的眼影和头上扎的花苞头有点散乱，稍显邋遢。

录口供时，民警问九九的亲妈：“孩子的爸呢？”

那个女孩子犹犹豫豫的，低声说：“分手了。”

分手了也总该能联系上吧。民警自然要寻根问底的。

那个女孩顶不住盘问，支支吾吾说她在夜总会工作，有好几个男朋友。她自己也没搞清楚孩子的亲爸是谁。

女孩子扛不住盘问，哭哭啼啼说，别问了，她也不知道谁是孩子的亲爸，那些男朋友也没人肯认这孩子。她住在旅馆，旅馆老板帮忙找的接生婆。生下孩子后，她只见了几次。第四天，旅馆老板把孩子抱走，说是孩子生病送医院了。第七天，就跟她说孩子死了，还让她还钱，说是他垫了孩子住院的医药费。

她抽着鼻子说："我哪里有钱给他。后来他说看我可怜，不用还钱给他了。"

"最近我无意间听到他去年九月份送了个孩子给人，说是亲戚家的。听说他收了红包，有好几万。都是在九月份发生的事，我九月份生的孩子，他九月份给人家送的孩子，我就起疑心了。那时候我孩子出生好好的，怎么会平白无故死了？他还替我垫了住院的钱，他不是那么好人的。"

"我是托认识的姐妹，才问到了实情。可是他不肯给我一分钱。"

她顿了顿又说："本来我也不想纠缠他的。可是我的孩子，他卖了几万块钱，我一分钱都没得到，我不甘心，孩子是我生的！"

想了想又说："警察叔叔，你们能让他把钱给我吗？听说，最大的那个红包就是给孩子的生母生父的，是给我的。"

民警被问愣了，问："所以，你报案说有人偷了你的孩子。你的孩子被拐卖，你只是想让我们帮你讨钱的？"

另一位民警愤愤地问："那你到底想不想要这个孩子？"

女孩子笑了笑："我哪有钱养她，听说她养母对她很好，她喜欢，就送给她好了。我是孩子的亲妈，那么多钱我总该得一份吧。"

亲子鉴定结果要等市里送回来。等待的那几天，白云卷和那个女人都在看守所。

民警让九九的亲妈照顾九九。那个女孩儿手忙脚乱地抱着九九，不知道怎么冲奶粉，怎么换尿不湿，怎么给九九穿衣服，该穿多少，怎么哄九九睡觉。

婴儿的啼哭搞得民警们心烦意乱，再看看喊着"妈咪"，在女孩子手里鲤鱼打挺，哭得连气都喘不过的九九，民警们于心不忍。

民警让白云卷过去帮忙照顾孩子。九九很快就被打理得妥妥帖帖了，不再大哭大闹。那个女孩用膜拜的眼光打量白云卷，一边夸她，然而没有学的打算。

旅馆老板自然被判了刑。连林伯都被判了两年，纵使林伯没有从中间得到一分钱，但是他是作为"中介"被定了罪。

民警跟女孩说："钱我们是不能给你讨了，孩子你可以带回去养。"

这似乎不是女孩预料的结局，她愣愣地没吭声。民警只当她答应了。

白云卷要离开看守所那天，女孩子突然拦住她，跟派出所的民警说："我看得出她人好，更适合养这个孩子，我想把孩子送给她养，自愿的。"

班桥拉着白云卷说："我们不要了，万一以后她又想要回去呢？万一冒出来个人说是她生父呢？"

白云卷两眼泛着水光，走过去摸摸九九的小脸，拉着她的小手恋恋不舍。

民警倒是很热心，跟白云卷说："如果你愿意，我们派出所可以给你们出具书面证明。"

白云卷又把九九抱回家。

老太太天天闹。老太太说我同意你再抱养一个，就是不能抱养这个，这是妓女的孩子。

班桥拗不过他妈，只得求助民警，又把九九送回去。

白云卷黯然了好几天。

那么多人等着看她笑话，谁知道她没满足那些幸灾乐祸的心理。店里的小姑娘都知道卷姐伤心没露出来，她向来只在人前笑。

七

今天，那个女孩来了，就这样把九九放在门口。

白云卷看着九九开心又忧愁。老太太一直守在门口誓死不让进。

白云卷进进出出，来来回回地去门口给九九喂奶，换尿片，赶蚊子，给空调扇添水。实在忙不过来，小姑娘们轮番登场，出去陪伴九九，逗着她玩儿。

班桥知道白云卷暗自伤心了好几天，现在九九来了又给了她希望，必然不能让她失望了，他得帮着把孩子要回来。然而他花了一个中午，耗尽口舌都没掰过他妈，一甩手气呼呼地去上班。

老太太挺起精神，守在楼下，连午睡都免了。

中午的阳光猛，空气煎得人的皮肤都疼，白云卷想把九九抱进店里，老太太拦住："有她没我！"白云卷搬了个凳子，陪着九九在街边打瞌睡。

九九在婴儿车里睡得不安稳，醒了不乐意，皱着眉正打算哭。白云卷赶紧好声好气地安慰她。

老太不屑地转过头："看你着急的，一个妓女的孩子有什么好宝贝的。"

夜幕四垂，白云卷坐在门口，给九九喷花露水，扇扇子。

班桥说："不要执拗，让一步吧，我们再养一个行吗？她是我妈，我们让着她点。"

白云卷指指九九："可我是她妈。"

白云卷打算死守，坚持下去，不能放弃。

不料，老太大热天晒了一天，晕了过去。

大半夜送进医院，隔天醒来还嚷嚷着孩子的事儿。

白云卷的妈妈说："事情都这样了，就算了吧。一家鸡犬不宁的，你和孩子没那个缘分，别勉强。"

白云卷忍住泪，把九九送去派出所。

后来，九九被那个女孩子送给一户人家，在云落镇。那户人家是不能给女孩子什么钱物的。那个女孩也只想找户人家收养九九罢了，并不计较。手上的孩子此时对她而言就是一个烫手山芋，却不能随便扔掉。

九月初九，是重阳节，老人节。老太心情好，精神抖擞，跟着四邻的老太们出去散心。

白云卷想起这是九九的生日，养了她快一年，却没给她过一次生日。白云卷想见九九，却有点犹豫，或者说有点害怕，怕什么，她也说不清。

白云卷一向都是从容的，遇见不能从容的事情，也不想泄露她的不安，店里的小姑娘都没觉察出她今日的异常。白云卷悄悄地到商场买了一箱羊奶，羊奶比牛奶适合婴儿喝。

她拎着大袋小袋，到了云落镇的一个小村，打听到九九的新家。

白云卷绕进了这村子的老巷子。这区域是一大片老房子，已经很多人搬出去，不住这里了。有一户人家的门开着，前院几只鸡踩着自己的粪便无所事事地踱来踱去，"咕咕"低声叫喊，隐隐还有猪无聊的哼唧。

一个老太太靠着一面残缺的墙，沉寂地蜷缩在日光的阴影里，似乎怕阳光发现了她，把她晒干了去。

风吹日晒剥落的墙皮，堆积在墙根下。

白云卷进门走了几步，问："老人家，这是刘巧花家吗？"

老太太抬起头，怔怔地问："你找她干吗的？她下地干活去了。"眼珠子混浊，已然是瞎了。

白云卷说："那她老公在家吗？"

老太太说，"他去工地了，你是谁，有事吗？"

白云卷说："我是刘巧花的朋友，顺路来看她。听说她抱养了个女孩，我顺便带了点小礼物给孩子。"

一个小男孩，欢天喜地地从猪圈边的龙眼树溜下来，打着赤脚跑过来，一把抢过她手里的袋子，打开，探个脑袋去看有什么。

白云卷这时候才发现院子右边的角落有猪圈，九九的摇摇车在猪圈旁边，车子脏兮兮的。走过去一看，九九在睡觉，脸上停了四五个芝麻粒大小的蚊子。

白云卷轻轻地赶走那些蚊子，不解地问："不是有个男孩了吗？怎么还抱养个女孩儿。"

老太说："女孩好啊。女孩可是家里的好帮手。长大一点，五六岁就可以扫地洗碗帮忙干些家务活儿了。十五六岁，不读书了，就能进工厂打工，能帮忙补贴家用。出嫁了，还有聘礼。"

老太想到了长大的九九能带来的各种好处，自顾自地笑了，笑声像是夹了沙子，割得人耳膜难受。

"要是再养个男孩，倒没有给他娶媳妇的资本。"

小男孩见到翻出一罐奶粉，敲了敲，又抖出婴儿的用品零食，兴奋得"哇哇"大叫。

老太太责备他："看好妹妹，大吼大叫的像什么。"

小男孩说："她不是我妹妹，不是我妈生的。"

老人倒是笑了："说，是啊，不是你妈生的。如果你到时没本事娶媳妇，也可以给你当媳妇呢。"

白云卷把九九推进屋里，放下婴儿车的纱帐。九九睡得很香。

白云卷失神地走出老巷子，脑子里塞满了九九。笑着露出几个门牙的九九、扁嘴就哭的九九、洗澡时鲤鱼打挺的九九、口齿不清喊着妈咪的九九……一堆的九九怎么都和"童养媳"、"打工"、"赚钱"的字样拼不到一块儿，甚是混乱。

有个孩子风一样地从她身后跑过。就是那个小男孩，手里举着两瓶羊奶，在前方的一户人家门口，兴奋地尖叫："方丁丁，我跟你一样有牛奶喝了。"

有个女人的声音传出来："傻仔，上面写着羊奶呢，不是牛奶。"

哑 口 琴

华中师范大学/王轲玮

1

人们说：传说是完美的，悲剧是纯粹的。

口琴说：爱其实连一个美丽的误会都不是。

2

柏辽兹出生于1803年，早年爱上了一位英国的女演员亨利埃塔·史密斯。由于语言不通和文化差距，他用看家本领写了一首《幻想交响曲》，为了赢得心上人的欢心。

可当完成最后的谱曲工作之后，他猛然发现对她热衷的爱已经消退得难觅踪迹了。

蓝岚第一次见到恒冰是在河边的这把长椅上，他一个人默默地坐着，身边放着一瓶喝了一半的冰锐。

一件永远一尘不染的白衬衣配着七分牛仔裤。光线在棱角分明的脸上投下阴影。

恒冰出现的时间大多是白天，独自翻弄着一本画满五线谱的笔记本。一把口琴始终握在手里。

看不懂他深不可测的眼睛，笔挺的鼻梁中间似乎沾上了一个小黑痣。

蓝岚在附近一家酒吧兼职才一个多月。

今年她读大二。没有课的周末都会来这里，散步或者和同学来排练舞蹈社的新舞。

平时来这里的人很少，只有几只贪吃的麻雀在地上画着圈。

刚开始，她离他很远，根本听不到他吹的歌。

逐渐接近之后，她才听清那种音色和旋律。和普通的口琴不同，他吹出的声音里夹有一些撕裂的音。

他的五官很清秀，鼻梁笔挺的。方形的寸头加上白白的皮肤看起来给人一种很干净的感觉。这种感觉与篮球场上那种一脸不羁、坏坏的酷有着极大的不同。

蓝岚佯装和同伴打打闹闹，轻轻地从他跟前飘过。

他紧张地抬起头，看了看她们，礼貌地笑了笑，合上了自己手中的曲谱。笔记本的封面很旧很破。

“你吹的是什么曲子啊！好好听啊。”第三次碰面时，周围没有别人。

蓝岚坐到他旁边轻轻地问他。他怔了怔，可音乐并没有停下来。过了好一会儿曲终之后，才紧张地放下了口琴，翻开笔记本。

短短的指甲把其中一首歌的标题指给她看。他没有说话，只是淡淡地笑着，眼睛游离看着远处早就停用的音乐喷泉。

蓝岚好奇地问他能不能把口琴借她看一看，他断然拒绝了，使劲地摇头，像藏宝一样，把它塞进了裤袋。

“没想到这么简陋的口琴也能吹出这样的声音。”

“啊。”终于他应了一声，只有一声，拿起地上的冰锐，咕咚咚地喝了几口。白净的脸上嘴角向上翘了一下。

就这样他们算是相识了。

可是几次交谈下来，一直都是蓝岚在唱独角戏，他始终没有说话。有时用口琴短促的低音来回应，更多时候给的只有眼神。

渐渐地一种异样的感觉浮出了水面，随着话题的变少，气氛越发死气沉沉。

蓝岚以为他和那些同系的男生一样是故作深沉，为了让他也打开话匣，开玩笑逗他：

“怎么，装什么哑巴？为什么不说话。装什么深沉啊。”

他没有回答，脸色顿时变了，拿起口琴夹着笔记本扭头就跑了，起身的时候，还不慎将冰锐的瓶子踢翻。

透明的液体流到地砖上，和风打着招呼。蓝岚一个人呆呆地看着那个落荒而逃的背影，很久都没有动，纳闷他难道没听出来这只是一个玩笑吗？

等到她追上去时，街口早就没人了。她冲到十字路口的一家小店，问一个穿着老式格子裙的女店主："阿姨，请问你有没有见过一个高高的穿白衬衣学生模样的人跑过这里。"

"高高的？学生倒是没有。刚刚有个哑巴路过这里买了一瓶水。穿的是什么我倒忘了，人倒是挺干净的。再后来有一个领着孩子的女人，还有……"

蓝岚对于店主的方言听得不是很清楚，火烫的血液淹没了心房里刚刚萌芽的种子。但一句话听得很明白。

店主说刚刚只有一个男的走过这里，是个哑巴。

口琴说：不是天上飞的都叫鸟，不是地上长的都叫草。有一种最卑贱的草，它的名字叫作"人"。

3

接下去的好几个星期，恒冰都没有在公园里出现。她每天还是逢周末去公园散步。

也许是因为，对每天听到的虚情假意的声音产生了厌倦。

她竟有一点喜欢起和他在一起时的那一份安静没有杂音的感觉。

终于半个月后，恒冰又出现了。蓝岚一把抓住了看到她想逃跑的恒冰，死死地抓住。全然没有淑女的风范。"别走了好吗？对不起。我真的不是故意的。"

他的脚劲渐渐松了下来。被她硬拽着坐到了平时常坐的长椅上。

知道他的事是在后来。

以前的他性格很开朗，活泼好动。

八岁那年，一次天灾加上人祸，他活生生地被运动的机器齿轮切去了大半截舌头。

从此便再也说不清话，张开嘴巴只能发出婴儿般咿呀的噪声。

每周末从酒吧里上完班后。她总能在公园里和他见上一面。

他每次都从住处给她带来两个煮鸡蛋，一大一小。她慌慌张张地拿了过去，露出幸福的白牙，吃了。

剥开暖暖的蛋壳，光滑的湿气从她的手心里滑过。她很喜欢吃蛋黄，每次总会先把蛋白掰开，把蛋黄整个塞进嘴里。像是“天狗”吞下一整只太阳。

她说，蛋黄里多碱性物质，能抗疲劳的。他木木地点了点头。其实她说话时嘴里塞满了鸡蛋黄，说话的语言很含糊，他并没听清。

剥下来的碎蛋壳，他会用塑料袋装好收起来。因为她不让扔。

“我们可以用这来拼拼图，做装饰啊。到时候，就贴在你脸上!”

不过事实表明，这些东西的确没被用到过。

“我就要跟他在一起。对——哑巴怎么了。他除了这一点比普通人要强得多。你还是去管管自己男朋友吧。除了逛街、上床之外，还会干什么?”

面对室友烦琐半带嘲弄的劝告，她是这么吼着回答的。

那天晚上很少发脾气的她一个人在校外的冷饮店里吃了四个甜筒，直到老板娘打烊时来催促。肚子一片冰凉但心脏却依旧火烧火燎的。

半个月前，交往两年的男朋友提出了分手。男友是校篮球队的主力控卫。那个接替她位置的女生正是啦啦队的队长。火辣的身材、小鸟依人的嗲态，这些都是蓝岚不可及的。

口琴说：沉默，也许是因为刚好有天使走过。

4

在他吹奏时，她也开始在一边练舞，伴随着音乐扭动着青春四射的身躯。

风凉凉的。干枯的树叶在她灵活的舞步下发出簌簌的碎裂声。

慵懒的树枝像是新买的打蛋机，飘动着枝干将阳光打碎揉捏。她蕾丝边浅绿色的裙摆晃得似花瓣，很漂亮。

《莫斯科郊外的晚上》、《Affinity》、《晚霞中的红蜻蜓》、《稻草人》……每天他都是依次吹着这些曲子。一丝不苟，顺序不乱，天天如此。

几天后，蓝岚主动约他去一家新开的主题乐园玩。犹豫了半天后，他含含糊糊地答应了。

随着熙熙攘攘的人流，他们走进了大门。恒冰一脸严肃的，行动僵硬得很。

他以前几乎没怎么来过这么热闹、游人众多的场合。他走得很慢，眼睛始终四处张望着。

“快点啊！到这边来。”蓝岚兴奋地拉过他的胳膊。

她提出要坐云霄飞车的时候，他一脸茫然地看着蓝岚此时灿烂的微笑，想要问些什么却没能问出口。

摩擦轮吱吱地摩擦着金属轨道。过山车缓缓运行到临近路轨的垂直段，车子戛然而止，悬空在几十米的高空中，脚底景色尽收眼底，心弦一下子绷紧，紧接着突然以俯冲的姿势下冲下来。

蓝岚感觉身体像飘浮在宇宙中一样，近似失重状态……

“喂——你这人怎么这样啊。”

刚刚回到平地上，人们都还没有缓过劲来时，突然一个声音从她的旁边传过来。

恒冰吐了，吐得一塌糊涂。黄色的秽物散发着浓臭的味道。坐在他后面的中年男子的衣服上染了一大块污渍，黏液顺着他的脖子流了进去。一股大蒜的味道弥漫在附近的空气里。

他站了起来，大声地冲恒冰嚷嚷道：“你这个人怎么回事，我操——会晕会吐就不要来这里嘛。”

愤怒的唾液横飞。

他一脸茫然又痛苦地摇着头，脸色苍白。

“喂——赤佬，你连一句对不起也不说啊。啊——道歉啊。”中年人不依不饶地想要揪过他的衣领。

蓝岚连忙挡开了，赔着笑脸，一边扯着嗓子喊对不起，拖着他逃离了人群。

绿荫下他坐在草坪中央，不知所措地用手抹着自己嘴边残留的液体。

她定定地看着他，不知道该说什么好：“我们去坐海盗船吧。那个好一点。”

下午五点时天已经困得黑起了脸。他浑身湿漉漉地跟在她的身后，若即若离。

蓝岚的脑子很乱，像煮焦了的麻球，芝麻黑乎乎地粘在油锅里。她靠在车站冰凉的金属栏杆上，脸上始终感觉火辣辣的。她不知道自己“带”他出来的举动究竟是对还是错。

根本想不到，在坐海盗船坐到一半时，他竟然私自解开安全带，从场地里跑了下来，只留下蓝岚一个人在那里瞎晃。

也许是因为那个废弃的公园里也有一个停用的喷泉，在路过这里的音乐喷泉时，他显得很激动，手舞足蹈的，抓住喷泉停止喷水的间隙，一口气冲进了喷泉的中心。

当然不到五秒钟，水柱就再次腾起。在周围的人一片笑声中，他落汤鸡似的跑了出来。

公交车慢吞吞地朝着车站爬了过来。她抢先上了车，掏出学生卡刷了车钱。心情依旧有点不平，为他的笨拙。

他也跟了上来，站在投币处始终没动静，双手在口袋里摸索了好一会儿。她好奇地朝他看了看，走了过来。

恒冰像是想到什么似的，一下子把她手中的车卡夺了过去，也放在刷卡机上照了一下。

可是机器却没有丝毫反应。

“喂——怎么回事，你是把卡弄翻了吧?”司机看着他不耐烦地说着。

他紧张地把卡翻过来翻过去，可刷卡机就是没有反应。司机站了起来，不客气地瞥了他一眼：“怎么回事！学生卡啊——你前面一个人不是已经刷过了，你还能再用。想逃票？你到底知不知道，这个一小时只能刷一次……快点掏钱，不然下车。人家还等着开车呢?”

蓝岚意识到他的窘境，拼命地搜着口袋……

“喂——已经是末班车了。你快一点啊，我要收工了!”司机展示着满口黄牙看着他。

她掏了半天都没有找到硬币，慌忙之下，不自觉地拿出了一张百元大钞，就要往投币口塞。被他阻止了。他知道她也不宽裕，不然不会出来做兼职的。

他回望了她一眼，闷声不响地走下了车。扭过头时笑着朝她招了招手。

车门不客气地关上了。黑漆漆的尾气中，他的影子变得模糊起来。

风掠过湿漉漉的头发。他觉得发根在发凉发麻。身子也没干好冷啊。

口琴说：“笨鸟先飞”没错，可一只鸟连飞都不会了，那怎么办。

5

曾经有个人把明朗欢快的《第四交响曲》赠送给泰莱兹－布伦斯维克伯爵小姐，其后又把婉约细腻的《月光奏鸣曲》献给朱丽叶－阔查尔蒂伯爵小姐。最终依旧终身未娶，一生独处。他的名字叫作贝多芬。

“去我家吧。”

蓝岚收到了他递过来的一张纸条。

牵着他高瘦的影子，她关掉了塞满同学骚扰短信的手机。

恒冰租的房子在市中心，不过由于房屋的时间太久了，从楼外看很破，像是电影里城乡结合部的房子。

可是走进房间里后，蓝岚却大吃一惊。这根本不像是一个男生的房间。

整个房间很干净，很明亮。窗帘是可爱的卡通图案，铺在地上的是白色的复合地板。

屋子的装修仿佛抓住了富丽堂皇的一个尾巴。说不上豪华但起码和她以前看到过的男生寝室里的场景有着很大的不同。

蓝岚发现窗边挂满了黄色的铃铛以及风铃。

“为什么买这么多风铃，如果起风了不是会很吵吗?”

他笑了笑，做了一个关窗的动作，表示风大时就关上窗。

自己不能说话，他就听这个吗？她不知道为什么自己现在会把他任何不寻常的习惯都跟“哑”联系在一起。

恒冰养了一条狗，一根白色的细绳松松地把它拴在阳台上。

他用纸条告诉她，狗是他捡的，养了三年了，不过一直体弱多病。

它耷拉着耳朵躲在阳台晒着太阳，懒懒地伸着腿。身边放着一个盛着狗粮的碗，碗沿沾着黄色的渍。

恒冰俯下身子来，摸了摸狗的头。

狗汪汪哼了两声，安逸地躺下来了。舌头调皮地吐了吐，爪子小心翼翼地拨弄着他挂在皮带上的钥匙串。钥匙串碰撞着发出“叮当”的悦音，仿佛是火石碰撞时发出的声响，温暖的旋律。

他满眼爱怜地看着趴着的黄狗。

“下周末我们一起去KTV吧，我和几个网友约好了。你把口琴也带去，让他们开开眼。”蓝岚兴奋地拉着他的胳膊。

恒冰似懂非懂地点点了头，眉头微微一颤。

从他的纸上，蓝岚了解到恒冰现在是靠低保和家里面的资助来度日的。

“没事，你口琴吹得这么好以后一定会有大作为的。当创作型的口琴师。”

恒冰摇了摇头，定定地盯着发霉的天花板看了很久。

缓缓地又写下几个字：你早点回去吧，我这么个哑巴，不值得操心。

还没等他写完，蓝岚很生气地夺过了笔："你说什么啊。尽管我们认识的时间不长。但这有什么关系呢。言语不通不也可以用别的方式来交流吗？你干吗一天到晚赶我走啊。我又没有……"她夺过笔的时候，不慎把笔掉到了地上。这个举动将她的愤怒凭空放大了好几倍。

吻着的时候，他始终没有张开嘴，牙齿闭得紧紧的。

手怯怯地抚摸着她的背，像是怕弄疼她似的。只有肢体裸露的部分碰在一起。

他是怕我吻到那剩下的半截舌头吧。蓝岚的心绞了一下。不知为什么一想到他的舌头，一幅血腥红色的画面从脑袋里跳了出来。她的胃里一阵翻滚，很不舒服。

荷尔蒙激素冲击着两颗躁动的心。闪电好像学电磁波一样，摆脱了传播的介质，直接将酥麻的快感，贯穿樱花树下这两枚花蕊。

他的嘴唇像蛤蜊一样……

但是最后的时刻，她推开了他。

因为手机响了，当然即便没响也是这样的吧。

"你现在好吗？"她听得出来是前男友的声音。和他运球的脚步一样，嗓音也带有一点沙沙的感觉。

"嗯。"

"饭吃了吗？"

"嗯。你呢？"她竭力保持着表情和声调的镇定。

恒冰站在一旁，静静地看着她的眼睛。过了一会儿后，走开了。

他们聊了很久。蓝岚知道他和啦啦队队长分开了。这次竟然是他被人家甩了。

电话里，他回忆了很多往事。蓝岚眼眶红红的，只是应着。

客厅里，恒冰拿着湿抹布，单膝跪在地上，擦着地板。顺便替她擦了擦沾了泥的高跟鞋。

风吹了进来，穿过窗户敲响风铃。叮咚——

她很晚才回到寝室，带着一脸的疲态和湿漉漉的衣襟。脑海里还记着他嘴唇上的温度，凉凉的。心里两个影子使劲地乱晃着。她使劲地否认着，自己还彷徨的事实。

小蝌蚪带着尾巴上的痛，在心泉里游弋着。

口琴说：喂——喂！从来都没有人和他这么亲近过。说你呢——离他远点！

6

周末，她一大早就等在他家楼下。挽着他的手乘上了公交车。

看起来她似乎恢复了正常。

“今天打算吹什么歌呢？我跟网友们吹牛说我男朋友是音乐人。”蓝岚害羞地说着，言语里却还有一种自豪。

他皱了皱眉头，冲她摇着食指。

包厢里的气温很高，朋友们一个个互相灌着酒，一边扯开嗓子鬼哭狼嚎的。

这些网友，蓝岚是网上认识的，大家都号称是音乐发烧友。可是就从这简直无法忍受的跑调和破音来看，的确是发烧友，只不过是大脑发烧。

蓝岚怎么也没料到，本来还想让恒冰出出风头。可这样嘈杂混乱的环境下，别说口琴就算扛一架钢琴来，估计也不会有人关心音乐本身。

她偷偷地看了一眼他，他的脸很阴沉，一言不发地喝着饮料。

“帅哥，在哪里高就啊。”一个长着肚腩的矮个男人举着酒杯坐到恒冰的身边搭讪。

“啊，他是搞音乐的。”蓝岚很紧张地替他回答着。恒冰像没听见一样依旧保持着冰冷的表情。只是礼貌地伸出手来。

来人看到他一副冷酷大咖的样子，连忙弯下腰，递上一张名片：“敝人袁师隆，是外贸公司的业务经理。还望多多关照。”

恒冰点点头，接过名片后，把名片藏在身后撕得粉碎。

“哥们，一起唱吧！快过来。”一个喝了很多的胖子朝恒冰嚷嚷。

恒冰并没有理睬，手插在裤袋里摩挲着带来的口琴。

蓝岚连忙帮他打着圆场，接过了胖子递过来的麦克风。

唱的是那首被唱滥了的《真心爱人》，一边唱，胖子的身子一边向蓝岚靠拢。手开始不安分地在离她身体很近的地方乱动起来，佯装很动情的样子。

蓝岚不自觉地向旁边挪了挪，可胖子却变本加厉，胖乎乎的大手在她的肩上轻轻地揉着，慢慢顺着脊背向下……

就在这时，蓝岚的手突然被什么人抓住了，回过头发现是恒冰。

他一把推开胖子，拽过蓝岚朝门走去，“咣当——”一声他手中的酒瓶摔在了地上。

屋里的人像被雷击中一样一下子安静下来。“哎——这是干吗，还早呢？再玩一会儿吗？”先前那个肚腩男连忙劝着，悄悄地给一旁的胖子使眼色。

恒冰此时也像是想到什么似的，从口袋里掏出几张百元大钞，本想扔在地上当作埋单的钱。可一不小心，那把口琴也不小心带了出来。

“啪!”直直地敲在地上。恒冰的心瞬间充血。心疼地弯下腰，本想马上拾起仔细察看有没有损坏。

可此时胖子像是没看见一样，摇摇晃晃地一脚正好踩在口琴的身上……

甚至还抬起脚，跺了两下。

“这么破的废铁，也敢带在身上。坏了就坏了呗。”喝醉的胖子不屑地看着恒冰。

他冲上去推了胖子一下，死死地盯着，抓起一整杯酒直接泼到胖子脸上。

啤酒滴答滴答从他堆满肥肉的额头上落下来。格子衫被污得一塌糊涂。

胖子吼叫着朝恒冰冲了上去，手里挥着一个空酒瓶。

蓝岚连忙拉着两眼冒火的恒冰出了酒店。她怕他一冲动再干出什么事来。

周末的街头，满是行人，像极了监狱里犯人放风时的场景。

出了酒店后。恒冰远远地甩开蓝岚。

一个人走着。

“喂——对不起，我不知道他们是这样的人。恒冰！对不起啊……你没听到我说话吗?”

她拼命地喊着。但他却连头也没回。

暗处他悄悄地拿起手中的口琴，小心地抚摸着那一块裂开的地方，几块金属片有的整个掉了，有的碎了。一块细小的电子芯片裂成两半，其中一块还死死地卡在里面。

他把口琴放在了嘴前好一会儿，像是在鼓捣着什么。许久后，沉下了头……

喷泉忠实地守着原地，水花廉价地在空中绽放，却没有多少人在欣赏它用爆裂带来的花瓣。

秽物糊住了地砖上路灯的反光，锁住了芳草和香樟。

口琴说：风来，帘子醒了。帘，最早闻出了风的踪迹。

7

莱茵河平稳地流淌着。沿岸的货船和灯火护着一个卓知的灵魂。舒曼在这里奔向了终点。打赢了一场婚姻官司，却输给了上天降下来的疾病。克拉拉死了——《春之声》里没有他的春，也没有他的声。

“你开门啊。喂——”

蓝岚在他门口敲了好久的门。

可恒冰并没有开门。屋子里传来狗的叫声。她终于忍不住了，飞奔下楼。

狗的舌头静静地舔着他的手掌，他的泪水落入狗粮里，无声。

他感觉自己的后背上的伤疤痛得很。

记得那些伤痕多半是出事之后，被儿时那些要好的玩伴用石子砸出来的。

“怪物，连舌头都没有。滚开……”

“师傅，麻烦你再开快一点。您知道这附近哪里有琴行吗?”

出租车上，蓝岚一边用手机上网百度，一边着急地问司机。

“我说你个姑娘家，做事怎么这么不稳重，没看见这堵车堵着了嘛。”

司机的心里也被堵得不顺畅，不开心地说道。

“我稳重？一个二十几岁的女生，要稳重干吗——最近的琴行在哪里?”她反复地问着。

“这个……”

她看到司机的迟疑，从后座把一只手搭在司机的肩上，一脸坏笑地捏了他几下：“我说，您可别以为我不认识路，想着绕远路骗钱。信不信我投诉!”

“唉，比我老婆还凶。得，我认栽。”

琴行门口摆满了钢琴，服务小姐态度谦和地坐在玻璃门里面。

“你们这里有没有好一点的口琴。”

“口琴？那这把天鹅牌的，十五块。”

“我说好一点的。别管，最贵的吧。”蓝岚气喘吁吁地说着，眼睛瞄了瞄店里的摆设。

不是很大的店面里摆满了乐器。

“这个口琴……买的人不是很多。所以我们这儿只有这样的。”小姐心不在焉地修起指甲来，指甲钳啪嗒啪嗒地插着嘴。

小姐有气无力地吐着字，连头也没有再抬起来过。

“那哪里有卖?”

“你去别的地方看看吧。”

蓝岚被她的态度扰得心情更差了。用力地摔着门，

恒冰一个人坐在公园里的铜像边。狗，盘着身子坐在他的腿上。

“汪——嗷!”

他时不时地挠着小狗茧已经很厚的爪子。

手里没有再握着口琴，只是拿起一片树叶来，“噗——噗”吹出难听的声音。

他吹了很久，很久。吹得狗儿都遮住了自己的耳朵。

他想让自己忘记。他是个哑巴，不只会吹口琴。

“这是日本进口的TOMBO。复音口琴，重音16孔。采用树脂琴格，C调。长132mm、宽29mm、厚21mm。重量91克……”

“好了，就这个吧。哪里付钱?”

这一晚蓝岚跑了将近大半座城市的商城。

蓝岚又赶回恒冰的住处，敲了半天的门却始终没动静。

“恒冰，恒冰。你……睡了吗？喂——”

幽幽的灯光的碎片下，狗舔着他乌黑的头发。他的鼾声轻轻的，像雾月里的钟响。他在公园里过了一夜。

那一晚，她没能等到他。一直到一点才回寝室。蹑手蹑脚地摸黑进去，却依旧吵醒了室友。

“哎呀，大半夜的怎么这么晚。”

“人家，卖肉。那里平得像一个飞机场还这么不安分。骚——”

不知为什么，自从她宣布要和他在一起后，睡自己上铺的满脸雀斑的柳树珍就冷嘲热讽不断。

“我们，两个月之后要拆迁评估了。你尽快搬走啊，对了，家具你不能动啊。不然押金我不退的……你尽快吧，这个月底。听到了没？不会说话，你也应一声啊!”房东大妈用牙签剔着一口黄牙。

“我可不管。哑巴的耳朵总还是听得到的啊。到时候，如果还没搬走，一切按合同里写的来。”说完扭着肥大的臀部走下了楼。

出去的时候，很重地带上了门。

恒冰没有说话，站着定定地看着她的背影。

脚边的狗像是感受到了主人的心情，张开利牙变得少有的凶悍，汪汪直叫。

又一次要整理行李了。

其实没人知道当初恒冰是从北京来到这座城市的。

高三那年，他报考了中央音乐学院。口琴根本不被人待见，何况再加上五级伤残。他在刚踏进考场的那一刻就已经出局了。

记得他吹奏时，一个评分老师趴在桌子上一副事不关己的样子。结果可想而知。

高中毕业后的一年里，做建筑工人的父亲从脚手架上掉了下来。在为儿子贡献两万块的工伤费用后，住进了骨灰盒。

他没有把黑纱别在外衣上，而是别在内衣里。他不需要别人的同情。

世界的确变得温暖了，比起冰河时期。但正是因为温暖，北冰洋才出现尖锐多刺的冰凌；正是因为温暖，才让人觉得更寒冷。

回家乡吗?

脑海中奶奶的酱油年糕、二年级时叔叔带自己在摩天轮转了三个小时、过生日时教书的大伯准时会到达的贺卡……一切的一切都在空气中，像见到光的壁画瞬间褪色。

那里已经没有自己的根了。

他没有跟任何人说过，其实早在一年前，亲戚们就已经断了对他的接济。

记得一年前，正值祖母的三间祖屋要拆迁。由于父亲去世，恒冰作为长孙自然也和叔伯一样参与到家庭会议中。

几乎所有的人都喊着要房子，还主张在老太太还在世的时候，就办手续把房子过户给子女。恒冰在白纸上大大地写着“反对”。

他主张只要一套房子，其余两间换成钱，给祖母养老。

可是根本没有人理他。

“大侄儿，连话都不会讲，就别瞎掺和了啊。”

“对了，大侄，那个你年轻腿脚快，要不替我们跑一趟拆迁办再问问情况吧。”

二叔堆着笑，在他的耳边装作小心地嘱咐道，一副着急的样子。

他没有再多想，出去了……让“哑巴”去问情况，亏他们想得出来。

结果少数服从多数，当他大汗淋漓地回来时。祖母在叔伯们的“帮助”下已经在拆迁协议书和合同书上颤巍巍签上了自己的名字。

分完房子后，原先定好的儿女轮流照顾的口头协议瞬间成了废纸。老太太像个皮球一样被踢来踢去，没人愿意接纳。

他一气之下，替祖母写了一张诉状，并联系了电视台。最后，祖母被送进了养老院，由叔伯们出资，尽管寂寞，起码也能安度晚年。

可恒冰却被叔伯们视作仇敌。从此，他就再也没有回去过，不是不愿回去，而是不能。

“喂，恒冰。你在吗？总算接电话了。我买了一把新口琴。晚上给你送来。好吧。”蓝岚带着歉意地说着。

电话那头依旧是平静的。她长舒了一口气。

那只狗用狗爪划过手机发亮的屏幕。里面刚刚有人说话的声音把它吓了一跳。它快速翻过沙发逃开了。两根脱落的黄色毛发掉在发热的屏幕上。

恒冰此时在浴室里泡着澡，轻轻地洗着那把口琴。

蓝岚不会想到，电话根本不是他接的。

口琴说：鲁迅有篇文章叫作《为了忘却的纪念》，其实人很多时候，总是为了纪念才强迫自己去忘却的。

8

肖邦的故事与其他音乐家的故事相似，有三个女人来过的影子以及只属于他的肺结核。

这几天学校里的事很多。蓝岚所在的研究性小组关于保护老城区开发风情街的建议，在投给相关部门后，石沉大海。

大家要么在指责政府的不作为，要么埋怨这课题太空洞纸上谈兵。

“喂喂，这期末评分怎么办？”

“谁知道啊。”

蓝岚托着下巴，在担心这会到底要开到什么时候。她怕去他家太晚了，万一他睡了就……

“蓝岚！你在发什么呆啊！”组长戳了戳她的胳膊。

“我……没事。”蓝岚连忙顿了顿身子。

“人家，我看是这些天发春了。骚得不行——”柳树珍不屑地瞥了蓝岚一眼，故意把手在鼻子前使劲摇了摇，仿佛真有骚味弥漫过来一样。

蓝岚终于忍无可忍，怒火积压结成火石。

“你个麻脸，这几天想干吗。你有本事也发春啊。我看你没这个功能吧。”

柳树珍像是被戳到痛处，率先扑向蓝岚甩给她一个耳光。

接着两个人便扭打在一起，互相撕扯着头发和衣服。指甲深深地嵌入皮里，留下一条条血红的划痕。辫子散了，紫色的头花不知被谁远远踢飞。

周围的女伴们都大吃一惊，但没有人敢上前劝架。

跑到恒冰的楼下时已经是晚上八点了。肚子咕噜噜地叫声，出卖了饥饿的她。

卫生间的灯光下，他小心翼翼地拿起一根细长的针。

对着布有水珠的镜子，把针伸进嘴巴里。锐利的金属猛地划破了舌根上的肉，血流了出来，混入唾液里，整个牙齿都红红的。如同刚吸完血的吸血鬼。

他们好像再也没有接过吻。当然是从前男友那个电话开始。

口琴说：舌头会结翳，会化脓变肿、变大。这样看起来就像是舌头重新长出来一样。

半个月后，她约恒冰去老地方见面。

恒冰答应了。

他的心扉渐渐打开了。也许是她的缘故。不过细想，小的时候，他就是这样的人啊。

坐在公园长椅上，他呆呆地看着她，蓝岚觉得这种感觉很怪。

“你为什么不吹口琴了！我那把新买的呢？”

恒冰摇了摇头，转过身子，从地上抽了一根狗尾巴草出来，拨弄着草籽。过了很久，像是玩闹似的，拿毛茸茸的一端来碰她的脸。她吓了一跳，身子往一边挪了挪，使劲躲着。

“你别这样啊，很难受的。”她的表情僵硬了下来。她想不通为什么那把口琴坏了之后，他就不再吹奏了呢？

心绪复杂地扭在一起。原先让她觉得享受的安静，如今荡然无存。她感到的是一种旋涡般的无聊和他的幼稚。他一点也不像她脑海中那样有忧郁气质。

“哇——快看，那风筝好高啊！”她随口说了一句，强迫自己浮起来的心重新沉下去。

他看到后，朝她做了一个鬼脸。他完全没有意识到她细微的变化。

孩子般从乱石滩里挑了一块扁扁石头，瞄着风筝，退后助跑了几步，将石头稳稳地扔向高空。

“喂——你干什么？”她很生气，再也控制不了自己的情绪了，“万一砸到人了怎么办？”

就在她话音刚落的时候，墨菲定律应验了。

一个身着黑色制服的女性在远处的树下玩手机，正好被飞起的石头砸中了脑袋。

幸好石子降落的时候已经受树枝层层阻挡，冲击力大大减弱了。但是锐硬的质地形状依旧砸破了她的头。

一声惨叫后，伤者瘫坐在地上，捂着鲜血直流的脑袋，吓得不能动弹了。

他怔住了。傻傻地站在那里。停顿了好几秒钟之后，才跑上前去，想要道歉……

伤者狠狠地甩给了他一个巴掌，大声痛哭起来。

他冲身后扭过头，求救般冲她望去。可她却背对着他，接了一个电话，匆匆离开了。

也许她真的有事，但她的确离开了。

他被拎到了派出所做笔录。

理应是他口述，民警记录的。可对他来说，“口述”明显不符合实际。

一边手写，一边“咿咿啊啊”地比画着。这份笔录，他用了近两个小时。

当民警让他给亲属打电话，让亲属来为他做担保时。

他摇了摇头。

他想到过很多人，甚至有房东大妈。但他只是摇头。

弥漫着肃静和威严的派出所里，他一个人待在墙角。雪白的墙冰冷的，没有一丝美观，也没有一丝整洁。相反白色让人想到了雪，想到了冬天和袭来的冷。

她打来过电话，可他没有接。她厌了……累了……

月底很快就到了。房东的最后通牒已经贴在门上好几天。

恒冰低价变卖了大部分装饰品和电器，带着一个瘪瘪的背包，直接去了她的学校。

“帮我拿一下衣服好吗？谢谢。”一个准备上场的男生把衣物交给她保管，阳光的笑容让她不好意思拒绝。

突然有一天，那个要她拿衣服的男生提出请她去蛋糕店吃布丁。

她答应了。他和她前男友一样，皮肤很白，很阳光。背瘦削却挺拔。

透过学校外的围栏，可以看到热闹的篮球场和那些生龙活虎的肢体。

他看到了她。

在离开这座城市的那天，他想看看她，再对她说说话。

飞机票买的是凌晨三点的打折票——而且是单程的。

蓝岚正和一帮女生一起冲手机镜头摆着各种pose。腰间围了一件湖人队的球衣，不时地冲厂商呐喊助威着。

神情激动且认真，嘴里冲着身边的女伴不停地嘟囔着什么。像是在比身上的球衣，又像是在比场上的男友。

突然场上一个皮肤微黑、个子很高的男生冲她摆了摆手，她解下了腰间的衣服，向他跑了过去。

那个男生当场换掉了湿透了的战袍，朝她打了一个响指后，重新回到了球场。

恒冰注意到了她脸上的期待和幸福。身边是栎树、橡树缠藤绕蔓般交织在一起的影子，仿佛绿色隧道般的小路。他藏在里面。

看了许久，他站了起来，拍了拍屁股上新鲜的尘土，走开了。

刚刚血液冲击心房的那一刻，使得他舌根上千疮百孔的伤又裂开了。血苦涩地在齿间绕着。尽管他不觉得苦，但钻心的痛还是真实的。

这些天来，特别是上星期，他曾连续四天割出新伤口……舌头的确“长”了约一公分。但这只是自欺欺人。

血液凝固的速度变得越来越慢，越来越慢。他嘴里的血现在一直还流着——流着。

广播里响起了非常动听的女声：“今天有一位神秘的先生来信，要在节目里为一位蓝岚小姐点一首歌，名字叫作《北京东路的日子》。”

“各种曾经狂热的海报照片/卖几块几毛钱/我们即将分别/独自浪在中国外国不同地点/瞥见白色的校服/还会以为是我认识的谁……”

那首《北京东路的日子》，是他最爱听的一首歌。

可是他却忘了最关键的一件事

口琴说：这年代，90 后还有谁吃饱了撑的傻到会听老掉牙的地方广播。

9

夕阳下，她躺在躺椅上睡着午觉，嗓子深处低低地发出细微的鼾声。

一天投了二三十份简历的她，累得连手机都关了直接睡觉。

尽管天空碧蓝的，但你不会知道今天依旧是重度污染。

因为污染物不是 PM2. 5 而是臭氧。

口琴说：谁告诉过你，那个男人真的会吹口琴。我的声音都是提前录好的，他只是按了开关而已。他不会“吹”除我之外的任何口琴。你傻啊——

女王之舞

广东韶关学院/黎　子

月光落下来的时候，湖面变成一隅温暖的子宫，波光粼粼里，天养从水中央探出头。她知道，一个小生命钻进她肚子里去了。

【第一乐章】化茧

浓烈的晚霞从西边山头上泼洒下来，在养蜂场上荡开一圈圈红晕。天养戴着草帽手套，脸上蒙一层纱，倦倦地跟在翠翠身后，来回穿梭于密密麻麻的蜂箱之间，打开蜂房，卸下巢框，巢脾取蜜，清理隔板……这一系列动作被她的双手连贯起来，奏成一支慵懒又清脆的采蜜曲，“叮——哐，叮——哐，叮——哐”，是绵的，软的。

“哎呀——天养，我们的新蜂王要出世啦!”

翠翠站在养蜂场的东北角上咋呼开了。

翠翠其实并不是你想的那个翠翠，翠翠是天养的母亲，一个四十岁的高胸脯大长腿翘腚女人，生着一双火辣辣的猫眼，“看人的时候，一不小心就能把人给点着喽!”这是来养蜂场打零工的大胡子男人狮尔王说的，他还说翠翠的眼神勾人魂儿。天养不信，但天养害怕翠翠的眼睛，她觉得那里面有一根刺，她一看，就会被蜇疼。

“啊?”天养抬起头，望着站在一片红晕中的翠翠的身影，遥遥地，给了东北角一个微笑，“新蜂王，太好了!”

是啊，她应该开心起来才对的，这是一件多么让人欢喜的事情啊！她们的蜂群里，老蜂王统领蜂群都快五年了，新蜂王还是迟迟不肯诞生，翠翠急得天天晚上在天养耳畔唠叨："处女王再不出来就只好分群啦，五年了，处女王再不出来就只好分群啦，五年了，全毁了……"新蜂王一旦出世，正好赶上这片土地上党参花的最后一季花期，采蜜大丰收，这一年的赶场就能圆满完成。翠翠欢喜地手舞足蹈，她也应该跟着雀跃才对。可是，她抬起头看着一波一波隐退于山那头的夕阳，心里，空空荡荡的，感觉不出来，是不是在疼。

这些天，天还没亮翠翠就往都第29号蜂箱跟前跑，她为它保暖除螨，清理巢房，饲喂王浆。她时时刻刻都守在新蜂王旁边，仿佛她是她的孩子，她的每一步生长变化就紧紧牵动着她的心。

"看她发育得多好呀，真是个小美人儿！我们叫她'茉莉'吧，茉莉——茉莉，多好听的名字！"翠翠趴在蜂箱巢门上，眼睛微眯，一副春光迷醉的模样。

天养定定地看着一脸幸福的翠翠，心里顿生一股温暖的火焰，火焰从她瞳孔里升腾起来，爬上她的发梢，弥漫她的全身。她突然很庆幸茉莉的到来，她的到来几乎吸引了翠翠的所有目光，她会顾不上她，也许，她能因此逃过翠翠这一劫呢。天养轻轻抚摸自己的小腹，偷偷地笑了。

"喝了吧！"

晚饭前，翠翠端出一碗黑乎乎的汤水，杵在天养面前。

天养看着那碗滚着热气儿的黑水，瞪大一双美丽又迷惘的眼睛，"妈，这——是啥？"她转过头，躲过翠翠寒光凛凛的眼神，预感告诉她，这碗汤，跟她衣襟下的秘密有关系。

"啥？汤药啊，还能是啥？你以为我舔着巴儿着让你喝蜂王浆？"翠翠扭着腰，抛过来一个轻飘飘的笑。

天养心里开始兵荒马乱，她不敢抬头去看翠翠的眼神，翠翠正在用眼神刺破她，正在刺破她的秘密，她该怎么办？"我不——不喝，我又没生病，干吗喝汤药。"她盯着那个豁口大碗，慌乱极了。

翠翠正弯腰蹲在帐篷外的小炉子上煮苜蓿面条，翠翠总是喜欢当地人这些简单粗糙的饭食。每到一个地方，翠翠都要拿几罐蜂蜜去招引几个当地女人来她们的蜂场，天气晴好的时候，她们一起用小铁锅在帐篷外捣鼓好吃的，当地女人做主厨，她和翠翠做帮手，烙椒叶饼，炸油饼，蒸花卷儿馒头，煮洋芋糊糊面，要不了几次，翠翠就会把当地女人的好茶饭全学在手了，接下来的日子就变着法儿做给天养和一些当地男人吃，她会逼着问她的女儿和那些男人：

"这葱花饼，是村里那桂花婶做的好吃还是我做的好吃，啊？"

“当然是翠翠做的好吃！翠翠，香得很嘞！”

说实话，天养对每一个这样回答翠翠的男人都很不耻。她知道翠翠做的不如人家村里女人做得好吃，但她从不说出来，或者是，她不愿当着那个男人的面刺穿她。

“干吗？你说干吗？堕娃呀——还能干吗？”翠翠站起身，一盘绿油油的面条也跟着站起来，她转身，把醋壶拎起来掷在小桌上。她显然不耐烦了。

“堕娃？”这个词迅速在天养的脑海里旋转起来，它在她脑壳里叫喧着横冲直撞，它嘶鸣着冲破她的身体，它呼啸着直扑向她面前的小木桌，筷子落地了，醋壶倾倒了，面条打翻了，汤药碎裂了，它还是不愿停下来，她的小帐篷开始地动山摇，她任它狂怒着由它主宰着，“我不！我不!”她终于吼出声来，声嘶力竭，她第一次朝翠翠这样大声喊叫，这种放肆竟莫名让她感觉快活。

翠翠在帐篷外，呆呆地看着天养。她从没见过这样伤心这样激烈的女儿。她披散着头发，像一头小狮子那样，咆哮着把桌上的饭和汤药都推倒在地，她红着眼睛看着她，眼睛里竟然燃起恨。对，她熟悉那种眼神，就是恨，二十年前她就是用同样的眼神瞪着她的母亲，母亲哭着甩给她一个耳光，她便腆着肚子跟着养蜂的队伍走了，跟着天养的父亲走了，那以后，她再也没回过家。她驮着她在路上流离失所二十年，今天，她竟然要用这种眼神向她宣战，要踏着她的道路再走一遍。她的心里顿生一股悲凉。

翠翠站在院子里，双手叉腰，面容扭曲，“不要？这由不得你，你要也得要，不要，也得要!”她抬起脚，一筐蜂箱被踢翻在地。蜜蜂们拉响警报，“哗”一下齐刷刷全挤出巢房，锣鼓喧天地压过来，遮住了翠翠喷火的双眼，遮住了天养战栗不止的身体，遮住了天，遮住了地，遮住了最后一抹夕阳。

她们身后，夜幕哗啦啦垂下来。

【第二乐章】战栗

天养是从什么时候开始发觉自己的身子不一样了呢？

是一个月前，长生离开后不久，她们的养蜂场在吐鲁番广袤无边的土地上迁徙，抓住夏天的最后一缕尾巴疯狂采蜜。那段时间，她们的“小飞机”们很勤劳，在无边无际的白色棉花地与粉色荞麦花之间来回穿梭，忙得不亦乐乎。她和翠翠也整天整天地待在临时搭建的蜂场里劳作，夕阳挂在西天迟迟不肯落下，她们和小蜜蜂一样忙得甜蜜而快乐。而她竟然在取蜜的时候不小心睡着了，一大罐芳香四溢的新鲜蜂蜜被她倾洒一地，翠翠鬼哭狼嚎着跑过来，用手把地上混着草屑的蜜汁捧起来装进一只大盆。“你要死啊，干活儿呢都能睡着，大白天的做春梦呢!”翠翠朝她聒噪，她才迷迷蒙蒙醒过来，先红了脸，知道自己犯了错，羞愧地低下头。从那之后，她发现自己特别嗜睡，总是感觉累，蜂筐举不起来，四肢绵软无力，棉花一样软，云朵一样飘。

接着就是胃口一下子大起来了，小饿狼似的，总是吃不饱。芝麻奶油馕，手抓饭，烤羊腿，她都来者不拒，但她最喜欢吃的还是油泼酸汤面，一次能吃两大碗。她不知道自己怎么了，再这样吃下去会变胖的，她知道现在外面的女孩儿都喜欢瘦，长生肯定也喜欢，虽然他说过，他喜欢她饱满健康的模样，说那是大自然的孕育，但她知道，如果她要是再瘦一点会更好看，他会更喜欢。但她阻挡不住自己，身体里像多长出了一个胃，总是这个还没喂饱，那个哭着闹着又饿了。

夏天结束的时候，她们离开新疆，转场陇西，来到这片党参花含苞欲放的黄土地上，她的饥饿感不再紧迫，与此同时，她几乎一瞬间厌恶起食物来了，无论吃什么美味野食都味如嚼蜡，可她顾不得自己的胃了，因为她突然发现自己的“红河”两个月不曾流淌过了。它不流出她的身体，会流向哪儿呢?

天养隐隐地预感到些什么了，她是个美丽而笨拙的女孩子，但她并不傻，她已经二十岁，已经从遇见过的天南海北的女人嘴里听见过许多关于女人身体密码的事情，已经邂逅过一个高大英俊的年轻男人，已经和他在青海湖边的油菜花田里万马嘶鸣般滚过一遭。但天养还是不愿朝更深处去想，反正她每个月的“红河”常常不按时发大水，她已经习惯它的脾性了。也许明天早上多喝一点蜂王浆就会好的，她安慰自己。

与此同时，她的皮肤异常光滑起来，摸上去，绸纱一样的轻盈，吹弹可破。清晨，她对着镜子轻揉自己的脸颊，这样美艳异常的一张脸，让她恐惧。她知道自己是美的，一直都是美的，因为翠翠是个美丽的女人。翠翠每天早晚让她喝一杯蜂蜜水，她们每天清晨用最新鲜的蜂蜜搽脸，把小柴棍蘸着蜜汁在火上燎了描眉，她们的饭食也从不离开蜂蜜，她们把蜂巢切碎像吃姜饼那样把它们当零嘴吃。她们用大自然给予的最天然的方式保养自己，保养自己的容颜，保养自己女性的身体，她们懂得自然的馈赠，也懂得跟随自己的天性，所以她们是美的，是健康的，自然的。镜子里的一张脸美得不真实，美得惊艳，美得让人惶恐。翠翠说过，女人怀上娃儿的时候，皮肤会变，要是怀的女娃儿，皮肤会变得赤溜溜地又光又滑。难道?她不敢再想下去。

预言的成真，是在那个月光如水的晚上。

蜂场旁边有一片小树林，那天晚上她出去散步，发现绿林葱葱里，有一片小湖泊。月亮升起来，月光如蝴蝶翅膀一样轻轻覆下来，泊在湖面上，柔柔的，在梦呓，在呻吟，在歌唱。她听见自己的身体在给予应答，回声一样，一波波传过来，一波波荡回去。她脱掉衣服，走进湖中央。

湖水很温暖，它们轻轻漫过她的身体，撩拢她的脚趾，荡漾她的双腿，舔舐她的肚脐，抚摸她的乳房。乳房在胀破，肚脐在燃烧，双腿在缠绕，脚趾在抽筋，她感觉自己变成了一尾鱼，一尾大腹便便卵巢丰盈的雌鱼。她冲出水面，看着湖面上银光闪闪的月光，确定自己怀上长生的孩子了。

天养的脾气突然变得暴烈，她像一头狮子那样扬着高傲的头颅谁都不许靠近。翠翠再没端黑色的汤药给她喝，她仍是不信她。她每天吃饭都要把碗里的面条翻个地儿朝天，看看有没有什么可疑的东西；吃馍馍要先掰开来检查里面是否加了草药或中药丸，拒绝吃翠翠摘回来的任何野菜，即使加入蒜片儿炒得芳香四溢她也决不动一筷子。她在较着劲儿与翠翠抗衡，她在抵抗她的杀戮，她竟然叫她把这个孩子堕掉，她能让一只蜂王孕育出成千上万只蜂卵却不能允许她生下一个孩子，天养悲楚地望着天，这不公平！

她必须要让自己变得强大起来，为了她肚子里的小生命，也为了长生。

遇见长生是在三个月之前，那是六月，她们还在青海湖追赶大片大片的油菜花花海。

他扛着一架相机出现在她的视野里，她正在花坪上追蜜蜂。昨晚一群蜜蜂走丢了，没回来巢房。花田周围有好几家蜂场，正是花开赶场时节，蜜蜂也会迷路，也会贪恋玩儿，也会偶尔飞到人家的蜂群里被人家的巢房收走。她奔向花田，在一片金光闪闪的花朵中央辨认自家的蜂儿，这时候，他出现了，一件随风翻摆的蓝格子衬衫，一顶藏式卷边儿遮阳帽，一台黑光锃亮的长镜头相机，高大，挺拔，像一匹跃跃欲试的黑骏马。骏马转身发现了她，他的镜头朝她翻转过来，他的蹄子朝她靠拢，他的鬃毛威风凛凛，他的大眸子款款深情。她被这匹俊朗的黑马迷住了，她在花田里停下来，朝他笑。

他说他叫长生，在北京读大学，今年大四刚毕业，正在备考研究生，在学校学生科，业余爱好摄影。他这次出来就是专门来青海湖旅行，拍青海湖的湖水和油菜花的。

“听说青海湖是爱情之湖，很多情侣都会选择来此地旅行，很多单身狗来此就是为遇见一个心仪的姑娘。你呢？你来这里是为了什么？”

天养一双大眼睛快乐而忧郁地眨啊眨，她喜欢听他的声音，喜欢他说话的方式，可是她一下子就听出他是大学生了，他在问她，问她是做什么的，她要怎么回答呢？

“我不是来旅行的，我是来放蜜蜂和采花的。”她咯咯笑起来，转身跑掉了。

长生在她们的蜂场里住了下来，翠翠亲自为他撑起一顶新帐篷。当长生知道天养她们是专门的游牧养蜂人时，他惊讶极了，好奇极了，兴奋极了。他要留下来，和她们住在一起，一起吃，一起睡，一起养蜂，他要观察她们是如何养蜂的，他要记录她们的生活，他说他就是学这方面的，现在中国的游牧养蜂队伍已经不多了，像她们这样一年四季都在追赶花期的养蜂人更是屈指可数，他要深入她们的生活，把她们的养蜂生活写成调查报告拿回去呈现给自己的导师，说这会成为很有价值的养蜂人史料。

翠翠扭着腰肢里里外外忙活着，大笑着：“哎哟，小伙子，养蜂有什么可研究的。只是你留下来我们很高兴，但你可要先做好心理准备喽，我们的生活也许并没你想象的那么美好，烦人得很！到时候，可不能打退堂鼓半途而废呀！”她走过他，大花衬衣飘飘然掠过他脸颊。

“那当然了！姨，你放心吧，我一定会坚持到最后的。”长生回答。

“哎呀，别叫我姨，叫我翠翠就行，天养高兴的时候也这么叫的。叫‘姨’多老呀，叫翠翠！”翠翠媚着眼睛惊呼。

“噢——翠翠”，长生不好意思地摸摸头，“可是这样叫好奇怪耶！”

不得不承认，天养的确是个美得摄人魂魄的姑娘。修长有力的双腿，陡峭曲线的臀部，饱满活泼的胸脯，鲜艳欲滴的嘴唇，加上一双毛茸茸的大眼睛，简直就是一匹风情万种的小母马。只是皮肤有点黑，这是长时间生活在野外的缘故，但这黑是温润的黑，是健康的黑，是自然的黑，是年轻的黑，是漂亮小母马的黑。这匹漂亮的小母马此时正扑闪着含情脉脉的大眼睛偷偷往黑骏马身上瞟，她感觉到黑马那双一汪湖水似的眼眸也在扑向她，她的眼神被他压倒，她醉了。

他们做什么事都黏在一起，取蜜，打扫蜂场卫生，观察尚蒂伊城堡一样精美绝伦的巢房，侦察外出采蜜蜂儿们的行踪。她跟他讲蜂群王国的社会构造，“蜂王是全蜂群的母亲，每群蜂只能有一只蜂王。它一只吃着营养最丰富的王浆，是全群发育最健全的雌性蜂，担负着整个蜂群的繁殖工作”。她尽量挑选一些她认为准确又听起来比较专业化的词语来讲给他听。

天养是个奇特而聪明的女子。她是养蜂人的女儿，从小就跟着父母在中国大地上赶场游走，二十年来一直在路上。在路上赶着蜜蜂追花期，在路上看火车飞过铁轨，在路上看炊烟漫过黄昏，在路上看人群奔向城市，在路上看乡村渐渐枯萎，在路上看花开四季，在路上搭帐篷生活，在路上断断续续读书，在路上野蛮生长。她的所有经历都是在路上，就连小时候上学也是在四川读一年在陕西念一年在甘肃溜达几学期，那时候，她被寄宿在乡下不同的人家跟着当地小孩一起去学校读书，父母每个学期末来接她回蜂群，后来，跌跌撞撞读到初二，父亲被一场山洪带走了，一同带走的还有十几筐蜂箱。

翠翠便不许她再去念书了，她哭，翠翠就把手插到腰里，戳着她的额头喊：“去那什捞子鬼学校有什么用？白花老娘的钱！读那么多书你能上得了大学？别做梦了，你没那个命！还是跟着娘我一起乖乖养蜂。过自由自在的生活多好！”

她不再哭，她知道她的眼泪是天底下最无用的雨水。于是，她抹一把袖子戴上帽子手套跟在翠翠屁股后面去挖蜜。只是，后来她还是改不了喜欢书的“什捞子坏习惯”，迁移途中，每赶上一个小城镇的市集她就迫不及待往报刊亭旧书摊上扑过去。故事会读者知音安徒生童话鲁迅张爱玲安妮宝贝沈从文的边城小仲马的茶花女她都来者不拒，甚至在马莲河边扎场的时候，一位年轻的大学生村长送了她一本《养蜂知识大全》，她也欢喜地收下。对于书，她总感觉饥渴，感觉向往，感觉难分难舍，她与书对话与书讲心事与书谈恋爱。在蹁跹飞舞翅膀匆匆的蜂群环绕中，她幻想自己是童话的缔造者是写书的奇女子是小仲马笔下生生世世的恋人。

“我养了几千只几万只小蜜蜂，都是勤勤恳恳的劳动者，养了一个女儿，却偏偏养成书呆子。你说你没事儿捧着个书钻在花地里做什么？人家小蜜蜂进花田是去采蜜的，你也去采蜜了？”每每天黑时分天养从野地回到蜂场时翠翠就会把她堵在篱笆外，一副不容商榷的模样。

天养不理她，她低着头绕过她走进去。她懒得跟她解释，她的思绪还飘在另一个罗曼蒂克的国度。她知道，在这件事情上，翠翠拗不过她，像前几次那样狠狠地揍她一顿，第二天，她还是会跑出去不见的，直到新搜罗来的几本书彻底看完，她才会安安静静重新回到蜂场里与她日夜厮守。

天养庆幸自己平时看书多，学得一些遣词造句，要不然，她怎么跟这匹来自北京的大学生黑骏马交谈？她一边讲给他听，一边心里暗自得意，偷偷笑出了声。

“你笑什么？”他合上听得饶有兴趣的双耳，一双眼睛饶有兴致地看着她。

“没，没什么。”她又涨红了脸。

他坏笑：“全群只有一只蜂王，还是雌性，那她怎么搞活全群的繁殖工作呀？她和谁交配，谁来生小蜜蜂？”他望着她，像一个求知欲旺盛的小孩。

“蜂群里分为蜂王、工蜂和雄蜂。工蜂外出采集花蜜、酿造蜂蜜、喂养幼虫、还要保卫蜂巢，清理巢房等，反正就是个打杂的。雄蜂——雄蜂就是跟蜂王生小幼蜂的，他长得体格巨大，却是个不劳而获的白吃饱！”天养话还没说完，脸上一团红霞已经翩翩起舞了。

“雄蜂的主要任务就是，与蜂王——交尾，对吗?”他纠正她，脸上带着明知故问的神情。

“嗯。”她狠狠点头，长发掩映下，一双耳朵，已经被什么东西烧得发烫。

天养摸摸自己的耳垂，她闭上眼睛，那一幕的感觉还是那么清晰，那么浪漫，那么如梦似幻。她又不自觉地把手放在自己的小腹上，她相信正是在那一刻他把那颗种子播撒在她的花田里的，幸福的感觉再次弥漫上来，将她淹没。

那是长生和她们一起住了一个月之后，他要离开的前一晚。

黄昏，他们在一顷望不到边的油菜花田里游荡，他举着相机，她当他的模特，在镜头里摆出各种曲线优美的姿势，他紧跟着她，捕捉她每一个洒落于花瓣儿的灿烂笑容。她在花田里蹦着，跳着，跟他讲她在转场中遇见的各种奇事怪事，讲她小时候寄人篱下零零散散的读书生涯，讲她也想跟他一样去大城市里上一次学的梦想，他很认真地听着，眼里向她递过来一波波忧郁的深蓝色海浪。她感觉得到他的难过，她也在强装着自己的悲伤，他明天就要走了！黑骏马明天就要驰骋回北京了！她想着，一遍遍在心里默念着，眼泪大颗大颗流出来。

他吓坏了，他走过去，环住她。

黑骏马褪去了小母马的红衣裳，两匹马儿倒进花丛里。夕阳的余晖缓缓打下来，一顷万亩的油菜花田掀起层层波浪，浪涛翻滚，双马嘶鸣。

【第三乐章】重生

天养怀着那一刻美妙的心情给长生写信，眼泪却止不住滴滴滚落。

他知道了会开心吗?他会喜欢这个孩子吗?我会嫁给他吗?翠翠最近不再逼她了，她对她温和很多，但她还是不放心，她每天都在跟周遭战斗，她每天都在期盼他能突然出现，她最近老感觉恶心，除了酸汤面什么都吃不下去，她夜里常常一个人偷偷流泪，她不知道自己为什么会变成这样，她以前从不轻易掉眼泪的，她疯狂地想他，她想知道他在北京还好吗，她想问他爱她吗?他会来看她吗?

她有那么多那么长串的问题要等他回答，写下来，却只剩下一句话：

长生，九月了，我们迁到了陇西高原，你来吧，来看我一次！冬天到来的时候，我就要回南方了。

她不知道这封信何时才能寄到他手上，她不管，她不管，她只希望它快些，再快些！恨不得当天晚上就抵达他手上，第二天早上他就能站在她面前，尽管这样的希望近乎渺茫。只可惜那天离开时没有留下他电话。她对他说养蜂场一般不能用手机的，手机信号会影响蜜蜂的导航系统，它们会找不到回家的路。她只要他的地址，问是否可以写信给他。他点头，说可以呀，他正好可以把自己的一些课外书给她寄过来，她喜欢看书，就让她看个够！

新蜂王茉莉出房十五天了，翠翠观看她与雄蜂的第一次“洞房”。她在巢门外窥伺了近半个小时，欢呼着跑过来跟天养汇报，“成功了，成功了！从这一刻起，茉莉就是个成熟的女王啦”！

一个清早，翠翠在帐篷外大喊：“哎呀，不得了，王台上满满的密密的麻麻的，全是！全是幼虫呀！生产啦，我们的茉莉，真是太棒了，一下子就能产这么多，我看足足有几千只！”翠翠把自己变成一只小羊羔，在蜂箱之间来来回回蹦跶。

天养看着欢天喜地的母亲，忽然感觉难过，茉莉真勇敢！她不愧是个女王，她可以一下子诞下几千个小生命，她可以独自抵抗蜕变、疼痛，她的孩子可以不冠以姓氏，可以不要父亲。而我呢？我该怎么办？我不是女王，我只是个平凡的女人，我需要爱情，我的孩子需要父亲。

翠翠转回身，看见瑟缩发抖的天养，她知道她又在为肚子里的孩子纠缠了，这些天，她看见过多少回这样悲悲戚戚的她了。她早为女儿心软了。

“要是想生就生下来吧，好说歹说也是个娃儿，是一条命呀！生下来，妈帮你养！”她用极少有的慈善温和的目光看着天养，说，“生下来！”

天养抬起头，泪流满面。

九月的第一场风从黄土高原上掠过来的时候，秋天到了。

天养跟着翠翠，将所有的蜂箱、帐篷、书本、衣裳、锅碗瓢盆，床单花被、瓶瓶罐罐都打包扔上大篷车，离开了。

这辆花花绿绿插着鲜艳旗帜的大篷车，翠翠已经在它的身上骑了十几年，它老了，破旧不堪，一路号叫不断。但这并不影响翠翠的好心情，她一边开车，一边用低音炮放着崔健的摇滚：

我要从南走到北，我还要从白走到黑。我要人们都看见我，却不知道我是谁。

天养每次听到这句，都感觉到滑稽又感动。她看看母亲张牙舞爪的大花衫，她的确是个妖艳而美丽的女人，她给蜂儿们听邓丽君，她跟北方村子里的女人学做十字绣，她的帐篷从不拒绝高大的男人，她喜欢夜里在麦地里制造激烈的风声，她放荡不羁，也风情妩媚，她是个一生自由的女人。但她仍觉得母亲缺少了些什么，她说不清那是一种什么，只觉得冥冥之中，她自己要努力去追到。

回到四川乌江边的一个小村子，停下来，安营扎寨。她们要在这里捕捉川地里最后一期格桑花。花开荼蘼之后，寒冬降落，她们会回到老家休整，和天养的爷爷奶奶生活一阵子，一个月后，春节过完，再度出发。二月抵达成都平原，三月游荡在八百里秦川，四五月折回延安，六月赴青海湖，七月不上新疆就上榆林，怎么随性怎么走，喜欢哪里的花儿大篷车就往那里去。一路上，追油菜花追荞麦花追槐米花追紫苜蓿花追棉花追党参花追格桑花追荆条花，五彩斑斓的花粉被她们的小飞机爱恋、蹂躏、带走、酿造成蜜。

天养开始晕天晕地地恶心，没完没了地呕吐，洋芋饭吃不下去，绿豆面吃进去吐出来，眼泪汪汪的，像只受伤的小兔。翠翠把陈年桂花蜂蜜用温水化了，给她喝；把肉沫花生豆掺在酸辣粉里，让她吃；把清晨河里抓来的小鱼熬成汤，端到她面前。她摇头，不吃，眼泪飞起来，还是摇头。

“妈，给我喝那个汤药吧！”

天养望向翠翠，眼里的一汪湖水，散了，乱了，滴下来，落在鱼汤里，打在一只鱼眼的瞳孔里，耀眼生辉，惊天动地。

“你这是做啥子！”翠翠粗粝的声音干号起来，“你一直不张口叫我妈，张口叫妈就是说这个？说得好好的，娃儿留下来，要汤药干啥？你说，要汤药做啥？”翠翠手指头珠落玉盘似的戳在天养额头上，“你说！你说呀！”

天养闭着眼睛，任泪水哗啦啦地流淌，她在痛，她的身子在痛，她的额头在痛，她的心，也在四分五裂地痛。她有什么办法？她又能怎么做？她只能这么做。两种声音在她摇摇晃晃的脑袋里乱撞、抨击、风驰电掣、火星四射。她任翠翠把她的脑袋摇成拨浪鼓，摇成摩天轮，摇成狂风中飞舞的大篷车，许久，才开口吐出一句：

“妈，给我药吧！”

“是不是因为那个男娃儿，是不是因为长生，他来了一趟，你就攒劲了，能耐了，不当妈了？都三个多月了，舍得打掉？我上次给你拿药那只是跟你置气，试探试探你，看你是否有了当妈的资格，你当时要死要活地护着肚子，你忘了？”翠翠放声大哭，跪倒在地，脊背抽搐成一弯弓，弯曲成一条蚯蚓，一条悲伤的大声痛哭的雌蚯蚓。

翠翠不给天养堕胎的汤药，天养就自己想办法。

她在草地上狂奔，站在山顶上踢腿，在水中石头上跳芭蕾，爬树，爬很高很高的银杏树，不分黑夜白昼，不管天晴下雨。她想象自己在奔跑过程中变成一只鸟儿，飞上天，飞上很高很高的蓝天，被一只英俊的箭射中，缓缓降落，血洒一地，腹中的小东西就会流出她的身体了，她死掉也没关系，她宁愿死掉，她只愿那只英俊的箭是长生而射。

一个星期过去了，肚子却没有任何被折腾的迹象，肚子里的小魔兽似乎越长越皮实，她在里面安家了，扎根了，睡踏实了，完全不顾她的焦灼。天养的倔强劲儿上来了，火光凛凛的，吱吱上窜，她不信她干不掉她！

一个清晨，翠翠还在熟睡中，天养将大朵大朵妖艳而烈红的花朵扔进铁锅里煮。花朵是晒干的，在沸水中褪去花蒂，翻腾，跳跃，剥落成一丝一丝火炎炎的红。她拿出一大瓶蜂王浆，用铁勺子挖着，全倒进锅里。红色的水，黄色的蜜，搅在一起，拌在一起，融在一起，化了，在青烟里酿成一团黏稠的液体，触目惊心的红。天养把那团红喝下去，一直喝下去，喝到肚子里去。

肚子痛起来了，翻天覆地的——痛！她倒在地上，痛得打滚。那些红色的丝线，红色丝线在她的身体里翻滚、磨刀、绞杀，它们在激烈厮杀！红色丝线在她的肚子里结网，一层又一层，一圈又一圈，寸草不生，连根拔起！红色丝线在她的身体里交媾，在她的身体里交尾，在她的身体里制造巨大的风声……

她爬起来，站起身，向河边跑去。

“长生，你开弓，快开弓！打死我吧，求你了！我痛，痛啊！”她哭着，一路奔跑，扑倒在河边，红色的河流从她的身体里流出来，缓缓地，变成一条涓涓细流，流进大河中，在青色的河水中游荡成一尾红色的鱼。

“长生，你在哪里？我在痛，我在痛啊，你感受到了吗？你不说话，我知道你不说话，你低着头站在我面前，你不说话，不就是叫我做掉她吗？好啊，我做给你看——”她在河岸上打滚，哭喊，泪流下来，与血交融。

她听见了她的呼喊，她身体里的那个小生命在呼喊，她在挣扎，她在向她求救！

“不——”

来不及了。她在剥离她的身体，她在咬断最后的脐带，她在脱离她温暖的子宫，她在离开人间。

她听见自己的身体在撕裂，红色的；头顶的天空在撕裂，红色的；大片大片的油菜花花海在撕裂，红色的；千千万万只小蜜蜂在撕裂，红色的。

她看见了蜂王茉莉，她统率蜂群，金灿灿一片，压过来，停在她的身体上，她的长发上，她的血泊里。此刻的茉莉不再是仪态万方的女王，她落在天养的睫毛上，天养看见了她眼里隐隐的泪。她的翅膀奏出悲戚的哀乐。天养懂得了，她在为她祈福，她在为她分担苦痛。

“谢谢你，茉莉！”

天养闭上眼睛，看见静穆的苍穹中，一朵白云，幻成一个婴儿的形状，对她笑。

【第四乐章】幻灭

最后一批从北方迁徙而来的大雁在南方落脚之后，这个季节的第一次寒流袭进大川了。

翠翠去场上赶集，为天养买了几本书，扯了一块红布。

“这块红布妈帮你做一件夹袄吧，现在卖的那些，机器做的，穿着不暖和，也没人味儿。喏，这些书给你的，这本，那卖书的老头子说这本书是一女人写的，妈给你买回来了。你看吧，多看看书！”翠翠一回来，就绕着天养转，转着圈圈给她讲话。

“雌性的草地”，天养抚摸着浅绿色封皮上凹凸不平的大字，喃喃地说。

“哎呀，天养，你肯说话啦！”翠翠乍惊又喜，大笑起来，“我就知道你不跟妈讲话，有了书就会说啦。爱书比妈多，书比妈亲，我知道！”翠翠语无伦次，眼里闪着泪花。

那一天，她想自己应该是死掉了。后来却被翠翠抱起来，抱回帐篷，活了过来。

那天，她在锅里煮的是藏红花，花是向村子里一位老中医要来的，藏红花的禁忌，是她从书中看到的。她从书中看到的东西太多，比如说爱情，比如说毁灭。她都学到了。

她必须要这么做，长生愿意她这么做。

长生是在她们准备离开高原的前几天出现的。

他依然扛一台黑光锃亮的长镜头相机，穿一件随风翻摆的蓝格子衬衫，依然是一匹高大挺拔的黑骏马。只是不同的是，这一次，他的身边还带着两个姑娘，一个长波浪卷发，一个身穿碎花连衣裙套牛仔小外套，都戴着眼镜，扛相机，笑声爽朗。

长生向天养奔过来，还没开口，眼睛先湿了。

他向她介绍说那两个是他的女同学，和他一个专业，一起来参观她们的养蜂场的，她们对这个课题也很感兴趣。她拉他进了红彤彤的党参花花田，她告诉他，她怀孕了。他激动得发红的脸颊突然僵硬了，他沉默，然后点点头，走出了花田。

她怎么就信了呢？天养在河畔一遍遍地走，一遍遍回忆那一晚，他们几个人围在篝火边的谈话。

“天养，孩子，还是打掉吧。你知道，我爱你！可我还要继续读书，你等我——”天养看着长生，他的眼睛里是忏悔的虔诚的光芒。

天养哭了，眼泪噼里啪啦滚落，她不想在她们面前哭，但她挡不住自己。

“这又不是什么大事。”那个长波浪女同学看不下去了，“现在我们女学生中，堕胎这事儿挺平常的，在爱情、前途和生活面前，一个不请自来的小生命，往往就成为牺牲品，还能怎样呢，大家都习惯了。”她摸出一支烟，在火苗上点燃。

“现在的80、90后，在工作事业稳定之前，在享受大好时光之前，在没有说走就走的自由旅行之前，还有几个愿意没事儿了生个小孩儿带在身边玩儿啊？多无聊多累！有意外了，就去做掉呗，多简单的事儿啊！除非那些没知识没文化的农村姑娘，十几二十岁，就急着结婚抱娃收鸡蛋，哈哈——对不对呀，长生！”那个穿牛仔外套的女同学放肆地大笑着。

“嗯——”长生木木地点点头，眼神躲闪。

于是她就信了，她鬼使神差地信了他们，她以为她信的是真理，是知识，是神圣的爱情。可是，她的“以为”是镜中月水中花，于她，是薄的，空的，虚无的，风一吹，就散了。

夜里，天养一闭上眼睛就看见那个孩子，那个被她自己亲手用花朵腰斩的孩子。她扬着一朵花儿的脸庞出现在她的梦里，是一张女孩儿的脸，她对她笑，她告诉她，她的名字也叫天养。她叫她“妈妈”，一声又一声，甜甜的，黏黏的，欢快的，铜铃般的，最后却变成急促的求救声。

“妈妈，救救我！有一朵红色的花要吃掉我，救救我，妈妈——”

梦中，有一只湿漉漉的小手使劲儿钻进她手心。她从梦中惊醒，张开手，手里是空的，手心里布满黏稠的汗水。

每一夜，同一个梦重复着将她吞噬。她无法攫取自己巨大的恐惧，她在痛，在战栗，在掏空自己。她在一片漆黑中想，那些城里的女孩是否也会如她一样痛？

她再也不能入睡，再也不敢入睡，起身，往河边走去。

河水很静，河心里洒满月光，波光盈盈。天养穿一件红夹袄，直直地，站在河边。她看见水中央有那张小女孩的脸，她对她笑，她也笑了。她知道她在这里，那一天，就是在这条河边，她离开了她的身体，她变成一尾红色的鱼滑向了这条河。她还活着，活在这水中，活在这月光下。

小婴孩赤身裸体，在水中小鱼儿一样游来游去，欢喜地拍水，咯咯地笑。

天养脱掉鞋子，踩着月光下了河。

她变成一尾鱼，朝那条小鱼游过去，游过去，游过去。

直立行走

北京大学/丁　鹏

（一）

“梅帝！”颓丧的女声似沉醉的杯盏。

梅帝怔怔地立住。流荡的风中回溯着静默的氤氲，勾魂摄魄的馨香凝固成花瓣的姿态——红彤彤的太阳花，一颗露珠沿着透明的光线垂下来，落入大地繁华的蕊里。郁葱的空枝退向两旁，她在梅帝的面前出现。纯净，优美，沁凉。

幽深的园子里，他说：“顾佳，你不要再哭了。”梅帝发出无效的指令，比顾佳一根沾在面颊上的发丝更绵软无力。他柔软的话音被顾佳编织进绵密的悲哀里，汹涌的蝉鸣复把两颗轻灵的心网在盛夏骚动的中心。

顾佳朦胧地忆及幼时哭醒在妈妈怀里，懵懂地分不清幻与真，但妈妈轻轻地拍着她，就又困倦地、心平气和地合上眼。一如当下，被梅帝温柔的注视环着，依靠他片语只言的温暖。看他抬起苍白的指甲，接她下颌的垂泪。顾佳清楚，他究竟会走，留下自己在黑暗而死寂的世界里，青衣白裙。

梅帝说：“我会再来！当又一次躲过流光的构陷，白日的图圄坍塌，我会沉落，指尖拂过紫霞的流苏、鸿雁的绒毛。而你乌亮的眸子升起，我跌入你眼底，你心里。我便晓得，这是梦了。当我看到一个羽人，靛蓝的羽毛一簇簇消褪，眼中盈满了泪水。我便知晓，这是你了。”

顾佳跳到梅帝身后，抱紧他，举起修美的手罩住他眼睛。“我数到三，你睁开眼。”

“一”。梅帝听到雾霭濡湿牧野、蛙鸣、稻穗碰撞和祖母在午后唱诗的声音。

"二"。飞蛾扑打窗棂声、图书馆细碎的翻书声和郁结的花朵枯萎的声音。

"三"。是万物沉重的呼吸，躁动，人与机器杂乱的和鸣和手机的闹铃声。

梅帝睁开眼。沉默。寂寞。顾佳仅用了三秒，就使他先后失去了故乡、梦想和虚弱的安慰。

（二）

"我一直都不那么讨厌雾霾。"

"你口味独特。"梅帝接过郁鸣递过来的盒饭。

"我觉得雾霾是天空的丝袜。"

"噗"，梅帝停下筷子，"那我比较喜欢光腿的天空。又咸了！下次你问问老板盐贵还是米贵。"

"下次你自己去！技术经济学老师点名了。"

"又？"梅帝看着坐在电脑面前的郁鸣，"我曾经是名用功的人，能够理解老师拖堂，觉得自习课跑来给我们讲题的老师特让人感动，那样的人。"

"是不！人不都会变成自己曾经最讨厌的样子吗。这句话n位编剧说过n种版本，都不注出处，好像是自己原创的样子……"

"鲁迅最早说的，《孤独者》"，梅帝顿了一下，"'躬行先前所憎恶，所反对的一切，拒斥先前所崇仰，所主张的一切'，借此'复仇'，虽'胜利'了，却又'真的失败了'。"

"原来迅哥是始作俑者！"

"嗯。嗯？"

"我觉得当第一个人说出'这是一个缺少大师的时代'之类的话时，是振聋发聩的。但当这句话用滥了，我只想说'傻缺闭嘴'！"

"哈哈！你口中的'大师'都成了你所说的'始作俑者'了吗。周氏兄弟撑起了中国现代文学的风骨。尤爱周作人。并对鲁迅与他的日本夫人纠缠不清致使兄弟失和一案对他寄予无限的理解和宽容。"

"不要八卦得一本正经的好吗！作为有为青年，咱以后能不能聊点和专业有关的？"

"好啊。比如说？"

"上次和你提到过的会计学四班的班花。"

"……"

(三)

睡眠中的梅帝惊闻门把手转动的声响，一条黑影无声地晃进来。梅帝欲挣扎着坐立，却使不出一点力；喊叫，也发不出一丝声。黑影已行至床前，他惶悚无比。

一双手轻柔的力将他摇醒，轻柔的也是声音，“你魇住了”，她语。梅帝睁开眼，感到浑身酸痛。

梅帝凝视偎在他身畔的女生，“你不是梦，对不对?”

顾佳合衾仰卧，含笑不言。

雨是妙的，湿的，落在优柔的屋檐，敲打明净的窗，潜入藏蜜的巢，裹住饱满的葡萄，在幽美的院子里撒欢。而挣脱束缚的鲤鱼，微凉的，在瓷做的甲板上试探，在涌动不息的雪白的波浪上逡巡，猛地陷入激动而危险的漩涡。她遮蔽那雨，他打捞那鱼；她竭力控制隐秘的居处遭侵入的紧张感，他意图收束膨胀的网在水中撑起的张力；直至他扬帆返航，她依然惊心未定。

她吁了一口气，“你的心是随遇而安的馍里夹着极不安分的肉!”

“肉夹馍? 哈哈……梦境常常令我迷惑，我们在这个世界，经历一些不可思议的悲喜。我爱你，如我许诺的那样。你爱我，白日我不敢这么想。今夜你也到我的梦里来吧!”

顾佳从乳上移开梅帝的手：“你转过去，不许讲话，让我抱着你。”

(四)

海子忌日。梅帝在阳台诵海子的诗。

郁鸣：“海子的《面朝大海，春暖花开》实在写出了蚁族同胞渴望买房的美好愿景。”

“不是普通的房，独栋的海景别墅。”

“许是海子为某地产商写的软文，诗的主旨简直是炫富。”

“完全正确!”

郁鸣从梅帝杂乱的书桌上抽出本《看虹录》，“顾影，四班的班花，约我滑旱冰了”。

“之前还说人家是素朴的‘菜蝶’，怎么不囤积个涂脂抹粉的夏天抱着也好趋避蚊虫?”

“作为一只‘菜鸟’，我并不歧视‘菜蝶’，就瞄准时机扑向了她。就是第一天滑旱冰我重重地摔了一跤。”

“喜闻乐见。”

“因为我不会滑我才摔了一跤。第二天为了装作无意地抱住她我不知摔了有多少跤!”

“……”

郁鸣手机扔给梅帝，“名字《哥们》相册里有帮你觅的几位单身靠谱女文青，哪个有眼缘我为你搭桥。”

“还鹊桥咧，你知道文艺女青年和大龄女青年的区别吗?大龄女青年你见了她一面，再也不想睡她；文艺女青年你睡了她一晚，再也不想见她。”梅帝停顿了一下，把手机递给郁鸣，“这个还不错”。

“这的确不错，这是迪拜公主。让你看《哥们》那个相册，不是《窄门》……”郁鸣扬扬手中的书，“这个有的八卦吗?”

“确有典故。文中女主人的原型是长得极美的女文青高青子，与文采卓绝的作者相互吸引，遂衍生出一段风流韵事。《看虹录》第一遍读得十分恼，觉得沈才子是故作姿态地耍流氓，将按捺不住的情欲折叠为挑逗文字，封存在抽象的玻璃瓶内，贴上标签，名之为生命的经验或体悟。实是将确乎不会再临的情感的体验延宕为艺术的永恒的激动。于是我戴着道德的防毒面罩气恼恼地又看了一遍。”

“又绕回女文青了，哈哈。周末我跟顾影准备请三五好友吃饭，算是确定关系。”

“丑基友总是要见女友，我随叫随到。”

(五)

顾佳从CD机取出《牧羊人之月》放在海子的诗集旁。粉色的书架前，她低语“希望到海子墓前，为芬芳而绝望的亡灵献祭太阳般温暖的花朵。”

梅帝从床上坐起：“一定是你的梦了。我往往忘记分辨我们相会在谁的梦里。时间是静止的，地点是模糊的，只有气息能刺激我的神经，大提琴般宽厚而悲伤。我们在这纪念不幸的天才，凡·高、爱伦坡……我们爱他们。曾听你说‘不管这个世界宠不宠爱我，我都不喜欢这个世界’。顾佳，我一直爱你！神秘的你，像命运。我要和命运对抗整个世界的敌意。”

梅帝说：“我的心在暗夜里是梦幻而空寂的。投影在我心上的你是冷艳而神秘的。我把我的心掏给你，说女菩萨，我有件珍玩，它一面坚不可摧，一面千疮百孔。你一个微笑就足以买下它，做个花洒，让滚烫的眼泪穿过新鲜的伤口，冲淡你凉夜的寂寥。”

“你华丽、温柔地出现于我的梦里，怀着忧郁、一往情深，给我辽阔，许我永远，是因为那些你本该知道的刻骨的事你并不知道，那些卑鄙的、肮脏的，龌龊、悲惨足以将我再次摧毁的不堪的往事！”顾佳激动得泣不成声。

（六）

梅帝走入南门外一家泰国餐厅。

“这里。”郁鸣扬了扬手臂，“正在说你，我说我若是你，就放弃诗歌不写，转写小说。一个小说作者最坏的结果无非是成为一名段子手，泡在微博上骗炮。”

“我正是目睹作家韩寒沦为一名段子手，段子手张嘉佳出版了一本小说，觉得文坛真乱。因此决定再也不努力活得高大上了，随便找个姑娘结婚生娃吧。”

“随便找个迪拜公主？”开口的女孩投来细腻的目光，长发，妆容精致，乖巧，音容笑貌十分甜美，舒服。

郁鸣赶忙介绍，“这位美女是高冰，顾影最好的闺密。梅帝，我的好那啥，就不用介绍了。”

“他这一节也说给你们了？枕边人需提防啊！他有没有讲学校快餐店的小女孩喜欢我？每当见到我都叼着奶嘴屁颠屁颠我走哪里跟哪里。我到底要不要将这个残酷的事实告诉她？我有喜欢的人了，迪拜公主！而且迪拜公主学会东北话的话，我父母也会喜欢她的。”

其他人都笑。

梅帝打量坐在对面手腕戴一串菩提子的女孩，不似高冰有掩饰不住的通透和野心，怕生一般地低着头。她是顾影了。郁鸣为她舀一勺冬阴功汤，她的头抬起，那张脸……

时光回溯到初中一年级。

梅帝回到寝室，听到舍友谈话。

“她如果不穿那么贵的牌子，都没有人看她。”

“顾佳光着屁股也好看。”

“就好像你看过一样……”

梅帝把耳机戴上，《红月》那张专辑。将《you raise me up》单曲循环。不想听的听到了，想睡却睡不着。

“梅帝！梅帝！”

“嗯。”梅帝摘下耳机。

“你小学就和顾佳认识，明天叫她出来，我向她借本作文书。”

“哦……”

梅帝现在看到的这张脸，像极了顾佳的！

梅帝出着神，听到郁鸣在谈论自己“他不和我去重庆，为什么呀？他说不想拿自己色眯眯的眼睛往辣妹子胸口上撞。”开惯了玩笑，此刻梅帝却羞得面红耳赤，直想落荒而逃。

（七）

梅帝已分不清顾佳和顾影，抑或顾佳就是顾影。梦与真也辨得不甚明白。但确乎之后郁鸣和顾影相处很短的一段时间便分手了。顾影自然便见不到。郁鸣也因搬去校外住的缘故与梅帝少了往来。

倒是油画专业的高冰与梅帝日渐熟络，并最终发展到同衾共枕的地步。高冰偶尔写充满童趣的诗，对作品也有自己的理解：“好的诗文是有独立的生命和性格的。应该是一头自由的小兽，它俊俏，骄傲。你接近它，却无法捕获它；你喜欢它，却无法驯养它。”引得梅帝赞叹“美术家与文学家，将是多么多彩的人生”！梅帝努力将她幻想成顾佳，她比顾佳更爱他。

只是从不能从她口中听到顾影。

一天，梅帝听到她和别人的电话中说，“任何人都无权对自杀的人指指点点。自杀不可以被利用，不可以被评论。死者已沉默，谁都不应亵渎这严重的时刻，尊重死者就是让死者安息。”俨然论辩的神气，让梅帝忍俊不禁。满脑子古怪想法，比谁都好强，梅帝想。

过了很久，她走过来，倦怠而脆弱，眼皮肿了一圈，像是哭过。“你不要动，让我抱着你。”

“我不喜欢被人环着，我抱着你吧。”

高冰以从未有过的冰冷表情推开他胳臂，“因为被顾佳抱过，别人就不行吗？”

“那是什么话？怎把我和她扯到一块？郁鸣是我的好兄弟，和她交往过的……你刚刚说顾佳？”

梅帝感到刺骨的寒冷，她轻易道出了“顾佳”，而这个梦和梦一样私密的名字他从未与人提起，梅帝在那一刻突然觉得，眼前的女生好像知道自己的所有事，而自己真的了解她吗？

高冰眼神里闪过一丝顾虑，但她接着说：“你口口声声最好的哥们，你手机里有他的电话号码，相册里有他的照片吗？你以为他真的存在吗？”

“以前是形影不离的关系，所以用不上这些东西。说他不存在是什么话，你头一次听到这个名字吗？”

高冰的话音变得柔软并带着哭腔，“你从未有过一个朋友，郁鸣是谁呢？顾佳、顾影是谁呢？是被你伤害过或臆想出的人吗？我是谁呢？高冰？和你吃了顿饭就被你的才具和仪表倾倒，和你上床的人吗？你更有没有想过，你是谁呢？”

“你打了通电话就变得不清醒，我不和你说，我找他们去，让他们来听听，你说的是什么话！”梅帝头裂欲炸。

高冰看着他夺门而出，自言自语道，“你还要在幻想的世界里走多远才肯回来呢？我是世界上最了解和关心你的人，你要把我逼到什么地步呢！”

（八）

多年后，宿醉的梅帝坐街上。从璀璨的灯火里看清顾佳的脸。他踉踉跄跄走近，抱住她，在她耳边呢喃，“朦胧的夜色，霓虹闪烁，我会被轻易地引诱，只要你长发温柔、面容精致，穿一条有格调的长裙。不要用你凌厉的心与我角力。吻我，用你带刺的红舌。安慰我，用你异常冷静的拥抱，掌控我狂热的信仰，让我哭着哭着就笑了。用攫取的手将我推开，让我沉默、怀疑，笑着笑着就哭了。于是我知道，所谓的失败就是，在倾其所有的时候，同时也失其所有。”

顾佳红了眼眶，“我要走了。我们聚会，为记起被我们遗忘的存在，获得存在之上的安全感。我们流浪，为向被我们放逐的灵魂朝圣，发现灵魂包裹的自由。”

“我喝醉了，抱歉不能送你。我听见我的灵魂远远地离开我，在街上，在深夜里发出野兽的叫喊。我们永远不会知道，也不会在意，我们让自己的灵魂经历了什么。”

顾佳说：“但我们不温不火地成长着，你学会了柔软，我学会了坚强，我们在世界的两个角落，彼此好好生活！”

一滴泪接一滴泪落在梅帝肩上。顾佳在梅帝耳边低语了一句话。顾佳解开梅帝的怀抱，梅帝看见她如霜的肌肤上纤细的绒毛不断地生长、变化，俄顷已被靛蓝的、华美的羽毛覆盖。她凝视梅帝，目光在最后的一瞬变得焦躁而失落，她从他的眼前消失了。

（九）

那晚，梅帝戴上耳机以后漏听到一句话，“把她骗到某个地方强奸了她也不敢告诉老师”。

最后，她在梅帝耳边低语的话是，“你知道吗？人类学会直立行走是因为忘了怎样飞翔。”

樟树林

北京师范大学/何庆平

我急匆匆从千里之外赶回家乡，总算赶上了阿叔火葬之前的最后一面。

我一踏进殡仪馆里边，就发现里头并没有哭声，父亲、伯父、姑姑的表情有点奇怪，包含了几分哀痛，又包含了几分释然。他们对阿叔的态度很复杂，一方面他跟他们有着挥之不去的血缘关系。另一方面，由于他腿是瘸的，眼睛也瞎了，给他们带来沉重的经济压力，他犯下的无从查考的罪行也带来不小的精神压力。

只有母亲是眼含泪水，她对着我指了指还没有盖上的棺木，我走过去看了看阿叔。阿叔面部扭曲，颇为吓人，尤其两只眼皮陷在空洞眼窝里，像两块被揉皱了之后在阴湿地放了几年的橘子皮。我又特地看了一眼他的脚，我打小印象最深的他的瘸脚，此时已被殓衣遮盖住了，看不出什么异样。

之前电话里听父亲简单说了下，阿叔是浸死的。客家话里头说的浸死，也就是淹死的意思。这会站在棺木旁，我偷偷地问母亲详细情况，母亲说："半夜的时候，你阿叔一个人摸去了樟树林，掉在了林子边一个水洼里，因为腿脚无力，不到一米深的小水洼都爬不起来。第二天大清早，别人发现的时候，他早就……"

原来阿叔最终还是死在了樟树林啊，与他今生命运纠缠无休的樟树林。那也是阿叔悲剧性一生的起点，当年就是在那里被抓的。

我阿叔原本是全村人民的骄傲，那个时代的天之骄子。他是我们村里第一个去北京上学的大学生，在八十年代后期的乡村，考上大学就是轰动性事件，何况还是北京的大学。据母亲后来的讲述，当年阿叔接到录取通知后，村子里几乎每家都凑了份子钱，有贡献出自家的桌凳，在公共的打谷坪上，摆开了一场五六十桌的盛大宴席。阿叔带着乡亲们的欣羡赞叹和希望，去了祖国的首都。

然而，就在所有人认为阿叔出人头地前程似锦的时候，命运发生极大的反转。那是在阿叔上大学快两年后的一个夏天傍晚，夜幕就要降临的时候，脸色憔悴、衣衫褴褛的阿叔，突然出现在了村头的河沟口。

家里人和村里其他人，立即把几乎已经走不动道的阿叔抬回了家。阿叔一边狼吞虎咽吃着饭菜，一边说自己在外边犯了事，很多人想要抓他。父亲问是多严重的事，弄出人命还是咋的？阿叔摇摇头说，被抓住倒很可能没命。

躲在村里估计会被搜出，全家商量，先让疲累至极的阿叔在家里歇一个晚上，第二天就把他送到山里。

然而第二天一大早，天刚蒙蒙亮，村里人发现有公安的车辆人马，堵在了村子进出的道路上。阿叔惊慌至极，看来马上就是大搜查了。大家手足无措之际，阿叔想起了樟树林，说里边有个树根形成的空洞，盖上树叶应该可以躲过一时。

等到太阳出来的时候，大批穿着制服和不穿制服的人来到了村子里，有些是镇上和县里的公安民警，还有些则说着普通话，不知打哪里来的，一共有几十上百号人。我父亲说到这时非常愤怒：他们出动这么多人，就是为了搜捕一个瘦弱不堪的读书人。

十几个人冲到了我家，把房梁和屋顶，箱子和柜子，床底和灶台，猪圈和牛圈，甚至放番薯的地窖，连同厕所之类，全部细细地翻查了一遍。

在他们翻箱倒柜的时候，我爷爷就问，阿叔到底犯了什么罪，但是没人回答。我大伯也问，我父亲也问，我母亲也问，我当时还没有出嫁的姑姑也问，依旧没有人回答。等到他们快把屋子翻完了，我爷爷又郑重地再问了一次，有个人不耐烦地回了句造反罪！

像我阿叔这样瘦弱不堪的贫苦学生，能造什么反？大伙都想，一定是胡诌的。村里那些见到我阿叔回来的人，都一个劲儿说没看见。搜捕人员开始在全村展开地毯式搜索，而村干部们也接受了指示，像煞有介事地给大伙儿做思想工作。村民们都不理会，口风咬得很紧。

过了午饭时分，全村大概被筛了一遍，其中有人也在樟树林找过了，但并没有发现树根下边的窟窿。不少搜查人员再次聚到村口，似乎开始商议收兵了。

就在此刻，李大傻从家中走出来，看见这么多人，兴奋地指手画脚。李大傻本名李长保，是村里一户李姓人家的孩子，当时应该不到二十岁。他小时候得了高烧，烧成了脑膜炎，治好病后脑子已经坏了，智力跟几岁小孩差不多。

操着普通话的办案人员中，有个阔面大耳的人，似乎是上边派来的领导干部，他不知道李大傻是傻子，就派人把李大傻叫了过去。有人告诉干部他是一个傻子。

干部一听，无奈地摇了摇头，摆了摆手让李大傻离开。

但是，几秒钟后，干部又改变了主意，他把李大傻叫了回来，然后把手伸进口袋，摸索两下慢悠悠拿出来，手里多出了一块大白兔糖。干部将外边的糖纸剥了，把糖塞进了李大傻嘴里，大声问道："何建业认识不，何建业在哪晓得不，你要是晓得，我就给你吃糖，很多很多的糖。"

李大傻含着糖流着口水，兴高采烈地说："我晓得，我晓得！"

在场所有的搜捕人员和村民们，都停止了说话，目光全部看向了李大傻。母亲的心也提到了嗓子眼里。虽然她明明记得，昨天傍晚阿叔回来的时候，李大傻并不在场。

李大傻咿咿呀呀地说"樟树林"，母亲立即倒抽了一口凉气。

领导大手一挥，在村干部们的带领下，办案人员们围住了樟树林，很快就把树洞口的树叶弄开，将躲在里头的阿叔给拖出来了。

众目睽睽之下，两个制服人员左右架着阿叔，要把阿叔往车厢里边塞。阿叔拼命挣脱，力气却远远不够，然后发出凄厉的喊叫声。"就跟杀猪之前，猪的叫法一个样。"母亲说。

我小的时候见到过一次杀猪，那头猪绑在了架子上，三四个大人哼哧费力地把猪按住，屠户老板拿起尖利的杀猪刀，可怜的猪，一边垂死挣扎，一边哀鸣出声，凄厉叫声能传到一两里外。从那之后，我再也不愿意看杀猪场景了。

这些人就这样把阿叔带走了，没有给出任何的解释。我们家里人全蒙了。

过了老半天，大伯想起来，阿叔被抓完全是李大傻的缘故。于是，爷爷带着大伯和父亲怒气冲冲地跑到李家，却发现几个村干部已经坐到那里。李大傻被藏起来了，李家人道歉两句，说我家娃脑子坏了不懂事之类的。然后有村干部说，法大于天，在外边杀人放火了，回家后也躲不了，躲得了一时躲不了一世。

我爷爷听了之后，气得抡起脚边凳子往村干部前方地上砸去，大吼我家建业平日里杀个鸡都费劲，他会杀人放火吗？

尽管凳子不是直接朝着人扔的，但是所有人都吓了一跳。另一个村干部见状急忙说，你家孩子出息了，在外边当了官，没管住自己，贪污腐败了点，我们也是没法包庇的。

爷爷呆立了一会儿，撂下一句"看好你们家傻儿子，别让他出来作恶"，带着大伯和父亲离开了。爷爷后来解释说，人家是傻子，杀了人都不判刑，能拿他怎么样呢？贪污腐败的罪名总好过杀人放火，毕竟也是当了官的，古代穷秀才考取功名之后当官了，有几个是不贪的。

然而，李大傻到底是怎么知道阿叔在樟树林的呢？

按照母亲的说法，换作别人，李大傻可能都对应不上名字，但是李大傻却认得阿叔。当年老何家摆酒席的时候，李大傻也是在场的，很可能是阿叔意气风发的样子，在李大傻心中留下不可磨灭的印象。很可能在阿叔进入林子里的短短时间里，李大傻躲在哪个角落里刚好看见了。母亲只能这么猜测。

我爷爷此后经常念叨，就是当初酒席摆得太大，惹怒了老天爷，因此要惩罚阿叔。我们年轻一代都不太相信这说法，但是父辈们都深以为然，所以当我考上北京的大学之后，父母只是请了一桌最亲近的亲戚一块吃了顿饭，而且这顿饭都不敢做得太丰盛。他们生怕我重蹈我阿叔的覆辙。

阿叔被抓几个月后被放出来了，腿被打瘸了，全身到处都是新新旧旧的伤疤，一道接一道，一块又一块，细细密密，缠绕交织。家人破口大骂这帮丧尽天良的，希望老天来收拾他们。

更重要的是精神上的伤害，据母亲描述，阿叔回家时，性格变得胆小内向了，再过了一段时间，精神上也跨了，从此就废了。在我童年的记忆里，阿叔就是一个孤僻奇怪的人，没什么存在感。除了我善良的母亲时常关心他以外，其他人对阿叔也没什么好脸色。

我家一直没有追究李大傻的过错，但没有被家人看好的李大傻，最终还是出事了。那是十五年之后了，巧的是，这事也跟樟树林有关，而且还是我亲眼见到的。

那年我正在上初三，当时农村初中还得上晚自习，最后一节课上完是九点钟了，我们这些走读的孩子，下了课之后就成群结队地回家。

我特别喜欢这段时间，因为我能偷偷跟在陈小雨后头。陈小雨是隔壁村的姑娘，也是读初三。陈小雨是全校最漂亮的姑娘，她在其他同龄姑娘中显得十分与众不同，身材高挑一些不说，举手投足中还天然具有一种独特气质，把情窦初开的我给迷住了。

从樟树中学到陈小雨家，大概是四五里的路程，走路要走半小时左右，我家在这段路中点处一条岔道上。十年前，柏油路还没有修好，主路就是一条砂石泥土铺成的马路。宽度大概刚刚够两车并行，马路的两旁是宽约半米的沟渠，沟渠过去就是窄窄的田埂。每当有车经过的时候，马路上就扬起一片黄色沙尘，路边行走的人们纷纷伸脚跨到田埂上躲避。樟树林在马路北边，也就百余米左右。

那天夜里，晚自习结束后，学生们像往常一样回家。马路上，大家前前后后，三三两两，拿着手电或不拿手电，各自聊着什么。陈小雨平日结伴而行的女生那天不知为何没有来，陈小雨跟邻村男生一块走，我跟在后边几十米外。看着陈小雨袅袅娜娜轻盈跳跃的身形，她连走路的姿势都是如此动人啊。

突然陈小雨停了下来，然后独自一人就往樟树林去了，应该是突然尿急。邻村几个男生就停在路边聊天，我就偷偷拖在后边，一会往前走一会往后走。

天幕上挂着细如弯勾的月亮，淡淡的光线给大地镀上了一层茫茫色彩，这时间冬天快要来了，微风吹来，已经有一丝冷意了。

突然之间，一声尖叫从樟树林里传来，划破了清冷安静的夜空。那是陈小雨的叫声。邻村这几个男生立即撒腿跑了过去，其中一个男生还骂了一句。我也急忙从我的位置冲了过去。跑了几步之后，我好像看见林子边上似乎有什么东西一闪，兴许是猫狗之类吧。

我气喘吁吁跑到了陈小雨尖叫传出的地方，邻村这几个男生正围着李大傻，拳头腿脚如雨点般往他身上招呼，李大傻呜呜乱叫。

几米开外，陈小雨正把套在头上的蛇皮袋弄开，然后又羞又急蹲在地上抱着头嘤嘤哭泣，上衣和裤子已经被撕破了。我看到她那发育良好的胸部侧面，洁白优美浑然天成的一道弧圈，散发出一种摄人心魂的光泽。一股热血瞬间从下半身涌上头来，我感觉脸上一片火热，又是羞耻又是兴奋。我拼命控制住自己不要看，但却根本就移不开眼睛。

不知过了几秒还是十几秒还是几十秒，反正等我回过神来的时候，不知所措的陈小雨仍然在哭泣，李大傻躺在地上抱着头，几个男生你一脚我一脚狂踹，一边叱骂对方是流氓浑蛋王八蛋。此时，几十个男学生女学生都已经来到樟树林的边缘，个个无比震惊地瞪大双眼呆呆看着。

我脱下外套，走了过去，两只手哆哆嗦嗦地，给陈小雨披上去。陈小雨依旧抱头低声抽泣，整个身体都在颤抖。陈小雨鲜嫩白皙的手指甲上印上了殷红血迹，应该是她被侵犯时拼命挣扎乱抓，在李大傻身上划破皮肤留下的吧。我这个时候，恨不得也上去踹李大傻两脚。

樟树林附近屋子里的乡亲们也陆续赶上来了，其中就有李大傻的家人。大人们一看就知道发生了什么事。两位乡亲拦住了这几个男生，李大傻已经被打得奄奄一息，爬都爬不动了。

两位大妈给陈小雨裹上了毯子，并将我的衣服扔还给我，然后将陈小雨严严实实包裹起来，背回陈小雨家中去，那几个男生护送其后。我忽然看见地上陈小雨被撕破的衣物碎片中，有一枚漂亮的银白色纽扣。我蹲下去把它捡了起来，想想还给陈小雨也不妥，只好将其放进了口袋，这是我获得的陈小雨唯一一样东西。

李大傻躺在地上痛苦呻吟，几位乡亲弄来了车，几个人合力把他抬到车上去。我见到李大傻一只眼睛被打得充血，已经成了紫黑色，微微睁开一丝缝隙，里边的眼球已经是紫红色。他的鼻梁也断了，鼻孔里流出鲜血。

这时我的父母和阿叔也已经来了。阿叔眼角流了点血，我母亲问他怎么回事，阿叔说要赶来看热闹，跑得太快被树枝给划了。我父亲嫌恶地看了他一眼。在阿叔越来越阴暗颓废的日子里，我母亲是唯一真切关心他的人。

李大傻被送到医院后，抢救了一夜，然后不治身亡。陈小雨家见李大傻死去，也没有什么话说了。而李家也没法追究那几个男生的责任，他们是在施暴途中出手，虽然下手重了些，依然可以算是正当防卫。我后来问过其中一个我认识的男生当时的情形，他说当时他们赶到的时候，李大傻虽然没有正在侵犯陈小雨，但他手上拿着陈小雨上衣的布片，想往林子外跑哩。

事情虽然这样不了了之了，但是陈小雨的名声已经坏了。尽管我们几个目睹陈小雨去往樟树林的人知道，这点时间对于强奸来说是不够的。尽管医院做了仔细检查，断定陈小雨并没有受到实质性身体伤害。可是，当几天后陈小雨再次出现在学校时，很多人都在窃窃私语地议论她。

在这种观念保守封闭的地区，对所谓的贞操十分地看重，与性相关的谣言又容易四处乱传。人们在散播传言的时候，获得一种莫名的快感。陈小雨很快就退学了，后来她一家都投奔外地亲戚了，我再也没有见到过她。初次喜欢一个人，竟然以这种方式收场。

我们家里人倒没什么心思关心陈小雨的传言，我们更关心的是李大傻。李大傻的死讯传来的那天晚上，家里人都感慨不已。爷爷对阿叔说，当初李大傻把你暴露了，没受到什么惩罚，如今再次作孽，终于遭到报应了。阿叔眨了眨受伤的眼角，呵呵干笑了一声，脸色变得更加阴沉。

李大傻虽然倒霉了，可怜的阿叔却再次遇到了厄运，不知怎的，他眼角的裂口越发地厉害，然后居然发炎了，视力下降得十分厉害。等到我母亲力主送他去医院诊治的时候，已经不是一只眼睛的事了。医生说，由于眼睛受伤后没有及时处理，被感染眼球没有立即摘除，导致另一只眼球也受到了牵连，也保不住了。阿叔彻底成了一个盲人。

阿叔变得更加阴沉了，渐渐地不再和我们说话，经常一个人拄着拐杖来到樟树林里边，默默地呆立着。我母亲有时远远看到了，就会长长叹一口气。我非常奇怪，阿叔就是在樟树林里被抓的，对这个地方应该满怀恐惧才对，为什么还会经常来这。母亲回答说："那是你阿叔早先约会的地方啊。"

原来阿叔暗地里早从高中时，就已经谈了一个对象，后来阿叔考上大学之后，两人依然保持地下恋爱关系，除了我母亲偶然发现以外，其他人都不知道，我母亲也为他保守了秘密。我疑惑地说，阿叔前程一片大好，为什么依然守着女孩呢？

母亲说，阿叔是重情之人，他真的很喜欢对方，而且那女孩别的不说，长得真是方圆十里首屈一指的标致。母亲补充了一句："想来陈小雨遇到这种事，也是老天对她妈妈的一种报应啊。"

什么？原来陈小雨妈妈是阿叔以前的对象！

母亲继续讲述，在阿叔被打瘸了腿，前途也毁了之后，陈小雨的妈妈很快就动摇了，过了没多久就跟阿叔说了分手，最后嫁到了邻村一个比较富裕的家庭。阿叔后来会变得越来越颓废，不仅是飞来横祸被打瘸了的缘故，更大程度上是由于被深爱之人抛弃的缘故。

母亲还补充说，当时李大傻在糖果引诱下，把阿叔藏在樟树林里暴露之后，众人都跑去樟树林了，她因为肚子里正怀着六七个月大的我，只能待在原地，听到了李大傻还咿咿呀呀说了些"亲嘴"之类的。母亲后来琢磨，李大傻根本不知道阿叔藏在樟树林里，只因为从前见到阿叔跟恋人在林子里约会，对方问阿叔在哪时他就提到樟树林，结果歪打正着。

哎，上天的安排奇妙而残忍，阿叔的人生就此被改变。

当年我在母亲肚子里亲历阿叔被抓，十五年后又亲历了李大傻对陈小雨的侵犯，我勉强算得上唯一同时亲历这两件事的人了。某种情况下，我觉得我跟阿叔是有着隐约联系的，后来我不顾父亲等人反对填报北京的大学，也是念念不忘想体验阿叔生活过的那块土地吧。

自从母亲跟我说了阿叔的恋爱故事，我对阿叔就有了一种特殊的同情。每次他默默去樟树林的时候，我就止不住地惋惜。阿叔是在怀念着往昔，怀念着那个方圆十里容貌无出其右的女子，那是个声音甜美身材窈窕的女子，他们亲吻相拥在清亮如水的月光下，夜晚的微风是温柔的，树上的叶子也在低低吟唱。

在我去北京念书后，我也经常回想起曾经暗恋的陈小雨，想到陈小雨就会有点惆怅，然后我就拿出陈小雨那枚银白色的纽扣。这枚纽扣比一般纽扣要大，应该是装饰用的，过了很多年还像当初捡起的时候那样新，其中左半面有个地方缺了一小块，形成一个小小的心形的坑，应该是人为造成的。陈小雨也是我青春岁月少年心思里遗憾缺失的那一小块。

到如今，我阿叔的除了怀念恋人外已无其他意义的人生，也终于宿命般地在樟树林画下了句点。阿叔，愿你安息。

在整理阿叔遗物的时候，母亲意外发现了一张全家福，那是全家人十一二年前一块照的。阿叔很少留下照片，那次是我母亲硬把他拉过来照的。这张照片一共洗出了五张，爷爷那张跟着他下了土，父亲、伯父、姑姑也各拥有一张，阿叔也有一张，并且居然也保存了下来，母亲想了想，把这张给了我。

在回京的火车上，我摩挲这张老照片，回想种种往事。

我看到里边阿叔身子约略倾斜，神情呆滞站在那里，目光也不正对镜头。咦，他衣服左侧口袋下方那个装饰用的东西是什么?

我完全不敢相信自己的眼睛，那分明是一个银白色的纽扣，在同样的位置也有一个同样形状的缺口，和我珍藏的那枚一模一样。

荫翳年纪事（节选）

清华大学/林培源

景都宾馆

那时阿喜的手指还是完好的。他从秋蓝身上退下来，感到下身隐隐胀痛。秋蓝背靠枕头躺在床上，用被单裹住半个身子，露出雪白的胸脯。灯光下胸脯看上去像两只撒上糖粉的馒头。房间有股潮气，阿喜低头，嗅到身上汗液和其它混合的味道。

他走进浴室冲澡，顺手把门带上。热水浇下来，冲刷他身上的汗液和气味。每次和她做完，他都是第一个进浴室冲凉。有时秋蓝趁他不注意像尾鱼那般溜进来。他熟悉她的身体，她皮肤的质感，她窄窄的盆骨和小巧的乳头，那是黑暗中的熟悉。他害怕照见明晃光亮下裸身的她。他叫秋蓝先出去。她不听，反倒撩开浴帘挨进来。空间一下子缩挤了。他转身背对她，拎起莲蓬，迅速冲洗下身。秋蓝从背后抱住他，靠过去，胸脯紧贴着他湿漉漉的肩胛骨。

水声哗哗，像瀑布，像湍急潜流掩住了呼吸。

每次都是秋蓝开好房等他，她问他为什么选这么一家旧宾馆。他说，怕你被人撞见。秋蓝笑起来，我看是你在怕吧？阿喜不语。他像赶赴一场隐秘盛宴：推开宾馆的玻璃门，经过前台，再穿过长长的幽暗走廊，朝秋蓝短信中告知的房间走去。宾馆铺了厚厚的地毯，减轻了踩踏发出的声响，阿喜沾了雨水的球鞋在上面蹭过，留下一摊水渍。地毯引起他对凶杀案的联想：血迹，尸体裹在被单里，房门关上了，凶手戴口罩，步伐被消音，就这么迎着监控器迅捷离开。接着是发现，警报，混乱、惊恐，以及报纸上篇幅短小的报道（死亡廉价了，关于死亡的讯息更甚）。阿喜敲了敲房门，不自觉地瞥了一眼天花板的监控器，他很好奇，他的身影经常闯进监控视频，他们一定记得我。

秋蓝从猫眼看他，打开门，露出半个头，朝他眨眼。这情景，与他遥远的一段记忆重叠。那时他在县城一家餐厅打工，深夜落班，与工友在街边吃烧烤，喝啤酒。有人打趣问他，你还是处男啊？他的脸一阵涨热，尴尬笑起来。他们看阿喜，表情透着戏谑。后半夜，阿喜满身酒气，手中捏紧他们硬塞的“破处钱”，迈向汽车站附近一家老旧的宾馆。三张红色纸币塞在后裤兜，紧贴着阿喜屁股。敲房门时，他心跳得快迸出来。听到褡扣拔开时的“咔嗒”声，他几乎就要转身逃开——但不知为何，身体鼓胀的欲望使他站住了。

阿喜不知这一晚是怎样结束的，所有既定步骤好像被人为缩短并简化了。他连下身都不顾上冲洗就穿上衣服。在这场交易中，他卖掉了童贞，而她，摄取阿喜稚嫩身体流泻出的新鲜精液。仓皇付钱之后，阿喜带着满身的羞耻与满足逃离了宾馆。

夏夜有风，他张眼望了望路灯下荒芜的汽车站，顿觉这个夜晚与过往任何一个都不同，他完成某个仪式，踏出了他成人的第一步。

几年过去，阿喜在生活污浊的气流中拔足狂奔。他留了胡子，为了看起来显老，他晨起给头发喷定型啫喱，喷止汗剂，他努力仿照城市年轻人的装扮，但这些掩饰不住他的孩子气，以及对外部世界若有似无的恐惧。

阿喜换过几份工，他在麦当劳做过服务生，在超市干过搬运工，KTV也待过一段时间，每一份工都没做久。几年间，他由一处地方徙往另一处地方，像随时会被巨浪掀翻的舢板。

旧年他在车行工作。来车行的女人不少，但从未有人拿正眼看他。有一天来了一个女人，化着淡妆，一进来，阴沉着脸把钥匙交给阿喜，让他帮洗车。阿喜开车进洗车房，瞥见那个女人握着手机站在车行外面，说话的嘴型和表情像在争吵。他猜想女人争吵的原因，同时忍不住吸嗅车厢的香水味。

第二次见面，女人的车在半路抛锚，一个电话挂到车行，老板派阿喜去救援，他开车赶去，女人撑伞站在街边抽烟，见到他，紧皱的眉头松开来。阿喜娴熟地检查，修理。天气很热，地上投落一小块阴影。他抬头望一眼，又闻到了那款香水味。他说，最高待遇啊。女人低头笑，逆光剪出一个柔美的轮廓。女人说，把你电话给我存下。他们就这样认识了。她告诉阿喜她叫秋蓝。后来秋蓝到车行洗车、维护，找的都是阿喜。车行的伙计调侃道，你小子也有今天，这富婆看上你啦！阿喜笑笑没有回应。一个月后，某天落班，阿喜在盥洗室洗手、换衣服，工装口袋里的手机响了。他掏出来，看到秋蓝的名字，心扑通扑通剧烈跳起来。这是互留手机之后秋蓝第一次打给他。他擦净手，手机贴住耳边，一阵嘈杂的电流声，他听见她在哭。他的心倏地缩紧了，秋蓝带着哭腔道，你能不能来一趟？

挂了电话，他反复搓洗沾满油污的手，低头闻一闻腋下，临走前又喷了止汗剂。从车行去秋蓝家要经过一段林荫路。阿喜坐上的士在城中心兜转，的士师傅问他去哪里，他迟疑，报出小区名字，像报出一个与身份极不相称的密令。他忆起当年的宾馆之行，然而这次毕竟不同。他让司机在小区外围再转一圈。转足一圈之后他才蓄足勇气，付钱，落车，朝那片小区走去，按下门铃。

日后在景都宾馆，阿喜不止一次问：为什么当时你要找我？明知这是个伪问题。情事之后，谁都可以编造出一个冠冕堂皇的理由，但阿喜仍然相信，秋蓝找他，是因为她需要。他的出现符合某个命定的主题：对她残破生活的缝补，是的，偷欢本身就接近于一种缝补。他躺在床上抽烟，秋蓝挨着他的胸膛，手伸出来，搭在他的右胁。在床上她如此服帖、温驯，显露女人该有的柔情该有的情调。阿喜说，是你教我这么做的，该不该答谢你？秋蓝伸手，在他面前张开，故意开玩笑说，那我呢，是不是该收费？

开始时他贪恋于这种私密的约会，就在第一次“偷情”（他称之为冠冕堂皇的偷情）之后，他上瘾了，迷上这种背德的关系。那天阿喜进门，见她哭红眼，脸色惨白，没化妆（这是他第一次见着素颜的她，竟也无损姣好的面容）。秋蓝搂住他。他面目张皇地任她抱住，身体僵直，目光止不住在屋里逡巡。花瓶掉落地板摔碎了，她的衣物也散在地上，他凭直觉判断，此刻女人的丈夫（或情夫？）一定刚摔门离开，留给她一个安全又极度危险的空间。他们发生了关系。阿喜带着类似献祭的心情，任凭秋蓝在他背部和手臂上咬，错将他当作报复和发泄的对象。事后阿喜才知，在他来之前，秋蓝灌下不少酒，可他丝毫没有觉察到她的迷醉，只觉得，秋蓝的身体像一口干涸的井，他进去时，她疼得夹紧双腿，鲜红的指甲抠住他的背。他低头看时，只见她双目紧闭，脸上淌泪。

在乡下

自有记忆的时候起，“世界”对他而言只是一栋老旧的平房，一个不算后院的后院，院埕内种了几株桑葚树，靠墙立有一架鸡埘。没有夯实的土埕，一到雨天便湿漉一片。鸡屎的味道趁机混入空气，像糜烂的鸡蛋花的味道，像回南天晒不干的衣物散发的酸臭。他低矮的视线无法触及高空，在隔了一扇木板门的房间内，他低头拉扯布条，布条扭成麻花的形状，一端系紧麻将桌的腿，一端捆住他瘦小的脚踝，苍蝇四处嗡嗡飞，在他额头、脸上烙下密实的瘙痒。他从麻将桌底下钻过去，由于布条太短，好几次将麻将桌绊得晃起来，那个他本该叫她“阿嬷”的老女人，用尽诸多刻薄言语骂他“野种”、“死狗”、“害人精”……时而会有巴掌不经意间伴着牌运低落和即时发作的脾气掴下来，厚实的巴掌将他扇得耳廓嗡鸣，在声嚣静止的几秒内，他的眼泪、鼻涕混淆着从脸颊滑落。麻将桌上响起另外三个高低不一的声音，周遭重新恢复原貌时，他听见责备、善意劝诫以及戏谑的调侃自上方落下。

——要放伊出去耍一阵啦，整日锁紧紧，像只猴仔。

——要不是伊阿母走了，你老人家不会这么凄惨。

——你不怕孥仔长大记仇？你一把老骨头要给拆散喽！

他的意识隔离在外，并没有因此而陷入谈话的泥淖，反而对弥散开的烟味着迷。烟味夹着烧焦的气味渗进鼻腔。他贪婪吸着，像细嗅什么珍贵的鼻烟。他抬起头瞥见阿嬷嘴角叼支烟。这个原本归属男人的动作如今赫然出现她身上，突兀而粗粝。阿嬷嗓门大，动作粗野，打牌时习惯高声骂人。他瞧着她手指动作娴熟地弹敲烟灰，烟灰飘落脏兮兮地板上，灰白、轻盈，像从天而降的微细雪花。他以手指摁压，沾一点烟灰在指尖，搁在鼻孔底下用力吸嗅，烟灰进去了，他止不住剧烈地咳嗽起来。

待到牌局结束，牌友散去，阿嬷才蹲下矮胖的身体：我来去市场，你勿乱走，小心食竹仔鱼！他睁大眼看她，又低下头，不敢直视她尖刻的目光。她挎了一只编织袋出门，木板门啪嗒一声锁上。他蜷腿坐着，望向她离去的方向。片刻后，他扶着牌桌站起来（自从母亲离去，他的世界就被裁剪得只剩这一块窄仄的天地），踮脚凝视麻将四散在牌桌上。这些立方体令他痴迷。他很快就把难过和委屈抛在脑后，恢复了孩童贪玩的天性。他伸手捡起一块麻将牌，用牙啃咬，又在牌桌边沿敲一敲，“咔嗒——咔嗒”，麻将牌和桌子碰撞，在空旷的房间响起短暂的有节奏的回音。他咧嘴笑笑，又仰头望望屋顶，屋顶黑瓦遮光，只有透天窗漏下来光柱，光柱照在牌桌上，绿的地方发白，白的地方发亮。他自顾在牌桌圈起来的小天地里耍着，丝毫没有察觉到，如此近似囚禁的日子还会持续下去，直到那个他喊作“爸”的男人在赌场赢了钱，大发慈悲将他送入幼儿园。

紧缩的世界如橡皮球那样被撑开了。

他站在祠堂侧门，悠长的走廊阴冷晦暗。旧时这里是私塾，如今改了相貌，两间厢房辟作教室，整齐摆置着漆草绿色的低矮课桌，成了乡里最早的幼儿园。他个子比别人高，坐在后排，脖子伸长像营养不良的狮头鹅。教室与祠堂正厅隔着道木门，每逢初一十五，课间别的孩子喊喊喳喳耍成一团，只他一人趴在门上，透过缝隙窥视正厅祭拜的妇人们。烟雾缭绕，攒动的人头令他想起自己的母亲。

要是她还在镇上，她也应该是这群诚心妇人中的一个。他喊了她几年“妈”，可是有天她不说一声抛下他走了。这是在他被困在牌桌之前半年的事。那时他还小，不明个中缘由，醒来发现眠床上只剩他自己，惊慌得坐起来。他听到家中大人说话的声音。他趴在房门口，瞥见客厅挤满人，有他认识的邻居，也有他不认识的陌生人，他们像被什么密令召唤而来。他听见养父拍着茶几激动喊道：肏她妈的！这个双颊塌陷身形瘦削的男人从未这般愤怒过，即便在牌桌上输了钱，最多也是急红眼而已。然而那天，他就像丢了魂一般在屋内来回踱步。

众人散尽之后，养父翻箱倒柜，试图揪出母亲逃跑的蛛丝马迹。等到养父冷静下来，他躲在房间，意识到危险的临近。养父揪住他衣领，像审问犯人那样逼问他母亲跑哪里去了。事实上，这个举措毫无意义。谁也不知她何时跑路的。自她“嫁”过来，她无时无刻不惦记着逃。那时他还太小，不知晓这个家庭的隐秘。她是家中唯一待他好的，伺候他吃照顾他穿，晚上搂着他睡。她怀里有股淡淡的花露水味。和她躺在眠床就如同躺在安稳的摇篮。然而更多时候，她在半夜被醉酒的养父拖起来，他当着孩子的面扒落她衣衫。孩子看在眼里，在黑暗中，他蜷躺在床上用被单蒙住脸。他听见反复的厮打、啜泣和喘息。养父的骂声尖刻刺耳，他骂她“越南鸡”。他每骂一句都会遭来母亲的反抗，他们扭打成一团，每次争斗都以父亲的胜利告终。

母亲走后，他成了家族彻彻底底的“外人”。他被推挤着长大，被咒骂，被憎恶，像只遗弃在暗巷里的幼鼠，靠着身体的本能苟活。后来在祠堂中，母亲的形象和其他妇人叠合起来，他瞥见母亲梳一头齐耳短发，身穿白色的确良衬衣和黑色布裤从缝隙间行过，如此遥远而缥缈，像影子般一晃而过，像祭桌上袅袅升腾的香火。

读小学和初中，他跟别人殴斗，有时只是因为一个眼神，有时因为不经意的嚼舌根。更多时候他被罚站，背靠雪白的墙站立。乡里的教室只有两层楼，隔着栏杆，他的目光越过高墙投向很远的地方。那里有菜地、林檎园、连绵一片的水稻以及无数他道不出名的庄稼。他望见成排水杉沿河而立，再远的地方，就是海了。他的目光逡巡。那个纠缠许久的问题随之浮现，为什么不带我走？这个问题反复敲打他的胸腔，他的额头，他身体的每一个缺口。想着想着他哭了，像打开了门阀。他的发问犹如扔进深渊的石块，扑通一声过后什么也没有。他猜想了无数次母亲留给他的谜题，假若在襁褓中就把他抱走，那么，这之后所有的敌对、打骂、忌恨便不会发生了。可假设终究是虚空的。她做出这样的抉择，其间必定伴着痛苦的权衡。在血肉至亲和自由生活之间，她选择了后者。谁也不知，在跑掉之后，她会不会也陷进另一摊泥淖。再长大之后，他忽然想明白了，他也必须做出决定，就像十多年前母亲做的那样，现在他知晓了个中缘由。原来要花这么多年才能揭开母亲抛给他的谜底：凭什么要我给他送终呢?

他们养他，对他好，给他吃喝供他上学，都是有条件的。局势发生了转变，随着年月的增长，随着大人日渐衰老，“养儿防老”的观念牢牢的，像夯土的重物，落在他们心底。轮到他们害怕了，轮到这个男人害怕了。他们想要他明白，没有这个家，他只能像只丧家犬。是的，他终于想透彻了，唯有重蹈母亲的覆辙，才能报复那未老先衰不会生育的男人。迟来的醒悟点亮了他晦暗的生活。他意识到，这是他所能握在手中的筹码，想到这里，他忽然觉得，之前遭受的所有屈辱都不值一提了。他这个深陷囹圄的囚徒，发现了秘道，只要静待时机，终有一天他要逃出去。

这是他站在祠堂走廊前怎么也想不到的，有天他要独自行过一段幽暗距离，迈向那渺远的未知之地。

蛛　网

秋蓝开车载阿喜去城西的“鱼美人”美容会所，她是那里的会员，每个月都会去一两趟。美容、按摩，做护理，像固定的节日，更衣沐浴，焕然一新。似乎只有借助这些，才能抵挡臆想中日渐逼近的衰老。衰老像势必降临的末日。阿喜年轻着呢，对此不理解。有时他觉得，他们之间始终挂着道垂帘，厚厚实实的，遮蔽了她本该袒露的面目。在阿喜看来，三十二岁的秋蓝一点也不老（这大概和她没有生育过有关，她的身体没有因另一个生命的到来而消耗），除了眼角细微的纹路，她身上并无任何衰老迹象。

回来的路上，阿喜坐在副驾，目光从秋蓝身上扫过。她看起来像是刚剥落身上的保鲜膜，更光鲜了，也因此更诱人。大半年过去，阿喜逐渐摸熟了秋蓝的生活习性，就像知悉一头高贵的麋鹿。她出手阔绰，爱逛街买衣服，家里衣柜鞋柜堆得满满，有时懒得出门，就窝在沙发上看书。阿喜知道，秋蓝过去一定不是这样，过去的她和现在的她截然不同。这样的女人，怎么会看上他一个穷小子呢?

秋蓝问他，你知道我最怕什么吗?他疑惑看她一眼，怕死?她摇摇头，不，我不怕死，我怕老。阿喜说，是个人都怕老啊。秋蓝沉默一阵，目光直视前方，像在污浊的记忆中打捞着什么。顷刻后，她的视线拉回来，同时慢吞吞讲起来：我从老家出来的时候才十七岁，比你现在还小，那时出去过的姐妹都说广东遍地是钱，我就来了，坐火车来。谁知道第一份工就给人骗了，招工的人说是五星级酒店当服务员，其实是拉我们去做小姐……话未说完，他皱了皱眉。秋蓝笑着说：还没说完呢，看把你吓的！阿喜不说话，脸上堆起一丝怪笑。秋蓝于是继续讲：

开头那几天来月经，我就请假待在房里，其他人上钟去了，我就琢磨着怎么跑。走廊有监控，门口有保安，身份证又给扣着，跑出去抓回来，会打个半死。熬到晚上，领班的进来，说有个大老板，口味很刁，喜欢处女，问我干不干。我咬紧牙，摇摇头。领班就说，一晚一千呢，伺候舒服了还有小费呀。我就说，我来那个了……领班说，我不管，他们说你是处女，只要是处女就行，客人来头大呀，我们开罪不起。我当时还天真地想，来月经了，他也不敢对我怎样，咬咬牙就去了。

阿喜饶有兴致地听着。他们在一起已有半年了，他没想到秋蓝竟在这种情况下向他自我暴露。马路在眼皮底下延伸开去，日头毒辣，阿喜眯缝起眼，沉浸在秋蓝软绵绵的声线里。秋蓝边开车边讲，他越听越觉得，比起她的经历，他的事根本不值一提。

所以你第一次，给了他？

呀，你先听我讲。

好，你讲，你讲。

直到进了景都宾馆，两人躺床上，秋蓝还没停下。她究竟怎么了。阿喜觉得她有点怪。她看天花板，阿喜看她，想象比现在年轻十几岁的她。天气燥热，空调在墙上发出嗡嗡声，阿喜满头大汗，躺着将上衣脱了，露出壮实的胸肌。秋蓝的声音在房间里形成一个小小的旋涡。他喜欢听秋蓝说话，尤其是叫床时，她的叫声发嗲，类似娇喘，但并不尖厉。他登时起了反应，拉起秋蓝的手覆在裤裆上。她抽开手，拍他一下，疼得他翘起脚，"呜哇"叫起来。秋蓝说，大老板没有想象中那么吓人，穿件花衬衣，腰上挂只手机，胳肢窝下夹个黑皮包，梳着主席头，油腻腻的，从走廊走过来就看着我笑。阿喜在头脑中迅速勾勒财大气粗的中年男人形象，想着想着就笑起来。秋蓝骂他，别笑，严肃点。他抑制不住，捂嘴，腹部起伏，笑得更厉害了。

我站在床边，也不坐，就瞪着他看。他拍拍大腿，意思要我坐过去。我就说，我来月经。他皱眉，很快又舒开，笑着说，坐，坐床上。我就坐下来。床单很白，我怕弄脏了，坐着别扭。他把皮包搁下，脱裤子，花衬衫几下剥光。我很怕，不知道接下来会发生什么。他抽出一叠主席头，晃一晃递过来。我没有接，就坐着，不说话。他顺势搂过来（阿喜的手也搂过来）要亲我，我嘴巴紧闭，他有口臭（阿喜偏过头，在她脸上亲了一口）。

后来呢？

我说，大哥我是被骗来的，大哥你救救我，救救我……

他根本就不信，还以为是借口，手一边脱我衣服，一边在我身上蹭，还捏我

(阿喜的手从裙子底下伸上去，伸到胸口，勾住文胸，捏了一下)。

我越说哭得越厉害，他反而来劲了，趴身上，使劲脱我内裤，我用手死命拉住。

(他的右手滑落到三角地带，手指勾住内裤的蕾丝边，左边褪下一点，右边再褪下一点，直到脚尖。)

事实上，他对女人的“第一次”怎么失去了不感兴趣。丢失的永远丢失了，并不属于我。她轻描淡写讲着，仿佛讲的是别人。他忽然发现她的讲述有种魔力，至少眼下看来，话语催生情欲。他翻过身和她做起来。她嘤嘤叫起来，身体配合着起伏，伸动。待他喘着气摊开四肢。女人搂着他汗津津的背，扯过被子盖在身上，把还没说完的补充完整。他沉溺在此种满足中。我二十几年真是白过了。

我后来能离开那家酒店，也多亏了他，第二次，第三次……后来也不怎么疼了，就是那次床单脏了，衬着白色像朵黑玫瑰。

阿喜无法将“堕落”、“情妇”这样的字眼套在她身上，当他真的卷进去她参差的人生并成为其中一部分时，他自动站在了她的立场上；在当下，他们是平等的，又或许，他比她还要低贱。他在他们的冷战期充当了替补，这种感觉就像一个站在球场外等了很久的球员，真正在场上飞奔时，早已忘了等待的目的。

这一切令他觉得自己深陷巨型蛛网中，他们是彼此的猎物，又是彼此的捕手。

阿喜这么想着时，她突然转过头看他说，下次别戴了。

他睁大了眼，为什么？

秋蓝苦笑起来，我打过几次胎，最后一次打，医生说以后再也生不了了……

阿喜想知道“几次”究竟是多少次，但是话到了嘴边始终没开口。他忽然发觉，秋蓝的话勾不起他应有的快感，反倒令人怅惘，令他陷入某种酸涩的负罪感。

这时，秋蓝兀自说，现在你知道了吧，我反正就剩这张脸了，怕老，跟怕死一样。

出逃

“出逃”(他将蓄谋已久的离家出走称为“出逃”，以此赋予它悲壮的仪式感)之前，阿喜曾把悬挂在客厅墙上的中国地图取下来，搁在红砖地板上。地图蒙了灰，粉红和绿色显得很淡，他的指尖落在纵横交错的网络上某个点，再划开一条弧线，灰尘沾在指尖，好像在告诫他：顺着这个方向走，会走向洁净之地，他身上所背负的那些苦痛会被洗涤。片刻后他犹豫了，地图上密密麻麻的地名、山川河流、道路阡陌，犹如盘错的网，令他一阵晕眩。他揣摩，想象出走之后所会遭遇的种种磨难。他没有独自出过远门，而这一次，是没有退路的。出逃意味着断绝与旧年月的关联，所有他认识的人，不管是厝边，同学还是朋友，统统要在付诸行动之后强行断绝关系。

若干年后他们也许还会记起他，会谈论他，就像谈论一桩兔逸闻或者一个死人（想到这里，他的情绪激荡起来，如风中猎猎作响的旗）。长大十七八岁，阿喜渐渐意识到一点，每个人从一出生就开始了逃离，由岁月的起点，逃到时间的末日。他的母亲逃了，现在终于轮到他。

那天镇上出了件大事，阿喜骑车路过镇道，看到大人小孩自家中鱼贯而出。阿喜后知后觉，抬眼望去，才发现公路对面的泡沫厂着火了，火势冲天，浓黑如墨的烟柱被风一吹，好像暗夜海面掀起的巨浪。这下有好戏看了，阿喜想到。他那向来好管闲事的养父，此刻一定混迹在扑火或围观的人群中。你们绑不住我的，阿喜想，阿嬷不在家，她在桥头独眼佬家摸麻将。这些都是好兆头，阿喜使劲蹬单车，火速赶回家中。这天很多东西被笼上别样的光晕，阿喜推门时瞥见街对面粮油店，打灰白头髻的老姆坐在塑料椅上摘菜，她脸上还挂着那副淡漠的表情，好像周围人事皆与她无关，阿喜知道她经常上后山尼姑庵，为她深陷牢狱的小儿子添灯祈福。他们家的猫伏在铺头上眯眼，阿喜以前常逗它玩。粮油店斜对面，是阿城叔开了十来年的电子铺，以前阿喜手头有了零花钱，便叫上几个朋友去打电子游戏。他在那里学会了抽烟，学到了地道的脏话，也学会了打人和被打。阿城叔没有儿子只有女儿，听说就要嫁人了，男方是镇上开五金店的。紧挨着电子铺，是一块荒废已久的地，厝主七八十岁了，在马来“过番”，那块地买了几十年，一直未起房子，天长日久，成了厝边头尾堆垃圾扔废弃物的地方。

这些年乡里变化并不大。比阿喜年长几岁的，有的外出打工，更多的留在镇上。阿喜想过，他成绩差，不可能到外面读书，他们也不会供他继续念下去；日后他会循着别人的轨迹过活，也许再过几年，他们就要他娶老婆生孩子，要他养老送终。想到这些，阿喜一阵心酸，对往昔的怀恋与对未来的恐惧同时在心底翻搅。十几年来，厝边头尾早将阿喜当同乡人，他喝这里的水，吃这里的饭，讲这里的方言，他们从来没有待他不好，偶尔还替他惋惜，说他没了亲娘，怪可怜的。早年乡里人还帮阿喜养父张罗对象，可惜一个又一个，看到他那副“姿娘相”，还带个拖油瓶，摆摆手就拒绝了。阿喜何尝不知这些，只是记忆顽固盘踞着，像栽在心底的种子，年月久了，发芽、抽枝，争着往更高处伸展开去。

想到这些，阿喜眼底潮湿。他取来铁锤和螺丝刀，凿开养父存钱的抽屉，取出一只装了钱的信封，也不管里头有多少，拿起就往裤兜塞。做完这些，他把事先收拾好的衣物塞进书包，能带走的东西不多，该留下的东西不少。他不知十几年前，母亲是否也是这样——无暇顾及这些了，他匆匆关好门，上锁，钥匙“扑通”一声丢进臭水沟，然后跨上车，沿着大街往公路边骑去。

直到坐上黄石大巴，阿喜的心还狂跳不已。他抱紧书包，坐他旁边的是个五十来岁的阿伯，满脸褶皱，穿黑色的短袖衫，双目无光。从阿喜上车，他就盯住阿喜看。他的肩膀处撒了好些头皮屑，衬着黑显眼得很。大巴拥挤混乱，编织袋，装着水果的竹篮，扁担，捆成一团的被子，把过道堆得满满。有女人在座位上嗑瓜子，脆响被汽车的轰隆声盖过了，瓜子壳丢得满地都是。车厢空气污浊，脚臭、汗味，家禽的屎尿味混淆着，一阵一阵冲向鼻腔。尽管捂住了鼻子，阿喜还是难受得几欲干呕。车开出一段距离，他还在担心，如果半路有人把车截停，然后上车押他下去，他可怎么办？脑子混乱不堪，他想起电视新闻播报失踪案件，电线杆上贴满有他照片的寻人启事。他们不会的，阿喜想，就当我死了吧，不要再找我了。

大巴终点站是市区，再远的地方，司机就不去了。在被养父发现“失踪”之前，阿喜能逃多远是多远。利用这段时间，他可以在市区换乘，逃往下一站，至于下一站是哪里，他还没想好。小学有一年养父带他到市区，坐了很久的公车才抵达小公园一带。周边是旧旧的老建筑，骑楼、百货商店，还有隐在巷子里的食肆，当然，还有乡镇上没有的的士和三轮车。现在，当大巴停稳时，阿喜背着包下车。天擦黑，风减弱了南方热月的溽湿。阿喜下车时被人推挤一下，差些跌倒。待他站定，才发现这地方如此陌生，这里既不是车站，也不是什么小公园。他听着喧嚣的说话声，望着不远处闪烁的霓虹。大街上人来人往，再过去，是几栋高大的建筑。阿喜迷路了。他像过街老鼠一样冲到马路对面，招手拦下辆的士。司机问他去哪里，他结结巴巴说，车，车站，汽车总站。

的士开了二十来分钟，过了一段公路桥之后终于停下。司机伸手问他要五十块。阿喜说，怎么那么贵？司机吼了他一声，嫌贵别坐啊。阿喜意识到自己冲撞了他，懊悔上车前没有讲清车费。市区的的士从来不打表的，他并不知情，最后只好硬着头皮，把钱交到司机手中。关上车门后，阿喜逃犯一般狂奔进车站。

2015 年 6 月 11 日下午完稿

追火车的男孩（节选）

岭南师范学院/邓志芬

1

孟街村位于三个镇的交会处。村头有一条河，孟街村人习惯叫它作海。河对面的村子隶属天平镇，与河的上游铁路桥上面孟街村所属的田野接壤的是广丰镇的农田，孟街村隶属龙坪镇。孟街村是龙坪镇西至最远的一个村，自从福建迁移以来，几百年来男人专以耕种捕鱼为业，女人除协助男人捕鱼和打理农活外，还在家编织草席，以此为副业。这种情况直到近几年才开始慢慢裂变，村里青壮年男人纷纷到城里打工或者跑生意。有些家庭是男人先出去，打拼一两年再把妻子接出去，最后整个家庭都搬出去了，逢年过节才回孟街村。每个镇都有圩日。孟街村人赶圩是有规律的，这规律不知从什么时候起就约定俗成了。以农历为准，逢二五八是龙坪镇圩日，逢一四七是广丰镇圩日，逢三六九是天平镇圩日。河里原有一艘有舱没挡板的船，比渔民的船要大些，逢三六九，孟街村村民会坐它过河，再走一个多小时的陆路到天平镇趁圩。随着村民生活水平的提高，十年前可望不可即的机动车陆续走进寻常百姓家，加上交通也越来越方便，现在没有人坐船去天平镇趁圩了，因此那艘搭客的船也悄然退出历史舞台，搁浅在岸上了。至于广丰镇圩日，因为进村收购的草席客故意把价格压得很低，三年前都还有村民把编好的草席连带竹筐、箕畚拿到那儿卖，如今编草席的妇女少了，量少也犯不着跑那么远，因此也没有村民去了。两年前，一条从北往南的铁路大动脉从河对面跨河修过来，经过孟街村所属的田野和山坡。这铁路把孟街村人去广丰镇圩日的路和人心，以及孟街村几百年来风调雨顺、人畜兴旺的传统一齐截断了。

火车在早上七点十分准时经过孟街村。无独有偶，新近又多了一趟，傍晚六点也有一趟车经过。最先知道傍晚六点有火车开过这件事，是一个叫“傻狗”的男孩。

傻狗约莫十二岁，瘦的像一片压扁的影子。他如果脱了衣服，拿他身体来参照，可以知道你身体各处骨骼的位置和形状。傻狗不但瘦，而且黑，在夜里要是闭上眼简直可以隐身。他身上的衣服热可以度夏，冷可以过冬，裤头经常松垮垮，跑起路来要一只手提裤头，一上一下，好像一条腿长一条腿短。傻狗是个没人管的孩子，他爸妈在他十岁那年相继病死了，只有一个七十几岁半身不遂、终日躺在床上不见天日的奶奶，他奶奶都不知自己什么时候两腿一蹬，哪有心力管他。他十一岁那年得了一种怪病，发烧昏迷五六天，不吃不喝，也不断气。就在大家商量不用棺材就用一张破草席卷起来把他埋了时，他好像听到似的，谁也不知道他几时睁开了眼，吓得周围的人瞠目结舌，差点灵魂出窍。自此，全村的人都把他当作不祥之物，说他是到阴间地府走过一遭的人了。逢年过节，孟街村的所有村民都像避瘟疫似的，祈祷傻狗不要到他们家来，甚至从门前经过也担心，害怕他身上的晦气沾到他们。

不管村民在心里对傻狗如何地唯恐避之不及，傻狗还是傻狗。傻狗从来不跟人说话，因为长时间不动口，也不知刷牙这回事，牙齿表面积了一层黄垢，口气里有一种臭鸡蛋味儿。谁要是突发善心跟傻狗说话，傻狗也从不搭话，但他会对跟他说话的人翻白眼。这也是他唯一比哺乳动物高级的地方。至于白眼表达什么意思，除他外没人知道。不过也不用费心猜想，因为翻白眼在村民经验里总不会是好意思。他们在背后揭人家的短，或是互相对骂，骂到有气无力，声音沙哑了才会对人瞪白眼。

傻狗亲眼看着铁路从河对面修过来，再从田野修到速生林里去。确切来说，最先知道火车早上七点十分经过这件事也是傻狗。傻狗从未去过铁路上面。到铁路上面还要经过海浪般的芦苇丛，里面充满不可预知的危险，有些地方的河泥会像蛇吞青蛙似的把人吞进去。况且过了芦苇丛还要走狭长的田野，田野的尽头，远看铁灰色的连绵的青山就近在眼前了。铁路就修在田野的尽头还没到青山的地方。先前孟街村村民去广丰镇趁圩都是经村后坡田去的，要走高低起伏的丘陵小路。傻狗每天一早都会在河堤边的一棵红树木下坐着，无论下雨抑或是烈日滔天。在田里收割水稻的农民都还不明白怎么回事，傻狗就在河堤上奔跑起来了，嘴里不停地喊：“大头车来啦！噢！大头车来啦！噢——”他话音还没落地，一连串黑匣子从河对面的速生林冲出来，飞越河面，一眨眼就冲进孟街村所属山坡的速生林去了，留下哐当哐当的拖拉机声。人们一开始只是无可奈何地摇头，久了便嗬叹说："作孽啊。"但是，渐渐他们发现傻狗超乎常人的听力，接下来每当傻狗一只手提着裤头，像片黑布似的在河堤上边跑边喊大头车时，他们就加了一句："作孽啊，火车来了。"

火车最后的一节车厢都看不见了，傻狗还在河堤上跑，他最后在浪涛般的芦苇荡前面站定，右手还提着裤头，望着高高黄色堤坝上波浪线般跃动的铁路。铁路慢慢地浮升，背衬的青山消隐了，铁路最后跟蓝湛湛的天空融为一体。傻狗的眼里也有一条云一般飘忽的铁路。

铁路和火车对孟街村而言，是既遥远又休戚相关的东西。孟街村虽有铁路经过，但没有设站，连一间扳道房也没有，而铁路却按上家村神婆的真言：截断了孟街村的龙脉，让他们人畜不得安生。正因为如此，孟街村几乎所有的村民对铁路是又惧又恨。不过，有一个人对铁路和火车的出现欢呼雀跃，那个人就是傻狗。

2

今年六月，第七个死掉的老人是刘老汉前天才移到宗祠的老爸刘老翁。刘老汉心里早就盼刘老翁死了，伺候一个完全没有自理能力又有病的老人费心又费力，端屎端尿不说，单是医药费就是一个无底洞。而端屎端尿这些事都是刘老汉一手包办，他从不让唯一的女儿插手。刘老翁下葬那天，早上天气还好好的，不一会儿，南边的天空天狗食日似的飞来一团乌云，把太阳吃掉，乌云又像乌贼喷墨，才一下，天空便由暗黑转为铁青，路上飞尘走沙，孟街村提前了十小时进入傍晚。九点多，天空又返回黄昏，下起了瓢泼大雨。

那些舍不得花钱请收割机，又赶不及在暴雨前割完水稻的农户，呼天抢地都没用了。如今稻穗浸了水，稻穗重得压弯秸秆，偎依在一起，一两天就会长芽。现在的稻谷他们想甩也甩不落，村民为防止稻谷长芽，只得赶雨收割，直接将稻穗连着秸秆横七竖八装进箕畚担回家，铺在房间里，只留下中间只够单脚的夹缝供人进出。早上起来，稻谷蒸腾了一晚上，房间沉积了一层潮湿的热气，可以从中嗅到丝丝类似刚拔出土的花生的鲜甜气味。他们除把滴水的稻穗铺在房间外，唯一还能做的就是看着来不及蒸干的稻谷，白嫩的芽儿一寸一寸地长出再长高，最后掐着肠子①拿来喂鸡。因为收割稻谷、处理湿漉漉稻穗和晒稻谷的事，铁路和老人接二连三死的事不知不觉淡出了人们的视野。直到鸡瘟肆虐，牛犬遭殃。

村里起初是一两户个别的鸡放白屎，有经验的村民赶紧给他们家所有的鸡喂

① 掐着肠子，雷州方言里的意思是做自己不愿意做又不得不做的事或决定。

鸡瘟药，或是将放白屎的鸡与其他鸡隔离。随着疫情越发严重，很多养鸡的农户都不敢把鸡放出来，怕与其它有病的鸡接触，一发不可收拾。不过他们纵使在自家院子喂鸡，忍受鸡粪的臭味，那些鸡也逃不过这场来势汹汹的鸡瘟。村里村外的垃圾堆经常有新添的死鸡，有些肚子生虫了，有些皮变黑了，有些羽毛还很干净，看得出来是主人早上才从鸡笼拿出去丢的。村民起初还不觉得这场鸡瘟有什么，因为几乎每年夏天差不多这个时候都会发生鸡瘟，只不过今年较往年更加严重罢了。直到刘无量家的那条忠诚到见了谁都吠的棕毛狼狗无缘无故死了；另一个村民家的水牛犁完田一回棚，突然倒地，四脚抽搐，牛眼暴突，没等兽医赶来就口吐白沫死了；还有一件更奇怪的事，一个村民的母牛不知什么原因发疯似的撞倒了牛棚，两只牛角都断了。这些异常情况接连发生，村民才切肤感到今年村子的“不太平”。他们很自然的把所有的事情串在一起，老人牵五挂四地死，鸡瘟，狗的死，牛的死和发疯。这真是鸡犬不宁。岂止，人和狗和鸡都不能活了。神婆的真言像溺水而死的尸体，浸泡后，开始浮肿，从水底慢慢浮出水面。百思不解的村民纷纷把矛头指向罪魁祸首、截断龙脉的铁路。他们恨不得截住火车，告诉开火车的人，事关孟街村全村人以及鸡鸭牛狗的生死安危，这铁路要封了，请绕道而行。

3

六月中旬，傻狗的奶奶是孟街村今年第八个死去的老人。傻狗奶奶的尸体被发现的时候，已经冷了，皱巴巴的皮肤仿佛还在以肉眼不可察觉的速度收缩，宽松的黑衣服里裹着干枯的苦楝树树枝一样的身体，整个又像等待鞣制的皮革。傻狗对他奶奶的死一点儿也不伤心，不但不伤心，当堂叔伯把他奶奶的尸体装进黑匣子一般的杉木棺材，抬出破瓦屋的时候，在一旁观看的他还哧哧唧唧地笑。旁边的人听得心里抽冷，牙齿脱松，好像有人在近处锯木板。白里透黄的杉木散发着松脂的香气。一个生了朝天吼鼻子的妇人捏着傻狗脏兮兮的手指，语重心长地说：“傻狗，你要哭不能笑。”傻狗抬头就给了她一个白眼，她鼻孔让瞬时翻起的薄嘴唇包住了。她耸身一摇，赶紧把手缩回来，然后怜悯地说：“唉，作孽啊。你还是跟你奶奶去啦，免得现世遭罪。”不过她嘴里只说前面一部分，后面一部分在心里说给她自己听。

傻狗奶奶死后的第五天，不知谁告的密，她尸体被火葬场派来的人挖走了。傻狗的叔伯们没一个肯去认领骨灰。这是因为谁也不愿花那个四千余元的火葬费，和要一瓮还得请人埋的白土。

自从奶奶死后，傻狗再也不回那个患风患雨的破瓦屋。先前接济他们一老一少的叔伯你激我一句我激你一句，如今对傻狗都是眼不见为净。破瓦屋没了人气，屋顶倒塌得差不多了。原先房间的地面长出苔藓、铁线蕨等喜阴植物，雨水把内墙壁表层劣质石灰冲刷掉，露出夯实红泥的墙壁上爬满了五叶地锦。如今破瓦屋废物利用，成为了白粉仔经常光顾的地方，里面丢了许多烟头、香烟锡纸和针管。人们知道傻狗还活着这个事实，是下田劳动的人看见他早晚参禅似的坐在那棵红树木下，而且每当有火车经过，他们还可以看见傻狗像块黑布似的在河堤上又跑又叫。

夏天河水频频漫过河堤，孟衔村的人管这叫“发大水”。奔涌起伏的河水像被漂白粉漂过，跟碱水一样白。跟着河水退去，村民到田沟撒网捕鱼。大水会把一批不知源自哪里的垃圾涌进田里，村民得费一番工夫才能把它们完全清理出去。就是发大水，傻狗也在那棵红树木下，不过是站着。火车经过，傻狗脚踩河水追跑起来，脚底溅起的水花向两边弧形散开。有雾的天气，无论是朝暾初上还是夕阳西下，穿过红树林的霞光披在他身上，把他衬得金光四射，像佛祖头背的圆光环。

一天晚上，九点多了，村长刘长发在他家门口那棵未老先衰，只结了几颗半生不熟果子的黄皮树前面撒夜尿，看见有个黑影从巷子的一头闪过去。刘长发的尿只撒了一半，另一半憋回去，他顾不得拉裤链，赶紧钻进巷子。他在尽头先探看一下，确定黑影没有发觉才跟着追下去。他弯弯曲曲、重重叠叠追了黑影十几条巷子。豁然空旷，他借着月色终于知道黑影是谁了。他咯一口唾沫，不敢太用力吐在一株叶片密密匝匝的白蝶合果芋上，那株白蝶合果芋结出暗红色的果实，活似男人直挺挺的阳具。“他妈的，估是抓到贼，原是这猴子。”刘长发小声说，他可能过于专注，直到感觉裤裆里有点沁凉才知道快到河边了。

夜晚的风松一阵紧一阵地从河面吹过来。今晚的月亮仿佛一面两个巴掌大的瓷碟，又奇异地白，刘长发抬头看一眼便像被当头泼下一盆冷水，头皮发麻，他不敢再追下去了，前面是茂密的竹林，白天看见竹林的四周乱丢了些拜神用的小酒杯和小碗，有时候还有一堆纸灰，两三件烧得不完全的黑衣服和几支香烛什么的。这时一只黑色的大鸟噗噗噗地从密不透风的竹林里飞出来，刘长发侧着身就往回跑，恍惚听到后面追来傻狗的喊叫声——“大头车来啦！噢！大头车来啦！噢——”吓得鸡皮疙瘩起了一层又一层。他一阵烟似的朝来路回冲，也不管路上的杂草和有棱有角的石子。

4

六月下旬，孟衔村一片久违的欢乐气息渐渐抬头。一年两度的年例①依时来

① 年例，流行于粤西地区的民俗节日。

了。孟街村一年有两次年例，第一次年例是阴历三月三，天妃娘娘圣诞；第二次年例是阴历六月二十六，五海神圣诞。六月二十六这次年例比三月三的要稍不隆重，不过也算是孟街村的一大盛事。孟街村照例请戏班子进村唱雷剧，给神庆贺。家家户户在六月二十六那天杀鸡宰鸭，忙着拜神和招待亲戚。一整天的爆竹声此起彼伏，村民们个个喜上眉梢，比过春节还高兴。

这天刘长发拿着水烟筒，站在门口抽烟，屋里已忙成一片。他看见傻狗走过便叫住傻狗，猛吸上一口，哈一声吐出一串烟，嘴唇最后微微翘起，慢吞吞进去屋里，一只灰白毛色的公猫拱起腰，跟在他后面，直硬起尾巴来回蹭着他粗糙褶皱的褐色直筒裤裤脚。刘长发虽处处留心那只猫，但还是闪之不及地踢了它一脚，那猫前面双腿一蹬，“喵”叫一声，跳开了。刘长发出来时手里拿着一只肥硕的黄油油的鸡腿，脚下没跟着刚才那只猫。他老婆尾随其后，一见门外的傻狗，马上抓住刘长发拿鸡腿的左手臂，一个劲地挤眉弄眼，待刘长发挣脱她的手，她对傻狗狠狠瞪了一眼才进去。

傻狗见刘长发皱巴巴的皮鞋尖像一张纸船似的驶过门坎，先是愣站，然后畏葸地往后退一步，眼睛盯着鸡腿。刘长发把鸡腿递给傻狗，动作就像拿着一块骨头在引诱一条狗。傻狗压着眼皮还没看到刘长发胡子茬毛糙的下巴，布满污渍的手一时不知怎么放，浮凸的青筋在轻颤，喉咙咯咯发响，嘴里不断吮口水。刘长发“嘿嘿”笑了。傻狗又后退一步，刘长发单手吸口烟。“嗯”一声乜斜眼睛看傻狗。傻狗五根手指僵硬地微动。刘长发嘴贴着水烟筒筒口，走近傻狗，傻狗愣着不动。刘长发把鸡腿几乎抵到傻狗下巴了。傻狗看着刘长发中指上的一枚金黄色戒指，手臂缓缓向上提，一把鸡腿抓在手里，害怕刘长发还会拿回去似的，整个塞进嘴里。口水从傻狗撑开合不上的下嘴唇流了下来，阳光下，白里透黄，好像麦芽糖。傻狗吃相虽然不堪入目，刘长发嘴里还是挂笑。“饿不死你这个砍头。”刘长发嘘出烟，慢吞吞地说，又“嗯”了一声。傻狗的左腮帮跟右腮帮交换鼓起。刘长发刚想笑出声，傻狗抬头白他一眼。刘长发左手举起水烟筒吓唬傻狗，右手以连贯之势轻轻扇了傻狗一巴掌，这一扇连他都没想到竟把傻狗嘴里嚼得哔啵响的鸡腿扇飞了。一群在旁边码得老高的木柴下面刨虫子吃的鸡闻声扑腾翅膀滚过来，好像苍蝇聚马鞭①，一下子就把细碎的鸡骨啄完了。两只毛色金黄鲜艳的阉鸡拉扯着一块松垮的鸡肉在进行拔河比赛。刘长发见鸡腿掉在地上，脸顿时沉了下来，一边往烟嘴塞烟丝，一边努努眼皮说：“走走走！”他还想说下去，“嗯”了一

① 苍蝇聚马鞭，雷州方言中的俗话，马鞭是马的生殖器，意思是苍蝇闻见马鞭就会聚集过来，含贬义。

下，歪头自顾抽烟了。傻狗猛地踢了一脚一只还在他面前捡骨屑的矮脚黑毛老母鸡，老母鸡像只皮球似的滚飞出三米远。傻狗摸摸被扇的那边脸，“噗噗”把嘴里残留的骨屑喷吐出来，然后甩出蜗牛肉一般的舌尖舔掉黏在嘴角细毛上的两粒骨屑，边走边朝刘长发翻白眼。刘长发被气得咬牙切齿，恨不得把傻狗五花大绑，再大卸八块。那只被傻狗踢飞不怕死的老母鸡没等傻狗离开，便抢在其他鸡前面，把傻狗最后吐出的骨屑啄光了，好像刚才被踢了要补偿自己。

孟街村一派歌舞升平的景象，爆竹声把村子所有的晦气和积在人们心头的疑惧都驱赶跑了。六月年例，孟街村唱十三天雷剧。雷剧唱多少天也是有规定的，只能单数。戏台搭在临近田野的地方，离住宅区还有一段路。就在大家都关注每天晚上七点半准时开演的雷剧时，一些瘾君子却盯上了他们的家什。开唱雷剧的第三天，也就是六月二十九日那天晚上，孟街村好几户的门窗被贼撬了，有的被偷了逃过鸡瘟一劫仅剩的几只鸡，有的被偷了两袋还没碾的稻谷，有个最惨的，藏在枕头里的一千块钱现金都被偷了。那个损失几只鸡的听到还有人被偷了钱，清早恐人不知的咆哮转成逢人就说的咬牙切齿的叹气话。他每说自己的鸡被偷一句，就说谁谁谁被偷一千块钱两句，说到最后心里也平衡了，遇到不相好的没准还幸灾乐祸呢。

只要是人干的事情，无论多恶劣，孟街村都不会陷入人心惶惶的境地。因此这次偷村事件随着十三晚雷剧的结束也就烟消云散了。被偷的跟被偷的相比，庆幸不止是自家被偷，没有被偷的庆幸自己家没有被偷，最后大家都沉浸在相对的庆幸中了。这是孟街村几千年留下的“相对论”的生活哲学，坚信以后必将延续下去，直到“夜不闭户，路不拾遗”的太平盛世时代。

今年六月二十六孟街村还发生了一件不大光彩的事。刘老汉唯一的，他还指望给他送终的女儿跟雷剧团的一个年轻戏子走了。

5

从六月下旬开始，农民们又进入新一轮的农忙了。有些农户虽然六月的稻谷因为割不逢时，损失惨重，但不能因此就任田亩荒废了。孟街村有一句俗话叫“饭还是要吃，活还是得干”。村民们犁好田，开始蓄水，一边浸种，一边弄禾地①。农活最忌误节气，前后相差三四天都不行。夏天雨水很多，可这几天偏偏太

① 禾地，是田中辟出一小块用来供秧苗生长，长到一定高度再拔起来开始抛秧的田。

阳烤着大地，天又没有走阴[①]的迹象，大家的田集体缺水，那丁点泉水就跟金子一样珍贵了。这个时候是村民矛盾丛生的非常时期，上家田的人刚把水引到他家的田，用来做禾地那小块田都还没走完，下家田的人就把水夺走了。下家田的人只回去吃个午饭，来田里一看，水不知什么时候已经被下下家田的人抢走了，少不了一番谩骂。上家田的人以为水还在他的田，来田看见自己的禾地都快被晒干了，火气旺得像要烧干所有田的水，干脆他妈谁都播不了种。很快下下家田的人也来了，大家你一句我一句地在田野吵起来，有时候刹不住火气，还会拔拳相向，反目成仇。

副村长刘无量是一个“棺材板都见不得别人多抢一块”的人，他原本是不种田的，今年听有人说可能明年不用交农业税了，而且每亩田还有补贴，便在今年三月，五年一次重新分田的时候，仗着自己是副村长，故意加多人头数，强取豪夺了最靠近农田井的三亩肥田。泉水就是从井里流出来的。刘无量的儿女都已进城过日子，唯一的老母在前年死了，儿女逢年过节才回家，只有他和老伴儿两个在家。老伴儿平时大门不出二门不迈，一概不问阴阳事，除了吃斋念佛还是吃斋念佛，大小农活都是刘无量打理。他的三亩肥田全种了番薯。如今稻种已经出芽，准备撒在禾地，再过十一二天就可以揭起来抛秧了。个个的稻田都需要水，没水秧苗长得多高都不敢抛，抛下去立马就被晒干了。刘无量的番薯田因为五天前的那场雨，暂时还不缺水，按道理应该把水让给人家种水稻的田。他看见下家田和下下家田都在抢水，害怕别人捞了便宜，依仗自己的田在田头，便明目张胆地把水夺了。

那几个骂得面红耳赤的村民看见半路杀出个黑无常，纷纷气得脖粗脸涨。他们因为斗不过位高权重的刘无量，只能一路骂天骂地，骂得面红耳赤，差点儿把东南风骂静了。

刘无量心里跟雪一样明亮，他知道人家骂的是他，可他一点儿也不放在心上，任他们怎么骂，他就是鼓着下颊肉端坐在井沿眺看田野，嘴里“嗯嗯嗯”哼着不成调的雷歌。一把只合用来刨干牛粪的锄头搁在番薯田的入水口。不过他们其中一个骂到“他妈的，怎么不去看手相！留在村里等死啊！”这话时，刘无量的屁股挪了挪，干涩的老眼越眯越细，突然眼白被上下扯开似的，抬头纹仿佛“一行白鹭上青天”卷了上去，口中的雷歌也乱套了。

关于刘无量看手相的事，其实是大有来头的，这是孟街村一桩妇孺皆知的笑谈。

---

① 走阴，雷州方言乌云聚集的意思。

话说刘无量之前是个看手相的。他拎着一把可以折叠的木椅，口袋里装了一本蠹烂没有封面，自己用细麻线把十几张破草纸串起来的本子和一支自动圆珠笔，像个跑江湖的成天走村串户。他总是掐准男人出去干活的时候才进门给女人看手相。那些女人在家编草席，他进去屋里，不管她们愿不愿意，赶鸭子上架似的拉着她们的手，硬是给她们看手相。他从她们的手掌一直看上去，从手掌到手腕，从手腕到胳膊，从胳膊就到胸口了，接着乘机摸她们的胸。他运气不好，据别人传说，一次他刚想把手伸进一个女人的乳沟，被那女人的男人突然回家撞个正着。他于是瘸着一条腿回来，在床上躺了大半个月才敢下床走路。有了这次教训，刘无量决定“转行”。又是据别人传说，他去当戏子，究竟是不是真有其事，没人认证过，因为没人见他上过戏台。不过，好事不出门，坏事传千里。人家不关注他唱戏的事，反是他看手相的江湖经历在孟街村像一段传奇似的传得沸沸扬扬，连穿开裆裤的都知道。

“傻狗！你砍头在那招魂啊！”

“让你翻下海里淹死你契弟子。”

刘无量眼睛眯成一条缝，稍稍压着干沙的嗓子朝河边喊，仿佛有一口浓痰在他喉咙肉那儿打战。声音没飘过田，便都统统让河风刮了回来。

傻狗在河堤上跑，一只手举着一支穗子饱满的芦苇，另一只手照常用来提裤头。七月初芦苇长出柔顺的穗子，用手掌托着溜过，柔柔的，滑滑的，像女人的长头发。临近八九月的夏末，秋风还没跟河水涌上来，一团团的苇绒奇异地膨胀起来了，疏松得像一团团炸开的棉花糖，伴着和煦的河风，絮子四下翻飞，轻轻扬扬，像春霰。有的落到了红树林里面，有的落在了附近的池塘里，更有的落到田里，有时连田垄水沟都长出了芦苇。

刘无量持续睁眼，眼睛就受不了，瞳仁在宛如阴沟两边乱败杂草般的硬长睫毛里瑟缩。他再次睁眼看河堤，傻狗已经不知哪儿去了。只有波浪似的芦苇和绿云般的红树林在他枯涩的眼里浊动。他坐在井沿曲着腿，十根手指交叉嵌在一起，挽着膝盖。这口井供村民洗衣服，现在过午了，没人来洗衣服。井的前面有一棵老榕树，树干爬满了火龙果的藤、圆叶牵牛和五叶地锦。从田野吹过来的风，掀起藤蔓的叶子，露出里面的树窟窿。风过处，发出窸窸窣窣的声音，活像下雨了。刘无量就坐在榕树俯伸向井沿方向的一根树枝下面，那根树枝奇怪的茂盛，其他的树枝叶子很稀疏，好像树从大地汲取的营养全部供给它了。刘无量在温和凉爽的树荫的抚摸下，刚才向河边抬望的头渐次往胸口收缩，终于扣进膝盖与胸口之间的半包围的空洞，随之从里面传出了睡猪一样的鼾声。

“扑通”一声，刘无量被一阵水声惊醒。阳光已经往西偏斜了。一片水花从天而降，他的衣服和脸上都黏附了一些水滴。他斜向右伸长脖子看了一下井口，一颗头颅从水底慢慢浮上来。“噗嗤噗嗤”，井里充斥回荡着这个声音。他滑下井沿，踩到井口的六角边停住，探头往井里看。“噗嗤，噗嗤，噗”！一片水花从井里飞出来，刘无量立马往后仰，水花像一条龙在摆尾，又滴点不漏撒入井里。这时，两条拨火棍一样的手臂攀住井口，蜘蛛脚似的手指曲起按住井口六角边，依稀听见“咯咯咯”的关节声。

刘无量瞅见手指，赶紧用一只脚踩上去，他不敢太用力。不过也足以让冥顽拉出手指的人搭上几块指肚皮。阳光里，他时灵时不灵的嗅觉，闻到了一股浓浓的河泥臭味。

“傻狗！你这个砍头，身上沾满河泥就来井里洗，人家还要不要洗衣服，小心雷劈你这砍头短命的！”刘无量的口水像二三月的长脚雾飞进井里。灰白的眉毛相应地一耸一耸，好像设置在玩具里的一项耸眉功能。

“傻狗，想不想起来？”刘无量声调来个一百八十度转变，干瘪的嘴唇在窃笑。

傻狗两条莲藕那么细的腿架在井圈的脚踏上，昂起头朝刘无量翻了一个白眼，又低下头，用力抿嘴，黑油油的头发贴着前额，刘海的水珠顺着前额往下流，睫毛上还挂着水珠。傻狗每隔十几秒就用没被踩住的右手抹一遍脸上的水渍，顺便把前额过长的刘海推到后面去。他的耳朵背面还有河泥没洗干净。

“说，傻狗，想不想起来？”刘无量继续引诱说。

傻狗的嘴唇抿得快吞回去了，两边腮帮不停地抽搐。

“你不说你就待在里面跟井公过活了。”

傻狗眼眶长时间浸水，瞳仁红兮兮的，布满血丝，刘海的水珠掉在眼眶再流出来，好像晶莹的眼泪。他的头发上一次剪都不知是什么时候的事了，刘海盖过眼睛，两鬓完全把耳朵包住，成了两面很好的隔音墙。

“也不知你老母去勾引哪个契兄①，生着你又聋又哑，雷打都不开口。活生生败坏盂街村的种！”刘无量瓮声瓮气地说。

傻狗眼睛映满了对面井圈青色油亮的苔藓。整张脸透着一种冷拒现实的木然。

“说，傻狗，想不想起来？”刘无量声调又来个一百八十度转变。踩住傻狗手指的脚掌左右按着挪动。

刘无量的话尾音还没脱离嘴巴，只听见“啪”的一声，从井里迸出两片水帘，刘无量又把身体往后仰。傻狗这个打水动作太快又太大力了，刘无量虽说微驼的背就要成典型的“S”形了，但还是避之不及，水珠洒了他一身。刘无量迫于形势

---

① 契兄，用雷州方言的话说，是女人跟其他有染的男子的蔑称。

又往后退两步，傻狗赶紧把右手放在左手的旁边，像猴子上树，脚踩井圈脚踏，猫腰从井里爬出来。刚才听到的关节声现在更清晰了。傻狗像条油光闪闪的塘鲺，一跃翻过二十公分高的井沿，接着在狭窄的田垄上，蜷曲脚掌飞跑起来，像一束风中摇摇欲倒的稻草人。

"傻狗！你这个砍头，晌午毒日头，不给撞到水鬼，晚上把你拖了。这砍头契弟子！"刘无量歇斯底里地喊，抬头纹把他窄窄的额头完全吃掉了。

傻狗跑起来轻盈飘逸，黄色变成黑色的短袖衬衫，开始因为吃饱水贴着肚皮，当他快跑到河边的时候，衬衫里的水差不多被风吹干了，下面三颗纽扣掉了的上衣猛地向他两臂张开，迎风翻卷，像大蚂蚱在剪翅奋飞。他边跑边把两只手臂向前张开，好保持身体的平衡。活像是他走去的方向尽头有个人正张开怀抱等着他，他也张开手臂，做好投进那个人怀抱的准备。

他跑去的方向是茂盛葱茏的红树林，是海浪般连绵不绝的芦苇，是白光闪烁的河，是午后的风，悠悠的，暖暖的。

丹朱之死

厦门大学/吴梦超

今天是星期五。用《黑色星期五》这首歌来形容我们这群编辑们此刻的心情，那是最贴切不过的了。每逢周五，我们杂志社便要召开一个座谈会，讨论有关下周二杂志出版的事情。我们的会议一般从晚上七点持续到次日凌晨六点。

周五的例会制度在我们编辑部是属于雷打不动的硬性规定。可今天我们编辑部主任老李却突然宣布取消今天的例会。原来是今晚要为林素举办一个庆功会。

我们杂志原本销量平平，可自从林素进了我们杂志社后，销量便突飞猛进。林素是我们杂志社小说专栏的主笔，她的小说《啮血者》在我们杂志社已连载近两年，因故事曲折离奇，语言真实细腻，深受广大读者的喜爱。她是典型的中国古典画里走出来的美女，不取光与影的参差对照，仅以线条细细勾勺，好一幅绝妙的丹青美人图。她的衣服是清一色的长衫长裤，白色居多。脖上始终围着一条同衣服色调相押韵的乳白色丝巾。看久了，常会产生一种昏眩感，似乎她融在了雾里似的。

今天林素带来了她小说《啮血者》的最后一章《丹朱之死》。乍然听到这一消息着实很困惑，因为此前根本没有任何预兆。是因为她太过悲伤而罢笔，还是受到了媒体报道的影响?

三个月前，林素突然接到一个电话，被告知到郊外的海滩去领尸体。死的不是别人，正是她的丈夫。她的丈夫是我们县局的一名副科级干部，他俩的结合是典型的“才子佳人”范式。在我们这些外人的眼中，他们的夫妻生活同大多数幸福家庭一样，处于一种平和的乃至于平庸的姿态。不过，后面发生的一切则彻底地推翻了我们的臆断。

那个早晨，我们在一个荒凉的海滩上见到了她丈夫的尸体。他的身体已经被

海水泡得浮肿，衣服全被撑裂开，头脸也被鱼群蚕食殆尽，只余下大大小小的窟窿，窟窿里面满是黏腻的水草。还未走近，便是一阵腐尸的恶臭直直地刺进我们的鼻腔里，令人作呕。我下意识地抓紧了在我身边的林素的手，她的手和她的面容一样冰冷。

突然我的目光被旁边浮着的一具女尸所折断，与男尸的丑陋所不同的是女尸的艳媚佻仾。一身猩红晚裙染红了她周围的海水，雪白的肉体像是倾泻出来的一摊牛奶，蒸腾着香甜的热气。那双因恐惧而睁大的眼睛，如蒙着水的壳，因怕它破掉一眨也不眨。红唇微微启着，中间凹着一圈神秘的黑。我几乎是带着纯审美的眼光来欣赏她，甚至觉得她很亲切。

根据法医的验尸报告，推断二人的死亡时间是在上周六的凌晨2点到3点之间。死者的身份也得到了确认，男性也就是林素的丈夫，是我们县局的一名副科级干部，女性则是一名酒吧的舞女。初步推断，女性是男性的情妇，因为在她的体内残留着部分男性的精液。由于现场没有发现其他可疑的线索，再加上在他们身上检测出较高的酒精浓度，于是进一步推断他们的死是因为醉酒以至不省人事，继而被袭来的浪头卷入海中以至溺水身亡。

其实，这并不是发生在这片海滩上的第一件案子。几年前，这里就发生过三起命案，死者同林素的丈夫一样都是在社会上有一定地位和名望的男性，也都是酒后溺水身亡。只是他们的尸体都是孤零零地浮现在海面上的。因为死了一名副科级干部，所以政府也重视起来，两天前宣布要修筑一个大围栏，将这片不祥的海滩圈禁起来。

林素《啮血者》的故事灵感便是来自于这三个男人的类似死亡。她觉得在冥冥之中有一股力量在操持着。受此启发她在小说中塑造了一个美丽而又神秘的女性——丹朱。丹朱是一名交际场中的舞女，一袭火红的紧身缎子完美地勾勒出她的身段，那罪一般的红便是她本性的表征。故作斜睨姿态的媚眼，一痕狎昵的淫笑是她活在空间上的表情。

"她超脱空间局限，任世事迁移，无法打碎她内心的平衡世界；她超脱时间界限，白驹过隙，可她总也不老。有人说她是幽灵，说她是魔鬼，她其实是一名啮血者。"

"她专门诱惑社会上的"上品男人"，她的肉体浮动着一股麝香，紧紧地裹住了她的猎物；她的曼妙舞姿在房内矗立的多面镜子的折射下，从四面八方击垮了这些男人，当他们模糊的大脑塞满了她艳丽的视像时，她便拈着一把雪亮的匕首划过男性焦渴的肌肤，嫣红的血缕顺着划痕徐徐地流淌下来，她伸出舌尖来一点一点地啮干。"

“她只活在晚上，她的阳光挂在她的脚尖上。”

“她迈着轻盈的脚步辗转在各色上层男人中间，她是男人们明知其毒而又自甘于被她的醇郁芬芳所魅惑的一盏鸩酒。”

以上都是林素小说《啮血者》在读者中广为流传的段落。

丹朱，原本只是一个虚构人物，可自从发生了林素丈夫的那场命案后，人们发现那具女尸的神态和样貌实在是像极了小说中的丹朱。于是许多刊物充分发挥想象，将她作为丹朱的化身，也即几具命案的元凶大加报道。

林素丈夫死后，林素休了整整三个月的假，《啮血者》在这三个月也暂停连载。今天林素休假回来了，也带来了她小说《啮血者》的最后一章《丹朱之死》。她依旧是那么的高雅，着装依旧那么素净，脖上仍围着那条乳白色的丝巾。只是，她的眼眸似乎越发的清亮了。

当天晚上我们去了市里最大的一间 KTV。或许是因为环境的缘故，大家都显得特别的亢奋。老李还搬来了二十箱啤酒，说是要不醉不归。林素还是秉持她的一贯风格，独自坐在角落的一隅，静静地观看我们这一群人的嬉笑怒骂。换作是平常，我们绝对不会打扰她。但今晚她可是我们这场庆功会的主角。于是，大家纷纷端起酒杯来恭祝她。本以为她会委婉地一一谢绝，可她却显得很和气，来者不拒。受着她的鼓励，大家的情绪也亢奋到了顶点。最后，二十箱啤酒都空了。许多人都醉倒在沙发上沉沉地睡去了。

我的酒量向来不错，所以基本上还是清醒的。可没想到林素也没有醉倒，要知道她喝得可不少！她似乎也发现了我，捏着一个空啤酒瓶晃晃荡荡地朝我走来。

“没想到林小姐您酒量不错啊。”

“你知道这是为什么吗？”似乎是酒在她身体里晃荡的缘故，她的语调是那么慵懒，那么妩媚，她的脸也透着熟红的色晕。

“我，我不知道。”

她没有回答我，而是径直脱掉了自己的白色外套，一把扯掉了脖子上的丝巾。里面竟是一袭鲜艳的猩红色紧身裙，但更刺眼的还是她颈上那条鲜红的疤痕。

“来。”她将我的手引放在她的颈上，细细地抚摩那道疤痕。我突然觉得那条疤痕，如蠕动着的小蛇一般，滑腻得我的手心直生冷汗。我匆忙抽回了我的手。

她似乎预想到了我的排斥，只自顾自地说道：“我不会醉，那是因为我经常在晚上喝酒。”

“还有，你知道我为什么小说写得好吗？”

“那是因为你很有才华。”

“不对！是因为那些都是我亲身经历过的。”她露出一痕凄丽的笑，“没有尝过血的人怎么可能会把血的味道写得那么逼真呢？没有杀过人的人又怎么可能光凭想象就把杀人犯的心理活动捕捉得那么细腻呢？其实我就是丹朱，我就是嗜血者！”

“林小姐，您醉了。”要不是醉了，她也不会有这一番言行。

“你想知道我小说中的丹朱是怎么死的吗？”我还未来得及回答，她又自顾自地说了下去：“我把她写成是淹死的，哈哈哈，就是那个女人，她勾引了我丈夫，最后还不是被我，被真正的丹朱给杀死了！”脖上的那条红色疤痕狠狠地抽搐了一下。

“你是说你丈夫和那个女人是……”

“没错，他们都是我杀的！前面死的那三个男的也是我杀的，因为我看不惯他们那副虚伪的尊容！但是我把罪责全推到了那个女人身上去，现在所有人都认定她才是凶手！”

我只觉得毛骨悚然，如果真是这样，那么坐在我身边的这个人便是几场命案的缔造者了。正在我全身冒着冷汗的时候，这时包厢里传来了《黑色星期五》的音乐，诡秘的音域下，猛然间，我被一道神秘的感应激醒。对了，黑色星期五！对了，例会！她丈夫的死亡时间是星期六的凌晨2点到3点！而她那时正坐在我的旁边开会！

那么到底谁是真正的丹朱？丹朱又是怎么死的呢？

林素放下了手中的空啤酒瓶，缓缓踱步到台中央。她将头发全拂至身后，轻轻踮起脚尖，在音乐中合着双眸，展开双臂徐徐地转了一个又一个圈。虚幻的流动之光潜注了她的每一个弧度。

成 人 礼

安庆师范大学/聂小悦

六月怎么没有火烧云？至少该有红彤彤的晚霞裹挟着暖空气，在天际翻滚。它们是一对好爱人，抵死缠绵直至冷却。

新闻上说长江翻了一艘轮渡，四百个老人组成的夕阳红旅行团覆入水中，仅十二人获救。数字对比直观，也可怖。

异地恋的男朋友是警察，他说城西有个老人家横穿马路被卡车碾死，肠子都露出来了。“空气很腥。”他说。

我在这边仿佛也闻到了。

死亡时时在发生。

我来这个小区住不久，因为要考研而搬离了校区，租了间不太贵的房间。因为价钱低廉的缘故，这个房间不朝阳，白天基本晒不到太阳。你看这都六月了我还觉得很冷，我拿起了我的毛衣开衫，橙色的，有点扎手，但很长。我喜欢它包裹住屁股的长度，它让我趴着睡觉或蹲着系鞋带都不至于尴尬。然而我常去的奶茶店对面开小卖部的老板娘，却喜欢露乳沟甚至股沟。

我在房间里喝咖啡，那种速溶的，烧开水倒是很方便。房东说走到第二个巷子左拐也可以打到水。其实我要这个方便干吗呢，反正每天的活动至多不过如此。

我喝完咖啡就开始看书，我要考的书真多，黑压压地摆在桌子上，连同一瓶婴儿味道的香水，我起初好奇婴儿会是什么味道，然后逼迫自己不要去想会真的有商品以婴儿为原料云云。可是想想又何妨呢？

死亡时时在发生。

今天我起得还算早，阳光铺满了街道，我从窗台里看过去，觉得很幸福，这么看着我也幸福地笑了笑。

对面搬来了一个女孩，也是为了考研。我没有跟人寒暄或者主动交流的习惯，暗暗知道了她是学体育的，因为她经常抱着一本《运动生理学》，可是她看起来好瘦。

“太瘦了。”我靠在门上啧啧感叹着。

当然我也不能否认自己照镜子的时候也觉得自己很瘦，很轻，像不存在似的。

女孩搬来的第五天，日头越来越有盛夏的趋势，我可怜的房间晒不到太阳，索性坐在房间里抄诗。钢笔字迹水淋淋的。转念想想内衣还没晒，潮嗒嗒地贴身穿自然不好。所以收拾了几番，却在门口踌躇着该往哪儿晒。

女孩开了门，一窗子阳光倾泻而出。她像是看穿了我的心思，热情地招呼我：“来我房间晒吧！我这朝阳！”

“唉……好……”我一时很高兴，又唯唯诺诺的，跟着她进了房间。

这一窗子的阳光像虫一样爬上了我的身体，我的毛衣开始发热，整个脸都要憋红了。太久没见阳光了，我是不是阳光过敏？总之我被这一身美丽的阳光晒得快要不能呼吸了。

“你好，我看到你好多次了，我叫宋童，你叫我小宋或者童童都可以。”女孩儿没看出来我的不适应，大方地伸出手。

我怔住了，旋即擦了擦额头上的汗，我猜我的嘴唇也许在发白了。“我叫钟莓。”我伸出手，握住她。

“啊！你的手好凉！”她大叫起来，松开了我的手，我被这突如其来的抛弃惊到了，同时感到坠入无底洞般的哀戚，我不知道我是怎么了，或许是因为身体有点不舒服罢。

她察觉到我的失色，关切地问询了我一番，又说：“哪个 mei 字？梅花的梅吗？我认识的没几个取这个字的。”

“草莓的莓。”我低头，她把我手中的衣架接了过去，边探出身子往窗台上的杆子上挂，边说：“啊，是草莓的莓，真可爱，是果实的名字。”

我笑了笑，可是我的心还久久地为着那甩开手的姿态低落着，即使对方是个陌生人。

“谢谢你了，那，那我先回去了。这里好热。”我拽了拽衣角，说着，有几根头发飘进了我的嘴里，让我感觉像在吃一把粗糙的海带。

“嗯！有空来玩！要晒衣服尽管来！我在这个房间备考，我知道你也是！因为上次听见你背单词，跟我在看的那页一模一样，哈哈哈，你说巧不巧！”宋童的眉毛扬了起来，在阳光下像飞舞的云雀，“哦，对了，你的发音很标准！你的声音也特别孩子气，听起来很美！”

我挤出了几丝笑容，客套了几句，回到了自己的房间。我像一个历经沙场的战士，捂着被阳光和宋童烧灼的心脏，一下子栽到了我的小床上。

拉起窗帘，即使日光将沸，我也丝毫无法察觉，只需要黑暗和冷，还有忧愁。

男朋友每天晚上给我打电话，讲一天发生的事情。可是讲来讲去都是那些事情，我猜所有异地恋都不过如此。今天又发生了事故，死法和描述跟上上次听到的一模一样。我怀疑是不是书读多了我的脑子开始秀逗了。

这天是星期天，我给自己放了个小假，没有看书，也没有泡咖啡。我搬了把椅子坐在门口，抱着腿。我新买的牛仔裤总有股腐烂的气味，也许是没有好好晒，没有好好去掉它的味道。

我喜欢这样的时光，什么都不想，全凭意识流捕捉空气里的气息、声音。

然后我听到了宋童的声音：

“她太奇怪了，人很瘦，也很轻，六月份了天天穿着毛衣，不怎么出门，也没见过她买食物。”

“好吧好吧，我当然没有窥探她，所以人家兴许叫了外卖或者自己煮饭也说不定。”

“我跟她说过一次话，可是她给我的感觉太怪了。我本来也觉得两个女孩子住一层楼，能交个朋友是最好不过的了。”

“不行不行，我觉得，我有点怕她，我都怕看见她。”

……

对话持续了不多时，她的声音就慢慢没了。蓦地，电话挂了的按键音响起。

我猜她在说我，六月份穿毛衣的住一层楼的女孩当然是我。

怎么我也才想起来，我真的很久没有吃任何食物了？除了烧水，泡咖啡粉，我都几乎忘却了咀嚼功能。

妈妈给我来了电话，问我生日回不回家，在这里有没有人陪我过。

我看了看手机，已经六月中旬了，我的生日一直在五月。然而我糊涂的母亲也曾经忘记过我的十六岁生日，作为献给我即将成人的十八岁礼物，她尽可以选择“记错”，我也懒得计较了。

我把自己摔向床，头发散开来。我把粘在脸上的发丝捋到一旁。

“果实。”

这个词突然从我的脑海里冒了出来。

我又极力在脑海里搜寻这个词的来源，像“‘唇吻遒会’语出陆机《文赋》”似的，“果实”一词出自宋童，她说我的名字是果实的名字。

我想我喜欢果实这个词，饱满鲜活得像是要迸裂，让所有人都闻到它即将成熟的气息，窥探到它湿漉漉而紧绷的身体。

六月了，我已经成年一个月。女孩子总会对成年抱有极大的仪式感，虽然成年并不意味着“成为女人”，然而心理上的隆重却丝毫不减。

“等到成为女人那天，要在床上垫上一块柔软的小白手帕，记录那血迹，那朵红色的花是怎么绽放的。”

我想起少年时代读过的书里有类似的讲究，心里摇曳生姿。

果实这个词实在让我原本一直缺失的快乐回来了些许。我想到了宋童，想到她的电话，她形容我很瘦，很轻。

“轻得似乎听不到走路的声音。”她是这么描述的，被我有意忽略却突然跳出了我的脑袋。

这天我出门倒垃圾，遇见宋童也在。

她随意扎起的头发配合着脖子优美的弧度显得亭亭玉立，像棵广玉兰，那种大而洁白的花朵。

“你也在。”我看见她，想起了让我快乐的“果实”这个词，所以快乐地跟她打招呼。

“嗯……”她看我的样子很不自然。

“怎么了？今天轮到你不舒服吗？”我想起我们第一次会面时被阳光灼伤的我。

“没有啊，哈哈，我倒完了，先回去了。”

她转身，我的忧愁撒了一地白花瓣。

“等我一起吧，我很孤独。”不设防地，我冒出来这么一句，连我自己也吓到了。

她的肩膀绷着，回头来对我笑了一下。我丢完垃圾，跟她一起默默走着。

既然是我要她等我，那我是不是该说点什么。我在心里问自己，又觉得做人是该有礼貌的。

“我十八岁了，你呢？”我说，觉得自己很想提到年龄，不知道是不是因为那句“果实”。

“嗯，我二十了。你……怎么这么小就要开始考研?”宋童问我，没有看我。

“我是早产儿，早生了一个月，上小学初中和高中却都早一年，三年加起来，也差不多啦!”

我说，觉得很快乐，想了想自己过去的日子，小学的自己，初中的自己，高中的自己，觉得仿佛还在眼前，这就是所谓的白驹过隙吧。

“嗯。”她应了一声。我们到了二楼，很快。她的房间在这头。我的房间在那头。这次她没有邀请我去她房间玩，回头跟我挥手道了别，便打开了门，一窗子的阳光再一次蜂拥而出。霎时，我觉得无比刺眼，条件反射地伸出手来挡了挡眼睛，却不经意瞥见了她额头上豆大的汗珠。

有那么热吗?我扯了扯身上的毛衣，觉得气候还像四月一样。

慢慢地，因为一些事情我跟房东的关系越来越差，我开始盘算搬离这间房子，另找一间。学校附近这种房子太多了，毫不费力地我找到了一间。不过搬家真的是个大程序，没有朋友，我觉得自己需要一些帮助。

宋童，我想到她，我二楼唯一的邻居。我想了很久，觉得请她帮忙之后我会送她一只小熊，我去过她的房间，感觉女孩子的房间不能少了小熊啊之类的。这么想着，我便鼓起勇气敲了她房间的门。

三声之后，没有人答应。我猜她在楼下倒垃圾，于是“咚咚咚”地跑下楼，却并不见她。这时，房东又领了两个女孩子进来，说是要看房。我懒得理会，索性上了二楼回自己房间，没成想她们也是来二楼。

二楼就我跟宋童的房间啊?我还在疑惑，房东“吱”的一声扭开了宋童的房门。一窗子的阳光再一次喷薄而出，里面却空荡荡的，衣物书籍早已经搬走了。

两个女孩子尾随房东进了房间，我跟在后面也想进去看看。她们在看卫生间，我坐在这半窗阳光下忍受着孤独的暴晒。

突然，我看到书桌压角的地方有一张报纸，看起来很皱，被有意揉成这样，像皱在一起的眉眼。

我俯身捡了起来，一打开，一股腐烂的气味扑鼻而来。为什么有阳光的地方还有这种气味?

“2012年5月17日，××市一名大学女生跳楼自杀，动机不明，警方正全力搜索证据。”配图上有一个女孩的身体，她穿着我的毛衣。

新　城[1]

同济大学/白　何

——婚姻和建筑为何如此相像?

——因为它们都是为了幸福而生的囚笼。

1. 没有孤单的摩天轮

一个老套的日本都市传说。一对恋人在摩天轮顶端接吻的话就能长相厮守，反之则会以分手告终。

南海和叶姬所在的城市，唯一的摩天轮在海边的游乐场里，咸腥浅蓝的海风锈蚀了钢筋铁骨，舔舐出深桃红色的铁锈。

作为建筑学系主任，南海怜悯地望着这座结构。纤瘦的钢骨架上绽放出五颜六色的铁骨朵，在平衡力矩下向苍穹开放，又回归地母，周而复始的冗长过程。

它存在于经典力学原理的束缚之下，却仅仅是人们放任寂寞的幻想的容器。

它不似这座城市里功利的混凝土鸟笼，也不似游乐园的其他钢铁怪物。它忧伤而纯洁，闪耀在迷乱的月光下。

“海。”

叶姬不知是呼唤着摩天轮窗外青翠欲滴，笼罩于墨色中的大海，还是在呼唤着南海。南海凝视少年鲜嫩的侧脸，思绪又移向了不可知的远方。

他不反感关于摩天轮的传说，但也只是将它看成人类幻想的一部分。像他们

---

① 新城的名字来源于一家与我有些关联的房地产企业。它的理念大约是“铸造幸福之城”，它也曾对我一个学生言而无信，让我觉得用它做这篇小说的名字意蕴不错。

现在这样，背叛地心引力离开地面，望着不可及的远方的海，确实会在内心中引发无可抑制的孤独感。所以人们需要拥抱一个契合的肉体，需要誓约的吻来见证他们确实的生。然而，摩天轮上，真的没有孤单的人吗？

南海拢过叶姬的肩膀，就在月球悬在摩天轮正上方的时刻，他们沉溺地接吻。

当摩天轮的包厢又一次坠落地面，所有的人都会注视着他们，窃窃私语，却为他们不约而同地让开道路，目送他们相依相偎走向苍茫的海边。

因为今天是西元2015年6月26日。

这是耶稣诞生之后的两千零十五年，六月第二十六个日子。

太阳直射点刚刚经过北回归线，又开始漫漫向南的征程。人们原本以为这又会是年复一年中的一年，地球绕着太阳，月球绕着地球，摩天轮克服的地心引力指向地球球心，雄孔雀为了并不美丽的母孔雀费尽心血开屏。

然而在那一天，这一切都被无声无息地背叛了。

2015年6月26日。美国联邦法院正式宣布同性婚姻在全境合法。

2. 没有朋友的朋友圈

2015年6月26日，南海在朋友圈里看到：

“对婚姻做出超脱繁殖意义的新定义，扩大这个古老社会制度的应有之义，破除由‘习惯’带来的理所应当——绝对不仅仅是同性婚姻而已，婚姻制度的改变，受益的本是所有郑重进入婚姻关系的人，同性，或异性。”①

他注意到这是他的研究生秦川转发的一条推送。本来，交际圈内大多都是建筑学系教师和国内资深设计师的他，没有理由会看到这样看似透彻博爱的新潮观点。

2015年6月26日，叶姬在朋友圈里看到：

“至少十年之内，我不赞成同性婚姻合法化。对于愚蠢的男人，就是要进行化学阉割。同性恋里的蠢货太多了，找不到男人，就责怪女人把男人抢走了，呵呵哒。”②

叶姬忿忿地把这条漏洞百出，却代表了大部分国人思想的推送转给南海，南海只是淡淡一笑，给他发：

---

① 这是我的一位同学，女权主义者，优秀的中文系学生，性学平台编辑对同性婚姻合法化写的辩词。

② 这也是我的一位同学，与上面一位同岁，对同性婚姻合法发表的观点。

“婚姻是人类肉体中共通的记忆砌筑的构筑物，一切脱离了本能，以理智来隔岸观火的言论都荒谬无稽。在无数人的牺牲面前斯文地说着进步，在无数人的痛苦之后冷淡地说着幸福，这就是人类的革命，虽然值得欣喜却也让人憎恶啊。”

然后又补上一句：

“你喜欢美国的哪个州?”

叶姬很久没有回复。

南海扯出一个不适合儒雅教授的笑容：

这小子，害羞了。

3. 哀莫哀兮心相知①

每当南海想起叶姬今年正面临着高考，脑海中就会回忆起自己高三的遥远时光。

裹在肥大校服里的消瘦躯体，推一推眼镜，在心无旁骛地用两把三角尺推平行线的过程中把校服里隐藏的欲望和反叛全部冲刷，仿佛这座城市的沙滩日复一日的涨潮。

有的时候，平行线歪了，在纸的某个点上相交。南海沮丧地拿出藏在校服里的小说翻几页，然后继续画。他忧郁地想道，一对对相交的线，在一瞬的接近之后，便是无尽的远离，就像几万年来为了繁衍而结合的人类一般。

那时的他，认为自己与全人类不同，对爱情这种莫名其妙的疾病是免疫的。自己梦见过的那种爱情，只存在于古希腊理性的广场上和现当代潮湿闷热的街巷深处的浴室与公厕里。他怀抱着这样绝望的自我放逐，从孤僻的少年成长为沉稳的青年，逐渐习惯了用钢筋与混凝土之间粗暴而廉价的咬合来替代爱情。

第一次与叶姬相遇时，他如常急切地想要买下一夜的快乐，却遭到这个天真的少年好奇的盘问：

“哎，你是大学老师？好厉害哎。那这样活着是不是很辛苦?”

南海虽然急躁却冷漠地说：

“这没什么。”

叶姬则热切地打量着他，甚至从桌子的另一边走过来为他斟酒：

“不不，很厉害！我的叔叔也是大学老师，他一直对我很好。”

---

① 原句当然是“哀莫哀兮生别离，乐莫乐兮新相知”。不过哀乐向来是相对相生的，这也是文学中的魅力。

他是双目波光粼粼的鹿，他是心脏加速的猎人。他拿着冷漠和世俗名誉制成的猎枪，紧紧跟随在化身为美少年的猎物身后，亦步亦趋，踏过嫉妒的沼泽，穿过迷惘的森林，等到双双坠入直通地狱的爱之陷阱，才后悔不迭。

南教授曾有一个失败的设计方案，曾被广大专家和设计大师们大力嘲讽。那天的晚会以后，南海一个人用后脑勺倚着空旷的大厅墙壁，扔下一支又一支的烟头。他双目迷离地回想起高三时藏在校服外套里，封面上都是盐粒结晶与褶皱的一本小说，三岛由纪夫的《奔马》①。

然后他忽然嗅到了一股轻微咸涩的味道。模糊的视线里，少年满头大汗，背着书包穿着制服（自然，制服比他高三时期的要秀美很多），比他高大。他贴着少年沾满汗水的胸膛，突然感受到一阵难以忍受的刺痛：

他这才领悟到，爱情的疼痛并不在于繁衍留下的巨大伤口，而是在心灵相交的瞬间，本来就和其他奇迹一样，甜蜜到让人心痛。

4. 不能说幸福的图书馆

叶姬仍然记得T大的图书馆和它悲伤的身世。

他比南海想象的更关心南教授，而且是很多。他不懂带肋钢筋的半径和它的美感之间的函数关系，也不懂素混凝土剪力墙代表的是哪种建筑风格和情感，但是他是来自青春这座雨林的少年，他在肋下化出茸茸的翅膀，在恋慕的火焰炙烤下，腾空向南海所在的象牙塔飞去。

南海教授一生最为人诟病的设计就是T大的图书馆。但说来奇怪，在他的展示会上，嘉宾和评审员一个接一个离开，就像电影《末代皇帝》里伪满洲国的臣子，优雅地撂下他们的皇帝一样，这栋外观诡异的建筑却依旧拔地而起，现在还稳稳当当地承载着几千名天之骄子的汗水与眼泪。

当时有人暗讽图书馆的两座核心筒具有强烈的生殖崇拜象征意义，南海教授愤怒地反驳并且坚决否认。这时台下竟有另一个人站起来附和说，不仅两座核心筒意味不明，而且底下一对粘连在一起的椭圆球体状报告厅也体现出了南海教授的个人趣味，引得哄堂大笑。最后，建筑师个人的梦幻展示时间在唾沫和低级笑话中彻底沦为一出闹剧。

叶姬感谢曾经在酒吧向他搭讪的一位T大学生告诉了他情况，才让他放下篮

---

① 三岛的《奔马》最后，主人公在即将日出的海边自杀。顺便，三岛和同性爱之间千丝万缕的联系就不说了。

球，沐浴着星光飞奔而去。他能预感到，他所梦想的恋情正在张开翅膀。他爱上的是一头高傲的飞龙，糖果和鞭子都不能俘获它狂野的内心，唯有在它偶尔懦弱的时候，才会仔细倾听人类的求爱。

那场低俗的闹剧很快被逼迫着遗忘在脑后，校方将其解释为“艺术的争辩”。T 大的图书馆也心安理得地建造起来。南海还邀请叶姬到图书馆里来自习，他亲自指导叶姬在包间里做高中数学题。偶尔少年顽皮了，就把他从集市上买来的项链挂到南海的脖子上，又轻轻咬上一口。南海让他别闹，他就倚在他身上，透过包间的窗户，看见 T 大的学生们抱着厚厚的参考书和沉重的绘图板，匆匆走在钢筋混凝土上面。有情侣在路上碰到，交换一个短促的吻，就再次挥别。

“为什么这栋建筑里没有一个幸福的人?”

南海听到无邪的少年这样问，环顾着自己呕心沥血设计出的建筑，竟然无言以对。

叶姬在南海向他隐晦地求婚以后，回忆起这段往事，却没有想到这座图书馆，在 T 大近乎暴力的信息封锁之后，还会有再遭遇质疑的一天。

直到他盯着电脑屏幕上的聊天记录出神了半晌，突然看见变暗了的屏幕上若隐若现，是父亲苍老而哀伤的脸庞。这个已经半老的男人，把叶姬拽了起来，冷静而迅速地，把儿子的手机扔出了窗外。

这部装满了来自不同性别，不同年龄，不同背景的人的谎言，表白，爱语的精密机器，闪耀着雪白的光芒，仿佛彗星一般沉入了城市的海底。

5. 你想和谁结婚，这个男孩，还是那个女孩

南海一边幻想着和叶姬去了美国以后的盛宴，一边拨通了叶姬的电话。

他想起了另一本高三藏在校服里的书，亨伯特和洛，着迷的猎人和天真的猎物。说起来叶姬也真是，居然到了第二天都一直没回复他的信息，他都不好买机票了。

“喂?”

微微的杂音。但总体来说很安静。不会是被老师叫去办公室了吧，那还接什么电话啊，这小子。南海蹙眉。

“喂？您是南老师吧?”

这是一个苍老的声音，却能听出和叶姬的相似。像一片纯美的石英岩，在热

带气候的风化下被渗入了黏稠的泥土，植进了密密麻麻的虫卵一样，充满俗世伤痕的衰老。南海一下挂了电话。他害怕起来。害怕电话那头的人是谁，更害怕这份苍老与他心上的少年冥冥的联系。他们这样的人，最怕的就是衰老，因为让他们支撑起脊梁在陆地上游荡的，不是下半身的渴望，而是美这个魔鬼的蛊惑。

南海“啪”地合上电脑，摸索裤兜里的车钥匙。他必须赶在叶姬午休结束前，去问他发生了什么。他必要让少年的残象永恒地镌刻在他的视网膜上，他要自己知道，要自己记住，他是他的阿多尼斯①，他是他的格林列尔多②，他是他荒芜的世界上唯一的蔷薇花。

秦川和急匆匆的南海在门外撞个正着。南海想暗示他日后再说，秦川却慢吞吞地，用他比常人低沉的声线，像一只有力的爪子一样拖住了南海。

“老师，您知道蝴蝶效应吧？”

秦川高三的时候，也一直把各色禁书藏在校服外套里面。

他的时代与南海的时代已经截然不同。对年少的南教授来说，连《红楼梦》也是禁书来着，要拆成几部分藏在不同的口袋里的。而在逐渐开放的十余年后，在秦川干净的棉布校服内侧，贴着腹部肌肤的都是实打实的禁书。

他记得有一本书，说着一对像南海和叶姬这样的爱人，为了保守爱的秘密终日惶惶，最后由于马桶盖上的印记走漏天机，被分开之后活活打死的悲情故事。

金融学家喜欢说地球西边的某个国家里，一只叫华尔街的蝴蝶扇动翅膀，就会引起东边的国家经济崩溃这样的恐怖童话，却永远不会知道在某个从公共浴室和厕所延伸出来的黑暗世界里，一只蝴蝶扇动翅膀，真的可以让两个人的全部分崩离析。

2015年6月26日晚上，秦川对于南海虚伪的态度极其鄙夷。他觉得自己对同性婚姻合法化的评论非常专业而富有人性，而他的导师，明明和他具有一样的嗜好，却装得像系里的其他伪君子一样。不仅如此，还对他准备的“建筑学原理”的课件挑刺。

第二天南海在讲解“建筑学的影射艺术”时，发现课件上的图片变成了《大卫》和T大图书馆。底下爆发出一阵哄堂大笑，南海皱着眉头让大家安静下来，并继续冷静地授课。他已经不是当年那个因为被揭露了秘密而失措的青年。自我压抑了数十年后，他唯一笃信的理论就是，自己和身边人头顶上巨大的苍穹会抹

---

① 阿多尼斯，化作银莲花，被狄安娜所爱的美少年。

② 格林列尔多，西班牙民间诗歌中，公主爱恋的少年侍卫。

消一切不该存在的东西，无论真假，更无论苦与甜。

“唔……真没想到，老师还会戴这种项链啊。”

秦川从南海的衣领里面取出银色项链，仔细察看。这是一条廉价的银色项链，雕刻着某个动漫游戏里的飞龙形象，张牙舞爪，威猛无敌。南海从来波澜不惊的脸上呈现出了愤怒的红色，他终于不顾教授的风度，粗暴地夺回了秦川手中的项链。他回忆起叶姬在图书馆为他戴上它的瞬间，脖颈上令人悸动的寒凉，他几乎屈辱地流下眼泪。

秦川怜悯地看着他，突然俯身抱住了比自己矮半个头的南海。他终于彻底理解了老师总是高深莫测的理论实质。

秦川在进行研究生复试的时候，碰到了一道很奇怪的题目。

“每座建筑都是________________。”

导师们比较喜欢的答案是“一个系统工程”“一次长期协作”之类的。看到有一个人填“一个故事”已经咋舌，而看见秦川填的“一次爱情”更是捧腹大笑。

他们把他的卷子拿给南海：南老师你也看看。

南海不动声色地推了推眼镜：

“蛮有个性啊，要不让他和我谈谈。”

当南海看到秦川披着白风衣，从T大三月烂漫的樱花丛中走来的时候，他有一种久违的感觉，就像高三某个学习到倦怠的深夜，拿出内袋里的书饥饿地读上一章以后的心脏搏动，抽起全身血液，让他虚弱激动到颤抖。

南海问秦川：

“为什么你觉得建筑是爱情？”

秦川神秘地一笑，得意地回答：

“因为它们都是囚笼。”

南海望着窗外被狂风撕扯的樱花花瓣，在浅蓝的底色上且飞舞且飘落。这是他在进入T大教学系统以后，唯一顺从心意做的一件事情。

不幸的是，南海和秦川后来的师生关系不那么融洽。去年，秦川已经是研三了，还是未能毕业。南海认为他的设计太过庸俗，不配他隐藏着的潜能。他们常常因为设计理念和细节大吵大闹，但打开办公室的门就和好如初。这是他们作为同类的生存方式。仿佛悲剧的一对磁石，靠近的时候害怕碰撞的瞬间会产生爆炸，远离的时候又全身心地感到寂寞。

这悲剧的核心是磁石具备的，电子之间超越一切的吸引。

在秦川温和有力的心跳声中，南海突然想到，现在的美国，就是一个放任两个男人在街市上相拥的国度。每家的父母在孩子去参加高中的舞会之前，会嬉笑着问，你想和谁约会，那个爱打垒球的女孩，还是这个喜欢布艺的男孩。南海都不敢继续想象这么扭曲的画面能存在于清澈的蓝天下，他感到非常震惊，他想要和叶姬一起去的，竟然是这样的地方。而更让他觉得震惊的是，他这样的人，还会为了这种画面感到发自内心的恐慌与不可置信。

6. 每座建筑都是一次爱情

南海挣脱了秦川的怀抱，要去城北的高中找叶姬。他喘着粗气，感到燥热，就把西服的外套扔到了椅子背上，却又听到秦川沉沉的嗓音：

“您是找不到他的。”

南海的背影定格在土质实验室旁边积满沙尘的楼梯间里。阳光从高处的小窗中间照射下来，从实验室里吹出来的沙砾漫天飞扬，秦川嘲讽又哀怜的声音，仿佛来自沙漠另外一边：

“您和叶君副教授的表亲相遇的那间俱乐部是我设计的，您居然不知道吗？”

每座建筑都是一次爱情，同时也可以说，每座建筑都禁锢着一个灵魂。

海边的摩天轮正是他梦中少年的化身，T大图书馆丑陋又宏伟的模样，也无疑是他自己一生的写照。

而秦川——

南海非常容易就能回想起那个建筑物的一棱一角。它隐匿在这座海滨城市最糜烂的角落，外面看上去是工地旁边一间简陋的公厕或澡堂，内部装潢和风情却奢靡之至，堪比暴君尼禄举办宴席的殿堂。它正是面前这个年轻人，新一代的社会栋梁，对一切都冷漠而自私，却可以面不改色地说自己是博爱的人，平等的人，不歧视任何性向和种族的人设计的。

事实绝对不可能是这样的。

“秦川，你的作品还真是一如既往地无可救药。看来今年，你仍然无法从我手中毕业。”

极尽奢华张狂的内在外面，包裹着肮脏的水泥砂浆，被海风锈蚀的赤红钢筋笼下流地露在屋角一端。他从发现自己的天性以后，一定一边竭力将特殊的纹路隐匿于黑暗，一边被各式各样的同盟者鼓励保持独有的骄傲。他既不像南海那样，在一生的压抑中学会催眠自己与观众；也不像叶姬那样，在一个逐渐平缓的环境里，偶尔咒骂，却被默许乖离而艳丽地生长。秦川注定是扭曲的，企图飞翔，却在黎明前的挣扎中被割断了翅膀……

南海放肆地嘲笑自己的学生，同时也明白了，叶姬绝对不可能还在学校里。秦川和南海在这方面是相似的，而叶姬绝对不然。他们两个是已经无缘天堂的囚徒，叶姬却可以靠他的美貌与年少打碎一切枷锁。

叶君副教授的弟弟叫作叶公。这个家族一直以单字为名，咀嚼起来别有一分韵味。到了叶姬一代，长子叫叶王，次子本要叫叶侯，却因为容颜美丽，肌肤细滑，极其惹人怜爱，才以姬为名。

世上隐匿着的索多玛和蛾摩多，都在曲折的深巷里面。摘下或者戴上舞会的面具，踏过认识自己的迷宫，有头戴蔷薇花冠的少年向你献出双唇。

当时南海走进门来，熟稔地饮尽侍者口中的醇酒，看到角落里的一位美少年略为不快地盯着自己。南海明白侍者刚才肯定和这少年打得火热。以侍者的口唇为奢华的酒杯，南海和叶姬的唇印像某种复杂的纹印一样交叠在一起。

那家特殊的俱乐部已经没落了。除了像南海和叶姬一样有着特别回忆的人，几乎只有店主每天弹奏着日系的民谣吉他，灌着一桶一桶的啤酒。总是有旁边工地上的工人进来，要求使用厕所或者淋浴室。他们一边解手一边说着海边那座摩天轮，从大陆另一边都能看见，非常气派。

当然是没有资金再聘请英俊的侍者了。南海一人穿过宽阔混凝土柱里锈蚀的钢筋，穿过壁画上肌肉健美的半裸男人，穿过花岗闪长岩雕琢的长桌上明灭的烛台，叶姬就在彼岸展开翅膀，像他的名字暗喻的仙女一样，温柔地等待着他。

南海从大学一路奔跑过来，将西服外套掉在了椅子上，针织背心脱在了水花四溅的海边，手工衬衫扔在了溢满泥水的工地上面。叶姬却是逃学过来的，制服熠熠生辉。这种制服从南海的肥大运动服，到秦川的素白棉布校服，代代相传，仿佛年华的流变，仿佛少年的蜕皮。西装革履的南海变成了满头大汗的叶姬，一身短衣的叶姬变成了风华正茂的南海。

一只透明的水晶蝴蝶轻轻扇动翅膀。T 大奇形怪状的图书馆。秦川成为南教授的研究生。南海拒绝让他按时毕业。2015 年 6 月 26 日。三人的朋友圈。南海一时兴起让秦川重做教案。图书馆的奇闻逸事被列入秦川修改后的教案。校方压抑舆论。叶君副教授性格乖僻，极其保守。叶君在南海的推荐下成为秦川的项目负责人。叶家下一代的次子丰姿不似少年。叶公阻断了叶姬与外界的联系。

南海突然领悟到，是这只蝴蝶展翅掀起的风暴，彻底颠覆了他和叶姬的全部，令他们抛弃了一切，以如此荒唐的姿态坦诚相对。而就在这场犹如最残酷的战争的风暴中，他领悟到了一线来自于苍蓝天穹之上，穿透一切的亮光——

建筑与婚姻如此相似，从来有且只有一个缘由。

因为它们都来自于爱，只能来自于人类最深沉的爱。

“我们结婚吗?”

叶姬伸开双臂，像一片羽毛一般轻柔地捧住南海的脸颊。

“不。当然不。”

他们都回忆起了2015年6月26日。在摩天轮顶端接吻的恋人们，是永远不会分离的。

写于2015年夏 改于2015年秋。

寄居者（节选）

西北大学/王闷闷

一

他是怂了，最近晚上就是给他挣上几千块钱，他也不会去几百米外的小卖部。黑夜的恐惧要是彻底地被挑逗起来，那就是一个被豁开小口的堤坝，绝提、洪水汹涌而至是注定的。他告诉自己不怕，白色的灯亮着，近几天晚上就一直没有关过。一关掉，老是觉得黑色里会有很多的妖魔鬼怪围绕着他，浑身发寒冰冷，冻僵硬也不过如此吧。那个人的样子会如洪水猛兽般的姿态涌现，越是想阻挡就越发凶猛，势不可当。“天要下雨，娘要嫁人”，他要改为“天要下雨，那个人要出现”，没办法啊。不是不想动，是动不了。肚子里有一股即将要排泄出去的东西在翻滚，一个劲往外冲，跃跃欲试已不足以来形容。

外面静悄悄的，就有些许的刮风声，在房子后面空旷的地里猖獗地放肆吼叫。此刻的声音，他都尽量解释为自然之音，正常的物理或生物现象。不行了，怎么办，难不成要在床上解决？那脏死了。可是……实在是保留不住了，最起码在肚子里。看一眼枕头边的闹钟，才一点多么，离天亮还有五六个小时，肯定是坚持不住的。要趁早想办法解决。

给尿盆上套上了一个塑料袋。壮着胆子爬起来，下了床，在尿盆上蹴着。好在房子小，就一张床、一桌一椅、一个炉子。一眼就能给环视完。要是是一个二百多平米的房子，那就瞎了，会自己把自己吓哭。更何况是在最近的情景里，不哭真的是胆大。钢铁的，不，是特殊材料加工而成的。看着房子里一切正常，微黑的墙壁，不知什么年月拍死的蝇子，惨烈地被黏着，至今都能清晰地看到血渍呼啦围绕的迹象。一股子尿骚味萦绕在房间里，很明显地能猜想到是热腾腾的，舒畅的感觉，终于痛快地来了个一泻千里，带着声音，助威呐喊，也许还有庆祝胜利畅通的意思。简单地把塑料袋挽住，一个疙瘩就能终结臭味的散发，何乐而不为呢。稍微有些放松下来，椅子上坐会儿，冷是冷，但可以把电暖（小太阳）打开，烤着就舒服多了。睡不着，心里乱七八糟，根本就没有心思睡觉。睡觉的原因有很多，有身体累、有心情舒畅很是幸福、有自然的熬不住了瞌睡、有没什么可想的……他的思维在高速地运转，怎么能睡得着么。电暖里放出了昏黄的光色，与白色的灯光交杂着，让人不由得害怕，妖魔鬼怪住的洞里不就是这么五颜六色的吗？早就是害怕，怎么还要塑造出这般的境界？立刻关掉电暖。

高考，说出这两个字眼，会痛恨的咬牙切齿。为什么要重新的来一遍，难道一次的折磨不够吗？抑或是喜欢上了这样夸张而又真实的惨无人道的凌辱蹂躏？他说不清，当时就是一横心，一咬牙跺脚，想想，不就是一年的时光么，娘的，苦也就苦这么一年，美好的未来就会接踵而至。不信一年还能过出十年一百年的漫长及长度、弯曲来。这个小房子是有感情的，在一个人短暂的一生中，能被一个空间自私地占据关押五六年，是记忆深刻的，难以抹去。和娘胎里带来的那种胎记的深刻是一样的。还记得当高考成绩公布出来的那天，果不其然的落榜。整个世界在意料之中开始了虚幻缥缈，不再真实。过去的十几年，换来的却是这样一个沉重响亮的耳光，惨烈失败的结局。不甘心、难过、悲恸、嫉妒、羡慕、痛恨、绝望、失落……五味陈杂，难以说清楚，不香不臭、不甜不咸摇摇晃晃地漫无目的地前行。是行尸走肉，大概连这个都不如，身体的酥软成了众目睽睽下的产物，这个世界都没有了意思，自然不必留恋。好不容易缓过来了，就来补习一年，重新回到以前的房子，租赁是必然的，继续。

灯的亮光能说明很多问题，毫无质疑的在后来的几天里，成为了院子里人们议论的话题，加上了用功学习的标签，还得意地加进去了对一年后的预测，肯定能考一个好一本。茶余饭后的闲聊是一道大菜，有让人意想不到的原料和味道，能吃出千奇百怪的表情。

天亮不再那么要紧，肚子里想要跑出去的东西已经给了一个不算特别好的归宿，等天亮了就会在黑色塑料袋的遮掩下带到最合适它存在的地方。咿咿呜呜女人哭泣的声悠扬，还有他听起来不免的有几分鬼魅邪恶的意思，仿佛实体和声音同时存在，在他身后、头顶、左边、右边，僵硬的身体体会到了整个房间的寒气逼人。不是男人么，怎么是女人，哦，就是女人，听说男人跑了，那这个……欲哭无泪啊，他又没有做什么大不敬的事情，为何来找他？闪电般地闭着眼睛上床，被子蒙住脑袋，静听其变。

“你他妈的就是个贱人，给老子滚出去。”女的。

“就不，我打死你，不要给老子哭了，住了。”男的，感觉很粗暴。

没有了哭声，静寂地要死，甚至可以听到空旷清冷干净的天空里星星的窃窃私语。十几秒后猛不妨地又恢复了，手掌抽打皮肤的声音，很响亮，清脆。用什么来形容一下呢，和瓷碗猛摔在地上碎裂一样，有些许的不同，凑合着理解吧。是脸还是身体，是身体的话，身体的哪里？他想着，欲望在蔓延，身体有些地方在变壮变大，膨胀着。怎么睡着的，不知晓，反正醒来时已经八点多了，很明显要迟到了。

二

“听说有几家人家把很多弄好的糕面都倒了。”

“肯定的，那怎么吃么，恶心的就不行。想想就会吐。”

“你说谁能想得到么，有多少人都吃着那里的水，现在倒，那以前吃进去的怎么办？”

“好在咱们院子里有井，不然咱们也吃了，那还不恶心死。”

……

他中午吃过饭，在房子里坐会儿，等过会儿去学校上课。反正离学校近，只要有一点儿时间就能回来。听到外面几个女人的议论，议论的是什么事他是清楚的，知道她们在说着什么。好奇心让他沉住气，因为他也特别想知道为什么？接下来会有什么新的进展。

他住的这个地方是个不大的院子，在县城的边缘处，但也是寸土寸金般地值钱，旁边就是县城最好的中学。有四五千学生呢，聚集于此求学，想将来考一个好的大学，很多家长都是放弃了农村的家，在这里租房子给孩子做饭，供孩子上学。好像世间再没有比这理所当然且重大的事情了，就是放弃什么都是值得的。更不要说是农村的几亩地几孔窑洞。都会用一个理由打遍天下无敌手：娃娃的前途重要还是那些重要。不言而喻吗，当然是娃娃的前途重要么。初中来到县城读书就迟了，得从根本抓起，不是有一句话么：不要让孩子输在起跑线上。可是什么是起跑线，有几个人正儿八经理解通透的，就是肤浅简单地理解为城里的学校教育就是好的，一个劲儿把孩子往城里运输。农村的学校就是修建得再好，也休想留住一个学生。所以崭新的学校矗立在农村，里面不是郎朗的读书声，而是“咩咩汪汪”的家畜叫声。他没有让母亲来为他做饭，家里还有主要的挣钱人父亲，要是父亲倒下了，对整个家来说是毁灭性的打击。他可以随便地买着吃点，没有什么大问题的。偶尔他们想念了，可以来看看。他也可以遇到周末节假日回去么。

院子不大，总共六个房间，不是平铺直叙的布局，而是垒叠式样的。三顶三，每层一样的两个大的一个小的，两层，小的是他住的和顶楼一个女孩子住的。两个大的一排，他的小房间拐了个直角的弯，垂直地挨着两个房子。正对着大门，他门前不远就是院子里所有人吃水的井子。

前几天他见过那个男人，个子不高，寸头，穿着一般，像是打工的。在大门处遇了个正着，拥挤着擦肩而过。他还一个人纳闷，怎么以前没有见过这个人呢，新搬进来的。偷偷地回过头看，那个人上了楼梯，简易的楼梯一如既往地震颤着，向着二楼最边上的房子走去，怪了，大冬天的怎么也不挂个门帘，看着就怪冷的。他想着看着，一个突如其来的眼神回敬，让他惊恐地浑身一哆嗦，来自于那个上楼正在慢悠悠开门的男人，好像还夹杂着一丝的笑，什么样的笑，他说不清，搜肠刮肚也没有找到个合适的词语来修饰形容。收回头，恐慌地前进，碰到了一个物体，是隔壁住着的时髦女人，他连连道歉说对不起，女人没有说话，也不知道是什么表情，因为他没有看就低着头跑起来。

补习的生活是想象不到的痛苦，他前面低估了，尤其像如他这种基础差又想学得特别好的学生，更是苦不堪言地难上加难，不光身体，更多的是心里所承受的压力。教室里的气氛是死气沉沉的，空气呆滞地流动着，就是一锅黏稠混沌的糨糊，要是长时间没有人搅动一下就有可能凝固成一个固体。

也有活得潇洒看得开的，是他自己把自己逼迫的，怨谁怪谁么。看看他顶楼上小房子那间里住的人，一个女生，和他的处境是一样的，人家活得那个滋润。晚上让他恐惧害怕的“依依呜呜”哭泣声就是这里发出来的。他说不好，是不是理解错了，按每个人的定式思维，觉得一个人哭泣那肯定是难过伤心导致诱发的，可不要忘记了，有时候一个人舒服异常的时候也会用哭泣来表示，不是有一句话吗：痛并快乐着嘛。听说那女的原来在市里就读的，连个专科都没有考上，家里让她补习，她不想，最后被强迫来到这里，说这里是一个新环境，没有原来的那些狐朋狗友的影响，会好些，有利于学习，有利于能考上一个差不多的专科。只要考上了专科就好说，通过家里的关系能给安排个特别不错的单位。想得太简单了，人是活得嘛，朋友可以重新认识。并且不客气地放浪于形骸之外，夜夜享受尽人间的美事，隔几天就换一个。在这不大的县城这个举动无非是疯狂的，让人不齿的。人家女孩子才不会这么想呢，反正又不碍着你们什么事儿，各过各的，谁也不吃谁的，对不对，想说说句话，不想说算了呗。有一天她却跟他说话了，并且横冲直撞地敲响了他的门，就这样认识了。

三

房东很少来这里，因为家里的房子很多，一年也就来那么一两次，不是收房租、电费就是找人疏通下水道。最近来得比较勤，不来都不行。二楼最边上那间房子依旧没有门帘，中午的阳光照耀着，非但没有显示出暖和，反而越发地凄惨萧条冷淡，玻璃窗里面挡着一块窗帘布，没有拉严实，露出一条缝隙。里面空荡荡的，根本就没有什么家具，冰锅冷灶的，好像就没有生过火起过灶，炕上也就铺着两床单薄的被子，一半炕还裸露在外面。这些他都是听外面的女人闲聊说起的。

一楼最边上住的也是供孩子读书的，女人来给做饭，两个孩子，老大是男的读高三，说学习很厉害，女孩子是老二读初二学得一般。女人闲着没事就经常去打麻将，慢慢和周边的人也就熟悉了，大部分也都是一样租赁房子的，相处起来比较容易。她说："前段时间吃那边井里水的人说不时会有几根头发和些许的杂物，有次桶里绞上来一只鞋，谁都没有在意，谁想到里面会浸泡着一个人呢。也是冬天，不会发臭，夏天也不会，井子底下是凉的。听说打捞上来整个人泡得和发酵起的馍馍面一样，白渗渗胖乎乎的，头发一半都掉完了，头皮在外面晃眼地露着。也是啊，你说你死就到一边死，那井子里的水多少人都吃着呢，这下好了，吃不成了。主要是前面吃进去的现在恶心死了，吐又吐不出来，连不晓得都不如。听说不是本地人，是从外地来的，就在咱们这二楼最边上那房子住着。"外面安静了，六点多了，大概是都各自回去洗碗拾掇去了。他不知为什么，后脑巴子会有紧绷的感觉，就要断掉，迫在眉睫。

房东这几天是天天来，还带着警察，配合着调查。人命关天啊，不死人还好，只要一死人就麻烦了。排查的不仅仅是这里，是这里所有租赁的房子，学校附近的。出事情了，谁都不会好过，原先不必要大可以忽略的手续现在都要补全了，不允许有任何人特殊偷懒马虎。周末的一天，就有几个人进来，说是派出所的，看了他的身份证，还在一个大厚的本子上登记了一些什么。让他最近晚上尽量少出门，出门时还烦躁厌恶的撂下一句话："尽是你们这些学生惹事，不要以为管不住，是不想管，本来好好的可以休息了，马上就要过年了，出这么个事情害得还休息不成。"他搞不懂，和学生有什么关系。怎么也牵扯不到学生头上来么，还把脾气精确地发泄到他一个人身上，怎么也不可能，轮也轮不到他，应该是这里当官的一些孩子和本地有房子人家的孩子啊，他们多么嚣张、嘚瑟，为何要欺负他这样的外来户并且老实的乖孩子呢。

一楼最边上的女人晚上打麻将都要很晚回来，两个孩子都很厌恶，即使是生养自己的娘。一天晚上十二点左右，他在看书，做着做不完的数学资料，老师说多做题，做多了不会慢慢也就会了。也是笨人的办法，他就一个劲儿地重复着做，一种题型做十遍二十遍，不信考试不会。正专心地做着想着，听到外面有敲门声，一开始以为是自己房间的，定了定神，原来是一楼最边上的房间。敲了一下没有回应，两下也是没有，三下还是没有，四下，五下……不耐烦地加入了声音，“快给老子开门，冻死了，怎么养下这么些白眼狼”。

里面的人，是她女儿，说：“就是让你冻一会儿，谁让你玩到这么晚才回来。”

她生气了，说：“你管老娘了，一天给你们和敬奉神一样应时地做得吃上，狼娃喂成虎娃了，快给老娘开。”

她语气温和下来，“强娃，鬼女子不给我开，你给妈开，妈晓得你没有睡下还在看书呢”。

半天没有开门的声音。

她说：“快给老子开，不然等我回来一下就把你们两个给打死了，快开。”外面大门处有窸窸窣窣的声音，她悄无声息地屏住呼吸。是人的声音，一男一女，仿佛在推推嚷嚷的，一会就有一个女的没有忍住的笑声，很是凄凉，然后就是她“啊”的一声惨叫。这些都是她第二天站在门道给大家说的。她说有鬼了，肯定是那个死了的女的不甘心，回来了。她听见了，包括在半夜，她听见了人沉重的脚步声，在楼梯处，她吓得是一身一身地淌汗。她说她见过那女的，个子不高，扎一根不长的辫子，脸瘦得看起来都有些扭曲，穿一条黑色的紧身裤子，一双半新不旧的运动鞋，上身一件比较孩子气的运动布衫，皮肤灰塌塌的。她还专门给房东提了个意见，说让尽快请一个风水大师来清理一下，不然这地方难住下去啊。没想到遭到了房东恶狠狠的训斥。

房东一开始来了，勉强笑嘻嘻地说：“你给我爸说你找我了，有什么事了，早上那会儿我不在，去外面送了一趟人。”男房东大概三十四五岁，开出租车的。妻子在县上的一所小学教书。

她说：“你信不信世上有鬼?”

男房东一脸的迷惑，说：“怎么了，你看见了?”

她似乎找到了亲人和依靠一样，把刚才在房东没来之前给大家说的一番话又说了一遍，最后点出了中心意思，“我看这里邪乎得很，你还是尽快请个风水大师来看看，清理清理，不然人家不敢住”。

房东是最忌讳有人说这些的，影响租房子的情况，就影响了收入。你想想，租房子的一来，一打听说是这样，现在的人么，惜命惜得要死，谁不怕死，生怕沾染上晦气。哪里不是出钱，这里又不少钱，再说了，一少钱的话也会让人怀疑。为什么一样的地段，其他地方都是那个价，为什么这里就便宜，是不是之间有什么不好。怎么都不行，最后很大的可能就是房子租不出去，影响了收入。谁不喜欢钱，什么都没有钱实在。

房东尽量忍着，毕竟是男人么，不能和女人一般见识，就打劝开导着说："你看你，世上哪里有鬼，想多了。是你心里害怕了，自己就把自己给吓唬住了。以后不要再这样说了，你也是四十多了人了，怎么还信这么些，又不是小娃娃。"说完后，无奈地摇了摇头准备转身就走。一句重复的，有些递进的意思，她说："我看最好还是请下，不行钱我出么。"

大门外进来一个女人，尖声地不客气地说："请什么，就算是请，我们又不是没钱，还要你出。"一身红彤彤的长羽绒服，高跟鞋，站在她家房子前，不客气地接着说："你不要在这里胡言乱语，再要是这样造谣你就搬走，我们这儿你别住了，你看哪里好就去哪里住。"她感觉到了事情的严重性，这样寒冷的冬天，一下子搬哪里去，就算是搬也得在暑假，那时才会有高三毕业的，空房子会多，现在不能硬了，得服软，"你看你说的是什么话么，我也是怕得嘛，现在搬往哪里搬，你看你还生气了。在这里我都住几年了，住得好好的"。女房东听到这样的软话，脾气稍微缓和下来，"根本就没有那么些，你不要大惊小怪的，事情不是你们想的那样，现在还在调查着了。我也是当初瞎了眼，总以为就住么，谁承想给弄出这样的事情。你们好好地住着，什么事情都没有，这跟前，你看看，密密麻麻的住的都是人家"。

不是你们想的那样，那是哪样，每个人心里肯定还会有迷惑，没有是假的，只不过是谁也不愿说出来而已。

四

他和她在一个班里上课，补习班就两个，一个是文科一个是理科，他俩都是文科。她叫于文丽，听到她名字，是在上课老师不耐烦恨铁不成钢的牙缝里喷涌出来的话语。看到她在睡觉，老师先是用声音的无言制造冷清，让意想不到的几十个人的哑口无言来给她提醒，失败了；接着是眼神，不住地盯着她看，恶狠狠的白眼，一下一下地剜挖，她不是一个人，是一个一切两半的西瓜。一勺一勺挖着红艳艳的瓤，她不疼不痒地忽视，自然讲台上的人就失败了，四十多岁的女人，正是更年期，能不生气吗？不甘心失败，扔粉笔头，可惜的是瞄不准了，不是一环两环，是不沾边的脱靶，睡着的人悠闲自在、得意扬扬。气势汹汹地走下来，肥胖的身体会让整个教学楼都摇晃起来，她享受着奇妙的摇篮，爱上了，好踏实。他坐在她的前面，老师没有亲自动手，而是让他来给叫醒。他为为难难却又惊恐万分地伸出手去轻微地推推。这双手，正是因为她，站在房子的窗户前，多少次麻利地脱掉裤子，然后看着妖媚身材漂亮脸蛋的她姗姗而来，在那么十几秒的走动中，他看着幻想着，等她上楼了关上门的一声响，他也就射出来了，蔫软下来。她真的很漂亮，在遇到的女生里，她是让他最心神不安，一见到心就会荡漾不止的。高个子，身材自然不会差，紧身牛仔裤，优雅的上衣或外套或羽绒服，里面的衬衫或保暖内衣总是穿得那样低，不想和胸争抢风头，自动低下屈服。多少次的偷看，情不自禁的。

危险的一次是，在一次双手快速解开裤子后，忘记了窗帘拉开的幅度了，就急忙开始了运动。在她上到楼梯一半处，她停住了。他正纳闷为什么久久地没有听到关门响声时，抬头一看，两双眼睛发生了无意又有意等待的车祸，他是最主要的责任方，对自己的惨烈伤痛只能羞愧地自作自受，遮掩，快速地拉住了窗帘。

推了一下，没有反应，两下，三下，四下，有了一点儿。一只绵软白嫩的手，香喷喷的，亲热地给他手一推，迷糊不清地说，别闹，我睡会儿。全班人的眼睛里充满了惋惜、恐惧、急促、焦虑、敬佩、支持……全部都涌进了她的身体。老师整个身体都开始了颤抖，哆嗦着，他可怜巴巴无辜地看着老师，在推卸责任，意思是说，看，不是我不叫，是她不清醒，没办法。老师气愤地理解了，一只胖手，猪蹄般，重重地推动，她语气里生长出了烦躁，不是让你别闹吗，让老子睡会儿，滚蛋。惊讶的眼睛受了屈辱，老师加大了力气，把猪蹄狠狠地砸在她身上。她突然就站起来，闭着眼睛破口大骂，他妈的，还有完没完啊，老子睡会儿怎么了，你大爷。推她的人目瞪口呆了几秒才反应过来，发现自己是老师，在这里就是老大，没什么好畏惧害怕的。立刻阴着脸，从嗓子眼里挤出几个字，你出去，这里不是你该来的地方，以后不要来了。她没有说话，只是睁着扑朔迷离的眼睛微微一笑，潇洒大方地走了。后来过了几天在校长的陪同下，她重新回到了座位上，以绝对的优势赢得了战争。

那个晚上，他一辈子也忘不了。当时想，你妈，就算是一个被淹死的女鬼，也得去拼赌一把，就算是死也值了。就开了门，后来开门的次数，他忘记了。

寒冷的冬天，在一天比一天变本加厉，蹬鼻子上脸。长夜漫漫啊，三更灯火五更鸡，正是男儿读书时。他喜欢这样的氛围和环境：下晚自习，回到院子，钥匙插进恰当的锁眼，向左转动两圈，开灯。带着余悸，把外面中午就准备好的柴炭拿回来，生着炉子，一会儿屋子里就暖融融的，一个阳光明媚春风和煦的春天在盛开着，狭小的房子里。干净的灯光下，坐在桌子前看书，燃旺的炭火。时不时地喝一杯热气腾腾的茶水，多么美好。差不多每个夜晚都实现着。两点多了，没有一丝的睡意，想，再看会儿书。大不了明天早上去了睡觉。晚上是他吸收知识最好的状态，值得。

“咚咚咚咚”有气无力的敲门声，大半夜的，谁家啊。盘算中，怎么这么近，不正是自己家。他尽量让自己镇定，晃动的腿猛刹车，屏住呼吸，大气也不敢出，仔细地倾听。没有了动静，以为是幻觉，还没有放松下来，就又是一阵不停的“咚咚咚咚咚咚”敲门声，快得能把人紧绷的心震碎，粉碎性骨折。他壮起胆子，准备嘶声力竭地喊叫，来引起周围人的关注，正式的却是蚊子般的呜呜呀呀“谁啊，你是谁，谁啊?”外面的动静依旧很大，他现在想听一个带字眼儿的声音，“咚咚咚咚”单调的要死。他无助啊，没有人替他解围，也是，都半夜三点了，谁都懒得起来，再说要是一个不测怎么办。他只能靠自己，把房子里的家当扫描了一遍，就戳炉子的火棍子还不错，细长、尖利、顺手，强迫自己站起来，向着门走去，本来就一两步的距离，却走成了十几步，想起了电视剧上主人公那种胆战心惊的英勇就义大义凛然。在按下保险，打开门的一瞬间，就感觉一个香喷喷夹杂着浓烈酒味的重物倾倒过来，对着他的身体：怀抱。

接住了，有冰凉有温热的地方，他身体僵硬地拖拉着重物进了房间。在灯光下，用想好了大不了一死的决心，看清了重物。是她。惊喜万分地把她扶上床，擦洗干净。静静地看着心里早已喜爱的她。她说着胡话：“你他妈的就是个婊子、破鞋，不配，你不配……人模人样的，不要以为我有求于你，告诉你，我没有求你，是你他娘的犯贱，自己要管的，要给我钱，要帮我，我没办法啊……嘿嘿嘿嘿嘿。”

在他看来，冷气袭人，他就想分一点被子也没什么，又不会发生什么，他又没有喝醉。

谁知醒来时却是两个赤裸裸的原始人，交缠在一起。

她无所谓地穿好衣裳，走了。

五

院子的井不晓得吞吃了多少只桶了，现在把桶放下去打水，都会碰撞着。最近在那边井子吃水的人，都转移到了这里。所以井里的水自然就不怎么够用了。主要还有十几只桶霸占着仅有的空间。更是雪上加霜，打水才能打少半桶。要是大桶放下去，最多一马勺。

大家都在发愁，房东也是。最好能找个人下去，把桶清理一次。井很深，在夏天一没有了水就挖掘，一没有了就挖掘，久而久之就变得深不见底了。狭小的空间也把人憋闷得慌。就是挣钱，一般人也不敢下去。可水不能不吃吧，人是离不开水的，离开了水还怎么活么。他是学生，又不做饭，就一个人，洗漱用点水。一天有一桶水足以。他不着急，有人会着急的，会来解决这个问题的。

中午回去见没有动静，他就在房子里坐了会儿，把桶里剩的水热了一下洗了把脸就走了。下午本来可以不回去的，安稳地在教室里背会儿英语单词、句式、作文啥的。他没有，而是吃过了饭径直就走回去了。冬天黑得早，六点就麻糊糊地涂抹上了浓黑。还没走到院子，就看见是一片的灯光，在巷子里走，很多人在说话。他感到了莫名其妙的喜庆，仿佛好几个世纪没有这么热闹了，死寂着。

是二楼大房子里的那家男人在打捞桶，不可思议啊。这个世界就是这样奇幻，你越是觉得不可能的事情就越出其不意地发生。男人的背有三四分的驼，能下去，在狭小的空间里任意穿行，他着实佩服，五体投地。还有过人的胆识。他走近，在手电筒的照耀下，看到了下井的男人，有一个他是得天独厚的条件，身体瘦小，一方面的不足就得有一方面的弥补么。这难道就是人们常说的上天给你关上一扇门就会给你开一扇窗。他老觉得不对，不一样，区别大了去了，门能和窗一样吗？这不是他娘的纯粹扯淡么。

桶一只一只被井绳运上来，大概十只，最后男人气不喘脸不红，稳稳自如的上来。随意地拍拍衣裳上沾上的灰尘土渣，得意地说了一句：“井里的水就是不多了，看来今年的夏天又要挖掘了，估计不是深度不够，而是这个井子的水被别人拐跑了。”

男人拾掇起一个奇怪的钩子，长长的，就大公无私默默无闻地上楼了。

男人也就三十五六岁的样子，女人年轻些，估计顶多二十八九。供两个娃娃，一男一女，都是小学，五六岁、七八岁的两个。女人的长相让人不禁会垂涎，高挑的身材，一双高跟鞋一蹬，顿时就会前挺后翘，完美地呈现在眼前。出去了，院子附近的男人们，眼睛一个劲儿贪婪地在女人身体上摸爬滚打，恨不得全部侵吞在眼睛仁里，留着自己一个人慢慢地享用。女人走起路来一扭一扭的屁股，更是让无所事事性欲旺盛的男人们欲罢不能，说不准哪天就会冒着强奸的风险来一次，满足自己。加上女人的男人经常不在家，要挣钱，时常在外面打工。过一两个月回来一次，也不知道她男人是怎么想的，这么漂亮的老婆放在家里怎么放心得下。长得美丽可人，这就是个不小的隐患。搞不好会招来无数的耻辱。

六

他隔壁的时髦女人，搞不清是什么来路。年龄倒是很可观了，没有五十也差不多。不过人家保养得好，加上时尚的打扮，看起来最多四十。听说是北京来的，男人倒是一次也没有见过，孩子也没有。哦，失误，想起来了，不是没有见过男人，是他老公。唉，怎么说呢。男人见过几个，就是不清楚哪个是她老公，都看起来挺有钱的，穿着打扮西装革履，都肯定是有头有脸的人。孩子是肯定没有见过。

门上不管冬夏都吊着一个厚厚的门帘，有一次他去上课时，女人刚好也出门，他才看清楚，不是一个门帘，是两个。厚的下面还有一个厚的。就没有见过女人在井里打过水，没有见过把门帘搭起过，没有在院子里站过，哪怕十几秒，没有和院子里其他人说过话……见过的就是倒过几次尿盆。

女人是在学校外面马路边上的一间店面开一家奶茶店，生意还凑合。很多学生在下课会挤在不大的柜台前光顾她生意，不光有奶茶，各种饮料加烤肠。男女的小情侣会在等待的时候，撕扯一张小贴纸，上面写上两个人的甜蜜，贴在墙上。女人会笑一笑，里面包含着很多意思，多少有些许的让人不懂迷惑。怪怪的味道，能让你的胃痉挛抽搐，反而说不出为什么。后来他才明白是暧昧，然后紧接着就是勾引。那可是十七八岁的孩子啊，她怎么可以这样？也许是无意间的一种习惯性动作。就和好多人洗澡要唱歌、拉屎要哼哼一个道理。很可怕的，让你无知觉地自个儿就把自个儿卖了。她就是这样。一个小小的奶茶店收入，就是再不错，也不如一个身强体壮的男人挣得多。瘦死的骆驼比马大，这里是瘦死的男人比女人强。她的开支是不可忽视的，化妆品在空气中的弥漫程度，从你身边走过，你就会懂得用了多少，且不是次品。再看穿着，几乎是一天一个样式，一般的人家哪里经得住这样的折腾啊，在电视上的那种富家小姐才会这样。房租、吃饭、都是钱。哪里来的，就不相信她在这个世界上是一个人，最亲的父母总有吧，在这个年龄孩子也极可能有。都是大开支啊，哪里来的钱。

女人过得看起来不错，尽管早出晚归的，可去的无非就是不远处的奶茶店。平时学生上课了，就会一个人坐着，时不时有一辆辆高档轿车停在店前，店里会传出嘻嘻哈哈的声音。听起来肯定是开心的。

穿着高雅干净的女人，戴着一副眼镜，高素质，不会存在问题，起码他就是这么认为的。

七

井里打捞上来的女人，事情有了新的进展。

自从出了事情，他见过一次的小个子男人，再就没有了丝毫的音信。是跑路了，听院子里的女人们说警察正在追捕呢，若是再回到这里，要立马报案，提供相关的线索。这不是废话么，人家既然杀了人，跑还来不及，怎么会回来？法医对尸体进行了尸检，从女人的肠胃里提取出了毒液，是老鼠药，烈性的。奇怪了，现在你就是想买老鼠药都买不到了，从哪里搞到的。世上无难事，只怕有心人。这句话就把一切的疑问都回答了，一干二净地彻底。那基本上初步断定：女人肯定是先被人给下药毒死，然后投进井里的。那会是谁做的呢？她老公，就那个小个子男人？不可能吧，有什么仇恨至于杀人，还是相处已久的老婆。为什么？

小个子男人在村子里是威信扫地，这次死了老婆。很多人就说是报应，正常着了。一个挖祖坟的人，怎么可能不被惩罚，而且挖祖坟是为了找古董，找古董来卖钱，卖钱了说要买楼房，和婆姨住进去，还要去外国的一个什么地方，叫篱笆什么的。听说特别美，浪漫。村子里一个见过大世面的人说的。近几年村里人也都有钱了，谁家还没有个几万块钱存款。开上小汽车的也不是少数，看看一个个穿戴的，光鲜亮丽。女人家的头发烫得一个卷一个卷的，就和夏天疯长起来爬满在架杆上的豆角花一样，蓬松的。高跟鞋明晃晃的，走路一低头就能照镜子，方便得很。手机人手一个，打电话高喉咙大嗓子的，生怕对面听不见，也不晓得还是对苹果、三星这些大品牌不满意还是不信任。在城里买房，一幢一幢地买；车是越贵越好，金银多多地买，戴满身体。有钱了，任性。都说小个子是没钱还要穷讲究，没钱就稳稳地在家里待着，带上婆姨胡跑什么，还要出国。都说那女人就应该死，花老祖宗的钱，折寿了，人千万不敢做这么些事情。还有，肯定是小个子男人和婆姨吵架了，然后就把女人杀了。不可能？嘿嘿，什么不可能，什么事他不敢做，祖坟都刨挖，杀婆姨那算个屁事。

家里的爹妈是省吃俭用受死受活的，儿子却在外面勾搭上个女人胡乱挥霍，这样的忤逆子就该枪毙了。挖祖坟，把老先人都气死了。养下这么些现世报，当初真应该拿尿盆一下给扣死。这几天村里人也是议论疯了，话题不离这个，整个的爆炸新闻。

小个子父母在村里抬不起头，老婆子见了人就是一段重三复四的话：“早就给鬼小子安顿，不要在外地找，安安稳稳地在周边找一个知根知底的，现在好了，你看看。大概自己也晓得不顶事了，就给了个痛快的，可是憨娃娃啊，你把人家给杀了，你还能活？唉。”

人们都哀叹，说娃娃不听话可是焦躁了，大了就管不住了。

一个人一个命，他们娃娃自己做下的事情，就让自己去承担去。

附录一：第六届“包商银行杯”全国高校文学作品征集、评奖、出版活动·获奖名单

一等奖（3名）

《赫本是个好姑娘》（诗歌） 倪广慧（西安外国语大学）
《南方》（散文） 十一娘（西北师范大学）
《山鬼》（小说） 欧阳德彬（深圳大学）

二等奖（9名）

《教归辞》（诗歌） 周小茗（华南师范大学）
《山水之间》（诗歌） 公刘文西（福建省闽南师范大学）
《招生简章和少年锦时》（诗歌） 童作焉（复旦大学）
《褶·宙》（散文） 胡姚雨（东南大学）
《土地挽歌》（散文） 杜永利（河南理工大学）
《我与地坛》（散文） 西　贝（北京师范大学）
《没人像你》（小说） 韦施伊（暨南大学）
《日夜浮屠》（小说） 封文慧（北京师范大学）
《老电视》（小说） 陆世初（广西民族大学）

三等奖（15名）

《一家人莫得锁》（诗歌） 左　手（重庆大学）
《如何在早晨写诗》（诗歌） 王　浩（北京大学）
《迷园：灰海》（诗歌） 秦三澍（复旦大学）
《二十岁书》（诗歌） 音　羽（湖北省长江大学）

《去串异世界的门》（诗歌）
《我爱的是一个没有声音的黎明》（散文）
《拾荒·拾意》（散文）
《喊客》（散文）
《生命的硬度》（散文）
《山海子》（散文）
《孤独的夜行人》（小说）
《洁癖》（小说）
《生死突围》（小说）
《孤岛》（小说）
《异星人》（小说）

黄鹤权（福建农林大学）
黎　子（广东韶关学院）
王雅文（华中师范大学）
农木心（云南大学滇池学院）
黄　宇（中山大学）
陈　墨（昆明医科大学）
刘一弓（西北师范大学）
姚建花（福建师范大学）
荆卓然（山西阳泉师专）
罗　淇（陕西延安大学）
刘东兴（暨南大学）

优秀奖（90名）

诗歌（30名）

吴雨伦（北京师范大学）
庄　凌（山东艺术学院）
钟芝红（浙江师范大学）
郁　岩（江西省南昌工程学院）
赵山河（广西民族大学）
朱光明（成都艺术职业学院）
刘　鑫（湖南涉外经济学院）
徐英杰（陕西师范大学）
李晓波（中国社会科学院）
丁　鹏（北京大学）
徐　行（山西师范大学）
安　然（华南师范大学）
武靖雅（北京师范大学）
金小杰（山东省菏泽学院）
林玉梅（南昌大学）

陈曼毓（广东省韶关学院）
程　川（陕西理工学院）
蒋静米（暨南大学）
郭紫莹（首都师范大学）
陈思亮（广州大学）
刘亚兰（重庆长江师范学院）
藏　马（四川省西华师范大学）
毛彦明（天津商业大学）
西　哑（中国劳动关系学院）
木　秋（山东省济宁学院）
西　伯（贵州民族大学）
程　沛（中国青年政治学院）
高短短（陕西省渭南师范学院）
陈　墨（昆明医科大学）
张　元（河南省洛阳师范学院）

散文（30名）

钟智金（福建省闽江学院）
廖莲婷（华东师范大学）
祁十木（广西民族大学）
丁　鹏（北京大学）

安　然（华南师范大学）
林子琛（福建师范大学）
李　娜（苏州市职业大学）
张梦斌（浙江传媒学院）

张学佳（贵州大学）
李　晶（兰州理工大学）
戴艺贝（南京师范大学）
陈　帅（北京师范大学）
许应田（南通大学）
余和鲲（重庆市第二师范学院）
张浩军（浙江传媒学院）
黄婉婷（华南师范大学）
王闷闷（西北大学）
曾　霞（福建省闽江学院）
徐　行（山西师范大学）
赵晓迪（东北师范大学）
未　名（西安建筑科技大学）
慕　秋（北京师范大学）
吴庆华（山东农业工程学院）
刘亚儒（青岛大学）
许仁浩（武汉大学）
沈　进（中南民族大学）
陆　威（南昌航空大学）
闫赵玉（西北大学）
王　帅（西南科技大学）
安星屿（北京交通大学）

小说（30 名）

陈美霞（广州大学）
叶万安（广东外语外贸大学）
丁奇高（河南大学）
寒　木（上海师范大学）
李　楠（广东珠海城市职业技术学院）
罗建森（对外经济贸易大学）
刘浩然（三亚学院）
文韬梦黛（江苏南京航空航天大学）
汤锦花（广西民族大学）
简　白（浙江传媒学院）
蔡奕扬（浙江传媒学院）
榆　溪（重庆师范大学）
王磊斌（中国矿业大学）
刘　函（山西太原理工大学）
吴　昊（福州大学）
刘　鑫（湖南涉外经济学院）
何　向（北京师范大学）
刘佳辰（西北大学）
陈　洁（浙江湖州师范学院）
陈晓泓（华南师范大学）
王轲玮（华中师范大学）
黎　子（广东韶关学院）
丁　鹏（北京大学）
何庆平（北京师范大学）
林培源（清华大学）
邓志芬（广东岭南师范学院）
吴梦超（厦门大学）
聂小悦（安徽安庆师范大学）
白　何（同济大学）
王闷闷（西北大学）

组织奖（20 名）

北京大学：五四文学社
清华大学：清华文学社
中国人民大学：中文新世纪
中国传媒大学：青果文学社
北京师范大学：五四文学社
首都师范大学：鹿鸣演颂文学社
中央民族大学：朱贝骨诗社
对外经贸大学：沃野文学社
重庆长江师范学院：文学院
湖南省湘潭大学：风华文学社

福建省闽南师范大学：苔花诗社

广西师范大学：采薇文学社

云南省红河学院：蛮原文学社

福建师范大学：文学院

贵州民族大学：黔风文学社

中国医科大学：静轩文学社

山东师范大学：陀螺文学社

山东省聊城大学：九歌文学社

华南师范大学：文学院

兰州理工大学：行星诗会

参加“包商银行杯”全国高校文学作品征文的同学请登录作家网（www. zuojiawang . com）查看详情。

附录二：第六届“包商银行杯”全国高校征文小说评委签名

宁小龄 《人民文学》副主编

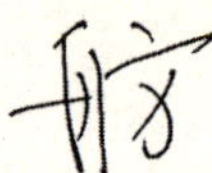

李 舫 《人民日报》文艺部副主任

王 山 《中国作家》主编

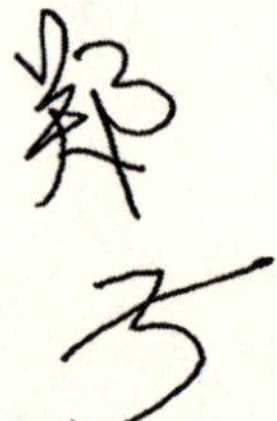

郑 子 中央新影集团微电影发展中心主任

张清华 北京师范大学文学院副院长

陈亚美 作家网副总编、《中国年度微型小说》主编

杨晓升 《北京文学》社长兼执行主编